Rita Mae Brown & Sneaky Pie Brown
MAUS IM AUS

Rita Mae Brown
& Sneaky Pie Brown

MAUS IM AUS

Ein Fall für Mrs. Murphy

Roman

Ins Deutsche übertragen
von Margarete Längsfeld

Ullstein

Der Ullstein Verlag ist ein Unternehmen
der Ullstein Buchverlage GmbH
www.ullstein-verlag.de

Titel der amerikanischen Originalausgabe:
The Tail of the Tip-Off
Copyright © 2003 by American Artists, Inc.
Illustrationen © 2003 by Michael Gellatly
Amerikanische Originalausgabe 2003 by Bantam Books, New York
Übersetzung © 2004 by
Ullstein Buchverlage GmbH
Alle Rechte vorbehalten
Satz: MPM, Wasserburg
Gesetzt aus der 10,5 Punkt Janson
Druck und Verarbeitung: GGP Media, Pößneck
Printed in Germany 2004

ISBN 3 550 08454 4

*Mrs. C. McGhee Baxter
gewidmet,
weil sie brüllen wird:
»Warum hast du das getan?«*

Personen der Handlung

Mary Minor Haristeen (Harry), die junge Posthalterin von Crozet

Mrs. Murphy, Harrys wissbegierige und intelligente graue Tigerkatze

Tee Tucker, Harrys getreue Welsh Corgihündin

Pewter, Harrys unverschämt fette graue Katze

Susan Tucker, Harrys beste Freundin

Fair Haristeen, Pferdearzt und Harrys Ex-Ehemann

BoomBoom Craycroft, eine große, schöne Blondine, die Harry schon immer geärgert hat

Miranda Hogendobber, eine tugendhafte, gütige Witwe, die mit Harry im Postamt arbeitet

Tracy Raz, Mirandas ehemaliger Highschool-Schwarm, der sich auf dem fünfzigsten Klassentreffen mit ihr wiedervereinigt hat; auch Schiedsrichter bei Spielen des Frauenbasketballteams der UVA, der Universität von Virginia

Reverend Herbert C. Jones, der beliebte Pastor von St. Lukas, der lutherischen Kirche von Crozet

Cazenovia und *Eloquenz*, Reverend Jones' zwei Katzen, die er zärtlich liebt

Big Marilyn (Big Mim) Sanburne, die unbestrittene Queen der Gesellschaft von Crozet

Little Mim Sanburne, Big Mims Tochter, die immer noch um ihre Identität kämpft

Tally Urquhart, älter als Lehm; sie sagt, was sie denkt, wenn sie es denkt, und das sogar zu ihrer Nichte Big Mim

Debbie Ryan, die ehrgeizige Trainerin des Frauenbasketballteams der UVA

Andrew Argenbright, Debbie Ryans Hilfstrainer beim Frauenteam

Rick Shaw, der überarbeitete und personalmäßig unterbesetzte Sheriff, der sich am liebsten genau an die Vorschriften hält

Deputy Cynthia Cooper, Stellvertreterin des Sheriffs und Harrys gute Freundin

Tazio Chappars, eine junge, geniale Architektin und ein Neuzugang in der Gemeinde. Sie ist mit Harry und BoomBoom im Pfarrbeirat von St. Lukas.

Brinkley, ein halb verhungerter gelber Labradorhund, der Tazio liebt

Matthew Crickenberger, ein mächtiger, aber großzügiger Geschäftsmann und Bauunternehmer, der auch im Pfarrbeirat sitzt

Fred Forrest, ein streitbarer, kämpferischer, für Baubestimmungen zuständiger Bezirksinspektor, der für seine gewissenhafte, wenn auch missmutige Rechtschaffenheit bekannt ist

Mychelle Burns, Freds Assistentin, die ihr Verhalten leider nach dem von Fred richtet

H. H. Donaldson, ein grimmig konkurrierender Bauunternehmer, leicht aufbrausend, aber gutherzig, lässt jedoch die Blicke gerne einmal schweifen

Anne Donaldson, H. H.s seit langem leidende Ehefrau, zwar misstrauisch, aber eine intelligente Frau und eine gute Mutter

1

Graue Graupeln prasselten an die mundgeblasenen Fensterscheiben vom Pfarrhaus der lutherischen St. Lukaskirche. Wie zur Ergänzung knisterte ein Feuer in dem großen, aber schlichten Kamin, dessen Sims ein geschnitzter gezackter Streifen zierte. Die Hände des Schnitzers waren im Jahre 1797 zu Staub geworden.

Die Mitglieder des Pfarrbeirats saßen im Halbkreis am Kamin, ein zierlicher Couchtisch stand in der Mitte. Wie jedermann weiß, ist es eine zweifelhafte Ehre, einem Ausschuss oder Komitee anzugehören. Die meisten Leute durchschauen derlei Aufgaben rechtzeitig genug, um sich zu drücken. Die Arbeit muss jedoch getan werden, und manche braven Menschen beugen sich dem Joch.

Mary Minor Haristeen war dem prickelnden Gefühl erlegen, von der Gemeinde gewählt und für verantwortungsvoll gehalten zu werden. Das Prickeln legte sich, als sich bei den Versammlungen nach und nach der Wust von Aufgaben zeigte. Praktische Probleme lagen ihr mehr als menschliche. Ein Fallrohr instand zu setzen fiel in ihren Kompetenzbereich. Ein gebrochenes Herz instand zu setzen, Kranken Beistand zu leisten, gut, sie war dabei, es zu lernen.

Reverend Herbert C. Jones, der gute Hirte von St. Lukas, verstand sich ausgezeichnet sowohl auf die menschlichen Probleme wie aufs Vermitteln. Er gab gerne jedem Ausschussmitglied, jedem Pfarrkind etwas von sich mit. Da er Mrs. Haristeen, Harry mit Spitznamen, getauft hatte, fühlte er eine besondere Zuneigung für die gut aussehende Frau

Ende dreißig. Diese Zuneigung wurde vollauf erwidert; denn Harry liebte den Rev, wie sie ihn nannte, von ganzem Herzen.

Zwar stritt sich der Beirat momentan, doch muss gerechterweise gesagt werden, dass alle Mitglieder Reverend Jones liebten. Ebenso muss gerechterweise gesagt werden, dass die meisten von ihnen Harry mochten – wenn nicht liebten. Die einzige Ausnahme war BoomBoom Craycroft, die sie irgendwie mochte und irgendwie nicht. Das beruhte auf Gegenseitigkeit.

Wie großes weißes Konfetti lagen Papiere neben Tassen auf dem Couchtisch. Der Duft von Kaffee und Kakao vertrieb die Anspannung ein bisschen.

»Wir können nicht einfach so eine Ausgabe von zwölftausend Dollar genehmigen.« Tazio Chappars verschränkte die Arme. Sie war Architektin, eine junge, attraktive dunkelhäutige Frau mit einer italienischen Mutter und einem afroamerikanischen Vater.

»Also, wir müssen was tun«, sagte Herb mit seiner volltönenden, hypnotischen Stimme.

»Wieso?« Tazio rutschte streitlustig auf ihrem Sitz herum.

»Weil es hier schlimmer aussieht als in der Hölle«, platzte Harry heraus. »Verzeihung, Rev.«

»Schon gut. Ist ja wahr.« Herb lachte.

Hayden McIntyre, praktischer Arzt der Stadt, war ein korpulenter Mann von beherrschendem, wenn nicht gar leicht arrogantem Wesen. Er zog seinen Stift hinterm Ohr hervor und kritzelte etwas auf die Budget-Papiere, die zu Beginn der Sitzung verteilt worden waren. »Versuchen wir's mal so. Ich hab nichts dagegen, den Teppich im Pfarrhaus zu erneuern. Wir schieben das seit vier Jahren vor uns her. Ich erinnere mich an die Pros und Kontras, als ich neu im Beirat war. Diese Kirche ist eine der schönsten, lieblichsten in dieser Gegend, und das sollte sie auch zeigen.« Zustimmendes Gemurmel begleitete seine Verlautbarung. »Ich habe diese

Angelegenheit in drei Bereiche von unmittelbarer Dringlichkeit eingeteilt. Erstens die Sakristei: muss gemacht werden.« Er hob die Hand, als Tazio den Mund aufmachte. »Und zwar unbedingt. Ich weiß, was Sie sagen wollen.«
»Nein, wissen Sie nicht.« Ihre haselnussbraunen Augen leuchteten auf. »Hm, okay, vielleicht doch. Den Teppich wegnehmen und die Böden abschmirgeln.«
»Tazio, das hatten wir schon. Das geht nicht, weil die Bodenbretter zu dünn sind, sie würden es nicht überstehen.« Matthew Crickenberger, Chef des größten Bauunternehmens von Charlottesville, klatschte zur Unterstreichung leise in die Hände. »Die Bodenbretter sind aus Kastanienholz. Sie versehen ihren Dienst seit 1797, und offen gesagt, sie sind abgenutzt und wir können sie nicht ersetzen. Wenn Sie denken, die Rechnung für einen neuen Teppichboden wird hoch, dann warten Sie, bis Sie die Rechnung für einen Kastanienholzboden sehen, sofern wir das Material überhaupt auftreiben können. Die Firma ›Mountain Lumber‹ drüben bei der Route 29 könnte vielleicht welches beschaffen und uns zum Vorzugspreis überlassen, trotzdem ist hier von Tausenden und Abertausenden Dollar die Rede. Kastanienholz ist so selten wie Hühnerzähne, und wir würden eine große Menge brauchen.« Er blickte auf seine Notizen. »Fünfhundertfünfzig Quadratmeter, wenn wir alle Teppichböden ersetzen wollen, die anderen Räume, die momentan benutzt werden, aber nicht unbedingt sofort einen neuen Bodenbelag erfordern, nicht mitgerechnet.«

Tazio atmete aus und ließ sich zurückfallen. Sie wollte alles exakt so haben, aber sie musste die Rechnung nicht bezahlen. Trotzdem war es ärgerlich, wegen eines schmalen Budgets eine Vision beschnitten zu sehen. Architektenlos.

»Hayden, Sie hatten einen Plan?« Herb trieb die Besprechung voran. Niemand wollte zu spät zum Basketballspiel kommen, und diese Diskussion kostete Zeit.

»Ja.« Er lächelte. »Was die Leute zuerst sehen, ist die Sakristei. Können wir hier nicht zu einer Einigung kommen, dann können wir uns wenigstens dahingehend einigen, vo-

ranzukommen? Die Kosten würden sich auf etwa viertausend belaufen.«
»Wenn wir schon alles aufreißen müssen, dann bringen wir's hinter uns. Es muss sein, das ist uns doch klar.« Boom-Boom, in einem petrolfarbenen schillernden Wildlederkleid, war hinreißend wie immer.
»Einverstanden. Das Geld treiben wir schon irgendwo auf.«
»Wir sollten das Geld lieber zuerst auftreiben, sonst müssen wir uns vor der Gemeinde verantworten, in der Kirche, im Supermarkt und« – Matthew blinzelte Harry zu – »im Postamt.«
Harry, die Posthalterin, lächelte verlegen. »Und Miranda, meine Gefährtin im Frevel, gehört der Kirche zum Heiligen Licht an, da wird sie mir nicht beispringen.«
Die kleine Versammlung lachte. Miranda Hogendobber, gut dreißig Jahre älter als Harry, zitierte die Bibel flüssiger als Reverend Jones, und wenn sie auch andere Glaubensrichtungen tolerierte, so fand sie doch, die charismatische Kirche, der sie getreulich angehörte, weise den besten Weg zu Jesus.

Während die Menschen über die Kosten, die Notwendigkeit und die Farbe für den Teppichboden debattierten, lauerten Harrys drei liebe Freundinnen im Flur vor dem großen Raum.

Mrs. Murphy, eine hochintelligente Tigerkatze, lauschte auf die stärker fallenden Graupeln. Ihre Kumpanin, eine große rundliche graue Katze namens Pewter, wartete zappelig auf das Ende der Versammlung. Tucker, die Corgihündin, geduldig und gesetzt, wie es nur ein braver Hund sein kann, war froh, drinnen zu sein und nicht draußen.

Die christlichen Katzen – wie Herbs zwei Katzen von den anderen Tieren genannt wurden – hatten Murphy, Pewter und Tucker auf einem Rundgang begleitet. Sie hatten über so gut wie jedes Tier in der Kleinstadt Crozet, Virginia, geklatscht, doch als die Versammlung in die zweite Stunde ging, war das Thema schließlich erschöpft.

Cazenovia, die ältere der beiden Katzen, machte es sich bequem, den buschigen Schwanz um die Nase gelegt. Das große gescheckte Tier war mit Anmut gealtert. Eloquenz, das Findelkätzchen, das Herb vor wenigen Jahren aufgenommen hatte, war zu einer geschmeidigen hübschen Katze herangewachsen. Mit einer Spur von Siamkatze in sich, hörte sie nie auf zu quasseln.

»... *Thunfischatem!*« Eloquenz gab diese Kränkung von sich. »*Wie hältst du das aus?*«

»*Tut sie nicht.*« Mrs. Murphy kicherte.

Sie hatten über den Blauhäher gesprochen, der Pewter piesackte. Mrs. Murphy piesackte er auch, aber mit weniger Begeisterung, vermutlich, weil er die Tigerkatze nicht in Harnisch bringen konnte.

»*Oh, eines Tages brech ich ihm den Hals entzwei wie einen Zahnstocher. Verlasst euch drauf*«, versprach Pewter.

»*Wie aufregend*«, schnurrte Cazenovia.

»*Und unchristlich*«, kicherte Tucker.

»*Wir sind eben Katzen.*« Pewter zog die Nase kraus.

»*Allerdings. Unsere Aufgabe ist es, die Welt von Geschmeiß zu befreien*«, stimmte Eloquenz zu. »*Blauhäher sind schlimmer als Geschmeiß. Sie sind Verbrechervögel. Sie heben Steine auf und lassen sie auf die Eier der Nachbarn fallen. Lassen wer weiß was auf frisch gewachste Autos fallen. Mutwillig. Sie sitzen auf einem Baum und warten, bis das Geschäft gemacht ist und dann schwupp.*« Eloquenz sah zu dem Geprassel am Fenster hinauf. »*Heute nicht.*«

»*Warum ziehen Blauhäher im Winter nicht nach Süden?*«, überlegte Pewter. »*Rotkehlchen tun das.*«

»*Weil das Leben in unserem Stall zu bequem ist, darum. Harry stellt Vogelhäuschen und Kürbisse nach draußen, und für die Sperlinge pflanzt sie südamerikanischen Mais, Langbohnen und Lespedeza bicolor. Der Winter mag ja kalt sein, aber sie kredenzt den blöden Vögeln alle möglichen Körner.*«

»*Vögel stammen von fliegenden Reptilien ab*«, verkündete Eloquenz eindringlich. »*Das allein sollte uns eine Warnung sein.*«

»*Was geht bloß da drinnen vor?*« Tucker lauschte, als Matthew Crickenberger zum Thema Arbeitskosten die Stimme hob.

»*Hab ich euch schon mal gezeigt, wie ich den Schrank aufkriege, in dem Herb die Abendmahloblaten aufbewahrt?*« Eloquenz blähte die Brust.

»*Elo, mach das nicht*«, warnte Cazenovia.

»*Ich will doch bloß beweisen, dass ich's kann.*«

»*Das glauben sie dir auch so. Sie brauchen keine Vorführung.*«

»*Ich hätte nichts dagegen*«, meinte Pewter lakonisch.

»*Danke, Pewter.*« Cazenovia warf ihr aus goldenen Augen einen kalten Blick zu.

»*Kommt mit.*« Eloquenz stürmte durch den Flur, den Schwanz hoch aufgerichtet.

Die anderen folgten ihr, Cazenovia bildete die Nachhut.

»*Ich krieg garantiert Ärger deswegen*«, grummelte das alte Mädchen.

Eloquenz rutschte an der Ecke aus, wo der Flur sich mit einem anderen Flur kreuzte, der sich durch die ganze Breite des Pfarrhauses zog, einen alten Bau aus dem Jahre 1834.

Pewter meinte flüsternd zu Mrs. Murphy: »*Ich hab Hunger.*«

»*Hast du doch immer.*«

»*Schon, aber man sollte meinen, der Rev stellt irgendwo eine Schale Knabberzeug hin. Ich riech aber nichts Essbares.*«

»*Ich auch nicht*«, flüsterte der kräftige, aber kleine Hund, »*und ich hab den besten Riecher.*«

»*So.*« Eloquenz blieb vor einem Schrank unter der Treppe stehen, die in den ersten Stock führte. »*Ihr bleibt hier.*«

»*Eloquenz, das muss wirklich nicht sein.*« Cazenovia seufzte.

Ohne auf sie zu achten, hüpfte die schimmernde Katze die Treppe hoch, schob sich dann halb durchs Geländer. Auf der Seite liegend konnte sie die altmodischen langen Schlüssel erreichen, der aus dem Schlüsselloch guckte. Sie ruckelte daran, packte ihn dann mit beiden Pfoten und drehte ihn geschickt, bis das Schloss aufsprang.

»*Oh, sehr beeindruckend.*« Pewter riss die Augen auf.

»*Das Beste ist, Herbie wird Charlotte gehörig den Marsch blasen, weil sie nicht abgeschlossen hat.*« Eloquenz lachte. Charlotte war Herbs Sekretärin und rechte Hand.

Als das Schloss offen war, rüttelte Eloquenz mit aller Macht, und Pewter eilte ihr zu Hilfe und zog mit ihrer Pfote am unteren Ende der Tür. Die Tür ging auf, und zum Vorschein kamen Rotweinflaschen und ein Bord voll mit Abendmahloblaten in Keksschachteln mit Zellophanumhüllung. Eloquenz warf eine auf den Boden, zwängte dann den schlanken Leib ganz durchs Geländer und ließ sich auf die Erde fallen. Binnen einer Sekunde hatte sie das Zellophan von der Schachtel gestreift, und mit ausgestreckter Pfote öffnete sie die Schachtel.

Der Geruch nach Oblaten, dem von Wasserkeksen nicht unähnlich, verlockte Pewter.

»*Eloquenz, ich hab gewusst, dass du das machst*«, sagte Cazenovia verärgert.

»*Die Schachtel ist nun mal offen. Jetzt können wir sie nicht verkommen lassen.*« Die schlimme Katze schnappte sich eine Oblate und verschlang sie.

Versuchung, Versuchung. Pewter erlag ihr.

Cazenovia litt einen Moment. »*Sie sind jetzt ruiniert. Die Menschen können sie nicht essen.*« Auch sie fischte sich Oblaten heraus.

Tucker, die schließlich ein Hund war, sorgte sich selten, ob es sich schickte, etwas zu essen. Sie hatte die Nase bereits in der Oblatenschachtel.

Mrs. Murphy gönnte sich den Luxus zu knabbern. »*Irgendwie geschmacklos.*«

»*Wenn du genug davon isst, kriegst du einen Brotgeschmack, aber sie sind fade.*« Cazenovias Feststellung ließ darauf schließen, dass sie sich schon öfter Abendmahloblaten einverleibt hatte.

»*Sind wir jetzt Kommunikanten?*« Pewter hielt inne.

»*Ja*«, antwortete Mrs. Murphy. »*Wir sind Kommunikatzen.*«

»*Wenn ich aber nicht lutherisch bin? Was, wenn ich eine moslemische Katze bin?*«

»*Wenn du eine moslemische Katze wärst, würdest du nicht in Crozet leben.*« Tucker lachte.

»*Das weiß man nie. Wir sind hier in Amerika. Bei uns gibt's alles*«, meldete Pewter sich wieder.

»*In Crozet nicht.*« Cazenovia wischte sich mit der Pfote das Maul ab. »*Wir haben Episkopalen, Lutheraner und Katholiken. Mehr oder weniger alles dasselbe, und Herb würde einen Anfall kriegen, einen kompletten Anfall, wenn er wüsste, dass ich das gesagt habe, aber zum Glück weiß er nicht, was ich oder irgendeine andere Katze in diesem Universum zu sagen hat.*« Sie atmete tief durch. »*Dann haben wir noch die Baptisten, die sich heutzutage mit Eifer untereinander bekriegen, dann die charismatischen Kirchen, und das war's.*«

»*Lasst uns einen Buddhistenschrein öffnen. Mischen wir sie ein bisschen auf.*« Eloquenz hickste. Sie hatte zu schnell zu viele Oblaten verschlungen.

»*Nein. Wir bauen eine Riesenstatue von einer Katze mit Ohrringen wie im alten Ägypten. Oh, ich höre schon das Gekreische von wegen Heidentum.*« Mrs. Murphy lachte, und die anderen lachten mit.

Tucker spitzte die Ohren. »*Hey, Leute, die Versammlung ist zu Ende. Lasst uns von hier verschwinden.*«

»*Helft mir, die Schachtel zurück in den Schrank zu stopfen und die Tür zuzumachen*«, drängte Eloquenz.

Cazenovia kickte die Schachtel hinein wie einen Eishockeypuck. Tucker, die größer war als die Katzen, drückte sich gegen die Tür, die augenblicklich zuging. Sie sausten hinaus. Zu ihrem Glück war die Tür zum Versammlungsraum noch nicht geöffnet. Sie waren gerade rechtzeitig zurück.

»… morgen Nachmittag«, sagte Matthew zu Tazio.

»Ich bin im Büro.«

»Ich weiß, Sie sind enttäuscht wegen des Kastanienbodens, aber, na ja.« Matthew zuckte die Achseln.

»Ich bin wohl eine Perfektionistin. Das sagen sie jedenfalls im Büro und auf den Baustellen, nur sagen sie es dort viel direkter.« Sie lächelte.

»Sie haben 'ne Menge auf dem Kasten, meine Liebe.«
Hayden McIntyre trat zu ihnen. »Ihr Entwurf für die neue Sportanlage ist einfach genial. Ist das das richtige Wort?«
»Solange es ein gutes Wort ist.« Tazio griff nach ihrem Mantel, der im Flur hing.
»H. H. hat kein gutes Wort für mich.« Matthew hob die Schultern.
»Er wird seine Chance kriegen.« Hayden hob ebenfalls die Schultern.
Tazio gab bewusst keinen Kommentar ab zu der Feindschaft zwischen Matthew und H. H. Donaldson, dem Chef eines konkurrierenden Bauunternehmens. Das böse Blut war noch böser geworden, als Matthew bei der Ausschreibung für den Bau von Tazios neuem Stadion den Zuschlag erhielt. Sie hatte gehofft, H. H. würde gewinnen, weil sie ihn besonders gern mochte, aber sie konnte ebenso gut mit Matthew arbeiten.
Herb kam mit Harry und BoomBoom heraus. »Ich weiß es wirklich sehr zu schätzen, dass ihr Mädels hergekommen seid. Ihr seid eine willkommene Aufstockung des Beirats.«
Beide Frauen hatten gerade ihre erste Amtszeit begonnen, die drei Jahre dauerte.
»Ich lerne eine Menge«, sagte Harry.
»Ich auch.«
»Guckt euch die kleinen Engel an.« Harry kniete sich hin, um alle vier Katzen und Tucker zu streicheln.
Eloquenz kicherte. »*Wenn die wüsste.*«
»*Sei nicht so selbstherrlich*«, tadelte Cazenovia sie. »*Die Menschen erkennen nicht, worüber wir sprechen, aber sie erkennen Selbstherrlichkeit.*«
»Ich weiß nicht, was ich ohne die zwei machen würde.« Herb lächelte liebevoll. »Sie helfen beim Predigtschreiben, sie haben ein Auge auf die Pfarrkinder, sie hinterlassen kleine Pfotenabdrücke auf den Möbeln.«
»Und sie haben bestimmt auch welche auf den Teppichen hinterlassen.« BoomBoom mochte Katzen.
»Ja, haben sie, aber die Abnutzung der Teppiche kann ich

ihnen kaum ankreiden. Es ist ein Glück, dass wir eine gut besuchte Kirche sind, aber das fördert natürlich Abnutzung und Verschleiß.« Herb sah auf seine Uhr. »Das Spiel fängt in einer Stunde an. Gehen Sie hin?«
»Ja«, sagten die zwei Frauen gleichzeitig.
»Schön, dann sehen wir uns dort. Ich gehe besser noch einmal durchs Haus und mache die Türen zu. Das spart Heizkosten in diesen kalten Nächten. Ich muss sparen, wo ich kann.«
Als er durch den Flur ging, drängte Mrs. Murphy Harry: *»Los, Mom, lass uns hier verschwinden!«*
Cazenovia und Eloquenz sausten in den Versammlungsraum und fläzten sich mit betonter Lässigkeit aufs Sofa. Mit übertrieben betonter Lässigkeit.
»Bis nachher, Rev«, rief Harry. Sie warf sich ihren Mantel über und hielt für ihre Tiere und BoomBoom die Tür auf.
»Puuh«, hauchte Pewter, als sie in das grässliche Wetter hinaustrat.

2

Das Basketball-Stadion, das demnächst erneuert werden sollte, ragte wie eine gigantische weiße Muschel aus dem Asphaltmeer. Dass etwas so unbeschreiblich Hässliches zur Universität von Virginia gehörte, einem der schönsten Anwesen Amerikas, war ein schändliches Kuriosum. Zum Glück lebte Thomas Jefferson, der Gründer der Universität, nicht mehr; denn bekäme er die Muschel zu sehen, er würde auf der Stelle tot umfallen.

Harry hatte eine neue Wolldecke, die sie auf den Sitz ihres alten Transporters legte, dazu eine zweite, ältere Decke, in die sich Katzen und Hund kuschelten. Die drei Freundinnen schmiegten sich aneinander, vergruben sich in der

Decke und hielten sich gegenseitig mollig warm, aber vorher mussten sie noch gründlich meckern.

»*Ich hasse das!*« Mrs. Murphy kniff die Augen zusammen, als Harry durch den Graupelregen zum Stadion spurtete. »*Ich wär lieber hier als dort. Das Trampeln und Brüllen kann ich aushalten. Den Summer, den ertrag ich nicht.*« Pewter vollführte zwei Kreise, dann legte sie sich hin.

Tucker beobachtete mit nach vorn gerichteten Ohren, wie die Menschen bei dem schlechten Wetter lachten, Regenschirme aufspannten, in den Graupeln schlitterten, die sich allmählich verdichteten. »*Muss schlimm sein, kein Fell zu haben. Denkt nur an das Geld, das sie für Regenmäntel ausgeben müssen. Gore-Tex-Sachen kosten ein Vermögen. Barbourmäntel auch. Aber das Zeug ist echt gut. Stellt euch bloß mal vor, wie schrecklich es sich anfühlen muss, wenn man kaltes Wasser auf die nackte Haut kriegt. Arme Menschen.*«

Fred Forrest, der für Baubestimmungen zuständige Bezirksinspektor, ging an dem Transporter vorbei. Seine Hände steckten in den Manteltaschen, und wie immer runzelte er die Stirn.

»*Was meint ihr, ob Herb die geschändeten Oblaten schon gefunden hat?*« Pewter kicherte, ein helles kleines ansteckendes Kichern.

»*Könnt ihr euch vorstellen, am Altargitter zu knien und eine Oblate mit Abdrücken von Reißzähnen gereicht zu kriegen?*« Mrs. Murphy stimmte in das Gekicher ein.

»*Ich hab meine alle aufgegessen. Habt ihr wirklich welche bloß angebissen?*« Tucker kuschelte sich neben die zwei Katzen, die ihr dichtes Fell liebten.

»*Na klar. Das ist das halbe Vergnügen.*« Pewters Seiten wabbelten.

Tucker lachte ebenfalls. »*Herrje, ich wollte, ich könnte das Abendmahl empfangen.*«

»*Vorher musst du den Katechismus lernen*«, antwortete Pewter keck. »*Wir haben natürlich schon den Katzechismus intus.*«

Fast wären sie vor Lachen von der Sitzbank gefallen.

»*Wisst ihr was?*«, fragte Mrs. Murphy, die in Fahrt gekommen war. »Ist euch schon mal aufgefallen, wenn sie gemeinsam das Vaterunser beten, hört es sich an wie ›Sonja stößt uns zu dem Bösen‹?«

»Du bist unmöglich.« Der kleine, aber kräftige Hund tat entsetzt.

»Gott hat uns Sinn für Humor gegeben. Also wird erwartet, dass wir ihn auch anwenden«, erklärte Pewter resolut.

»Ja, Miranda hat Sinn für Humor und ist fromm. Sie war sogar eine Weile nahe daran, eine fromme Tante zu werden«, sagte Tucker nachdenklich über die ältere Frau, die sie innig liebte.

»Sie braucht das. Bei der Arbeit im Postamt würde man ohne Sinn für Humor ja bekloppt«, sagte Mrs. Murphy.

»Wieso?«

»Tucker, das ist ein öffentliches Gebäude. Es gehört dem amerikanischen Volk, und jeder kann kommen und gehen. Wenn man im Postamt arbeitet, muss man sich mit jedem abgeben, der durch die Tür kommt. Das ist nicht wie in einer Anwaltskanzlei oder Arztpraxis, wo sie einen rausschmeißen können, wenn man da nichts zu suchen hat«, erklärte die hübsche Tigerkatze.

»Sie können einen rausschmeißen, wenn man lästig ist«, meinte Tucker.

»Das beträfe die Hälfte der Einwohner von Crozet.« Pewter löste bei den anderen einen neuen Kicheranfall aus.

In der gigantischen Muschel, deren eigentlicher Name »University Hall« war, meistens abgekürzt zu »U-Hall«, ließen die Leute sich nieder, um sich zu amüsieren. Sie würden vielleicht keine Kicheranfälle bekommen wie Mrs. Murphy, Pewter und Tucker, aber sie freuten sich auf einen schönen Abend.

Allein schon bei diesem Wetter von draußen nach drinnen zu kommen, erzeugte ein wohliges Gefühl.

Das Team der Clemson-Universität, Gegner des heutigen Abends, war dieses Jahr neu aufgestellt worden, weswegen das Frauenbasketballteam der UVA nicht allzu nervös war. Doch gerade dies waren die Gegner, die der Trainerin Ryan

Sorgen machten. Man sollte nie etwas für selbstverständlich nehmen. Man sollte sich auf jedes Spiel gut vorbereiten.

Harry hielt viel von Ryan und ihrer Philosophie, genau wie viele andere Dauerkartenbesitzer auch. Harry saß hinter der Bank der Heim-Mannschaft etwa auf halber Höhe des ersten Blocks, und dieses Platzabonnement erneuerte sie jedes Jahr. Harry besaß wenig frei verfügbares Einkommen, und das meiste davon ging für ihre drei Pferde drauf, aber ihr Basketballsitz war ihr lieb und teuer.

Ihr Ex-Ehemann und Freund Fair Haristeen, Doktor der Veterinärmedizin, saß auf seinem Dauerplatz neben ihrem. Neben ihm saßen Jim Sanburne, der Bürgermeister von Crozet, und seine Frau Big Mim, die Queen von Crozet. Auf der anderen Seite von Mim saß ihre Tante Tally, gut über neunzig Jahre alt und fanatisch entschlossen, kein Basketballspiel zu versäumen – oder sonst irgendwas.

In der Reihe direkt hinter ihnen saßen Matthew Crickenberger und seine Familie – seine Frau und die zwei Söhne, zehn und zwölf Jahre alt. Links von Matthew saßen die Tuckers: Ned, Susan und Brooks. Danny, der Sohn, war im ersten Jahr in Cornell, deshalb hatte Bill Langston, Hayden McIntyres neuer Partner in der Praxis, seinen Platz übernommen. Aber Bill war eben erst im Begriff nach Crozet umzuziehen, deshalb würde er frühestens nächste Woche bei den Spielen dabei sein. Hayden, ein bedachtsamer Mensch trotz seiner Direktheit, die im Süden nie als bedachtsam angesehen wird, hatte den Tuckers den Platz abgekauft in der Hoffnung, damit dem jungen, unverheirateten Arzt die Eingliederung in die Gemeinde zu erleichtern. Er hatte Cynthia Cooper, die Stellvertreterin des Sheriffs, zu dem Spiel heute Abend eingeladen, aber sie musste im Sheriffbüro Spätschicht schieben.

Tracy Raz, Mirandas Schatz, pfiff mit Josef P. das Spiel. Das P. stand für Pontiakowski – ein bisschen schwierig für die Bewohner eines so englisch angehauchten Ortes wie Charlottesville, deshalb nannten ihn alle »Josef P.«.

Miranda saß ihren Freunden gegenüber auf der anderen

Seite des Spielfeldes. Sie hatte einen sehr guten Platz, den das Institut für die Ehefrau oder Freundin des Schiedsrichters zur Verfügung stellte. Sie genoss den Platz besonders, weil sie ihre Freunde beobachten konnte. Sie sah sie kreischen und brüllen, weil das Clemson-Team ein dichtes, schnelles Spiel lieferte. Sie sah H. H. Donaldson, seine Frau Anne, Professorin an der UVA, und ihre zwölfjährige Tochter Cameron, die vor Harry saß, mit H. H. zu ihrer Rechten, und alle sprangen immerzu auf und klatschten und stampften gleichzeitig, um Virginia anzufeuern. Fred Forrest brüllte am lautesten. Da er viele Reihen hinter Harry und ihren Freunden saß, störte seine Lautstärke kaum. Mychelle Burns, seine Assistentin, eine kleine, feenhafte Afroamerikanerin, war bei ihm. Sie brüllte so laut wie Fred.

H. H. war mit Ende dreißig ein Getriebener. Wie Fred lotete H. H. bei sportlichen Ereignissen neue Tiefen aus. War Hayden McIntyre direkt, so war H. H. zeitweilig regelrecht grob. Alle schrieben dies dem Umstand zu, dass er in ärmlichen Verhältnissen aufgewachsen war und Komplexe hatte. Anne und Cameron waren reizend, was dazu beitrug, H. H.s Mundwerk zu mäßigen.

»Unter den Korb! Unter den Korb!«, schrie H. H. so laut, wie es seine nicht unbeträchtlichen Lungen zuließen.

BoomBoom Craycroft saß zwei Reihen hinter Harry. Sie war begeistert über den knappen Spielstand. Neben ihr saßen Blair Bainbridge und Little Mim Sanburne, seine Begleitung. BoomBoom hatte bislang nichts mit Blair gehabt, einem gut aussehenden international beschäftigten Model, aber sie dachte sich, kommt Zeit, kommt Bett. BoomBoom meinte ein Anrecht auf jeden Mann zu haben, den sie einigermaßen interessant fand. Da sie glaubte, die meisten Männer interessierten sich für sie – und die meisten taten es –, ging sie nach ihrem eigenen Plan vor. Da Blair nun Little Mims Begleiter war, hatte BoomBoom nichts zu melden. Es ging ihr nicht so sehr darum, dass sie ihn haben musste, es ging ihr darum, dass sie ihn nicht gehabt hatte.

Um die Sache zu verschlimmern, war sie ohne Begleiter zu dem Spiel gekommen, weil sie mit Blairs Anwesenheit gerechnet hatte. Es war ihr entgangen, welche Fortschritte seine Bekanntschaft mit Little Mim machte. Bis zu dem Clemson-Spiel hatte auch Big Mim, Little Mims Mutter, nicht besonders darauf geachtet. Jetzt passte sie auf.

Jessie Raynor, die Centerspielerin des Clemson-Teams, ein über eins achtzig großes Mädchen, war gut koordiniert – was so große Menschen oft nicht sind. Sie sprang hoch in die Luft, über den Kopf von Tammy Girond, dem Mädchen, das sie deckte, und erzielte aus dem Handgelenk einen Drei-Punkte-Korb.

»O nein!«, schrie Harry zusammen mit den anderen Virginia-Fans.

Spielstand unentschieden.

Tracy und Josef trieften beide von Schweiß. Sie waren so weit und angestrengt gerannt wie die Mädchen. Es war ein sauberes Spiel gewesen, bis eben jetzt, da Tammy frustriert Jessie, der Flügelspielerin des Clemson-Teams, mit der flachen Hand ins Gesicht schlug.

Josef pfiff ein Foul gegen Tammy Girond. Sie hielt ihm die geballte Faust vors Gesicht, und er schickte sie vom Platz. Alle waren auf den Beinen, beide Bänke, sämtliche Zuschauer.

Jessie übernahm die wegen des Fouls zugesprochenen zwei Freiwürfe und versenkte sie.

Tracy Raz warf den Ball zu der krausköpfigen Frizz Barber, die hinter der Endlinie wartete.

Es waren noch sechs Sekunden zu spielen, und der Augenblick war spannungsgeladen. Frizz spielte schnell ihrer Mitspielerin Jenny Ingersoll zu. Die Clemson-Spielerinnen, in der Frau-zu-Frau-Deckung, schlossen die Virginia-Spielerinnen ein. Die Zeit verrann, und Jenny dribbelte zwei Schritte nach rechts, dicht gedeckt von der Clemson-Spielerin. Dann blieb sie stehen, drehte sich nach links, sprang mit beiden Füßen ab und warf. Der Ball prallte vom Korbringrand ab. Jessie Raynor, die Hände hoch über dem

Kopf, sprang hoch, schnappte den Ball. Der Summer ertönte. Das Spiel war aus.

Die Clemson-Bank leerte sich, die Mädchen purzelten übereinander. Was für eine Aufregung!

Der Lärm der Menge wurde schwächer, als hätte jemand die Lautstärke am Radio heruntergedreht. Die Virginia-Spielerinnen überquerten niedergeschlagen mit Trainerin Ryan das Spielfeld. Sie gab der Clemson-Trainerin die Hand, die Mädchen schüttelten ihren unterdessen erholten Gegnerinnen die Hände. Respekt spiegelte sich auf den Gesichtern der Virginia-Spielerinnen. Sie würden Clemson nie wieder auf die leichte Schulter nehmen. Sie hatten soeben erfahren, wie klug es von Ryan war sie zu ermahnen, einen Gegner niemals zu unterschätzen.

Die Menge besann sich schließlich auf ihre Manieren und applaudierte dem Clemson-Team höflich. Als die Spielerinnen sich in die Umkleidekabinen zurückzogen, marschierten die Fans stumm hinaus.

Es war mitten in der Saison. Die Mannschaften in der Liga wurden allesamt besser. Als die Menge sich durch die umlaufenden Flure schob, unterhielt man sich über die Zähigkeit des Clemson-Teams und tat seine Meinung zum nächsten UVA-Spiel kund.

Josef P., noch in seinem gestreiften Schiedsrichterhemd, sprintete auf den Parkplatz hinaus zu seinem Auto. Er holte eine Sporttasche heraus, und als er sich umdrehte, um durch den Graupelregen zurückzurennen, hielt Fred Forrest ihn auf. Er war allein, weil Mychelle zu ihrem Wagen auf der anderen Seite des Parkplatzes gelaufen war.

»Du hast uns das Spiel vermasselt, du Arschloch!«

Matthew Crickenberger, der auf dem Weg zu seinem Wagen vorbeikam, blieb stehen. »Hey, das geht ja wohl zu weit.«

»Sagen Sie mir nicht, was ich zu tun habe. Sie sind der Letzte, der mir sagen sollte, was ich zu tun habe«, höhnte Fred.

»Was wollen Sie machen, Fred, mir eine Strafe aufbrummen, weil ich an einer Zufahrtsrampe achtzig Millimeter abgewichen bin?«, sagte Matthew, aber mit einer gewissen Leutseligkeit.

Josef stand schaudernd im Graupelregen, als Fred ihm in den Weg trat. H. H. kam dazu, nachdem er seine Familie zu dem Kombi geschickt hatte.

»Ich mach, was ich will!«, schrie Fred, der nach dem Spiel noch viel Adrenalin ausschüttete. »Merken Sie sich das.« Er wies mit dem Finger auf H. H. »Sie auch. Reiche Arschlochbande. Und du, Arschloch« – Fred litt an einem mageren Wortschatz –, »entscheide so in einem Entscheidungsspiel, und du bist ein toter Mann.«

»Gehen Sie nur«, sagte Matthew zu Josef und baute sich vor Fred auf, um ihn daran zu hindern, Josef einen Schwinger zu verpassen. »Um Himmels willen, Fred, es ist doch nur ein Spiel.«

Josef rannte schaudernd zur »U-Hall« zurück. Inzwischen hatte sich eine Menge eingefunden, einschließlich Harry, BoomBoom, Fair, Big Mim, Jim, Little Mim, Blair und anderen. Tante Tally schmollte in Big Mims Bentley, doch ihre Nichte wollte ihr nicht erlauben, in dem immer grässlicher werdenden Wetter herumzustehen.

Die Tiere, die vom Türenschlagen aufgewacht waren, sahen zu. Sie hörten Bruchstücke von dem Krach, der eine Wagenreihe von ihrem Transporter entfernt war.

Dann nahm Fred sein Publikum ins Visier. »Es ist nicht nur ein Spiel. Basketball ist Leben.« Er spuckte neben H. H.s Schuh auf die Erde.

»Wie ungehobelt.« Blair baute sich vor Fred auf.

»Sie sollen tot umfallen«, knurrte Fred in das hübsche Gesicht.

»Das ist schlechter Sportsgeist, Fred, und Sie sollten sich schämen.« H. H. war entsetzt.

»Das müssen Sie gerade sagen. Sie sind bei dem alten Miller-und-Rhoads-Gebäude rumgekrochen, als Matthew nicht da war. Um rauszukriegen, wie Sie mit den großen Tieren konkurrieren können.«

H. H., der bei dem Thema Konkurrenz mit Matthew ein bisschen empfindlich war, schlug nach Fred und traf ihn mitten in die Eingeweide.

Fred sackte vornüber. Fair Haristeen, stark wie ein Ochse, packte H. H. schnell von hinten und zog ihn rückwärts zu seinem Familienkombi.

Fred, dem Matthew auf die Beine half, schrie ihm hinterher: »Sie krieg ich dran! Benehmen Sie sich bloß anständig, sonst mach ich Ihnen das Leben zur Hölle!«

»Jetzt reicht's, Fred.« Matthew war entsetzt über den drahtigen Inspektor mittleren Alters.

»Arschloch«, knurrte Fred Matthew an, dann stelzte er davon.

»Saftsack!« Little Mim schüttelte den Kopf, wobei sie Schneeflocken verstreute. Die Graupeln wurden allmählich zu Schnee.

»Sprich nicht so gewöhnlich«, sagte ihre Mutter leise. Big Mim war in Nerz gehüllt, ihren zweitbesten Wintermantel.

»Ach Mutter.« Little Mim kehrte ihrer Mutter den Rücken zu, schob ihre Hand in Blairs. »Lass uns zu ›Oxo‹ gehen, ja?«

Mim machte ein finsteres Gesicht, als ihre Tochter fortschlenderte. Dann wandte sie sich an Harry, die neben ihr stand. »Überlegen Sie es sich gut, bevor Sie sich Kinder anschaffen.«

»Vorher heirate ich bestimmt.« Harry versuchte die Situation aufzulockern.

»Recht so.« Big Mim atmete aus, blickte dann zum Himmel. »Wir sollten machen, dass wir nach Hause kommen, bevor die Graupeln hier unter dem Schnee zu Eis gefrieren.«

»Schon passiert, Schätzchen, schon passiert.« Big Jim wandte sich wieder seiner Frau zu, nachdem er beobachtet hatte, wie Fair den widerstrebenden H. H. in seinen Wagen verfrachtete.

»Wirklich, Little Mim sollte bei diesem Wetter nicht unterwegs sein. Die Straßen werden immer schlimmer.«

»Blair hat seinen Geländewagen genommen, Schätzchen. Er wird sie heil und gesund nach Hause bringen.«

Big Mim sagte nichts, sondern steuerte auf den Bentley zu, ihren Mann im Schlepptau. Sie würde morgen ein Wörtchen mit ihrer Tochter reden.

Fair gesellte sich wieder zu Harry und BoomBoom, eine interessante Perspektive, da die eine seine Ex-Frau und die andere seine Ex-Geliebte war. Das Leben in einer Kleinstadt bietet viele solcher Perspektiven, und entweder stellt man sich darauf ein, oder man steigt aus. Wäre man eingeschnappt und würde erklären, man spricht nicht mehr miteinander, hätte man bald niemanden mehr zum Reden, und das geht einfach nicht. Die Leute müssen sich den Unbilden des Lebens anpassen.

»Darf ich die Damen auf einen Drink einladen?«

Harry lehnte ab: »Nein danke, ich möchte nach Hause, bevor es schlimmer wird auf den Straßen. Mim hat Recht, und ich weiß, ich höre mich wie eine Pfeife an, aber ich mag's nun mal nicht, wenn's so aussieht wie jetzt.«

»Geht mir genauso«, stimmte BoomBoom ein.

Enttäuscht, weil er gern mit Harry zusammen gewesen wäre, sagte Fair: »Dann holen wir's eben beim nächsten Spiel nach. Ihr habt sozusagen einen Regengutschein oder vielmehr Graupelgutschein.« Er lachte.

Harry überlegte kurz. »Warum nicht?«

BoomBoom meinte: »Ja, ich denke, es wäre – lustig.«

BoomBooms Affäre mit Fair Haristeen hatte sich abgespielt, als Fair von Harry getrennt lebte, das behauptete er zumindest. Das hatte Harry bewogen, die Scheidung einzureichen. Fair, der damals Anfang dreißig war, hatte eine Krise durchlebt. Ob Midlife-, Männlichkeits- oder sonst eine Krise, es war eine Krise und hatte ihn seine Ehe gekostet, was er zutiefst bedauerte. BoomBoom, die Männerbekanntschaften nie ernst nahm, hatte den großen blonden, gut aussehenden Tierarzt bald satt gehabt. Ihre Schönheit und Koketterie führten ihr immer wieder einen Mann oder Männer zu, was vielleicht der Grund war, weswegen sie Beziehungen nicht ernst nahm. O ja, sie wollte stets am Arm eines gut aussehenden oder reichen Mannes sein, am besten beides, aber Männer waren für sie nicht viel mehr als Mittel zum Zweck, und dieser Zweck hieß Bequemlichkeit, Luxus und hoffentlich Amüsement.

Jetzt, da sie reifer und Ende dreißig wurde, fing sie an, diese Einstellung zu überdenken.

Harry ihrerseits hatte Herz und Seele an Fair verloren. Als die Beziehung sich auflöste, war sie am Boden zerstört. Es dauerte Jahre, bis sie sich erholt hatte, wenngleich ihr oberflächlich nichts anzumerken war. Natürlich waren Fairs Entschuldigung und sein Wunsch, sie zurückzugewinnen, dem Heilungsprozess förderlich, doch hatte sie es nicht eilig, zu ihm zurückzukehren. Sie fragte sich, ob BoomBoom nicht vielleicht doch die richtige Einstellung zu Männern hatte: Benutze sie, ehe sie dich benutzen. Eine solche Haltung gegenüber Menschen entsprach jedoch nicht Harrys Naturell, und im Grunde unterschied sie nicht zwischen Männern und Frauen. Menschen waren Menschen, und Moral kam nicht in hübsch verschnürten Geschlechterpäckchen daher. Ein rechtschaffenes Leben zu führen fiel jedem schwer. Sobald ihr klar wurde, dass sie Fair verziehen hatte, war sie sich nicht sicher, ihn jemals wieder lieben zu können.

Sie hoffte sehr, sich wieder zu verlieben, wenn nicht in Fair, dann in einen anderen, aber irgendwie schien es ihr nicht mehr so wichtig zu sein wie früher. Wie sich zeigte, gehörte der Verlust von Fair zum Besten, was ihr je passiert war. Sie war gezwungen, auf ihre eigenen inneren Werte zurückzugreifen, konventionelle Weisheiten in Frage zu stellen.

Während die Gruppen sich zu ihren Fahrzeugen begaben, kamen Miranda und Tracy Raz aus der Turnhalle. Tracy, frisch geduscht nach dem Spiel, hatte den Arm eng um seine Miranda gelegt.

Harry winkte ihnen zu. »Bis morgen.«

Miranda glücklich zu sehen machte sie glücklich. Sie

wusste jetzt, was wahre Liebe war: die Freude an der Existenz eines anderen Menschen.

Sie hatte gewiss Freude an Mrs. Murphy, Pewter und Tucker, die sie begrüßten, als sie die Tür des 1978er Ford-Transporters öffnete.

»*Das war 'n Spiel, was, Mom?*« Tucker wedelte mit dem nicht vorhandenen Schwanz.

»*Wir haben das Wort ›Arschloch‹ ziemlich oft gehört*«, erklärte Pewter kichernd; sie hatte schon den ganzen Tag die Kicheritis gehabt.

»*Weil Fred Forrest eins ist.*« Mrs. Murphy verkündete das Urteil. »*Karma.*«

»*Du hast 'ne Abendmahloblate gegessen und glaubst an Karma?*« Tucker tat schockiert. Harry machte die Tür zu, ließ den Motor an und schaltete die Heizung ein.

»Ihr seid ja so gesprächig. Habt mich wohl vermisst.« Harry lächelte.

»*Wir führen eine Religionsdiskussion*«, antwortete Pewter.

»*Könnt ihr an Ideen von verschiedenen Religionen glauben?*«

»*Nein, davon spricht Tucker ja gerade. Vermutlich aus einem Anfall von schlechtem Gewissen, nachdem sie so viele Abendmahloblaten gegessen hat. Hunde sind ja solche Schweine.*« Mrs. Murphy hielt inne. »*Ich habe ›Karma‹ gesagt, weil Fred Forrest säen wird, was er geerntet hat.*«

»*Sie muss ein ganz heiliger Hund sein.*« Pewter lehnte sich an den Corgi.

3

Der Schnee fiel gleichmäßig, doch dank der neuen gelben Schneepflüge, die der Staat angeschafft hatte, waren die Straßen am nächsten Tag passierbar. Auf den Hauptverkehrsadern schoben mehrere Pflüge den Schnee auf ständig wachsende Wälle. Auch die kleineren Straßen wie die Route 250 und die Route 240, die Hauptwege nach Crozet, wurden von mindestens einer großen Maschine frei gehalten.

Zudem besaß fast jeder auf dem Land einen Geländewagen. Es war Schwachsinn, keinen zu haben. Die riesigen Sprit fressenden Straßenkreuzer, in der Großstadt so fehl am Platze, waren auf dem Land ein Geschenk des Himmels.

Rob Collier, der die Postsäcke vom Hauptpostamt an der Route 29 in Charlottesville ablieferte, stampfte den Schnee von den Füßen. »Nicht schlecht.«

Harry sah auf die große Uhr, die halb acht zeigte.

»Hallo!« Miranda schwebte durch den Hintereingang. »Rob, Sie sind ja munter und zeitig auf den Beinen.«

»Bin ich immer. Hey, wie ich höre, kriegt ihr vielleicht einen Neubau.«

Miranda winkte ab. »Das höre ich seit 1952.«

»Diesmal könnte es klappen. Ihr seid ziemlich beengt hier drin.« Er tippte an seine Baseballkappe und ging.

»*Dann hätten wir einen schönen, größeren Bau zum Spielen*«, überlegte Mrs. Murphy.

»*Die sollen die Finger davon lassen. Wozu das Geld ausgeben?*«, erwiderte Tucker.

»*So funktioniert das nun mal bei der Regierung der Menschen; sie müssen das Geld ausgeben, weil sie es sonst anderswo verplempern würden. So was von plemplem. Jeder Bezirk hat sein Budget, und das Geld muss ausgegeben werden. Die Menschen sind bescheuert*«, sagte Pewter.

Harry zog die Postsäcke hinter die Schließfächer, und als würde sie Pewters Meinung, die Menschen seien bescheuert, unterstreichen, fragte sie: »Hat Josef Tracy erzählt, was auf dem Parkplatz passiert ist?«

»Allerdings. Was ist bloß in Fred gefahren? Er hat keinen Grund, sich so aufzuführen.«

»Sie hätten H. H. und Matthew sehen sollen, als er ihnen drohte, er würde sie drankriegen. Und jedes zweite Wort aus seinem Mund war ›Arschloch‹.« Harry hob die Stimme. »Ich konnte es nicht fassen.«

»Aber war es nicht ein tolles Spiel?«

»Wenn wir gewonnen hätten, wär's noch toller gewesen.« Harry hob die Trennklappe zwischen Publikums- und Arbeitsbereich hoch. »Schauen Sie nur, was da runterkommt. Ich glaube, der Sturm wird schlimmer, als der Wetterbericht vorausgesagt hat.«

»Ist Ihnen schon mal aufgefallen, dass das Wetter umschlägt, sobald wir Neujahr hinter uns haben? Winter.«

»Ja. Nun, die Pflicht muss getan werden, egal, wie das Wetter ist. Gott segne den Menschen, der die Thermounterwäsche erfunden hat.«

»Ich bekomme immer kalte Füße und Hände. Das kann ich nicht ausstehen.« Miranda rieb ihre Hände aneinander.

Die Hauptgesprächsthemen an diesem Morgen waren das Wetter und das Basketballspiel.

Big Mim öffnete um elf Uhr die Tür. »Ich bin spät dran. Hab ich was verpasst?«

Gewöhnlich erschien sie morgens, wenn die Türen geöffnet wurden.

»Nein. Wetter und Basketball. Sonst keine Neuigkeiten.« Harry beugte sich über den Schalter.

Hinter ihr schliefen die Katzen auf dem Stuhl an dem kleinen Küchentisch. Tucker hatte sich auf ihrem großen Bohnensack zusammengekuschelt.

»Unter uns, Mädels.« Mim klang verschwörerisch. »Sagt mal, wie findet ihr das, dass meine Tochter mit Blair zusammen ist?«

»Ah.« Harry drückte sich vor einer Äußerung.

»Es ist wunderbar.« Miranda trat neben Harry. »Mim, meine Liebe, wie wär's mit einer Tasse Kaffee oder Kakao?«

»Nein danke. Ich möchte ein paar Besorgungen machen, solange ich noch fahren kann. Wenn das so weitergeht, legt der Schnee noch die Schneepflüge lahm.«

»Sieht ganz danach aus.«

»Findet ihr wirklich, sie passen gut zusammen?«

»Es geht nicht darum, was wir finden. Es geht darum, was sie finden«, antwortete Miranda.

»Aber er ist Model. Welche Aussichten hat so einer, jetzt, wo er älter wird? Ich weiß, er verdient gut, aber, nun ja ...«

»Er ist intelligent. Er wird eine Beschäftigung finden, hat sein Geld klug angelegt. Vergiss nicht, er ist an Teotan beteiligt.«

»Ach das. Die vielen Brunnen im Westen von Albemarle County. Das kann sich für ihn auszahlen oder auch nicht. Ich hab von dem Wasserspiegel gehört, bis es mir zu den Ohren rauskam, und seit dreißig Jahren höre ich, es wird ein neues Reservoir gebaut, und es ist bis heute nichts passiert. Das ist so ähnlich wie die Gerüchte von einem neuen Postamt.«

»Oh, haben Sie das auch gehört?«, fragte Harry.

»Solche Gerüchte kehren immer wieder wie die Malaria. Das Einzige, was ich Blair zugute halte, ist, dass er, als er bei Teotan einstieg, so klug war, H. Vane Tempest zum Partner zu machen, und H. Vane macht nicht allzu viele Fehler. Den Fehler hat natürlich Blair gemacht.«

Mim spielte auf eine Affäre an, die Blair vor ungefähr drei Jahren mit der Frau seines früheren Partners hatte.

»Niemand ist vollkommen«, erwiderte Harry leichthin, gerade als Herb durch die Tür stürmte.

Es gab eine Zeit in ihrem Leben, da hätte Harry eine Affäre verurteilt, aber sie war erwachsen geworden. Sie sah ganz nüchtern ein, dass niemand vollkommen ist, sie selbst eingeschlossen.

»Meine Damen. Oh, Harry, eh ich's vergesse, kurze Versammlung wegen dem Bodenbelag. Dauert nicht lange. Morgen Abend, wenn das Wetter es zulässt.«

»In Ordnung.«

Pewter schlug ein Auge auf. »*Ob er die Oblaten gefunden hat?*«

»*Nichts fragen. Nichts sagen.*« Mrs. Murphy wälzte sich auf die Seite.

»War das nicht ein übler Zwischenfall gestern Abend auf dem Parkplatz?« Herb schüttelte den Kopf. »Und Fred *wird* sie drankriegen. Wisst ihr noch, wie ich den Gartengeräteschuppen neben der Garage ausgebaut habe? Vier mal drei Meter, und er sagte, der Bau entspricht nicht den Bestimmungen. Hat mich fünfhundert Dollar gekostet. Er ist unmöglich. Ich würde keinen Pfifferling auf H. H.s oder Matthews Seelenfrieden geben, bis Fred über die Sache weg ist.«

»Oder besänftigt«, meinte Big Mim sarkastisch.

»Das ist das Problem. Er ist nicht zu besänftigen. Er fasst jede Freundlichkeit als Kränkung auf. Alles ist nach seiner Meinung Bestechung. Und Matthew beendet gerade ein Projekt und fängt ein neues an. H. H. hat auch zu tun. Da wird's höllisch viel zu blechen geben, verzeiht den Ausdruck.« Er zeigte ein schiefes Lächeln.

»Freitag findet ein Spiel statt. Mal sehen, was dann passiert«, sagte Miranda.

»Also, es geht doch nur darum, oder? Einschüchterung.« Herb schob den Schlüssel in sein Messingpostfach. »Er hat Josef eingeschüchtert.«

»Tracy wird er nicht einschüchtern.« Miranda blinzelte.

»Fred lebt und atmet für Frauenbasketball, seit seine Tochter für die UVA gespielt hat«, erklärte Harry. »Ich nehme an, sie macht sich an der Uni von Missouri ganz gut als Hilfstrainerin.«

»Dann soll er doch nach Columbia ziehen.« Lachend nannte Miranda den Sitz der Universität von Missouri.

»Sagt mal, hat schon jemand Hayden McIntyres neuen Partner gesehen?«, fragte Herb.

»Ich glaube, er kommt heute angeflogen.« Harry sah aus dem Fenster. »Aber wie's aussieht, ist er vielleicht nicht vor morgen hier.«

»Das ist meine Vermutung. Die Leute sitzen bestimmt auf den Flughäfen entlang der Ostküste fest. Der rechten Küste.« Miranda lächelte.

»Gegenüber der linken Küste.« Harry machte es Spaß, mit Miranda herumzualbern.

»Goldküste. Das ist Florida.« Herb sortierte seine Post.

Big Mim öffnete ihr Schließfach. Wie Herb warf sie unerwünschte Reklame und Postwurfsendungen in den Papierkorb.

»Mim, das war ein Drei-Punkte-Korb«, witzelte Herb.

Als er ging, flüsterte Pewter: »*Er hat sie nicht gefunden. Sonst hätte er was gesagt.*«

»*Wir sind aus 'm Schneider. Er kriegt nie raus, dass wir das waren.*« Mrs. Murphy wünschte, sie könnte dabei sein, wenn er die geplünderte Oblatenschachtel fand.

»*Er ahnt es vielleicht nicht, aber Mom könnte dahinter kommen.*« Tucker hatte Vertrauen in Harrys detektivische Fähigkeiten.

»*Nie. Sie würde nie glauben, dass sie Heidentiere hat.*«

Mrs. Murphy lachte so laut, dass sie zur Erheiterung der anderen und ihrer eigenen Blamage vom Stuhl kullerte.

Als sie sich vom Fußboden aufrappelte, bemüht, ihre Würde zu retten, kam H. H. herein.

»Meine Damen.«

»Hi, H. H.«, erwiderten sie.

Er öffnete sein Schließfach, holte seine Post heraus, trat dann an den Schalter, stützte sich mit beiden Ellbogen darauf. »Miranda, ich stecke in einer Zwickmühle. Ich kann mich einfach nicht entscheiden.«

Die ältere Frau kam auf die andere Seite des Schalters; ihr dunkelorangefarbener Pullover warf ein warmes Licht auf ihr Gesicht. »Sie könnten eine Münze werfen.«

»Funktioniert bei mir.« Harry lachte.

Er legte den Kopf schief; an seinen Schläfen erschienen schon vereinzelte graue Strähnen. »Es ist eine größere Zwickmühle als das. Es geht nicht so sehr um richtig und falsch. Ich hoffe, da würde ich mich richtig entscheiden. Es geht mehr um«, er machte eine Pause, »richtig kontra richtig.«

»Ah, ja, das ist schwierig.« Miranda klopfte mit den Fingerspitzen auf den Schalter. »›So gib denn deinem Knecht ein gehorsames Herz.‹« Sie brach ab. »Weiß was Besseres: ›Und der Geist des Herrn wird ruhen auf ihm, der Geist der

Weisheit und des Verstandes, der Geist des Rates und der Stärke, der Geist der Erkenntnis und der Furcht des Herrn.‹ Jesaja, elftes Kapitel, Vers zwei.«

»Ich wusste, Sie würden Ihre Weisheit austeilen.«

»Nicht meine Weisheit. Die Weisheit der Bibel.«

Harry legte einen leeren Postsack zusammen. »Gäbe es ein Fernseh-Quiz über Bibelkenntnis, Miranda würde gewinnen.«

»Ach was«, winkte Miranda ab.

»Ich glaube, sie hat Recht«, sagte H. H. zu Miranda. »Ich werde nachdenken über das, was Sie zitiert haben.«

»Ich weiß auch ein Zitat.« Harry grinste.

»Lassen Sie hören.« H. H. klopfte seine Post auf dem Schalter zu einem Packen.

»›Zwischen zwei Übeln wähle ich immer dasjenige, welches ich noch nicht ausprobiert habe.‹ Mae West.«

H. H. ging lachend zur Tür. »Das muss ich Anne erzählen.«

»Sie sind schrecklich.« Miranda schüttelte den Kopf, als die Tür zuklickte.

»Hey, wenn Sie Tugend austeilen, teile ich Laster aus, um die Waage zu halten.«

»Gegengewicht, wie?« Miranda zwinkerte.

»Sie haben's erfasst.« Harry lachte.

4

Die Dunkelheit machte Harry weit mehr zu schaffen als die Kälte. Zur Zeit der Wintersonnenwende ging die Sonne am Nachmittag um Viertel nach vier unter. Harry tröstete sich damit, dass der Sonnenuntergang inzwischen auf Viertel vor fünf gerückt war. Bei dem Schneetreiben konnte sie die Sonne freilich nicht sehen, aber an einem verschneiten, regnerischen oder bewölkten Tag gab es immer einen Augenblick, wenn das gefilterte Licht schwächer wurde und die Unterseite der Wolken sich wolfsgrau färbte, gefolgt von marineblau.

Als sie die Stallarbeit erledigt hatte, bedeckte ein Zentimeter mehr Schnee die Erde. Nichtstun ging Harry gegen den Strich; dies war der ideale Zeitpunkt, um die Krimskramsschublade in der Küche auszuleeren. Sie breitete eine Zeitung auf der Anrichte aus, zog die Schublade auf, betrachtete das Durcheinander und holte ein Schneidermaßband heraus. Sie langte wieder hinein. Diesmal war eine Hand voll Gummibänder ihre Beute. Es war lustig, der reinste Grabbelsack.

Selbst der ordentlichste Mensch, und dem kam Harry sehr nahe, brauchte eine Krempelschublade. Ehe sie alle Bleistifte herausgefischt hatte, die gespitzt werden mussten, klingelte das Telefon.

»Joes Billardsalon, Stoßball am Apparat.«

»Harry, so was Abgenuddeltes«, erwiderte Susan.

»Du nennst deine beste Freundin abgenuddelt?«

»Irgendwer muss es ja tun. Kannst du mal still sein? Ich hab 'nen Knüller.«

Mrs. Murphy und Pewter, die auf der Küchenanrichte direkt hinter der Zeitung lümmelten, spitzten die Ohren. Es war ein ungeheuer aufregender Gedanke, dass es Gummibänder zu stibitzen gab, Bleistifte, um sie auf dem Boden herumzurollen, doch Harry war an diesem verschneiten Abend überaus wachsam.

»Erzähl schon.«

»H. H. hat Anne verlassen.«

»Was?«

»Sie ist bei Little Mim und heult sich die Augen aus. Cameron ist bei ihr und ihrer Mutter eine große Stütze.«

»Wer hat dir das erzählt?«

»Little Mim. Sie meint, Anne soll mit Ned reden. Ehe Ned ans Telefon konnte, hat sie mir alles erzählt. Ich konnte Anne weinen hören. Es ist furchtbar, wirklich. Dieser Mistkerl. Er hätte bis zum Frühjahr warten können.«

»Was hat das damit zu tun?«

»Wenn das Wetter schön ist, sind schlechte Nachrichten leichter zu ertragen.«

»Wenn das so ist, warum hat T. S. Eliot dann geschrieben, ›April, der ärgste Monat‹?«

»Weil er aus St. Louis stammt. Ich bin sicher, dort ist der April arg.« Susan paffte in den Hörer. »Dann wurde er englischer als die Engländer. Ich wusste doch, es gab einen Grund, weshalb ich in der Schule die vielen Poesiekurse belegt habe. Da siehst du, du hast es schon wieder getan. Mich abgelenkt. Ich hasse das.«

»Ich hab gar nichts gemacht, Susan. Gott, abgesehen davon, dass er ein guter Anwalt ist, muss dein Mann ein Heiliger sein, um es mit dir auszuhalten. Und, spricht er mit Anne?«

»Auf der anderen Leitung.«

»Es wundert mich, dass du nicht an ihm klebst und versuchst alles aufzuschnappen, was sie sagt.«

»Er würde mir das nie erlauben. Das weißt du doch.« In Susans Stimme schwang Enttäuschung.

»Rauchst du?«

»Warum fragst du?«, sagte die Frau, die eine Churchill-Zigarre in der Hand hielt.

»Ich hab dich paffen gehört.«

»Oh – hm – ja. Harry, ich will diesen Winter nicht zunehmen. Jeden Winter lege ich fünf Pfund zu, verdammt noch mal, und dann war ich fünfunddreißig, und eh ich michs versah, waren es sieben Pfund. Drum rauche ich diese dicke Zigarre. Die kleinen sind zu herb, die großen sind milder.«

»Kannst du keine Schlankheitspillen nehmen?«

»Von denen muss man bloß aufs Klo. Sie wirken eigentlich gar nicht, und die, die wirken, hat das Gesundheitsministerium vom Markt genommen, weil sie die Leber kaputtgemacht haben. Herrje, ich würde nicht so viele nehmen, dass sie mir die Leber kaputtmachen. Ich will bloß im Winter kein Übergepäck haben, das dann im Frühjahr so schwer wieder loszuwerden ist. Vielleicht ist der April des-

wegen der ärgste Monat. Eine Frau fängt an nachzudenken, wie sie im Badeanzug aussehen wird.«
»Susan Tucker.«
»Da siehst du, ich hab ein literarisches Rätsel gelöst.«
»Und jetzt zurück zum realen Rätsel. Warum hat H. H. Anne verlassen?«
»Ach das.« Es folgte eine lange Pause. »Er hatte mal wieder eine Affäre.«
»Ah, tut mir Leid, das zu hören. Hat Anne oder Little Mim gesagt, mit wem?«
»Nein, aber ich hab das Gefühl, das ist keins von seinen üblichen Techtelmechteln.«
»Uff.«
Da Harry und Susan von Kind an befreundet waren, konnten sie quasi Steno miteinander reden, und oft brauchten sie gar nicht zu reden.
»Sehr richtig. Wenn die Tränen einen erst ausgetrocknet haben, fegt die Wut herein wie der Nordwind. Hoffentlich kommt H. H. wieder zur Vernunft. Jeder gerät mal in Versuchung. Sonst wäre man kein Mensch, oder?«
»Ja«, stimmte Harry zögernd zu.
»Sieg bedeutet, man kehrt sich von der Versuchung ab. Gott, ich hör mich an wie mein Vater. Aber es ist wahr. Und H. H. hat eine süße zwölfjährige Tochter, auf die er Rücksicht nehmen muss. Das ist so ein tolles Alter.«
»Du denkst doch nicht, es könnte BoomBoom sein, oder?«
»Harry, es ist nicht jedes Mal BoomBoom, wenn jemand in dieser Stadt eine Affäre hat.«
»Du hast Recht. Die Hälfte der Stadt ist weiblich.«
»Ach bitte. Komm drüber weg, ja?«
Ein langes Schweigen folgte.
Schließlich murmelte Harry: »Bin ich. Fast. Bin ich.«
»Gut. Ich hab dich irrsinnig gern, Harry, wie meine zweite Haut, aber das geht jetzt lange genug. Ich will nicht, dass meine beste Freundin eine verbitterte Frau wird, und außerdem war das eine Beziehung, die eigentlich nirgends hingeführt hat. Er hat seine Schulden bezahlt.«

»Das haben wir vermutlich alle, und ich weiß, es ist hochmütig, so was von BoomBoom zu sagen, aber sie ist so, äh, heißblütig. Die Männer fressen das geradezu. Und wenn ich hundertzehn werde, ich werde nie kapieren, warum sie auf Frauen fliegen, die so auffallend sind. Gibt's ein anderes Wort dafür? Ich möchte gerne denken, einige stehen auf Kühlheit.«

»Manche ja. Sie haben aus Grace Kelly einen Star gemacht.«

»Frauen haben aus Grace Kelly einen Star gemacht.«

»Harry, du bist streitlustig. Nur ganz wenige Schauspielerinnen werden Megastars, wenn sie nicht auf beide Geschlechter wirken.«

»Du hast Recht. Okay, kluges Kind, du Weise von Crozet, wer ist die Grace Kelly von heute?« Eine Spur Triumph schlich sich in Harrys angenehme Stimme, die keiner vergaß, der sie einmal gehört hatte.

»Hm, wie wär's mit Gwynneth Paltrow? Cate Blanchett?«

»Ach, die sind beeindruckend, aber es ist nicht fair, so jemanden mit einer entschwundenen Göttin zu vergleichen oder mit einer lebenden wie Sophia Loren.«

»Und nun zurück zu dem, was du vorhin gesagt hast: Die halbe Stadt ist weiblich, erinnerst du dich?«

»Ja.«

»Woher willst du wissen, ob sich nicht ein paar Frauen nach BoomBoom verzehren?«

»Weiß ich nicht.« Harry lachte. »Aber sie verzehrt sich nicht nach ihnen. Oh, das würde mir gefallen, GE-FAL-LEN, wenn BoomBoom lesbisch wäre. So eine segensreiche Erleichterung.« Sie überlegte einen Moment. »Hey, gewöhnlich denke ich nicht drüber nach, ob jemand schwul ist, aber was, wenn H. H. Anne wegen einem Mann verlassen hat? Er flirtet dauernd herum. Vielleicht ist es eine Bemäntelung oder eine Methode, vor seiner wahren Orientierung davonzulaufen. Was meinst du?«

»Unwahrscheinlich.«

»Ja, aber es wär doch scharf. Heterosexuelle Skandale sind ein bisschen abgedroschen. Es gibt so viele.«

»Du machst mich fertig. Wie auch immer, wenn H. H. schwul wäre, wüssten wir's. Man kann das bei Männern immer erkennen. Viel leichter als bei Frauen. Manchen Frauen.«

»Stimmt, aber wer? Nicht wer schwul ist, sondern wer ist diejenige, mit der er schläft?«

»Wer weiß? Immerhin kommt er mit 'ner Menge Frauen zusammen. Viele seiner Kundinnen sehen gut aus, oft sind sie verheiratet, da er gewöhnlich Eigenheime baut. Freilich hat er jetzt zu großen kommerziellen Projekten gewechselt.«

»Er hofft zu großen kommerziellen Projekten zu wechseln. Er hat nicht die Klasse von Matthew Crickenberger«, bemerkte Harry.

»Mit der Zeit könnte er's schaffen.«

»Stimmt. Du sagst, er kommt mit Vorstandsmitgliedern von Banken und mit Typen von großen Firmen zusammen. Viele von denen sind bestimmt gut aussehende Frauen. Ist dir schon mal aufgefallen, wie viele erfolgreiche Leute gut aussehen?«

»Ja. Sie sind vielleicht nicht umwerfend, aber sie machen das Beste aus sich. Das zeugt von Intelligenz. Man kann nicht richtig erfolgreich sein, wenn man nicht gut aussieht.«

»Ich bin sicher, es gibt einen animalischen Grund dafür.«

»Spricht sie jetzt über uns?«, wunderte sich Pewter.

»Keine Ahnung.« Mrs. Murphy hörte dem Gespräch zu, auch wenn Susan schwer zu verstehen war.

Die Tiere wünschten, Harry würde sich eine moderne Telefonanlage mit einem Lautsprecher kaufen. Die andere Hälfte eines Gesprächs zu rekonstruieren erforderte kätzische Kreativität und Logik.

Harry bedauerte Anne. »Wenn ich irgendwas tun kann, sag mir Bescheid. Du wirst es eher wissen als ich. Es ist so ein schlimmes Gefühl, der Augenblick, wenn man es rauskriegt.«

»Das Erstaunliche daran ist, dass Anne bis jetzt nichts gewusst hat.«

»Der Mensch weiß nicht, was er nicht wissen will«, sagte Harry.

»Vielleicht bin ich blind.« Susans Stimme stockte einen Moment.

»Ned doch nicht. Der ist treu wie Gold.« Harry lebte auf. »Ich ahne, was Anne durchmacht, allerdings war's bei mir ein bisschen anders. Fair hat gesagt, er müsse sich selbst ›finden‹. Wo haben die Menschen nur diese grässlichen Phrasen her? Wie auch immer, er hat BoomBoom gefunden. Aber weißt du was, ich glaube, er ist schon vorher fremdgegangen. Es ist ja so leicht für einen Pferdearzt. Wenn er immer wunderbarerweise zu den Gestüten gerufen wird. Aber das ist Schnee von gestern.« Sie hielt inne. »Hat Anne ihn auf frischer Tat ertappt?«

»Weiß ich nicht. Wenn ich mehr erfahre, ruf ich dich an. Little Mim sagt, Anne und Cameron werden bei ihr übernachten. Ist sowieso keine geeignete Nacht zum Autofahren. Vielleicht wird es auch kein geeigneter Morgen, um zur Arbeit zu kommen. Miranda kann ja das Postamt für dich aufschließen.«

»Ich komm schon hin.«

»Wir werden sehen, aber spiel nicht die Heldin.«

»In Ordnung. Danke, dass du's mir erzählt hast. Wenn wir uns morgen nicht sehen, dann Freitagabend beim Spiel«, fügte Harry hinzu. »Bin mal gespannt, ob die Donaldsons kommen. Die kleine Cameron hat eine Schwäche für Basketball.«

»Wenn es anders nicht klappt, nehme ich Anne und Cameron mit«, sagte Susan bestimmt.

»Gute Idee. Tschüs.«

Harry legte auf. Durch das Küchenfenster sah sie die große Eule, die im Stall wohnte, in der Kuppel fliegen, ein Flügelflattern in verschneiter Dunkelheit, gerade eben Bewegung genug, um sie wahrzunehmen.

Das Telefon klingelte wieder.

In der Annahme, es sei Susan noch mal, meldete Harry sich mit »ja, Boss.«

»Das gefällt mir.«

»Herb, verzeihen Sie, ich dachte, es ist Susan.«

»Bloß ich.«

»Bloß Sie ist fein. Was kann ich für Sie tun?«

»Wegen dem Wetter habe ich die Versammlung morgen abgesagt, aber ich habe alle am Telefon erreicht und eine Stimmabgabe erhalten.«

»Schlau.«

Er machte eine kleine Pause. »Und?«

»Ich schließe mich an.«

»Es spart wirklich Zeit, nicht? Da sitzt man in den Versammlungen und hört sich an, wer John erschossen hat.« Herb verwendete den Südstaatenausdruck, der bedeutet, jeder äußert seine Meinung, ob maßgeblich oder nicht. Man kann durchaus widersprüchliche Meinungen für sich behalten – bloß hindert das niemanden, sie von sich zu geben.

»Hören Sie. Alle, sogar Tazio Chappars, sind sich einig, dass sämtliche Böden, die es nötig haben, einen neuen Teppich bekommen.«

»Wie ist Ihnen denn das gelungen?«

»Matthew Crickenberger sagt, er bezahlt es über seinen Betrieb mittels seines Firmenrabatts, und wir können es über zwei Jahre zurückzahlen, ohne Zinsen. Er tut viel für die Gemeinde. Ich glaube, mit Ausnahme seines Poliers sind die meisten seiner Arbeiter Analphabeten. Er bezahlt sie gut, gibt ihnen eine Chance, etwas zu lernen. Ich werde ein Extra-Gebet für ihn sprechen.«

»Ich auch.« Harry hielt inne. »Das hat jetzt nichts mit dem Teppichboden zu tun, aber ich habe eben gehört, dass H. H. Donaldson Anne verlassen hat.«

Herb antwortete nicht sofort. »Ich hatte gehofft, es würde nicht so weit kommen.«

»Die Donaldsons sind Episkopalen.« Harry wunderte sich, wieso Herb etwas über deren Ehe wusste.

»Sehr richtig.«

»Sie haben sicher gute Quellen.«
»Wir Seelsorger haben unseren eigenen Draht, junge Frau.« Herb seufzte.
»Scheint so. Vielleicht kommt H. H. ja zu sich.«
»Ja. Apropos, es freut mich sehr, dass Sie und Boom-Boom zusammenarbeiten. Vergebung steht im Mittelpunkt der christlichen Botschaft.«
»Das ist kaum mein Verdienst. Ich hab's lange genug rausgezogen, und Sie sind heute schon der Zweite, der mich anschubst. Susan war die Erste.«
»Sie ist eine treue Freundin. Es gibt Menschen, die ohne treue Freunde durchs Leben gehen. Das muss die Hölle sein. Die wahre Hölle.«
»Ja.«
»Schön, das ist meine Predigt des Tages.« Er lachte.
»Vergessen Sie nicht, ich bekomme täglich eine von Miranda.«
»Du meine Güte, Miranda, was für eine Lutheranerin hätte sie abgegeben.« Er kicherte. »Sie ist ebenfalls eine Freundin, und immer, wenn ich sie mit Tracy sehe, muss ich lächeln. Das Leben ist voller Wunder, und die Liebe trifft einen, wenn man es am wenigsten erwartet. Eine Art Gefühlsroulette.« Herb hatte seine Frau vor fünf Jahren durch einen Herzinfarkt verloren.
»Es ist komisch, nicht?«
»Das Leben?«
»Ja.«

5

Freitag ging Harry über den Rasen der Universität von Virginia. Der Schnee bedeckte das wellige Viereck zwischen der Rotunde und der Statue des blinden Homer. Fußabdrücke verliefen kreuz und quer im tiefen Schnee. Direkt hinter ihr – weil es schwierig gewesen wäre, sich vorwärts zu kämpfen – stapften Mrs. Murphy, die griesgrämige Pewter und die fröhliche Tucker.

»*Ich brauch keine Bewegung.*«

»*Pewter, du brauchst einen Personal-Trainer.*« Tucker stupste die rundliche graue Katze mit der Nase.

»*Wer ist bloß auf diese Idee gekommen?*« Pewter ignorierte die Bemerkung.

»*Ich*«, antwortete Mrs. Murphy. »*Woher hätte ich ahnen sollen, dass sie einen Dämmerspaziergang machen will? Ich dachte, sie dreht bloß 'ne kleine Runde und fährt dann rüber zur Muschel.*«

»*Was interessiert sie sich überhaupt für die UVA? Sie war auf dem Smith College.*« Pewters Pfoten kribbelten vor Kälte.

»*Schönheit. Der Rasen gehört zu den schönsten Flecken von Nordamerika*«, stellte Tucker sehr richtig fest.

»*Im Frühling*«, grummelte Pewter.

»*Ah, aber der Schnee ist blau, die Kuppel der Rotunde wechselt mit dem schwindenden Licht die Farben. Rauch kräuselt aus den Schornsteinen. Es könnte 1840 sein*«, sinnierte Tucker.

»*Eine poetische Töle.*« Mrs. Murphy blieb einen Moment stehen und wartete, bis sie den Hund neben sich hatte. Sie rieb sich an Tuckers Seite.

Harry ging voran zu ihrem Transporter, der am Straßenrand parkte, was an der Universität nie ratsam war; denn die universitätseigene Polizei war mit Strafzetteln immer schnell bei der Hand. Doch sie hatte Glück gehabt. »Rein mit euch.«

Die Aufforderung wäre nicht nötig gewesen. Sie kuschelten sich rasch in ihre Decken.

Die Schneepflüge schoben so viel von den Schneemassen zur Seite, dass die Leute Auto fahren und vor der Muschel parken konnten. Es war aber ratsam, ganz langsam zu fahren.

Harry, die eine Dreiviertelstunde zu früh war, parkte nahe beim Haupteingang. Auf ihrem Spaziergang hatte sie die Studentenzeitung *Cavalier Daily* mitgenommen. Sie schaltete die Scheinwerfer aus und ließ wegen der Heizung den Motor laufen. Sie gedachte die Zeit zu nutzen, um zu lesen und ihre Besorgungen fürs Wochenende zu planen.

Sie schlug die Zeitung auf und sah eine halbseitige Anzeige von H. H. Donaldson, die lautete: *Verdrescht die Terrapins.* Terrapins – Dosenschildkröten – war der Spitzname der Marylander. Maryland war Gegner am heutigen Abend. Zwei Seiten weiter hatte Matthew Crickenberger eine viertelseitige Anzeige geschaltet: Eine Schildkröte ergab sich mit erhobenen Händen einem Cavalier – einem Virginier –, das Schwert an der Kehle.

Zufällig, oder auch nicht ganz zufällig, brachte die Zeitung einen Artikel über den Kampf um die Angebote für die neue Sportanlage, wie und warum dem Verfasser zufolge Crickenberger den Zuschlag erhalten hatte. Mit einem Wort: Erfahrung.

Die anderen Firmen fanden kaum Erwähnung, doch Donaldson gegen Crickenberger fesselte die Leserschaft. Harry erfuhr aus diesem Artikel mehr als aus dem knappen Bericht in dem Charlottesviller Blatt *The Daily Progress.*

Wenngleich sie H. H. mochte, musste sie dem Verfasser beipflichten, dass Matthew mit gigantischen Hightech-Projekten mehr Erfahrung hatte. Ungeachtet H. H.s konkurrierendem Angebot würde sein Mangel an Erfahrung auf diesem Gebiet die Rechnung vermutlich in die Höhe getrieben haben. Matthew rühmte sich, Projekte im Zeit- und Budgetrahmen auszuführen. Ein Vorhaben wie eine neue Sporthalle würde ein Jahr Bauzeit erfordern, und in diesem Jahr könnten die Materialpreise steigen. Er hatte sich bemüht, dies sowie wetterbedingte Verzögerungen in seinem Angebot zu berücksichtigen. Es schadete auch nicht, dass er damals als blutiger Anfänger am Bau der Muschel mitgearbeitet hatte.

Matthew fand, ein Kostenangebot, das zu niedrig gehalten war, um den Zuschlag für das Projekt zu erhalten, würde für alle Parteien zum Desaster werden, wenn etwas schief ging. Jede Verzögerung verursachte Kosten. Als er ein junger Mann war und für andere arbeitete, hatte er Männer wegen eskalierender Kosten handgreiflich werden sehen. Er hatte Banken Darlehen zurückfordern und Menschen in den Ruin treiben sehen.

H. H., der weniger besonnen war, verließ sich auf ein bisschen Glück. Die Glücksgöttin war ihm gewogen. Das machte ihn nicht immer bei anderen beliebt.

Harry hatte die Zeitung durch, gerade als Fair ans Fenster klopfte. Sie lächelte, legte die Zeitung zusammen, schüttelte die Decken für die »Kinder« auf, stellte dann den Motor ab.

»Hey.« Sie umarmte ihn, als sie ausstieg. »Ich bin erstaunt, dass so viele Leute gekommen sind.«

»UVA-Basketball.« Lächelnd registrierte er die anhänglichen Fans.

Als sie mit den Eintrittskarten in der Hand zum Haupteingang gingen, strömten Freunde und Nachbarn ebenfalls zu den Glastüren. Miranda, in einem langen fuchsienroten Alpakamantel, hob sich vom Schnee ab. Sie holten sie ein.

Little Mim und Blair winkten, ebenso Big Mim und Jim. Die Crickenbergers waren vollzählig erschienen. Herb war mit Charlotte gekommen, der Kirchensekretärin, mitsamt ihrem halbwüchsigen Sohn im Schlepptau.

Tracy wartete am Eingang auf Miranda. Fred Forrest fegte ohne ein Wort an ihm vorbei. Tatsächlich sprach er mit niemandem. Er nahm nicht einmal seine Assistentin Mychelle wahr, die an diesem Abend mit einer Gruppe Freundinnen unterwegs war. Er schob sich durch die Menge und schubste einen Studenten gegen den Feuerlöscher an der Mauer. »Im Brandfall: Glas einschlagen.« Der erzürnte Student tat so, als würde er mit dem an einer Kette befestigten Hämmerchen auf Freds Hinterkopf einprügeln. Fred, der nichts mitbekam, schob weiterhin die Menschen aus dem Weg.

Harry bemerkte Tazio Chappars mit einem Mann, den sie nicht kannte. Die Architektin schien nicht besonders an Frauenbasketball interessiert zu sein, deshalb wunderte sich

Harry, wieso sie hier war. Vielleicht dem nett aussehenden jungen Mann zuliebe, der sie begleitete, oder vielleicht war ihr der Stress zu heftig geworden, und sie hatte beschlossen, zusammen mit allen anderen die Heim-Mannschaft anzufeuern.

Was alle überraschte, war der Anblick von H. H., der Frau und Tochter begleitete, als wäre nichts geschehen. Als alle ihre Plätze eingenommen hatten, sah Little Mim zu Susan hinüber, als wollte sie sagen: »Ich erzähl's dir später.«

Susan beugte sich natürlich sofort hinunter, um es Harry zu berichten. BoomBoom kam verspätet angehastet, und Harry erinnerte sich, dass Fair sie beide nach dem Spiel ausführen wollte.

Na gut, dachte sie bei sich. Vielleicht erfahre ich ja was.

Die üblichen Virginia-Baseballkappen, Fähnchen und Styropor-Schwerter waren aufgeboten, dazu Kühltaschen, die klein genug waren, um sie unter die Sitze zu schieben. Sie enthielten Bier und stärkere alkoholische Getränke, was von der Uni-Verwaltung sicher nicht gutgeheißen wurde. Aber die meisten Leute belasteten sich nicht mit einer Kühltasche, sondern steckten einfach einen Flachmann ein.

Die Geschäftsleute, allen voran Matthew, teilten Getränke aus. Seine Kühltasche war randvoll mit leckeren Erfrischungen. Die bei solchen Wettkämpfen meist übersprudelnden Leute erinnerten sich später oft daran. Mit solchen kleinen Gesten ließen sich Geschäfte ankurbeln.

Fred Forrest, der fünf Reihen hinter Matthew saß, war wegen seines abgelegenen Platzes isoliert. Nach seinem Benehmen neulich wäre er sowieso ausgeschlossen gewesen.

Tracy und Josef waren in der ganzen Ostküstenliga aktiv. Beide Männer genossen es, bei einem Spiel einfach nur zuzuschauen, aber auch, andere Schiedsrichter bei der Arbeit zu beobachten. Schiedsrichter war ein undankbarer Job, aber kein Sport kam ohne Unparteiische aus.

Anders als das Clemson-Spiel war das heutige ziemlich langweilig. Virginia war Maryland überlegen. Nach einer kurzen Besprechung mit Andrew Argenbright, einem Assistenten von Trainerin Ryan, nahm die Trainerin die meisten von ihren Spielerinnen der ersten Garnitur vom Platz und setzte Anfängerinnen ein. Bei einem Wettkampf gesammelte Erfahrungen auf dem Platz sind für eine aufsteigende Spielerin viel wert.

Einmal warf Latitia Hall, zweites Semester, die Schwester der Centerspielerin Mandy Hall, die im Abschluss-Semester und ein hoffnungsvoller zukünftiger Star war, einen perfekten Bogenpass. Der Ball fiel durch den Korb, fast ohne dass das Netz sich bewegte.

Die Menge stand auf und jubelte. Die Leute bliesen auf ihren Tröten, schwenkten ihre Styropor-Schwerter, ihre blau-orangen Fähnchen. Harry spürte einen kalten Windhauch am linken Ohr. Sie drehte sich um, um zu sehen, wer ganz in ihrer Nähe eine Tröte blies, aber alle hinter ihr brüllten oder bliesen auf Tröten.

Als die Leute nach Spielende hinausdrängelten, stieg Little Mim über eine Reihe, um zu Susan zu gelangen. Blair trat zu Harry, Fair und BoomBoom. Harry winkte Miranda und Tracy auf der gegenüberliegenden Seite des Platzes zu. Sie winkten zurück.

Bis die Freundesschar den Parkplatz erreichte, war Susan über das Neueste in Sachen H. H.-Drama im Bilde.

Katzen und Hund, die Nasen ans Fenster auf der Fahrerseite gedrückt, konnten es nicht erwarten, bis Harry kam. Herb ging vorbei und klopfte mit den Fingern ans Fenster.

»*Schätze, er weiß es noch nicht.*« Pewter legte zur Begrüßung des Pastors beide Pfoten ans Fenster.

»*Vielleicht hat er's verwunden*«, dachte Tucker laut.

»*Von wegen.*« Pewter lächelte breit, Herb lächelte zurück und steuerte auf sein altes Auto zu, das mit dem vierten Satz Reifen fuhr. Er würde bald neue Reifen brauchen oder ein neues Auto.

»*Er wird es vor dem ersten Sonntag im Februar merken. Er braucht sie fürs Abendmahl.*«

»*Vielleicht nicht, Murphy. Vielleicht hat er noch einen Extravorrat in der Kirche. Ich nehme an, Eloquenz und Cazenovia* kommen da nicht oft rein, weil Elo die Blumen auf dem Altar isst«, sagte Pewter.

»*Wohl wahr.*« Mrs. Murphy lachte. »*Aber wenn die zwei in die Kirche wollten, würden sie bestimmt einen Weg finden. Sie sind ganz schön schlau.*«

Fred stampfte an ihnen vorbei.

»*Oller Miesepeter*«, bemerkte Tucker.

»*Menschen kriegen das Leben, das sie verdienen.*« Pewter fügte ganz schnell hinzu, weil sie wusste, es würde sonst einen Aufruhr geben: »*Abgesehen von Krieg oder Hungersnot oder so.*«

Ehe sie das letzte Wort heraus hatte, war H. H., der Anne und Cameron vorausging, drei Autos weiter. Er riss ruckartig den Kopf hoch, Schweiß strömte ihm übers Gesicht, seine Augen rollten nach hinten und seine Knie gaben nach. Er sackte zusammen.

Anne kniete sich hin. Dann rief sie um Hilfe.

Tucker bemerkte, wie Fred sich umdrehte. Als er sah, wer es war, zögerte er kurz. Widerwillig ging er zu Anne.

»Helfen Sie mir!«

»Daddy, Daddy, wach auf!« Cameron war auf den Knien und schüttelte ihren Vater.

Harry, Fair, Susan und Ned hörten den Lärm. Susans Tochter Brooks war mit ihren Freundinnen hinter ihren Eltern. Matthew und seine Frau Sandy rannten zu dem Gestürzten. Von der anderen Seite der geparkten Autos eilte Tracy herbei.

Fair beugte sich herunter, fühlte H. H.s Puls. Nichts.

»Matt, helfen Sie mir seinen Mantel auszuziehen.«

Matthew und Fair zogen H. H. den schweren Wintermantel aus, Fair setzte sich rittlings auf ihn und drückte fest auf sein Herz. Er wollte H. H.s Herz mit seinem Willen zum Schlagen zwingen, aber es wollte nicht.

Tracy sah Jim ernst an, der gerade hinzukam. Schon hatte er sein Handy parat.

»Krankenwagen nach ›U-Hall‹. Haupteingang, zweite Reihe. Beeilung!« Jim rief den Rettungsdienst, der am nächsten an der Universität war. Als Bürgermeister von Crozet kannte er jeden, der in offizieller Eigenschaft tätig war.

Der Krankenwagen war nach fünf Minuten da.

Fair bearbeitete schweißtriefend weiter H. H.s Brust. Er stand auf, als der Rettungsdienst kam.

Little Mim besaß die Geistesgegenwart, ihre Arme um Anne zu legen, weil sie nicht recht wusste, was die Frau tun würde. Big Mim hielt Cameron.

Alle hörten vollkommen fassungslos, wie John Tabachka, der Chef der Rettungsmannschaft, leise sagte: »Er ist tot.«

Herb kniete sich hin und legte seine Hand auf H. H.s Kopf. »Scheide in Frieden, erlöste Seele. Mögen Gottvater der Allmächtige, der dich erschaffen hat, und Jesus Christus, der Sohn des lebendigen Gottes, der dich errettet hat, und der Heilige Geist, der dich von Sünden gereinigt hat, deinen Fortgang und deine Ankunft behüten, von nun an und in Ewigkeit. Amen.«

»Amen.« Alle senkten die Köpfe.

»*Amen*«, sagten die Tiere.

6

Fair und Ned Tucker begleiteten den Leichnam zur Gerichtsmedizin. Ned als der Anwalt der Familie wollte Anne weiteren Kummer ersparen. Fair dachte, Ned würde vielleicht Beistand brauchen.

Little Mim und Susan brachten Anne und Cameron in ihr Haus in der Ednam-Wohnsiedlung westlich der Muschel an der Route 250.

Nachdem jeder sich erkundigt hatte, ob er etwas tun könnte, waren schließlich alle nach Hause gegangen.

Bedrückt knipste Harry das Licht in der Küche an. Sie machte sich eine Tasse Kakao, und während sie trank, fütterte sie ihre Lieblinge mit Leckereien. Sie fühlte sich miserabel.

Auch Ned fühlte sich miserabel. Er hatte noch nie einer Autopsie beigewohnt. Fair schon. Alle Lebewesen faszinierten ihn, wie sie funktionierten, wie sie zusammengesetzt waren. Er dachte oft, eine Autopsie sei eine Methode, dem Leben zu huldigen. Wie konnte jemand das Herz eines Pferdes oder die Muskulatur einer Katze betrachten, ohne die Schönheit zu bewundern? Fair nutzte jede Chance zu lernen, die sich ihm bot. Das Tier namens Mensch war in mancher Hinsicht kompliziert und in anderer Hinsicht ganz simpel. Menschen hatten zum Beispiel ein einfaches Gebiss. Haie dagegen hatten ein Maul voll richtig komplizierter Zähne.

Tom Yancy, der Gerichtsmediziner, war von John Tabachka verständigt worden und hatte alles vorbereitet. Anne hatte auf einer sofortigen Autopsie bestanden. So traurig und erschüttert sie war, sie wollte genau wissen, woran ihr junger Ehemann gestorben war.

Yancy war nur zu gern gefällig. Bis er eine Leiche in die Finger bekam, war sie normalerweise in der Kühlung gewesen oder Schlimmeres.

Selbst da auf dem Tisch aus glänzendem Edelstahl war H. H. ein ansehnlicher Mann, ein Mann in anscheinend guter körperlicher Verfassung.

Yancy kannte ihn natürlich, aber nicht gut. Tom Yancy und Marshall Wells, der Gerichtsmedizinergehilfe, kannten viele von den Toten, die sie untersuchten.

»Ned, treten Sie zurück.« Yancy sah ihn an, während er seine Gummihandschuhe anzog. »Ich möchte nicht, dass Sie auf den Toten fallen, wenn Sie ohnmächtig werden. Gelegentlich sind Organe, äh, unter Druck. Sie können herausflutschen, besonders das Gehirn. Hört sich absurd an, ist es aber eigentlich nicht. Schließlich kommt das Innere des Körpers zum ersten Mal mit Licht und Luft in Berührung. Wenn Sie es nicht aushalten, gehen Sie raus.«

»Mach ich.« Ned war nervös. Er wollte sich keine Blöße

geben, war sich aber nicht sicher, ob er der Prozedur gewachsen war.

Yancys blaue Augen begegneten Fairs Blick. »Ziehen Sie einen Kittel an, ja? Nur für den Fall, dass ich Sie brauche.«

Fair nahm einen weißen Arztkittel vom Haken an der Tür. Auch er streifte Latexhandschuhe über.

»So, meine Herren, zuerst untersuchen wir das Äußere gründlich, ehe wir uns ans Innere machen.« Yancy maß H. H. »Hier.« Er reichte Ned ein Klemmbrett, weil er dachte, es würde dem Anwalt helfen, wenn er eine Aufgabe hatte. »Größe eins sechsundneunzig. Hautfarbe weiß, europäischer Abstammung. Gewicht hundertfünfundachtzig Pfund. Alter, ich würde sagen zwischen dreiunddreißig und sechsunddreißig. Natürlich weiß ich, dass er sechsunddreißig ist, weil ich H. H. kannte und wir seinen Führerschein haben, aber man kann das Alter auch an den Zähnen erkennen. Nicht so gut wie früher, dank dem Fortschritt der Zahnmedizin, aber die Zähne nutzen sich ab.« Er öffnete H. H.s Mund, deutete auf kleine Unregelmäßigkeiten der nicht überkronten Backenzähne. »Füllungen können uns helfen. Füllungen aus Silber haben eine kürzere Lebensdauer als welche aus Gold.«

»Erinnern Sie sich an Nicky Weems mit den goldenen Vorderzähnen?« Fair besann sich auf einen alten Mann aus seiner Teenagerzeit. Der Mann hatte mit seinem goldenen Grinsen geprotzt.

»Wurde vor dem Zweiten Weltkrieg viel benutzt. Teuer, aber sehr beliebt. Ist immer noch gutes Material. Heute nehmen die Zahnärzte, die fortschrittlichen jedenfalls, Keramik, und wer weiß, mit was sie als Nächstes ankommen? Das Zeug verfärbt sich auch nicht.«

Die ganze Zeit, während er sprach, tastete Yancy den Toten sorgfältig ab. »Seine Temperatur ist um ein paar Grad gesunken.«

»Wann tritt die Leichenstarre ein?« Neds Interesse erwachte langsam. Ihm wurde klar, dass man einen toten Körper lesen konnte wie ein Buch.

Natürlich ist es besser, ihn zu lesen, solange er noch lebt.

»Kommt drauf an. An einem sengend heißen Augusttag kann ein Leichnam in ein paar Stunden die Stadien von Tod – leichtem Tod, wenn Sie wollen – zum fortgeschrittenen Tod durchlaufen. Die Verwesung kann schnell einsetzen, besonders auf Schlachtfeldern, wo die Temperatur wegen der Geschütze schon mal auf fünfzig Grad steigen kann. Gettysburg war richtig schlimm, kann ich Ihnen sagen. Juli.« Er schüttelte den Kopf. »Und die kleinen Muskeln erstarren als Erste. Aber an einem gemäßigten Tag mit sagen wir fünfzehn bis zwanzig Grad wird eine Leiche, die den Elementen ausgesetzt ist, ohne Regen, innerhalb zwei, drei Stunden steif. Es sei denn« – er hob die Hand –, »jemand hat Strichnin absorbiert. Bis die Zuckungen aufhören, die so schlimm sind, dass den Muskeln alles Adenosintriphosphat entzogen wird, hat die Starre schon eingesetzt. Es ist eine entsetzliche Art zu sterben. Genau wie Tollwut. Adenosintriphosphat ist ein Molekül, das Energie für die Muskelkontraktion freisetzt. Wenn es alle ist, ist der Mensch es auch.«

Yancy wandte sich H. H.s Kopf zu. Er schob die glatten Haare des gut aussehenden Mannes zurück, die im altmodischen Princeton-Stil geschnitten waren. Er untersuchte Augen, Nase, Ohren.

Dann befühlte er den Halsansatz, fuhr mit den Fingern bis hinauf zu den Ohren. Fair, der einen Schritt links von ihm stand, blinzelte einen Moment. Yancy hielt inne.

»Was ist das?«

Fair beugte sich herunter. »Sieht aus wie ein Wespenstich ohne Schwellung.«

Die Tür ging auf. Kyle Rogers, der Fotograf, kam herein. »Verzeihung. Ich bin gekommen, so schnell ich konnte. Die Straßen sind in Ordnung, aber ...« Er merkte, dass Yancy angespannt war, und verstummte.

Als Kyle seinen Mantel auszog und seinen Fotoapparat aus der soliden Tragetasche holte, trat sogar Ned näher an den Toten heran.

Ned redete sich immerzu ein, dies sei nicht mehr H. H. H. H.s Seele war in den Himmel eingegangen. Der leblose Körper, der da vor ihm auf der Stahlplatte lag, war eine Hülle. Doch während H. H. dieser Hülle Lebewohl gesagt hatte, fiel dies seinen Freunden schwer.

»Kyle, machen Sie gleich hiervon eine Nahaufnahme.« Yancys Stimme hatte einen drängenden Ton angenommen.

Kyle, gerade mal fünfundzwanzig Jahre jung, knipste drauflos.

Yancy sah Fair an, während er zu seinem Tablett mit Instrumenten griff, die er sein Handwerkszeug nannte. Er wählte eine feine kalibrierte Sonde, dünner als eine Nadel. Er führte sie gekonnt an der Stelle ein, die wie ein Stich aussah. »Einstich, dreieindrittel Zentimeter.« Er zog die Sonde heraus. »Keine Blutung.«

»Keine Verfärbung«, sagte Fair leise. »Sieht aus, als hätte ihn ein Mikropfeil getroffen.«

»Jaaa.« Yancy zog das Wort in die Länge.

»Ich war in der Reihe hinter ihm. Wäre er von einem Pfeil getroffen worden, dann hätte ich es bemerkt.« Fair überlegte kurz. »Ich hoffe, ich hätte es bemerkt.«

»Komisch, wie jede Szene sich verändert, wenn man versucht, sie im Geiste zu rekonstruieren. Das Alltäglichste bekommt eine neue Dimension.« Yancy griff nach dem Skalpell. »Dann wollen wir mal.« Er schnitt ein Y, die obere Hälfte des Y sah wie ein großes Halsband aus, die untere Hälfte verlief direkt zum Schambein.

Ned würgte.

»Der erste Schnitt ist der schwerste.« Fairs Stimme hatte einen nüchternen, beruhigenden Klang.

Kyle machte still seine Arbeit.

Ned blinzelte, und als Yancy Organe zu entfernen und zu wiegen begann, bekam er sich wieder in die Gewalt. Das wissenschaftliche Interesse gewann die Oberhand, und H. H. als Mensch entschwand dem Blick.

Nachdem Yancy das Herz gewogen hatte, schnitt er gekonnt die regungslose Pumpe auf. Er winkte Fair heran, und sogar Ned kam schauen. »Sehen Sie die Vernarbungen?«

»Ah«, rief Ned aus, weil er die klitzekleinen Narben erkennen konnte, Gewebe, das sich von den Riffelungen ringsum unterschied.

»Kokain. Ich werde aus den Blutuntersuchungen erfahren, ob er in den letzten achtundvierzig Stunden etwas genommen hat.«

»Ich glaube, dieser Abschnitt von H. H.s Leben ist lange vorbei.« Fair verteidigte H. H., der eine wilde Jugend genossen hatte.

»Das ist es ja eben. Es ist nie richtig vorbei, weil alles, was man tut, sein Merkmal am Körper hinterlässt.«

»Dann ist *Das Bildnis des Dorian Gray* also wahr?« Ned hielt das Klemmbrett ganz fest.

»In gewisser Weise ja.« Yancy untersuchte das Herz gründlich. »Linke Herzkammer zusammengezogen. Hmm-m, rechte Kammer normal.«

»Er ist an einem Herzinfarkt gestorben?« Ned schrieb eifrig auf das Klemmbrett.

»Letzten Endes sterben wir alle, wenn das Herz zu schlagen aufhört. Nein, ich würde nicht sagen, dass er an einem Herzinfarkt gestorben ist. Es ist nur so, die linke Herzkammer ist nicht entspannt. Etwas …« Yancys Stimme verklang, als er das regungslose Herz betrachtete, aus dessen Kammern Blut sickerte. Er schnitt Gewebeproben aus dem Herzen und den anderen Organen. Yancy war auf seine eigene Welt konzentriert, und er sprach nicht mehr, bis er den Leichnam zunähte.

Während Yancy und Fair sich wuschen, warf Ned einen letzten Blick auf H. H., als dieser, von einem Tuch bedeckt, in den Kühlraum geschoben wurde. H. H. würde bald für seine letzte Reise hergerichtet werden.

»Kyle, sehen Sie zu, dass Sheriff Shaw die Fotos so schnell Sie können auf dem Schreibtisch hat.«

»Ja, Sir.« Kyle packte seine Ausrüstung zusammen und ging.

Der Gerichtsmediziner verschränkte die Arme. »Meine Herren, H. H. Donaldson ist keines natürlichen Todes gestorben. Die Blutuntersuchung wird mir genau sagen, womit er vergiftet wurde, denn anhand dieser Untersuchung kann ich das benutzte Gift nicht bestimmen.«

»Vergiftet?«, stieß Ned hervor.

»Eindeutig.« Yancy hängte seinen Laborkittel auf. »Man sucht nach den klassischen Symptomen, wie dem Bittermandelgeruch bei Arsen. Nach bestimmten innere Blutungen, dem Zustand des Zahnfleisches.« Er hielt inne. »Keine dieser Veränderungen ist in H. H.s Leiche vorhanden, lediglich die Anomalität in der linken Herzkammer. Ich wette mit Ihnen, das Gift wurde mit dem verabreicht, was immer seinen Hals durchbohrt hat, aber …« Er hob die Hände.

»Mein Gott.« Fair schüttelte den Kopf. »Ich kann's nicht glauben.«

»Er hatte ganz sicher Feinde. Ein Mensch kann nicht durchs Leben gehen, ohne sich Feinde zu machen, und wenn einer nicht ein paar davon hat, dann traue ich ihm nicht recht über den Weg. Verstehen Sie, was ich meine?«

»Ein Feind ist eine Sache. Ein Feind, der einen umbringt, ist etwas anderes.« Ned straffte das Kinn.

»Wir müssen zu Anne.« Fair senkte den Blick, dann sah er zur Decke. Diese Aufgabe war ihm verhasst.

Yancy legte Fair seine Hand auf den kräftigen Unterarm. »Sagen Sie ihr einfach, es gibt Ungereimtheiten. Warten Sie, bis …« Er brach mitten im Satz ab, ging zum Telefon im Labor und rief die Dienststelle des Sheriffs an.

»Coop, ist Rick da?«

»Nein«, antwortete die junge Polizistin, die gewöhnlich regelmäßig zu den Basketballspielen ging. Wegen des Wetters musste sie eine Sonderschicht schieben.

»Können Sie mal kurz herkommen?« Er erklärte, warum.

Da das Sheriffbüro nicht weit vom Büro des Gerichtsmediziners entfernt war, schaffte Coop es, trotz des Schnees in zwanzig Minuten dort zu sein.

Yancy rollte H. H. aus der Kühlkammer und zog das Tuch fort. Wortlos zeigte er auf den Einstich am Hals. »Kyle wird die Fotos in einer Stunde oder so schnell er arbeiten kann, auf Ricks Schreibtisch legen. Ich faxe meinen Bericht innerhalb der nächsten Stunde rüber, allerdings ohne die Laborergebnisse. Deputy, ich glaube, er wurde ermordet.«

Sie atmete aus. Cynthia Cooper, eine große, attraktive Blondine, konnte blitzschnell Entscheidungen treffen. Sie zog ihr Handy hervor.

»Sheriff, tut mir Leid, Sie zu Hause zu stören. Ich werde die Muschel abriegeln. Ich brauche so viele Leute, wie wir zusammentrommeln können.« Als sie mit Rick, den sie aufrichtig bewunderte, gesprochen hatte, inspizierte sie noch einmal den Einstich. »Yancy, wann kriegen Sie die Ergebnisse der Blutuntersuchung?«

»Ich mach's dringlich, aber man kann nie wissen. Normalerweise dauert es drei bis vier Wochen. Wie gesagt, ich werde um Beeilung bitten.«

»Ich war bei dem Spiel«, sagte Fair. »Ich kann Ihnen zeigen, wo H. H. saß und wo er gestürzt ist.«

»Ich auch«, erbot sich Ned.

»Gut.« Sie lächelte angespannt. »Das wird eine lange Nacht.«

»Daran bin ich gewöhnt«, antwortete Fair.

Als sie die Tür öffneten, zögerte Ned einen Moment. »Was ist mit Anne?«

Cooper wandte sich an Yancy. »Würden Sie bei Donaldsons anrufen? Sicher ist jemand bei ihr.«

»Little Mim und meine Frau«, sagte Ned.

»Eine von ihnen wird vermutlich ans Telefon gehen.« Cooper überlegte ihre Worte. »Sagen Sie Little Mim oder Susan nur, dass Anne die Bestattung arrangieren kann. Erzählen Sie sonst nichts. Nicht einmal Ihrer Frau. Rick wird morgen mit Anne sprechen.«

»Wenn Sie die Muschel abriegeln, wissen die Leute, dass etwas nicht stimmt«, bemerkte Ned logisch.

»Richtig, aber es ist jetzt halb zwölf. Wie viele Leute sind wohl heute Nacht unterwegs? Und wenn, werden sie nicht merken, was wir tun. Wir haben einen kleinen Zeitvorsprung. Nutzen wir ihn.«

7

Das Telefon in Susans Hand fühlte sich klamm an, als ihr Mann ihr mitteilte, Anne könne die Bestattung arrangieren. Susan und Ned waren jetzt neunzehn Jahre verheiratet. Sie kannte Ned in- und auswendig. Sie bekam nicht die ganze Geschichte zu hören oder auch nur die halbe Geschichte, und sie wusste es.

Sie hängte das Wandtelefon in Annes Hightech-Küche ein. Anne und Little Mim saßen am Tisch. Cameron war endlich ins Bett gegangen. Die Erwachsenen waren froh, dass das Kind schlafen konnte.

»Anne, du kannst Vorkehrungen treffen.« Susans Stimme klang in ihren eigenen Ohren erstickt.

»Morgen.« Little Mim, die sonst nicht gerade ein herzlicher Mensch war, wollte Anne aufrichtig weiteren Kummer ersparen.

»Ja.« Annes Nasenlöcher bebten, sie blinzelte. »Es kommt mir unwirklich vor.«

»Ja«, pflichtete Little Mim ihr bei.

»Ich mache dir einen Plantagen-Minze-Tee, mit einem Teelöffel Honig und einem Schuss Whiskey. Wirkt sehr beruhigend.« Susan schaltete den Herd ein. »Du auch einen, Marilyn?«

Little Mim nickte. »Ja.«

»Ich nehme an, überall im Land weinen Frauen«, sagte Anne leise.

Little Mim und Susan sahen sich an.

»Der Tee ist gleich fertig.«

»Ihr dachtet, ich hätte nichts gewusst.« Anne zuckte die Achseln. »Ich hab's gewusst. Ich wusste bloß nicht immer wer oder wo. Irgendwann war's mir dann egal.« Sie klammerte sich mit beiden Händen an die Tischkante. »Und jetzt das.«

»Ein furchtbarer Schock.« Little Mim stand auf, um Susan mit dem Tee zur Hand zu gehen. »Denk an die guten Zeiten.«

»Ja. Ich lächle jedes Mal, wenn ich mein kleines Gewächshaus betrete, das H. H. mir gebaut hat.«

Anne war Professorin für Landschaftsarchitektur an der berühmten Architekturfakultät der Universität von Virginia. Ihr umfassendes Wissen war beeindruckend; sie hatte Chemie als Nebenfach gehabt. Pflanzen verkörperten für sie ganze Welten, angefangen von der Kohlenstoffverbindung bis hin zu ihrer Verwendung in den Nachschöpfungen von Gärten des achtzehnten Jahrhunderts.

Die drei Frauen tranken ihren Tee.

»Liebes, glaubst du, dass du schlafen kannst?« Susan schenkte Annes Tasse wieder voll.

»Wenn ich diese zweite Tasse austrinke, ja.« Anne lächelte matt.

»Gut. Ich bleib heute Nacht hier«, verkündete Little Mim.

»Das wäre mir eine große Beruhigung.« Anne stellte die Tasse auf die Untertasse mit Goldrand.

»Ich bleibe auch«, erbot sich Susan. »Der morgige Tag wird erdrückend, wenn all die Leute hereinströmen. Ruh du dich aus. Little Mim und ich nehmen das in die Hand.«

»Aber ich muss das Begräbnis arrangieren. Und Cameron ...« Annes Unterlippe zitterte.

»Das Beste wäre wohl, wenn Cameron bei einer Freundin bleiben könnte. Einer, mit der sie spielen und reden kann«, empfahl Susan.

»Ja. Wenn meine Mutter und meine Schwiegermutter erst hier sind, wird es ganz dramatisch.« Anne stand auf und trug Tasse und Untertasse zum Spülbecken. »Polly Bances Jüngste ist in Camerons Alter.«

Anne stützte sich auf das Spülbecken, dann drehte sie sich um. »Ein Gästezimmer ist hier unten, das andere oben.«

»Kümmere dich nicht um uns.«

»Es ist lieb von euch, dass ihr das für mich tut.«

»Anne, du würdest für jede von uns dasselbe tun«, erwiderte Susan.

Anne blinzelte, die Tränen kamen, und die zwei Freundinnen umarmten sie und weinten mit ihr.

8

»Mord.« Das Wort entfleuchte Harrys Mund in einer Atemwolke. Sie ließ den Heuballen fallen, den sie in Tomahawks Box werfen wollte, bückte sich dann, um ihn aufzuheben.

Pewter, die sich in der Sattelkammer aufwärmte, rief zu Mrs. Murphy auf dem Heuboden hinauf: »*Was hat sie gesagt?*«

»*Mord. H. H. Donaldson ist ermordet worden.*« Mrs. Murphy ließ den Kopf über den Mittelgang hängen. »*Komm hier raus, dann hörst du besser.*«

Tucker, die Harry auf den Fersen gefolgt war, ging zu der Tierpforte, die sich in der Mitte des unteren Teils der Sattelkammertür befand, einer Holztür mit einem Oberlicht. Dahinter war eine Fliegentür, die zur Sattelkammer hin offen war. Im Sommer war das Ganze umgekehrt.

Der Hund legte den Kopf schief, die großen Ohren registrierten, wie Pewter von einer zusammengelegten Pferdedecke sprang.

Just als die graue Katze durch das Tiertürchen stieß, packte Tucker sie im Nacken. »*Gefangen!*«

Pewter rollte sich auf den Rücken und grapschte mit allen vier Pfoten nach dem Gesicht des Hundes. »*Denkste.*«

Susan, die soeben in den Stall gekommen war, stieg über die rollende Fellkugel, Katze und Hund. »Die beiden feiern eine Nonstop-Party.«

Susan hatte das Haus der Donaldsons heute früh verlassen, nachdem Anne in der sicheren Obhut ihrer Mutter und ihrer Schwester war. Um acht Uhr hatte Little Mim Susan angerufen. Sheriff Rick Shaw hatte soeben einen Besuch abgestattet, und Little Mim rief an, sobald er aus der Tür war.

»Ich bin gleich rübergekommen. Eigentlich wollte ich ja bei Anne bleiben, aber Marcia Dudley« – sie nannte Annes Mutter – »hat das Regiment übernommen. Mit unzweideutigen Worten. Sie ist eine absolute Nervensäge. Ich weiß nicht, wie Anne sie ertragen kann.«

»Susan, am Telefon wär's schneller gegangen.« Harry verdaute die Nachricht.

»Ich wollte dich sehen. Ich fühl mich immer besser, wenn ich bei dir bin.« Susan hob hilflos die Hände.

»Komm mit.«

»Wohin?«

»Wir gehen zur Muschel.«

»Ned und Fair waren bis vier Uhr morgens dort, zusammen mit der kompletten Besetzung vom Sheriffbüro. Ich hab Ned nicht mal gesehen. Er hat auf dem Handy angerufen. Er sagte, er geht schlafen. Ich sagte, ich fahr zu dir. Der arme Fair musste dann auch noch einen Morgenbesuch machen.« Susan hielt inne. »Tierarztleben.«

»Ja, er hat dieses Wochenende Bereitschaftsdienst.« Harry räumte geschwind den Stall auf. Sie hatte alle Tiere bei Tagesanbruch gefüttert, wie es ihre Gewohnheit war, und die Pferde – Tomahawk, Gin Fizz und Poptart, ihr jüngstes – ins Freie gebracht. Noch war der Tag ziemlich frisch, aber es würden sicher um die drei, vier Grad werden. Die Pferde blieben draußen im Hellen und wurden bei Sonnenuntergang wieder hereingeholt.

Sie hatte es gern, wenn die Boxen sauber gemacht waren,

die Wassereimer geschrubbt und gefüllt, die Heurationen in den Boxen, Quetschhafer in den Futtertrögen. Sie fütterte die Hälfte der Rationen am Morgen und die Hälfte am Abend.

Susan war hereingekommen, als Harry gerade mit dem Füllen der Wassereimer fertig war.

»Wir kommen nie in die Muschel rein«, meinte Susan.

»Du hast kein Vertrauen. Komm.« Harry stieß das Stalltor auf; das Sonnenlicht glänzte auf dem Schnee.

»*Mach schnell*«, riefen Pewter und Tucker Mrs. Murphy zu, die mit dem Kopf voran die Leiter hinunterkletterte.

Gerade als Harry die Tür schließen wollte, sprang Murphy in den Mittelgang. »*Warte auf mich.*«

Harry, die ihre Katze hörte, hielt die Tür einen Spalt auf, ließ die Tigerkatze durchhuschen, machte dann die Tür zu.

»Dein Wagen oder mein Transporter?«

»Wir passen besser in den Kombi.« Susan öffnete die Klappe, damit die drei Tiere hineinspringen konnten.

Obwohl die Temperatur inzwischen auf drei Grad angestiegen war, blieben die Straßen tückisch, weil stellenweise Glatteis herrschte, was besonders schlimm war, weil man es nicht sehen konnte. Für eine Fahrt, die normalerweise zwanzig Minuten dauerte, brauchte man heute eine Dreiviertelstunde.

Endlich bogen sie auf den Parkplatz ein. Die Stelle, wo H. H. gestürzt war, war noch mit Absperrband versehen, aber kein Band sperrte die Türen zum Gebäude ab.

Der Streifenwagen des Sheriffs parkte mit anderen Autos am Hintereingang bei dem großen Abfallcontainer.

Drinnen trafen sie auf kein Absperrband mehr, bis sie zum Basketballfeld kamen. Die Türen waren verschlossen.

»Verdammt«, sagte Susan.

»Vertrauen.« Harry umrundete das Feld, probierte jede Tür auf der Hauptebene. Dann scheuchte sie alle die Stufen zur nächsten Ebene hoch, um wieder die Türen zu probieren. Sie fand eine, die nicht abgeschlossen war. Leise schlichen sie hinein.

Rick saß allein unten am Zeitnehmertisch.

Eine Tür ging zu und Harry gewahrte einen uniformierten Mann, der einen kleinen Karton trug.

Beherzt stieg sie die Stufen ganz hinunter. Susan folgte ihr. Die Katzen schlichen hinab, und auch Tucker kroch nahe an die Stufen heran.

»*Wenn wir nach unten kommen, untersucht jede Reihe*«, befahl Mrs. Murphy. »*Untersucht alles.*«

Die Sitze waren in stabilen Reihen gebaut, und anders als bei einem Highschool-Footballstadion konnte man nicht unter den Tribünen durchgehen.

»*Wo sitzt Mom?*«, fragte Tucker.

»*Weiß ich nicht, aber lass uns rumsausen. Vielleicht zeigt sie's uns.*«

»Harry und Susan, was in drei Teufels Namen machen Sie hier?« Rick, dem die Verärgerung deutlich anzusehen war, blickte von der Auflistung der Ereignisse auf, die vor ihm lag.

»Ich dachte, wir könnten behilflich sein. H. H. saß vor mir.«

»Das weiß ich. Fair war hier. Und Ihr Mann auch, wie Sie sehr wohl wissen.«

»Ja, Sir«, antwortete Susan kleinlaut.

»Sie sind müde. Soll ich Ihnen einen Kaffee holen?« Harrys Stimme hatte einen besorgten Ton angenommen.

»Wenn ich noch mehr Kaffee trinke, heb ich ab und Sie können mich von der Ergebnistafel kratzen.« Er stand auf, als die Frauen an den Tisch traten. »Los, verschwinden Sie hier.«

»Lassen Sie mich zu meinem Platz gehen. Susan auch. Vielleicht hilft's ja.«

Ohne eine Antwort abzuwarten, stürmte sie die Stufen hinauf. Susan blieb wie angewurzelt stehen.

»*Gut.*« Mrs. Murphy trabte zu Harry, die sich hinsetzte. »*H. H. hat genau hier gesessen.*«

»Das weiß ich, zum Kuckuck noch mal!« Rick sah Tucker, erspähte dann die Katzen, die sich alle zu Harry vorarbeiteten, aber in verschiedenen Reihen. »Die haben mir ge-

rade noch gefehlt. Gott sei Dank haben wir hier schon alles durchgekämmt. Sie würden den Tatort ruinieren. Sie könnten wertvolle Beweise vernichten.«

»Hab ich aber nicht, und sie haben schärfere Sinne als wir. Wer weiß, was sie finden?«

»Ich kann's kaum erwarten, sie auf die Lohnliste des Bezirks zu setzen.« Seine Stimme triefte von Sarkasmus, aber er ging nicht in die Luft. Harrys zwei Katzen und der Corgi hatten früher schon mal Hinweise oder sogar Körperteile zutage gefördert. Höchst eigenartig.

In dem Bemühen, seinen Zorn zu mildern, murmelte Susan: »Sie müssen sehr müde sein. Wir hatten gehofft, wir könnten vielleicht helfen, weil wir wenigstens ausgeschlafen sind.«

Er setzte sich wieder hin, gab sich geschlagen. »Also gut. Harry, kommen Sie runter. Da Sie schon mal hier sind, können Sie sich auch nützlich machen.«

Frohgemut ging sie wieder zu Rick, dessen Dienstmarke das Licht reflektierte. »Ja, Sir.«

»Setzen Sie sich.«

Harry und Susan setzen sich auf die Metallklappstühle am Tisch.

»Erzählen Sie mir, was Sie gesehen haben.«

Jede schilderte kurz H. H.s Tod, wie sie es gesehen hatte. Er war auf dem Parkplatz, hatte zum Himmel gestarrt, den Kopf hochgerissen, dann war er zusammengesackt.

»Irgendwas Ungewöhnliches während des Spiels?«

Beide schüttelten den Kopf.

»Gut.« Er hob seine Hand. »Denken Sie mal nach, wer H. H. gehasst hat?«

»Fred Forrest. Er ist nach dem Clemson-Spiel ausfällig geworden, hat H. H. beschimpft.«

»Ah-ha.« Rick hatte dies bereits von Fair gehört. »Und ein anderer möglicher Feind?«

Beide Frauen zuckten mit den Schultern.

»Sie meinen, jemand, der wegen einem Bau ausgeflippt ist? Ein verärgerter Kunde?«

»Ja, oder wie wär's mit jemand in der Nachbarschaft von einem Bau? Als er das Einkaufszentrum an der 29 Nord gebaut hat, haben alle gekreischt und gebrüllt.« Er rieb sich die Augen.

»Ich kenne niemand in der Siedlung neben dem Einkaufszentrum«, erwiderte Harry.

»Hm, ich erwähne es ungern« – Susans Stimme war leise, verschwörerisch –, »aber er hat Anne am Tag vor dem Spiel verlassen, doch beim Spiel waren sie wieder zusammen. Vielleicht hat die Frau, die wir nicht kennen …«

Harry unterbrach sie, was sie selten tat. »Oh, wir kennen sie bestimmt, wir wissen bloß im Moment nicht, wer sie ist.«

»Genau. Und wenn sie ihn umgebracht hat? Die Freundin?«, beendete Susan ihren Gedanken.

»Ah-ha.« Rick hörte teilnahmslos zu. »Anscheinend gab's im Laufe der Jahre eine ganze Reihe Freundinnen.«

Harrys dunkle Augenbrauen schnellten in die Höhe.

»›Die Hölle kennt keine Wut wie die der verachteten Frau.‹ Vielleicht ist die Freundin in Wut geraten, weil er abgesprungen ist.«

Rick stemmte den Ellbogen auf den Tisch und stützte den Kopf in die Hand. »Hören Sie, Sie zwei, wir haben jeden Krümel zusammengetragen, jedes Stück Papier, jeden klebrigen Kaugummiklumpen. Ich bin müde. Ich weiß Ihre Hilfe zu schätzen, aber – und ich meine Sie, Harry, weil Sie die Schlimmste sind – verschonen Sie mich mit Ihrer Einmischung.« Harry wollte protestieren. Er hob die linke Hand. »Wenn H. H. ermordet wurde, und darauf möchte ich mich nicht festlegen, bis ich den Laborbefund habe, aber wenn er ermordet wurde, dann läuft derjenige, der es getan hat, da draußen rum. Wer immer es ist, er ist unglaublich intelligent. Dies war kein Verbrechen aus Leidenschaft, wenngleich es von Leidenschaft inspiriert gewesen sein mag. Es war methodisch, gut durchdacht, raffiniert und wurde vor ungefähr sechshundert Menschen begangen. Und keiner hat irgendwas gesehen, verdammt noch mal.«

»Oder wir haben was gesehen und wussten nicht, dass wir's gesehen haben«, erwiderte Harry, die nicht die Absicht hatte, dem Sheriff zu gehorchen. Sie wollte ihm nicht offen in die Quere kommen, aber schließlich war H. H. unmittelbar vor ihr gewesen, einen Platz weiter rechts. Ihre natürliche Neugierde war geweckt, ebenso ihr Ego. Wie konnte der Mörder es wagen? »Erzählen Sie uns, woran H. H. gestorben ist, wenn Sie den Laborbefund haben?« Harry wagte sich sehr weit vor.

»Halten Sie Ihre Nase da raus. Würden Sie jetzt Mrs. Murphy, Pewter und Tucker mitnehmen und mich in Ruhe lassen?«, grummelte er mit leiser Stimme.

»Ja, Sir.« Harry stieß einen Pfiff aus.

Die drei kamen von ihren diversen Plätzen zu ihr, Mrs. Murphy stürmte über die Sitze.

Rick sah zu den drei Tieren hinunter, deren Fell einen gesunden Glanz hatte. »Passt gut auf sie auf, dass sie sich nicht in die Bredouille bringt.«

»*Machen wir*«, ertönte es im Chor, worauf er lachen musste.

Er brauchte etwas zum Lachen.

Als sie den äußeren Gang umrundeten, klagte Mrs. Murphy: »*Null.*«

»*Altes Essen, alte Gerüche.*« Tucker hatte so sehr gehofft, sie würde etwas finden.

»*Ich hab nichts gefunden außer ein Wassertröpfeln in der obersten Reihe. Das Dach leckt wohl ein kleines bisschen*«, sagte Pewter.

»*Bist du sicher, dass es Wasser war?*« Mrs. Murphys Schnurrhaare schnellten nach vorn.

»*Ganz bestimmt. Wie gesagt, ich hab nichts gefunden.*«

9

»Harry, ich fahr dich da nicht rauf.« Susan schloss mit Karacho die Tür ihres Kombis.

»Ach komm, Susan, wir sind schon halb da. Wenn du eingeschnappt bist und mich nach Hause fährst, muss ich den ganzen Weg zur 29 rauf fahren.« Sie nannte die Route 29 einfach mit ihrer Nummer.

»Ich hätte nicht mit dir in die Muschel gehen sollen. Jetzt ist Sheriff Shaw sauer auf mich, und Ned wird es erfahren. Ich hab keine Lust auf eine Standpauke von ihm.« Sie seufzte.

Ned Tucker, ein guter, freundlicher Mensch, würde nicht erbaut sein über die Nachricht, dass seine Frau sich einmischte.

Die Tiere hinten im Auto verhielten sich still. Bloß Susan nicht noch mehr reizen.

»Musst du nichts einkaufen?«

»Harry, das ist so durchschaubar. Passt gar nicht zu dir.«

Als Susan vom Parkplatz fuhr, starrte Harry missmutig aus dem Fenster.

»Lebensmittel. Lebensmittel braucht man immer. Da gibt es doch dieses teure Feinkostgeschäft. Teure Kaffeesorten. Frischen Rutabaga.«

»Rutabaga?«

Harry lachte. »Ich wollte bloß wissen, ob du zuhörst.«

Susan bog links ab auf die Route 29. »Ich hasse dich, Harry. Du bringst mich dazu, Sachen zu machen, die ich sonst nie tun würde.«

»Dazu hat man Freundinnen.«

»Na toll, dann komm doch mit mir nach Hause und lass dich von Ned zusammenstauchen.«

»Reizend, wie du redest.« Harry lächelte, nun wieder gut gelaunt.

»Ist aber wahr. Er wird nicht oft wütend, aber wenn, dann gnade dir Gott.«

»Umso mehr ein Grund, nicht gleich nach Hause zu gehen.« Harry hielt inne. »Ist dir schon mal aufgefallen, wenn du geschlaucht bist, dass du dann so irre Energieschübe kriegst, und dann wieder ist dein Kopf auf einmal ganz leer? Null. Wie blank gewischt.«

»Mir passiert das jeden Tag«, meinte Susan. »Das ist so, wenn man Kinder hat.« Sie präzisierte ihre Feststellung: »Es sind nicht so sehr die großen Probleme, wie ›Mom, ich hab dein Auto zu Schrott gefahren.‹ Es sind die ständigen Störungen, obwohl ich sagen muss, seit Dan in Cornell ist, hab ich nur eine Störerin, die weniger stört, je älter sie wird. Ich kann mich nicht erinnern, dass meine Mutter sich so angestrengt hat wie ich, um Kindern gute Manieren beizubringen.«

»Es war schön, Danny in den Weihnachtsferien zu sehen. Das College tut ihm gut.«

Danny, ein kluger Junge, brillierte an der Cornell-Universität, aber er fand es im Norden des Staates New York viel kälter als in Virginia.

»Er ist jetzt ein Mann, nur fällt es mir schwer, ihn so zu sehen. Ich meine, vom Verstand her weiß ich es, aber emotional ist er für mich mein kleiner Junge geblieben, dabei bin ich ganz, ganz fest entschlossen, nicht eine von diesen Müttern zu sein, die nicht loslassen können.«

»Du wirst cool sein.«

»Wenn du Kinder willst, solltest du dich beeilen.«

»Es muss einfach passieren. Ich plane nichts.«

»Das sieht dir gar nicht ähnlich. Das klingt ja schon fast verantwortungslos.«

»Ach Susan, du weißt, was ich meine. So wie du keine von den Müttern sein willst, die klammern, will ich keine von den Frauen sein, die daherquatschen von wegen die biologische Uhr tickt. Wenn ich ein Kind kriege, dann krieg ich eins, und wenn nicht, dann nicht. Nicht, um das Thema zu wechseln, aber, hast du eine Ahnung, wer H. H. Donaldson tot sehen wollte?«

»Drückeberger.«

»Was?«

»Du verträgst es einfach nicht, über was Persönliches zu reden, stimmt's?«

»Hab ich doch grade getan.« Harry hob die Stimme. »Ich hab dir genau gesagt, was ich vom Kinderkriegen halte, aber ich hab dir nicht gesagt, dass ich dich für eine großartige Mutter halte und ich nicht eine halb so gute Mutter sein würde wie du.«

»Oh, danke.«

»Susan, wer hat H. H. gehasst?«

»Ich hab Rick erzählt, was ich denke.«

»Nicht ganz. Wir belasten den Sheriff doch nicht mit müßigem Klatsch oder unfundierten Ideen. Aber wir können uns munter gegenseitig damit belasten. Also?« Harry täuschte sich nicht direkt, aber sie war auch nicht korrekt. Sie diskutierte durchaus unausgegorene Ideen mit dem Sheriff.

Susan zuckte die Achseln. »Mir fällt niemand ein. Dir?«

»Wenn wir seine Bewegungen der letzten Tage zurückverfolgen würden, kämen wir vielleicht dahinter.«

»Ich werde meinen Samstag nicht damit verbringen, H. H. Donaldsons Bewegungen – verdammt, ich hab die Abbiegung verpasst.«

»Fahr bei der nächsten Ampel links und dreh um.«

Susan ärgerte sich. »Die Abbiegespur ist nicht gut gekennzeichnet.«

»Wenn man nicht aufpasst, nein. Ich versuch die 29 immer zu meiden, deshalb hab ich auch nicht aufgepasst.«

Susan fuhr endlich in das Einkaufszentrum, ein sehr gefälliges, u-förmig gebaut, mit einem Supermarkt am einen Ende des U und einem großen Discountladen am anderen. Zwischen diesen großen Läden befanden sich kleinere Fachgeschäfte.

Der Geschäftsbetrieb war schon angelaufen, obwohl der Discountladen noch nicht ganz fertig war. Ein großes Schild stand da, darunter eine Anzeige, wie viele Tage es noch bis zur Eröffnung waren. Elf Tage.

Harry klopfte ans Fenster der Hecktür. »Ich bleib nicht lange weg.«

»*Okay.*« Die Katzen machten es sich für ein Nickerchen gemütlich. Tucker beobachtete jede Bewegung von Harry.

»Mir war gar nicht klar gewesen, wie groß das hier ist.« Susan ließ den Blick über das New-Gate-Einkaufszentrum schweifen, das in gedämpften Grautönen mit roten Farbspritzern gehalten war. »Dann hätte H. H. vermutlich auch einen größeren Bau wie das neue Stadion anpacken können.«

»Das hier ist ziemlich unkompliziert. Ich möchte annehmen, er hätte es können, aber Matthew ist schon so lange dabei. Schon als blutiger Anfänger hat Matthew an kommerziellen oder staatlichen Projekten wie der Muschel mitgearbeitet. Er sagt, der Trick ist nicht nur, die richtigen Subunternehmer zu finden, er sagt, es ist das Kostenangebot. Damit steht oder fällt man. Ich lerne eine Menge durch die Arbeit mit ihm im Pfarrbeirat.«

»Ich hab eine Menge im Beirat gelernt, Punkt. Nämlich dass ›Konsens‹ ein Zauberwort ist. Hört sich so gut an. Ist so schwer zu erreichen. Und warum müssen sich überhaupt alle einig sein?«

»Immerhin haben wir die Krise wegen des neuen Teppichbodens bewältigt.«

»Halleluja!«

»Heb dir das für die Kirche auf.« Harry spähte durch das Fenster des Discountladens. »Riesig.«

»Kolossal. Man sieht es vom Parkplatz aus nicht, aber es geht bis ganz hinten durch.«

»Die werden wohl massenhaft Toilettenpapier stapeln.« Harry lachte. »Ich weiß, dass man Geld sparen kann, wenn man in diesen Monsterschuppen einkauft, aber ich mag das überhaupt nicht. Ich verliere die Orientierung. Und es gibt so viel zu kaufen, dass ich von meiner Liste abweiche. ›Ah, das sieht gut aus.‹ Und ehe ich michs versehe, stehe ich in der Schlange, und die Rechnung macht vierhundertneunundneunzig Dollar.«

»Nicht fünfhundert?«

»Ist dir noch nie aufgefallen, dass in Discountläden immer alles auf neunundneunzig endet?«

Susan lachte. »Stimmt. Sag, wonach suchst du eigentlich?«

»Ich weiß nicht. Wollte mal sehen, was H. H. baut. Hey, da ist Rob.« Sie erblickte Rob Collier, der werktags die Post im Postamt ablieferte. Sie winkte.

Er sah sie, kam zum Haupteingang und schloss die Tür auf. »Harry. Hallo Susan. Kommen Sie rein.«

»Was machen Sie hier?«

»Arbeiten. Samstags und sonntags. Sie zahlen sehr gut. Ich dachte mir, man muss das Eisen schmieden, solange es heiß ist.« Er steckte einen Schraubenzieher in seinen Werkzeuggürtel. »Na, wie finden Sie's?«

»Sehr gut beleuchtet.«

»Leg nur noch letzte Hand an. Ich bau Regale. Der Laden hier wird seine Tore trotz allem pünktlich nach Plan öffnen. Armer Kerl. Kippt einfach mit 'm Herzinfarkt um. Zwei Jahre jünger als ich. Gibt einem zu denken.« Rob schüttelte den Kopf.

»Allerdings«, sagte Susan.

»Rob, war H. H. ein guter Bauunternehmer?«

Rob nickte. »Nie am falschen Ende gespart. Alles gleich beim ersten Mal richtig machen war seine Devise. Hat mit jedem Tacheles geredet. Immer die Nerven behalten. Dieser Schnüffler – wenn Sie keine Damen wären, würde ich was Schlimmeres sagen – Fred Forrest ist jeden Tag vorbeigekommen oder hat seine Assistentin geschickt. Fred nimmt alles haargenau.« Rob schüttelte wieder den Kopf, senkte die Stimme. »Übrigens, sie ist jetzt hier.«

»Was haben sie zu bemängeln?«

»O Harry, man sollte es nicht für möglich halten. Der Mistkerl zieht seinen Zollstock raus, klappt ihn auseinander und misst so was Dämliches wie die Lücke zwischen Türpfosten und Tür. Irgendwas. Fred lebt dafür, Mängel zu finden, und er konnte nicht viele finden. Deswegen hat H. H.

alle Leute angetrieben, ›mach's gleich beim ersten Mal richtig.‹«

Sie vernahmen laute Stimmen im Hintergrund.

Eine junge Afroamerikanerin Ende zwanzig, die einen Schutzhelm trug und mit einem Klemmbrett bewaffnet war, schritt zur Tür hinaus, dicht gefolgt von Peter Gianakos. Er kam gleich wieder herein.

Er warf Rob einen Blick zu, ehe er die zwei Frauen bemerkte. »Zimtzicke.« Dann nahm er Harry und Susan erst richtig wahr. »Verzeihung, meine Damen. Ich bin etwas erbost.«

»Was ist los?«

»Mychelle Burns meint, die Behindertenrampe zur Herrentoilette ist um ein Grad zu steil. Erstens stimmt das nicht. Zweitens, eine Abweichung von einem Grad zu korrigieren kostet Zeit und Geld. Wissen Sie, was ein Behindertenzugang uns kostet? Der, den Sie da draußen auf dem Bürgersteig sehen, hat achttausend Dollar gekostet.« Peter ließ die Arme sinken.

»Warum ist das so teuer?« Susan war neugierig.

»Es könnte noch mehr kosten, wenn er im Zickzack angelegt wäre, aber für den hier hatten wir genügend Abstand vom Bordstein, um eine geneigte Ebene zu bauen. Es ist so teuer, weil die Außenkanten schräg sein müssen. Sie dürfen nicht senkrecht sein. Ich sag Ihnen, Betonarbeiten sind nicht billig. Und die Handläufe sind dicke Rohre. Die könnten einen Elefanten zurückhalten.«

»Ich hatte keine Ahnung.«

»Die hat niemand, M'am. Erst, wenn man was bauen muss, das öffentlich benutzt wird. Ist schon schlimm genug, bloß ein Haus zu bauen.«

»Was werden Sie machen?« Harry bedauerte Peter.

»Als Erstes zähl ich bis zehn. Als Nächstes komm ich mit dem Lasermessgerät, und ich bin neunundneunzigprozentig sicher, dass das Gefälle genau richtig ist. Genau nach Vorschrift. Dann ruf ich Fred Forrest an und bitte ihn herzukommen und mit dem Lasergerät nachzumessen.« Sein

Ton war essigsauer. »Wenn der großmächtige Fred nicht vorbeikommen will, dann werd ich wohl Mychelle nachmessen lassen. Herrgott, die ist genau wie der Alte. Und da keiner von beiden imstande ist, auch nur einen Nagel einzuschlagen, halt ich den Mund, obwohl jeder Idiot mit einem Lasermessgerät umgehen kann.«

»Peter«, rief ein Mann von hinten.

»Entschuldigen Sie, dass ich Ihnen was vorgemeckert habe. Harry, Susan, war nett Sie zu sehen.«

»Grüßen Sie Ihre Frau von mir«, sagte Susan, als er ging.

Harry wartete einen Moment, dann flüsterte sie Rob zu: »Vielleicht will Mychelle Bestechungsgelder?«

Rob runzelte die Stirn. »Hm, ich bin an den Wochenenden und abends hier. Ich glaube nicht, dass so was im Gange ist. Ich könnte mich aber täuschen. Ich glaube, Fred ist von Macht berauscht. Sie ist sein Ebenbild.«

Als Susan und Harry auf der 29 zurückfuhren, sagte Susan: »Harry, auf Bestechungsgelder wäre ich nie gekommen.«

»Ich weiß. Du bist so ein aufrechter Mensch.«

»Das war H. H. auch.«

»Ich glaube, ja.« Harry sah, dass der Schnee, der sich am Straßenrand türmte, bereits schmutzig war. »Und ich glaube wirklich, dass Fred von Macht berauscht ist. Rob hat ihn richtig eingeschätzt. Man sieht diese Art Persönlichkeit in vielen Berufen, vor allem aber bei Behördenjobs. Ich muss es wissen. Ich hab einen.«

»Vielleicht solltest du eine Peitsche mit ins Postamt nehmen.«

»Das würden die Leute ganz anders verstehen.« Harry lachte.

»Pervers.« Susan lachte auch.

10

Sofern Reichtum nicht ererbt ist, fällt er einem selten in den Schoß. Leute, die viel Geld verdienen, arbeiten härter, arbeiten länger und lieben fast immer, was sie tun.

Matthew Crickenberger war da keine Ausnahme. Sein Büro in der Innenstadt von Charlottesville bestand aus drei alten, um 1820 erbauten Stadthäusern. Er hatte sie gekauft und innen renoviert, das Äußere aber belassen.

Das mittlere Haus prunkte mit einer wunderschönen Eingangstür aus Walnussholz, mit einem reizvollen Fächerfenster darüber, die Scheiben aus mundgeblasenem Glas. Drinnen führte ein kleines Vestibül, wo man Mäntel und Schirme aufhängen konnte, zu einem größeren Empfangsbereich mit einer Rezeptionistin in der Mitte. An der ganzen rechten Wand war hinter Glas ein südamerikanischer Miniatur-Regenwald mit geregelter Temperatur, und zwischen den Pflanzen war imitiertes kolumbianisches Kunsthandwerk aufgestellt. Ein behauener Stein lugte aus einem sich kräuselnden Tümpel.

Matthew hatte mit Hilfe von Anne Donaldsons botanischer Sachkenntnis über hunderttausend Dollar in diese Anlage gesteckt. Abgesehen davon, dass es ein schlauer Schachzug war, Anne, die Ehefrau seines Konkurrenten, zu engagieren, war es auch ökonomisch. Warum einen Experten von der Miami-Universität oder sonst woher bemühen, wenn Anne den Job erledigen konnte?

Grellbunte Vögel zwitscherten in dem dichten, sattgrünen Pflanzenbaldachin. Kleine Salamander und alle möglichen erstaunlichen Insekten lagen faul herum.

Einmal hatte Matthew zwei Affen gekauft, aber die machten einen infernalischen Krach und wurden dem Washingtoner Tierpark geschenkt.

Kleine Frösche, manche gelb, manche grün mit Streifen, hüpften in den länglichen Tümpel hinein und wieder hinaus. Sie labten sich an den umherkrabbelnden winzigen Käfern und Ameisen.

Der Regenwald verfehlte nie seine verblüffende Wirkung auf Besucher, die zum ersten Mal hierher kamen. Aber auch wer ständig bei Matthew ein und aus ging, bewunderte Flora und Fauna.

Dies war nicht nur Matthews Lieblingsprojekt, es war sein Hobby. Er bewunderte die Erforschung von Regenwaldstandorten und unterstützte die Umweltschutzgruppen, die sich der Erhaltung dieser lebenswichtigen ökologischen Gebiete verschrieben hatten, mit großzügigen Spenden.

Er hatte jedes Jahr Kolumbien besucht, bis es zu gefährlich wurde. Er hatte auch den Amazonas befahren, aber die kolumbianischen Regenwälder lagen ihm besonders am Herzen.

Die Leute fragten sich, ob er dorthin reiste, um Kokain zu kaufen, doch Matthew war offenbar nicht an Drogen interessiert. Er trank auf Partys, war aber kein großer Trinker.

Sein Bruder Lloyd hatte bei einer Spezialeinheit in Vietnam gekämpft. Er hatte seinem großen Bruder Matthew vom Zauber des Regenwaldes erzählt. Lloyd war mit zweiunddreißig viel zu jung an einem Schlaganfall gestorben.

Matthew sagte immer, durch sein Hobby bleibe er Lloyd nahe.

Von der Rezeption führte ein Flur in das linke Gebäude, einer in das rechte.

Matthews Büro lag am Ende des linken Flurs, in dem Drucke von Aras, Tukanen und anderen geflügelten Exoten hingen.

Das Büro, dessen Tür immer offen stand, prunkte mit einem schönen Louis-XVI.-Schreibtisch aus Ebenholz. Die Wände waren in einem sahnigen Hummerton gehalten, die Holzarbeiten cremig eierschalfarben. Vor einer Wand stand ein antiker Zeichentisch. Tazio Chappars beugte sich mit Matthew über die Blaupausen.

»... hier.« Er legte den Zeigefinger auf ein Fenster im ersten Stock. »Wenn wir die gegen Drehfenster auswechseln, können wir Frischluft in das Gebäude leiten.«

»Und Mehrkosten.«

»Ich lass das von meinen Jungs untersuchen.« Er lächelte. Wenigstens hatte sie seinen Vorschlag nicht abgeschmettert. Nach seiner Erfahrung waren die meisten Architekten Primadonnen.

Tazio sah auf die große Herrenarmbanduhr, die sie trug. »Ach du meine Güte.«

Er sah auf seine Uhr. »Hier. Eh ich's vergesse.« Er holte ein kleines Stoffmuster von seinem Schreibtischstuhl und gab es ihr. »Sagen Sie Herb, er soll es Charlotte geben. Sie kann jetzt daran denken, ihren Bürostuhl neu zu beziehen.«

»Die Kosten. Das wird wieder eine lange Sitzung des Pfarrbeirats erfordern.« Tazio verzog das Gesicht.

»Nein. Was kann es maximal kosten? Fünf Meter. Sie wird sich keinen bestickten Satin aussuchen.« Er atmete ein. »Hundert Dollar der Meter, wenn sie über die Stränge schlägt. Es wird allerhöchstens fünfhundert Dollar kosten.« Er hob die Hand, um den Protest abzuwehren. »Ich werde das bezahlen. Aber sie geht bestimmt zu ›Second Yard‹ und findet was Nettes für zwanzig Dollar der Meter. Sie hat es verdient.« Er verschränkte die Arme. »Ich denke über die Zeit nach.«

»Wie bitte?« Sie bemerkte seinen Gesichtsausdruck.

»Zeit. In meinem Leben.«

»H. H.?«

»Hm, ja. Was H. H. passiert ist, kann jedem von uns passieren. Er hat gut auf sich aufgepasst, und puff.« Er schnippte mit den Fingern. »Tot, noch keine vierzig.«

»Ziemlich erschreckend.« Sie war fünfunddreißig.

»Dafür, dass wir Konkurrenten waren, sind H. H. und ich ganz gut miteinander ausgekommen. Er war ein guter Bauunternehmer. Ein bisschen unverblümt. Etwas hitzköpfig, aber ein guter Bauunternehmer.«

Eine Woge von Traurigkeit lief über Tazios attraktives Gesicht. »Was für eine Vergeudung. So jung zu sterben.«

»Schade, dass es nicht Fred Forrest treffen konnte.« Er zog einen Mundwinkel nach oben. Sie konnte Fred nicht ausstehen, wollte es aber nicht zeigen. »Wissen Sie, was ich von Fred denke?«

»Nein. Sagen Sie's mir.«

»Er gibt sich zu viel Mühe, unausstehlich zu sein.«

Matthew blinzelte, seine blauen Augen sahen sie scharf an. »Gut beobachtet.«

»Er will uns nicht wissen lassen, wer er wirklich ist.«

»Darauf bin ich nie gekommen.«

»Sie kennen ihn schon lange.«

»Über vierzig Jahre. Wir haben beide auf dem Bau angefangen. In dem Sommer, als wir frisch auf der Highschool waren, haben wir am Barracks-Road-Einkaufszentrum mitgearbeitet. Da können Sie sehen, wie lange das her ist.« Er lächelte, als er ein Einkaufszentrum nannte, das 1957 gebaut worden war. »Und eines Tages hat der damalige Bauinspektor, Buelleton Landess – das ist ein Name, was? – auf Fred geschimpft. Was das Zeug hielt. Und wissen Sie was, Fred hat gesagt, ›wenn du sie nicht schlagen kannst, schließ dich ihnen an.‹ Das hat er getan, als er seinen Abschluss an der Lane Highschool in der Tasche hatte. Und ihm ist der größte Bauboom durch die Lappen gegangen, den es in Albemarle County je gab. Er hätte ein Vermögen verdienen können. So ein Dummkopf.«

»Hinterher hat man gut reden.«

»Keinen Mumm im Sack. Oh, verzeihen Sie den Ausdruck.« Matthew lächelte wieder.

»So, ich muss mich auf die Socken machen.«

»War nett Sie zu sehen.«

»Ganz meinerseits.« Sie schob den Arm in ihren marineblauen Ledermantel, dessen Schafwollfutter passend eingefärbt war. »Ich gebe Charlotte das Stoffmuster.«

Matthew brachte sie zur Tür und wünschte, er wäre jünger.

Als Tazio davonfuhr, dachte sie, dass es sich mit Matthew ganz gut arbeiten ließ – und das war gut so. Sie würden künftig bei der neuen Sportanlage der Universität eng zusammenarbeiten.

Und Matthew war es anscheinend nicht in den Sinn gekommen, dass Forrest von den Leuten nicht erkannt werden wollte. Seine Fiesheit war Berechnung. Aber ihre Lebenserfahrung hatte Tazio auch gelehrt, dass Farbige sich Weiße viel genauer ansehen mussten als Weiße sich selbst. Es ging schlicht ums Überleben.

11

Eine Predigt vorzubereiten war für Herb mühsam, obwohl er es sein ganzes Erwachsenenleben lang getan hatte. Er machte sich im Laufe der Woche ein paar Notizen, und an jedem Samstagmorgen setzte er sich in sein Amtszimmer in der Pfarrei, um die Notizen zusammenzufügen. Manchmal arbeitete er zu Hause in seinem Studierzimmer, aber da schweiften seine Gedanken oft ab. Er zog ein Buch aus dem Regal, und Stunden vergingen. Er erfuhr eine Menge über Franz I. von Frankreich oder Forellenfischen, hatte aber kein Wort für seine Predigt niedergeschrieben.

Da es der zweite Sonntag nach dem Dreikönigsfest war, wollte er sich über das Thema »Entdeckung« auslassen, über das Finden dessen, wonach man gesucht hat.

Cazenovia, die träge mit dem buschigen Schwanz schlug, saß auf dem Schreibtisch. Sie schloss die Augen, und bald bewegte sie sich leicht im Rhythmus mit ihrem Schwanz. Wippte der Schwanz mit der Katze oder die Katze mit dem Schwanz?

Eloquenz schlief vor dem Kamin, der von einem alten Sims mit fein geschnitzten Schneckenverzierungen eingerahmt war.

Jeden Morgen überquerten die Katzen den kleinen Platz zwischen dem Wohnhaus und der Pfarrei. Von einer meterhohen Ziegelmauer begrenzt, strahlte das Anwesen Ruhe und Frieden aus.

Keine Hypothek abzahlen zu müssen war für Herb ein Segen. Er hatte etwas von seinem bescheidenen Gehalt gespart und erwog, ein Cottage als private Zuflucht zu kaufen. Herb zog es in die Gegend von Charleston, South Carolina, und wenn die Zeit käme, gedachte er sich dort etwas zu suchen. Den schlimmsten Winterunbilden zu entfliehen würde ihm behagen, besonders an einem Samstagnachmittag wie diesem: Der Himmel war abweisend grau, die Temperatur sank von neuneinhalb auf acht Grad. Herb stand vom Schreibtisch auf und sah aus dem Fenster nach Nordwesten. Die Wolken, die dort viel dunkler waren, kündigten einen weiteren Sturm an.

»Nun gut, die Kälte tötet wenigstens einen Teil der Larven ab. Dann haben wir nächsten Sommer weniger unter Insekten zu leiden.«

Seine tiefe, volltönende Stimme veranlasste Eloquenz, ein Auge aufzumachen. Sie machte es wieder zu.

Er schlug das dunkelblaue Gesangbuch auf seinem Schreibtisch auf. Er hatte die Bibelstellen ausgesucht, die ihm aus den seit Jahrhunderten festgelegten Lesungen des Kirchenjahres zur Wahl standen. Die genau richtige Mischung von Liedern auszusuchen machte ihm Freude, und wenn er vor sich hin summte, wünschte er oft, Mrs. Hogendobber wäre Lutheranerin. Ihre engelsgleiche Stimme wäre gewiss eine Bereicherung für den Chor.

»Ja, das ist ideal.« Er streichelte Cazenovia, während er die erste Strophe von Lied Nr. 47 sang:

> *»O Jesu Christe, wahres Licht,*
> *erleuchte, die dich kennen nicht,*
> *und bringe sie zu deiner Herd,*
> *dass ihre Seel auch selig werd.«*

Er räusperte sich. »Cazzie, das hat Johannes Heermann 1630 geschrieben, sechs Strophen. Ist es nicht glorreich, wie solche Gaben zu uns kommen?«

»*Wohl wahr*«, pflichtete Cazzie ihm bei, wünschte sich

aber, Herb könnte die Gaben der Katzen anerkennen, die Johannes Heermann Gesellschaft geleistet hatten.

Cazenovia, Eloquenz, Mrs. Murphy, Pewter und Tucker sprachen oft über die dreiste Ichbezogenheit der Menschen. So gut sie im Einzelnen sein mochten, sie bildeten sich ein, dass die Welt sich um sie drehte, waren geblendet von ihrer Arroganz gegenüber den außerordentlichen Leistungen, die andere Lebewesen zu diesem Dasein beitrugen.

Herb summte noch ein bisschen. Trotz seiner Nervosität beim Schreiben der Predigt liebte er die Samstage in der Pfarrei, wenn er das Haus ganz für sich hatte.

Die große viereckige französische Reiseuhr auf dem Kaminsims tickte.

»Halb drei! Wie ist es bloß halb drei geworden?«

In diesem Augenblick bewegte der Wind die kahlen Äste des majestätischen Walnussbaumes vor dem Amtszimmer. Der Baum sah aus, als würde er tanzen, seine schwarzen Zweige bewegten sich vor dem Hintergrund der dahin rasenden Wolken.

»*Schnell*« war alles, was Cazenovia sagte.

»*Tiefdruck. Deswegen war ich so schläfrig.*« Eloquenz schlug die Augen auf, streckte sich vorne und hinten und ging zu dem großen Fenster mit der tiefen Fensterbank. Sie sprang hinauf. »*In fünfzehn Minuten fängt's an zu schneien. Willste die Zeit stoppen?*«

Die ältere Katze sah auf die Uhr. »*Was krieg ich, wenn ich gewinne?*«

»*Mein Katzenminzesöckchen.*«

»*Das olle Ding?*« Trotzdem setzte Cazenovia hinzu: »*Zwei Uhr siebenunddreißig ist es auf der Uhr. Was willst du von mir haben?*«

»*Zwei Happen von deinem Spezialfutter.*«

Da sie schon älter war, bekam die große gescheckte Katze Seniorenkost, und Eloquenz schmeckte Cazzies Futter besser als ihr eigenes.

»*In Ordnung.*«

Ein Klopfen zog aller Blicke zur Haustür.

»Mist«, murmelte Herb, aber er stand auf und ging zur Tür, die zwei Katzen marschierten hinterdrein. Er öffnete, und Mrs. Murphy, Pewter und Tucker stürmten herein.

»*Hat er's gefunden? Hat er's gefunden?*« Pewters Fell war aufgeplustert, weil es kalt draußen war.

»*Noch nicht.*« Cazenovia wollte sein Geschimpfe hören, aber nicht nahe dabei sein.

»*Ist morgen nicht Abendmahl?*« Tucker wusste genau, der Krach würde losgehen, wenn sie alle da waren, und wie Cazenovia wollte sie nicht nahe dabei sein, *weil* sie dabei gewesen war.

»*Nein. Wir hatten am Dreikönigssonntag Abendmahl. Wir haben es erst wieder am ersten Sonntag im Februar.*« Eloquenz sagte »wir«, weil sie fand, dass sie und Cazenovia Teil des Gottesdienstes waren.

»*Rattendoof.*« Pewter war enttäuscht.

»*Ratten haben wir hier keine.*« Cazenovia folgte den Menschen ins Amtszimmer, die anderen Tiere hinterdrein.

»*Du solltest mal Papst Ratte sehen, den Monsterkerl von dem Gebrauchtwarenlager.*« Tucker konnte die Ratte nicht ausstehen.

»*Ja, der könnte die Beulenpest ganz allein ausbrechen lassen.*« Pewter hasste den Kerl auch.

»*Falsche Rattenart*«, klärte Pewter sie auf. »*Eine europäische Rattenart hat die Pest verursacht. Papst Ratte ist Amerikaner.*«

Cazenovia sah nach der Uhrzeit, als alle im Amtszimmer versammelt waren. Es war Viertel vor drei.

Die Menschen saßen sich in den zwei Ohrensesseln gegenüber, die rechts und links vom Kamin standen, zwischen sich einen langen Couchtisch, der aus einer alten Schiffstür gefertigt war.

»Rev, ich wollte bloß die Bücher vorbeibringen, die ich mir ausgeliehen hatte«, sagte Harry.

»Ich weiß, ich weiß, aber ich hätte gern ein bisschen Gesellschaft an diesem trüben Tag. Er hatte so schön sonnig begonnen.«

»Haben Sie Ihre Predigt fertig?« Sie kannte seine Gewohnheiten.

»Halb. Sie wird Ihnen gefallen; es geht um Entdeckung, und ich beginne bei der Entdeckung der Neuen Welt. Und mit Neue Welt meine ich Nordamerika, nicht Island oder Grönland.«

»Ich kann's nicht erwarten.« Sie legte die Bücher auf den Tisch und ein weiteres Buch dazu.

»Was ist das? *Jenseits des Nordmeers.*«

»Es wird Ihnen gefallen. Es ist nicht nur eine unglaubliche Geschichte, es ist auch gut geschrieben.«

»O ja, *Schiffsfieber* ist auch von ihr. Es wird mir bestimmt gefallen. Danke, Harry.« Er suchte mit den Augen die Bücherborde ab, stand dann auf. »Weil ich gerade dran denke, ich gebe Ihnen das Buch über Byzanz mit, von dem ich neulich im Postamt gesprochen habe.« Er hätte seine Bücher auch finden können, wenn er blind gewesen wäre, er wusste ganz genau, wo sie standen. Er klopfte mit dem Zeigefinger auf den Buchrücken, zog das Buch heraus, ging an seinen Platz zurück und legte es vor Harry hin.

»Dickes Buch.«

»Genau das Richtige für diese kalten, dunklen Abende.« Er seufzte. »Kaffee? Tee?«

»*Ich hab gewonnen!*«, rief Eloquenz.

Die Uhr zeigte acht Minuten vor drei.

»Elo, beherrsch dich.« Herb lachte, ahnungslos, dass seine jüngste Katze, die erst zwei war, soeben ihre Wette gewonnen hatte, da die erste Schneeflocke am Fenster vorbeiwirbelte.

Cazenovia erklärte den anderen Tieren die Wette, während die Menschen sich unterhielten.

»Wann fangen sie an, die Teppiche zu verlegen?«

»Mittwoch, wenn alles gut geht. Auf jeden Fall hoffentlich noch diese Woche. Es dürfte zwei ganze Tage dauern. Ohne Matthew hätten wir das nicht gekonnt.« Er rieb mit dem Schuh über den alten Teppich. »Tazio hat schon Recht, es wäre so hübsch, die Böden in Ordnung zu bringen und, sagen wir, einen schönen Orientteppich drüberzulegen, aber hier gehen zu viele Leute ein und aus.«

»Sogar in Ihrem Amtszimmer?«

»Wenn ich die Böden hier drin abschleife, staubt es überall, da reiße ich lieber alles raus und leg Teppichboden rein. Das ist schon in Ordnung.« Er wechselte das Thema. »Ich war heute Morgen bei Anne Donaldson. Sie ist untröstlich.«

Die Donaldsons waren keine Lutheraner, aber Crozet war eine kleine Stadt, wo jeder jeden kannte, und Herb machte ganz selbstverständlich allen seine Aufwartung.

»Ich hab auch kurz vorbeigeschaut. Ich muss Sie knapp verpasst haben. Susan und ich waren unterwegs, Besorgungen machen, und …«

»Wo ist Susan? Ich hab Ihren Transporter gesehen, aber keine Susan.«

»Ach so, ja, wir waren zuerst mit ihrem Wagen unterwegs. Wir waren in der Muschel, und dann wollte ich in das New-Gate-Einkaufszentrum, und ihr lief die Zeit davon. Sie hat mich zu Hause abgesetzt, und dann fiel mir ein, dass ich Ihnen Ihre Bücher noch nicht zurückgebracht habe, drum bin ich jetzt hier. Vor dem Sturm. Die Wolken hingen an den Bergen.« Sie sah aus dem Fenster. »Aha.«

Herb sah Harry an, die er fast ihr ganzes Leben gekannt hatte. Ihre Neugierde war sowohl eine gute als auch eine schlechte Eigenschaft. Sie hatte einen lebhaften Verstand, verschlang wahllos Bücher, aber sie konnte sich auch in Schwierigkeiten bringen. Sie war nicht immer so schlau, wie sie zu sein glaubte. Wenn Harry in der Muschel und dann im New-Gate-Einkaufszentrum gewesen war, dann war etwas im Schwange.

Herb beschloss, sie nicht direkt zu fragen. »Hatten Sie was in der Muschel vergessen?«

»Nein, ich wollte nur die Ereignisse Revue passieren lassen, und wie's der Zufall wollte, saß Rick Shaw am Zeitnehmertisch. War nichts mit herumschleichen.«

Herb hatte seine Antwort. »Harry, hören Sie zu.«

Sein Tonfall veranlasste sie, sich aufrecht hinzusetzen.
»Ja, Sir.«

»Ich kenne Sie. Alle in dieser Stadt kennen Sie. Die Katzen und Hunde kennen Sie. Sie sind neugierig wie eine Katze und halten sich für eine Detektivin. Durch Ihre Neugierde weiß ich, etwas an H. H.s Ableben könnte, sagen wir, verdächtig sein. Es steht nichts in der Zeitung. Anne hat mir nichts gesagt. Der Sheriff ist nicht vorbeigekommen, aber ich kenne *Sie*. Sie sind dahin gegangen, wo er gestorben ist, und dann waren Sie in dem Einkaufszentrum, das er gebaut hat. Hab ich Recht?«

»Hm ...« Sie hatte Rick versprochen, nichts zu sagen.

»Das hab ich mir gedacht.« Er verschränkte die Arme. »Wer weiß es sonst noch?«

»Fair und Ned, weil sie Freitagabend noch mal in die Muschel gegangen sind. Sie waren die ganze Nacht dort mit Rick und seinen Leuten.«

»Verstehe.« Herb war ein bisschen besänftigt. »Sie werden nichts sagen. Wie ist es dazu gekommen? Ich meine, was hat Rick zu der Annahme veranlasst, dass H. H. ermordet wurde?«

»Die Autopsie. Sie wurde gemacht, als die Leiche noch warm war. Ideale Bedingungen, nehme ich an.«

»Wieso?«

»Also, ich glaube nicht, dass es jemand weiß, aber irgendwas war komisch bei der Autopsie. Ich weiß nicht, was. Wenn der Laborbefund da ist, wird der Sheriff mit Sicherheit wissen, ob es Mord war.«

»Er wurde nicht erschossen. Er wurde nicht erstochen. Er wurde nicht überfahren. Bleibt nur noch Gift.« Herb legte die Fingerspitzen aneinander und beugte sich vor. »Wer weiß, dass Sie in der Muschel waren?«

»Rick.«

»Jemandem auf den Fluren begegnet?«

»Nein. Es war ganz ruhig.«

»Die einzige Stelle, wo man ein Auto verstecken kann, ist der Lieferanteneingang. Haben Sie Ihrs dort abgestellt?«

»Nein. Es war Susans Kombi.«
»Harry.« Er war beunruhigt.
»Was?« Sie hob flehentlich die Hände.
»Und dann waren Sie im New-Gate-Einkaufszentrum. Wer hat Sie dort gesehen?«
»Die Arbeiter, die letzte Hand an den Discountladen legten. Rob Collier arbeitet schwarz dort. Ah, Peter Gianakos ist der Polier. Die anderen kenne ich nicht. Oh, die Assistentin vom Bauinspektor, Mychelle Burns. Sie und Peter waren dort, kann sein, dass sie mich bemerkt hat, kann aber auch nicht sein. Ah …«
»Harry« – er senkte die Stimme –, »der Mörder, sofern es einen gibt, denkt, es weiß noch keiner.«
»Nicht unbedingt. Rick war mit seinen Leuten in der Muschel. Das könnte der oder die Betreffende wissen.«
»Aber es ist im Moment noch nicht allgemein bekannt, und Sheriff Shaw ist gerissen. Er hätte den Zuschauern sagen können, es sei reine Routine. Sie hätten ihm vielleicht geglaubt oder auch nicht, aber am späten Freitagabend ist dort kein Mensch. Die Straßen haben nicht gerade zum Durch-die-Gegend-Fahren eingeladen. Samstagmorgen, okay, da hätten vielleicht ein paar mehr den Streifenwagen und andere Dienstwagen bemerkt, aber es ist dennoch nicht allgemein bekannt, und niemand spricht davon, sonst würden unsere Telefone nicht mehr stillstehen. Alle Leute sagen, H. H. ist wegen einem Herzinfarkt tot umgefallen. Es wurde kein Wort über einen fragwürdigen Tod verlautet. Also …«
»Du warst blöd, Mom. Ich liebe dich, aber du hast es vermasselt.« Mrs. Murphy sprang auf Harrys Schoß.
Die Tiere saßen da, die Gesichter zu Harry erhoben.
»Ich hab hier ein Publikum.« Sie lachte verhalten.
»Ja schön, aber Sie haben außerdem ein Publikum, das gefährlich sein könnte. Der Mörder weiß vielleicht, dass Sie Bescheid wissen.«
»Ach Rev, vielleicht ist er nicht von hier.« Harry klammerte sich an eine dünne Hoffnung.

»Na klar, er ist bei schlechtem Wetter geflogen, hat ein Auto gemietet, ist zum Basketballspiel gegangen und hat dann H. H. auf dem Parkplatz getötet.« Herb hielt einen Moment inne und überlegte, wie H. H. hätte vergiftet worden sein können. »Der Mörder kennt Sie, Harry.«

Ein Frösteln rieselte über Harrys Rücken. »Ja, ja, vermutlich.«

»Und Sie haben Susan da hineingezogen.«

Harry war jetzt wirklich elend zumute. »Ich bin ein Trottel, verdammter Mist.« Sie sah aus dem Fenster, dann wieder zu Herb. »Verzeihung.«

»Ich sag schlimmere Sachen, wenn niemand da ist.«

»*Allerdings*«, bestätigte Cazenovia sein Bekenntnis.

»Was kann ich tun?«

»Hoffen, dass er mit der Ermordung von H. H. seine Rechnung beglichen hat. Was immer das für eine Rechnung sein mag.«

»Ja«, stimmte Harry mit matter Stimme zu.

Aber die Rechnung war nicht beglichen. Der Mörder hatte die volle Absicht, weitere Posten aufzulisten.

12

Noch einer rannte dem Sturm davon. Ein gelber Labradorhund, vielleicht acht Monate alt, von seinen Menschen ausgesetzt, hungrig und verängstigt, suchte nach einem Obdach. Ein teurer Neubau, nicht ganz fertig, der auf freiem Gelände westlich der Beaverdam Road stand, sah viel versprechend aus. Der Hund sprang zur Rückseite, probierte die Türen. Er ging gegen den Uhrzeigersinn, bis er zur Garage kam, deren automatisches Tor noch nicht montiert war. Zitternd huschte der dünne Kerl hinein.

Wenige Minuten später bog Tazio Chappars, die Architektin dieses Gebäudes, in die Zufahrt ein. Bevor der Sturm losbrach, wollte sie nachsehen, ob alle Fenster fest geschlossen waren. Sie war von Matthews Büro hierher geeilt.

Sie parkte ihren Halbtonner-Transporter, einen grasgrünen Silverado, und schloss die Haustür auf. Sie fing im oberen Stockwerk an und arbeitete sich systematisch nach unten vor. Sie stellte den Thermostat auf fünfzehn Grad Celsius. Der Polier hatte ihn auf zehn Grad eingestellt. Viel zu niedrig, dachte sie. Zufrieden schloss sie die Haustür von innen ab, durchquerte die Abstellkammer neben der Küche und öffnete die Tür, die in die Garage führte.

Der erschöpfte Hund lief nicht weg. Er wedelte mit dem verdreckten Schwanz. »*Hilfst du mir? Ich hab solchen Hunger. Ich will dein Freund fürs Leben sein. Ich will dich lieben und beschützen, wenn du mir hilfst.*«

Tazio klappte die Kinnlade herunter. »Armer Kerl.«

Schwanzwedelnd und mit gesenktem Kopf kam er zu ihr, setzte sich hin und reichte ihr die rechte Pfote. »*Du bist sehr hübsch.*«

»Kein Halsband.« Sie schüttelte den Kopf; denn sie kannte sich ein bisschen mit Hunden aus. Labradore waren keine Wanderer wie Jagdhunde, die eine Fährte verfolgten. »Freundchen, ich brauche dich so nötig wie ein Loch im Kopf.«

»*Du brauchst mich. Du weißt es bloß nicht.*« Er lächelte scheu.

Während sie mit sich kämpfte, tätschelte sie seinen breiten Kopf. »Ich kann dich wenigstens zum Tierarzt bringen. Komm.«

»*Wie du willst, Ma'am.*« Er folgte ihr gehorsam.

Sie hatte ein zusammengefaltetes Stück Segeltuch auf der Ladefläche ihres Transporters und ein paar alte Handtücher hinter dem Sitz. Sie schüttelte das Segeltuch aus, legte es auf den Sitz, dann rieb sie den schmutzigen, dünnen Hund ab. »Ich kann jede einzelne Rippe zählen. Verdammt, was ist bloß los mit den Menschen?«

»*Ich bin zu groß geworden. Ich war zu lebhaft, da haben sie mich ins Auto gepackt, sind von Lynchburg losgefahren und ha-*

ben mich an der Route 250 ausgesetzt. *Ich bin seit zwei Wochen unterwegs, und das Wetter war schlecht. Niemand hat mir geholfen.«*

»Na komm.«

Er sprang hinein, rollte sich zusammen, dankbar für die Wärme und die Zuwendung. *»Ich bin auch ganz leise.«*

Sie wählte die Auskunft auf ihrem Mobiltelefon, das unter dem Armaturenbrett installiert war. In der oberen linken Ecke des Fahrersitzes war ein kleines Mikrofon, so dass sie nach dem Wählen beide Hände am Steuer behalten konnte. Sie fragte nach der Nummer von Dr. Shulman, dem Tierarzt gleich außerhalb von Crozet.

Sharon Cortez, die freundliche Sprechstundenhilfe, meldete sich. Sie erkannte Taz' Stimme, weil sie denselben Pilates-Kursus besuchten.

»Hi, ich weiß, es gibt Sturm, aber ...«

Sharon, die Tazios dringlichen Tonfall erkannte, fragte nur: »Wo sind Sie?«

»Zehn bis fünfzehn Minuten von Ihrer Tür.«

»Wir sind hier.«

Der Labrador ging bereitwillig in Dr. Shulmans Behandlungszimmer, obwohl der stechende Medizingeruch nicht verlockend war. Die Menschen nahmen ihn meistens gar nicht wahr.

»Tazio, wen haben Sie denn da?« Der gut aussehende bärtige Tierarzt bückte sich und fuhr mit der Hand über den mageren Hunderücken.

»Ich hab ihn in der Garage vom Lindsay-Haus gefunden. Ich glaube, der Kerl hat lange nichts mehr gefressen.«

»Nur das, was er erwischen konnte, und das dürfte bei diesem Wetter nicht viel gewesen sein.« Dr. Shulman untersuchte Augen und Ohren des Hundes, öffnete seine Schnauze. »Noch kein Jahr alt, ich würde sagen acht, neun Monate.« Er nahm einen Stuhl-Abstrich und untersuchte ihn unter dem Mikroskop. »Okay, kein Bandwurm, was nicht verwunderlich gewesen wäre. Keine Flöhe oder Zecken, dank der Kälte. Bandwürmer kommen von infizierten

Flöhen, da war die Kälte nützlich. Für das, was er durchgemacht haben muss, ist er ganz gut in Form. Er wird im Nu Muskeln und Pfunde ansetzen.«

Während Shulman ruhig Anweisungen erteilte, stellte Sharon ein paar Dosen Futter, eine große Tüte Trockenfutter, eine Bürste, ein Halsband, eine Leine und einen Hundekorb zusammen. Dann schloss er die Tür und verabreichte dem Hund geschickt eine Ladung Spritzen.

»Dr. Shulman, ich …«, stammelte Tazio.

»Oh, machen Sie sich keine Gedanken. Sie bezahlen nur die Untersuchung und die Spritzen. Ich habe ihm die Grundimpfungen verabreicht. Befestigen Sie die Tollwutplakette am Halsband. Sie können natürlich handelsübliches Hundefutter kaufen, aber bei diesem Wetter werden die Läden überfüllt sein, drum dachte ich, Sie nehmen am besten ein paar Dosen mit nach Hause. Das reicht für den Anfang.«

»O ja, prima, aber …« Sie griff nach dem Halsband.

»Ach wissen Sie« – er kniete sich hin, um die Ohren des braven Hundes zu säubern –, »Mindy Creighton war heute hier. Sie musste sich von Brinkley verabschieden. Er war fast zwanzig Jahre alt.« Dr. Shulman kämpfte gegen die Tränen in seinen Augen an. »Sie hat Halsband, Leine und Korb hier gelassen und mich gebeten, die Sachen jemandem zu geben, der sie gebrauchen kann. Sie sagte, sie kann es nicht ertragen, sie wieder mit nach Hause zu nehmen. Wenn Sie sie das nächste Mal sehen, bedanken Sie sich bei ihr, nicht bei mir.«

»Eigentlich wollte ich nur, dass der Kerl wieder auf die Beine kommt, und dann ein gutes Zuhause für ihn finden.«

»*Nein! Ich will bei dir bleiben!*« Der Labrador schob seinen Kopf unter ihre Hand.

Dr. Shulman lächelte kaum merklich. »Schön, dann benutzen Sie die Sachen, solange Sie sie brauchen und – äh – Tazio, ich muss Ihnen noch sagen, Labradore sind großartige Gefährten. Sie dienen auch als Blindenhunde, weil sie absolut zuverlässig sind.«

»Ich werde Zettel mit seiner Beschreibung aushängen. Vielleicht sucht ihn ja jemand.«

Dr. Shulman sah zu dem Hund hinunter, und als Tazio sich abwendete, zwinkerte er ihm zu.

Sharon hatte die Tollwutplakette schon an dem königsblauen Halsband befestigt. Sie legte es dem Hund um. »Prima.« Dann machte sie die Papiere auf dem Schreibtisch fertig. »So, wie wollen wir den Burschen denn nennen?«

Tazio, die einen Hinterhalt auf Anhieb erkannte, lächelte dennoch. »Brinkley II. Scheint mir nur gerecht.«

»Finde ich auch.« Sie trug den Namen mit schwarzer Tinte in Blockschrift ein.

»Sharon, Sie haben doch sicher von H. H. Donaldson gehört?«

»Na klar.« Sharon sah von ihrer Schreibarbeit auf. »Ich weine ihm keine Träne nach.« Ihre Stimme hatte einen sarkastischen Ton angenommen. Sie sah wieder auf. »Ich bin eine von H. H.s Verflossenen.« Sie wedelte mit der Hand. »Ach, das ist Jahre her, aber es schmerzt immer noch ein bisschen.«

»Das tut mir Leid. Ich hatte keine Ahnung.«

»Ich hab's nicht an die große Glocke gehängt.« Sie reichte Tazio die Papiere, auf denen das Datum notiert war, die Aufzählung der verabreichten Spritzen und wann der Hund Auffrischungen brauchte. »Aber komisch – jetzt ist er mir egal.«

»Das macht vielleicht der Schock.«

Sharon zuckte die Achseln. »Kann sein. Mir tut seine Tochter Leid. Und Anne. Sie ist sehr nett.«

»Da bin ich wohl ins Fettnäpfchen getreten.« Tazio wurde rot.

»Nein. Mir war bloß danach, eine Last abzuwerfen. Sie sind noch ziemlich neu hier, Tazio. Diese Stadt steckt voller Geheimnisse.«

»Das ist wohl in jeder Kleinstadt so.«

»Da haben Sie Recht.« Sharon lächelte, dann stand sie

auf, tätschelte Brinkleys Kopf. »Sie werden diesen Hund lieben, glauben Sie mir.«

Mit kleiner, matter Stimme protestierte Tazio halbwegs. »Ich arbeite zu viel, um ein Haustier zu halten.«

»*Ich werde dich nie im Stich lassen*«, gelobte Brinkley der Architektin. »*Bis zu meinem letzten Atemzug nicht.*«

Auf dem Nachhauseweg beschloss Taz, sich doch in den Supermarkt zu wagen. Falls der Sturm länger anhielt. Die ersten Flocken fielen. Sie parkte neben Harrys Transporter, gerade als Harry zwei große Tüten Lebensmittel auf den Sitz lud.

»Taz, wen haben Sie denn da?«

Taz erzählte ihre Geschichte.

Mrs. Murphy rief von ihrem Sitz: »*Willkommen in Crozet, Brinkley. Du bist nach einem braven Hund genannt, einem deutschen Schäferhund.*«

»*Danke. Meinst du, sie gibt mir bald was zu essen?*«

»*Sobald ihr nach Hause kommt, und sie wohnt vielleicht sieben, acht Minuten von hier. Sie ist sehr gewissenhaft, und oh, sag ihr unbedingt, dass ihre Arbeit dir gefällt. Sie ist Architektin*«, empfahl Tucker hilfsbereit.

»*Sabbere nicht auf ihre Blaupausen*«, sagte Pewter keck.

»*Oh, 'tschuldigung. Ich bin Mrs. Murphy, das hier ist Tucker, und die Klugscheißerin ist Pewter. Wir wohnen draußen am Yellow Mountain, und wir arbeiten im Postamt, da werden wir uns sicher öfter sehen.*«

Harry und Tazio unterhielten sich zuerst über H. H.s erschütternden Tod und gingen dann – rasch, weil es kalt war – zur nächsten Beiratssitzung über und zu dem, was sie beide zu erreichen hofften.

»Hey, ich war erstaunt, Sie bei dem Basketballspiel zu sehen. Sie sind kein Stammgast.«

»Ich dachte, ich probier's mal.« Die kalte Luft kribbelte in Tazios Stupsnase.

»Sagen Sie mir Bescheid, wenn Sie etwas für Ihren neuen besten Freund brauchen.«

»Danke. Ich hoffe, ich finde ein neues Zuhause für ihn.

Ich hole rasch Milch und Brot und mache, dass ich nach Hause komme. Brinkley muss fressen.«

»*Ja*«, bestätigte Brinkley.

Als Taz nach Hause kam, mischte sie als Erstes etwas Dosenfutter in das Trockenfutter. Sie sah zu, wie das ausgehungerte Tier das Essen verschlang und dann Wasser trank. Als es fertig war, lächelte es sie an.

»Weißt du, dafür, dass du so mager bist, bist du ein ganz hübscher Hund.« Sie ging zu ihm und streichelte ihn. »Oh, das hab ich dir schon mal gesagt, nicht? Was hältst du davon, wenn ich dein Bett in mein Schlafzimmer stelle? Wir wollen es nicht irgendwo haben, wo jeder es sehen kann.«

Sie nahm den mit Schaffell ausgekleideten Hundekorb und stellte ihn am Fußende ihres Bettes auf den Boden. Sie dachte, der Hund würde sich zusammenrollen und einschlafen; denn er musste vollkommen erschöpft sein, doch Brinkley war so begeistert, einen Menschen gefunden zu haben, der ihn vielleicht lieben würde, dass er ihr überallhin folgte, bis sie sich an ihren Computer setzte. Dann schlief er selig zu ihren Füßen.

Sie musste unwillkürlich lächeln, als sie zu ihm hintersah.

Harry kam zu Hause an, bevor der Wind zu heulen anfing. Als sie aus dem Stall ging, klapperten die Türen.

Auf dem Weg ins Haus klagte sie ihren Tieren: »Zuerst ist es El Niño, dann ist es La Niña. Okay, damit ist es vorbei und mit den milden Wintern auch, aber das hier ist verrückt. Der zweite schwere Sturm in zwei Wochen.«

Im Haus angekommen, fütterte sie ihre Tiere, bestrich ein Bagel mit Butter und setzte sich mit einem karierten Block und einem Bleistift an den Küchentisch. Sie machte eine Skizze vom Inneren der Muschel, markierte, wer wo saß. Sie zeichnete den Parkplatz auf, markierte die Stelle, wo H. H. zusammengebrochen war. Dann schrieb sie die Namen von allen auf, an die sie sich erinnern konnte, die entweder zu helfen versucht oder hilflos zugesehen hatten.

»*Hat sie überhaupt nicht gehört, was Herb zu ihr gesagt hat?*«, klagte Pewter brummig.

»*Doch, hat sie.*« Tucker sah Harry an, die ausdrucksstarken braunen Augen voller Besorgnis.

»*Sie fühlt sich bemüßigt, diesen Fall aufzuklären oder zumindest sich in den Mittelpunkt zu stellen und Susan draußen zu lassen*«, vermutete die Tigerkatze richtig.

»*Ich glaube, sie wird vorsichtig sein.*« Tucker hoffte es.

»*Davon bin ich überzeugt, aber wenn sie beobachtet wird, gießt das nur Öl ins Feuer.*« Mrs. Murphy kannte ihren Menschen sehr gut.

»*Früher oder später erfahren die Leute, dass H. H. ermordet wurde*«, dachte Pewter laut. »*Das nimmt ihr vielleicht etwas von der Last.*«

»*Sie werden es nicht erfahren, bevor der Bericht von dem Labor in Richmond kommt*«, erwiderte Mrs. Murphy. »*Der Januar ist keine Mordsaison, drum werden die toxikologischen Befunde sicher bald da sein. Doch in der Zwischenzeit kann sie sich eine Menge Ärger einhandeln.*«

»*Vielleicht bremst der Sturm sie ja.*« Tucker ließ sich von Pewter putzen.

»*Wir können nur hoffen.*« Mrs. Murphy sprang auf den Küchentisch.

Harry sah zu der Katze und dann wieder auf ihre Skizze vom Parkplatz. »Ah, ihr wart im Auto. Das trag ich ein.« Sie fügte ihre Namen schwungvoll hinzu. »Wenn ich rauskriege, mit wem H. H. geschlafen hat, hab ich vielleicht die Lösung.«

Irgendwie hatte sie Recht, und irgendwie irrte sie sich.

13

Zwar lud der Sturm keine großen Schneemengen auf der Erde ab, doch der Wind heulte wie wild. Auf den Fahrwegen türmten sich Schneewehen, aber anderthalb Meter hinter den Wehen glänzte der Asphalt wie geleckt. Der Wind ließ nicht nach. Fensterläden klapperten, Türen schlugen, und die beißende Kälte drang durch Spalten und Ritzen in die Häuser. Außerdem zog die Sturmfront nicht weiter, und immer mal wieder begleitete ein Schneeschauer den Wind.

Harrys drei Pferde, Gin Fizz, Tomahawk und Poptart, spielten im Freien, von ihren Decken geschützt, jede in einer anderen Farbe, dem Pferd zu Gefallen. Wenn der Boden nicht mit einer Eisschicht überzogen war, brachte Harry ihre Pferde nach draußen. Sie brauchten Bewegung, um Energie zu verbrennen. Sie holte sie bei Sonnenuntergang wieder herein. Oft hielt sie bei der Stallarbeit inne, um ihnen zuzuschauen, wie sie herumtollten. Poptart, das jüngste und niedrigste in der Rangordnung, machte sich einen Spaß daraus, die zwei älteren Pferde zu foppen. Sie schob sich an Gin Fizz heran, den hübschen, von Flöhen gebissenen Grauen, und zog seine Decke schief. Das tat sie, bis er lautstark protestierte, danach piesackte sie Tomahawk. Poptart war die kleine Schwester auf der Party ihrer Teenager-Geschwister. Gewöhnlich ließen Tomahawk und Gin Fizz es sich gefallen. Wenn sie zu übermütig wurde, legten sie die Ohren an, fletschten die Zähne und schnaubten. Wenn das nichts half, brachte ein Tritt, so wohlberechnet, dass er nicht traf, das ungezogene Pferd meist zur Besinnung.

Simon, das Opossum, schlief auf dem Heuboden und schnarchte leise. Er hatte sich aus einem Heuballen ein behagliches Quartier gemacht. Weil Harry wusste, dass er dort war, zog sie diesen Ballen nie heraus. Die Eule döste in der Kuppel, froh, dem Wind fern zu sein. Die Kletternatter, im tiefen Winterschlaf, war weggetreten. Sie würde sich frühestens im April wieder rühren. Das alte, riesige Tier hatte einen Umfang wie Harrys Handgelenk. Die Mäuse hüpften hinter den Wänden der Sattelkammer herum, sie hatten sich bis in die Futterkammer gewühlt. Sie führten ein lustiges Leben, trotz der Bemühungen von Mrs. Murphy und Pewter, ihre Nonstop-Party zu verkürzen.

Die Tore an beiden Enden vom Mittelgang des Stalles waren fest geschlossen, trotzdem krachten und klapperten sie. Die äußeren quergeteilten Boxentüren waren oben und unten verriegelt, doch der Wind stahl sich zwischen die Rahmen, so dass sie bei jedem Windstoß wackelten.

Drinnen kräuselte sich Harrys Atem in die Luft, als sie eine dünne Schicht Kalk über die nassen Stellen stäubte. Sie entfernte die beschmutzte Streu, legte die nassen Stellen frei und gab Kalk darauf, ließ sie dann trocknen und kam kurz vor Sonnenuntergang wieder, um Streu darüber zu breiten. Einmal die Woche, gewöhnlich am Samstagmorgen, räumte sie alle Boxen leer, damit sie auslüfteten. Dann schüttete sie ein reichliches Quantum frische Sägespäne hinein. Sie hätte gern Stroh genommen, weil es sich besser für ihren Garten kompostieren ließ, aber beschmutztes Stroh war schwer, und jede Heugabel voll strapazierte ihren Rücken. Außerdem kam Stroh teuer; noch teurer waren Erdnuss-Schalen. Manche Leute probierten es sogar mit geschreddertem Zeitungspapier. Das Schöne an Crozet war neben anderen guten Eigenschaften, dass es kleinere Sägewerke gab. Harry konnte mühelos eine geeignete Sorte Sägespäne zu einem vernünftigen Preis finden. Mischte sie in jeder Box eine geringe Menge Zedernspäne darunter, roch der Stall wunderbar.

Sie konnte es nicht beweisen, aber Harry glaubte, dass Zedernspäne das Ungeziefer fern hielten; allerdings brauchte sie sich bei diesem Wetter wegen Ungeziefer keine Sorgen zu machen.

Obwohl sie stolz war auf ihre Stallanlage und wie sie ihre Farm managte, prahlte Harry nicht mit ihren Leistungen. Sie fand, der Glanz auf dem Fell der Pferde und ihr munte-

res Verhalten sagten jedem genug, der etwas von Pferden verstand. Ansonsten erblickte, wer die lange Straße zur Farm entlangfuhr, eine schmucke, gepflegte, innig geliebte Farm, egal zu welcher Jahreszeit.

Im Laufe der Jahre hatte Harry zwei neue Brunnen gegraben, einen an jedem Ende der Farm, um Bewässerungsgräben zu speisen. Mit der Zeit hoffte sie, sich eine Berieselungsanlage mit Rohren und Laufrädern zuzulegen. Die Anlage würde mit einer festgelegten Geschwindigkeit über die Weiden rollen. Es war eine bewegliche Skulptur, ein stolzer Anblick für ihre Augen. Und ein stolzer Preis.

Seit einiger Zeit wurde Mittelvirginia von Dürren heimgesucht. Nicht in jedem Jahr, aber in drei von, sagen wir, zehn Jahren. Sie brauchte eine gute Heuernte. Eine Berieselungsanlage wäre ein Segen.

Harry versuchte vorauszudenken, zu planen, aber egal, wie gut sie plante, Mutter Natur überraschte sie. Die Menschen überraschten sie auch.

Sie kletterte die Leiter zum Heuboden hinauf. Mrs. Murphy folgte ihr. Pewter blieb eisern entschlossen in der Sattelkammer. *Mäusepatrouille*, flunkerte sie. Tucker blieb unten im Gang.

Harry schlich auf Zehenspitzen zu Simons Bau. Er schlief fest auf einem alten weißen Handtuch, und jedes Mal, wenn er ausatmete, zitterten die dünnen Heuhalme. Sie stellte ihm eine Schale mit in Honig getränkten Vollkornkeksen hin. Simon liebte Süßigkeiten. Seine Wasserschüssel war leer.

Natürlich könnte er Wasser aus den Pferdeeimern trinken. Im Stall blieb es warm genug, so dass sich keine Eisschicht auf dem Wasser bildete. Manchmal, wenn das Quecksilber weit unter null sank, froren die Eimer zu, aber wenn es draußen zwischen minus vier und minus sechs Grad blieb, hielt sich drinnen die Temperatur meist über dem Gefrierpunkt. Die Wärme, die von den großen Pferdeleibern ausging, tat das Ihre.

Harry lächelte, als sie zu dem Opossum spähte. Letztes

Frühjahr war es ihr sogar gelungen, Simon einzufangen – was er nicht ausstehen konnte – und zum Tierarzt zu bringen, wo er alle möglichen Impfungen bekam. Er war ein außerordentlich gesundes Opossum, kein Überträger von EPM (Equine Protozoal Myeloencephalitis), einer Krankheit, die zuerst Vögel, dann Opossums als Überträger und schließlich Pferde befiel. So gern sie Simon hatte, Harry musste für die Gesundheit der Pferde sorgen, daher die Impfungen. Danach ging er ihr sechs Wochen lang aus dem Weg. Die Haustiere konnten ihm noch so oft erzählen, der traumatische Besuch sei zu seinem Besten gewesen, er blieb wütend. Im Juni war er endlich drüber weg; er zeigte sich Harry wieder und ließ sich von ihr kleine Leckerbissen reichen.

Als Harry wieder hinunterkletterte, war es halb neun. Sie war mit der Stallarbeit rasch fertig. Draußen konnte sie nichts tun. Sie fühlte sich wohl in ihrem Leben. Harry liebte es, ihre Aufgaben pünktlich und ordentlich zu erledigen.

Das Telefon in der Sattelkammer klingelte. Sie nahm ab. Tucker saß zu ihren Füßen.

Eine gedämpfte Männerstimme zischte: »Neugierde brachte die Katze um. Kümmern Sie sich um Ihre eigenen Angelegenheiten.«

Klick.

Sie stand da mit dem Hörer in der Hand. »Scheiße.«

»*Was für ein hübsches Wort*«, maunzte Pewter sarkastisch.

»Man hat mich soeben gewarnt«, sagte Harry laut.

»*Ich hab's gewusst! Ich hab gewusst, dass das passiert*«, meinte Tucker beunruhigt.

»*Das macht sie nur noch entschlossener.*« Mrs. Murphy sprang auf einen Sattel auf einem Sattelgestell.

Harry zog ihre Stalljacke aus. Die mollig warme Sattelkammer lud dazu ein, sich hinzusetzen und den Stallgeruch einzuatmen.

»*Zu schade, dass sie keine Anruferkennung hat*«, sagte Pewter, die an technischen Dingen interessiert war.

»*Wohl wahr. An einem Tag wie heute ist, wer immer angeru-*

fen hat, bestimmt nicht in eine Telefonzelle gegangen.« Tucker schwenkte ihr linkes Ohr Richtung Wand. Sie konnte die Mäuse wispern hören.

»Es war eine bekannte Stimme, aber er muss ein Tuch oder so was um den Hörer gelegt haben, um sie zu verstellen. Aber verdammt, ich kenne die Stimme!« Sie warf ihre Arbeitshandschuhe auf den Boden. »Ich bin ein kompletter Idiot.«

»*Geh nicht zu streng mit dir ins Gericht, Mom*«, sagte Tucker mitfühlend.

Die schlanke Frau zog den Chefsessel vom Schreibtisch. Sie ließ sich hineinfallen, legte die Füße auf die Satteltruhe, ein Geschenk ihres Vaters zu ihrem zwölften Geburtstag. Er hatte sie aus schimmerndem Kirschholz gezimmert und auf der Vorderseite in Rautenform ihr Monogramm eingeschnitzt.

Harry betrachtete ihr Publikum, zu dem auch die Mäuse zählten, obwohl sie sie nicht hören konnte und auch nicht wusste, dass sie sich um ihr halbkreisförmiges Loch geschart hatten, das von eben dieser Satteltruhe halb verdeckt war. »Überlegt mal. Wie kann man in Crozet eine Affäre haben? Man kann nicht mal niesen, ohne dass jemand ›Gesundheit‹ sagt. Ich kann mir nur wenige Möglichkeiten denken, wie ein Mann oder auch eine Frau eine Affäre haben kann. Tucker, du guckst so interessiert.«

Tucker hielt den Kopf schief und nahm gierig jedes Wort in sich auf. »*Bin ich auch. Hunde haben keine Affären, deswegen fasziniert mich der bloße Gedanke.*«

»*Was haben Hunde denn?*«, kicherte Pewter.

»*Sex.*«

»*So was Primitives, Tucker.*« Pewter, auf dem Sattelgestell unter Mrs. Murphy – sie saßen senkrecht übereinander – musste lachen.

»Okay, wo war ich? Ach ja, man muss sich also sozusagen vor aller Augen verstecken können, vorausgesetzt, die Person, mit der man eine Affäre hat, lebt in Albemarle County. Lebt der oder die Herzallerliebste woanders, ist es einfacher. Zu einfach. Ein Arzt hat jede Menge günstige Gelegenheiten. Ein privates Sprechzimmer, Krankenhausräume, die vielen Schwestern. Ganz einfach. In einem Neunbis-fünf-Uhr-Job hat man's nicht so leicht, aber als Selbstständiger hat man mehr Möglichkeiten. H. H. hat ein Bauunternehmen geleitet. Vermutlich konnte er sich in einem unfertigen Bau vergnügen, nachdem die Arbeiter weg waren, aber dann hätte er ein Bett oder einen Futon reinstellen müssen. Das kann ich streichen. Er hat ein Büro. Durchaus eine Möglichkeit, obwohl die Ehefrau reinschneien könnte, und die meisten Ehefrauen dürften einen Schlüssel haben. Möglich ist es trotzdem. Zudem gibt's auf vielen größeren Baustellen Wohnwagen, ein Büro vor Ort. Das wäre dann wirklich einfach. Ja, so sehe ich das. Und die letzte Möglichkeit, die jedem offen steht, nicht nur H. H., wäre, in das Haus oder die Wohnung der Liebsten rein- und wieder rauszuschleichen, vorausgesetzt, sie ist unverheiratet. Ist sie verheiratet, dann muss es im Büro oder Wohnwagen sein. Er könnte eine Frau unmöglich in den Club mitnehmen oder in ein Motel. Nicht in diesem Bezirk.«

»*Mutter, liebäugelst du mit einer Affäre? Du hast es ja ganz genau durchdacht.*« Mrs. Murphys lange Schnurrhaare zuckten vor und wieder zurück; denn auch sie horchte auf die Mäuse.

»Was willst du, Miezekatze?«

»*Dass du dich anständig benimmst*«, erwiderte die Tigerkatze.

Harry lachte. Sie unterhielt sich gern mit ihren Tieren, auch wenn sie nicht verstand, was sie sagten. »Nächstes Thema. Welche Sorte Frau? Flittchen haben H. H. nicht gereizt. Ich kannte ihn sein Leben lang. Er mochte gepflegte Frauen, gut aussehende. Er war nicht der hübscheste oder der reichste Kerl hier in der Gegend, drum hätte er eine, sagen wir, BoomBoom nicht rumgekriegt, aber er konnte bestimmt eine, hm-hm-hm, gut aussehende Sekretärin haben. Vielleicht eine, die er auf einer gesellschaftlichen Veranstaltung kennen gelernt hat. Er hatte nicht viel

Freizeit. Welcher Selbstständige hat die schon? Er ist gerne Kajak gefahren.« Sie überlegte. »Nein. Das wüssten wir. Im Staubecken paddeln nicht viele Frauen rum.«

»*Vielleicht auf einem Fluss*«, sagte Tucker.

Wie zur Antwort auf den Einfall des Hundes fügte Harry hinzu: »Aber Anne wäre meistens mit ihm gegangen. Kein Hobby. Es muss eine Frau sein, die er durch die Arbeit kennen gelernt hat oder eine im Büro einer Firma, mit der er geschäftlich zu tun hat, ein Zulieferbetrieb, ein anderes Bauunternehmen, Architekturbüros.«

»*Du vergisst, dass er zum Zahnarzt geht wie alle anderen auch. Er wird seine jährliche Untersuchung in einer Arztpraxis haben. Das wär eine Möglichkeit.*« Mrs. Murphy stellte Betrachtungen über die Tatorte an.

»Das andere Thema, das wir berücksichtigen müssen: Wer immer es war, er hätte ihretwegen beinahe seine Frau verlassen. Er *hat* ihretwegen seine Frau verlassen, wenn auch nur für einen Tag. Die Frau musste also vorzeigbar sein. H. H. war nicht direkt ein Snob, aber er würde nicht alles für eine Frau riskiert haben, von der er nicht dachte, dass die meisten seiner Freunde sie letztendlich akzeptieren würden.«

»*Wisst ihr was, sie ist klüger, als ich es manchmal von ihr annehme.*« Pewter blinzelte, ihre Pupillen veränderten die Form.

14

Matthew Crickenbergers Regenwaldwand war gerade breit genug, dass er sich darin umdrehen konnte. Er hatte sie eins zwanzig tief gebaut und bis zur Decke hochgezogen.

Draußen vor dem Bürofenster war Winterwunderland, in seinem Regenwald kolumbianischer Dschungel.

Er hätte die Reinigung der verglasten Anlage mitsamt dem teuren Luftzirkulations- und Befeuchtungssystem jemand anderem aufhalsen können. Aber er genoss seine sonntagnachmittägliche Zerstreuung.

Eine gründliche Reinigung einschließlich Inspizierung des Tümpels dauerte drei Stunden. Die Vögel, die an ihn gewöhnt waren, breiteten die Schwingen aus und sperrten die Schnäbel auf. Matthew brachte immer Leckerbissen mit, und nicht nur sonntags. Die neonfarbenen Frösche verspürten keine besondere Zuneigung für diesen Menschen im mittleren Alter. Sie hüpften in Deckung. Er brachte aber auch für sie Ameisen und winzige Maden mit.

Die letzte Aufgabe war das Putzen der vom Boden bis zur Decke reichenden Glasscheibe. Er summte vor sich hin, während er mit dem Gummiwischer bis zur Oberkante der Scheibe glitt. Er konnte gerade bis oben heranreichen. Dann zog er den Wischer geschwind senkrecht nach unten. Kleine Tröpfchen fielen von dem Baumbaldachin herab. Kletterpflanzen hingen da wie Halsketten.

Als er fertig war, stellte er die Eimer nach draußen, trat dann hinaus auf einen kleinen Sisalvorleger. Er schloss die Tür hinter sich, putzte sich die Füße ab und griff nach dem weißen Handtuch vom Country Club, das über einem Stuhl lag. Er trocknete sich ab und notierte sich im Geiste, Hunter im Club zu sagen, dass er den Preis für ein Handtuch schuldig war. Matthew, in solchen Dingen peinlich genau, ärgerte es, wenn die Leute Handtücher, Papier, Aschenbecher mitgehen ließen. Er hatte einmal einem gut situierten Rechtsanwalt aus Charlottesville ins Gesicht gesagt, »man soll nie Kleinigkeiten stehlen«. Die anderen Männer im Umkleideraum hatten gelacht. Der Anwalt, ein Draufgänger von einem Mann, auch.

Das Telefon klingelte. Matthew nahm ab in der Annahme, es sei seine Frau.

»Ein Laib Brot, ein Krug Wein«, meldete er sich munter.
»Matthew?«
»Fred.« Matthew war überrascht.

»Derselbe.«

»Arbeiten Sie an einem verschneiten Sonntag? Ich glaube nicht, dass der Bezirk einen Zuschlag zahlt.« Eine Spur Sarkasmus hatte sich in Matthews Stimme geschlichen.

Fred ging nicht darauf ein. »Wissen Sie, wer Donaldsons Betrieb weiterführt?«

»Ah – nein. Warum?«

»Ich wollte das Lindsay-Haus an der Beaverdam Road inspizieren, und ich möchte Anne nicht stören.«

»Wenden Sie sich an Tazio.«

»Sie arbeitet nicht für Donaldsons Firma.«

»Nein, aber sie ist die Architektin. Sie hätten eine kompetente Person bei sich.«

»Ich weiß nicht. Ich hätte gern jemanden von der Firma. Das ist immer besser.«

»Fred, ich glaube, jetzt ist nicht die richtige Zeit, um jemanden in der Firma zu bemühen. Die sind alle am Rotieren. Auch der Baustellenpolier muss ganz durcheinander sein. Machen Sie eine Ausnahme und wenden Sie sich an Tazio.«

»Tja.« Freds Stimme verklang, er räusperte sich. »Ich wollte, ich hätte diesen Krach mit ihm nicht gehabt.«

»Ein schlechtes Gewissen ist ein sinnloses Gefühl.«

»Ich habe nicht gesagt, dass ich ein schlechtes Gewissen habe.«

»Brauchen Sie auch nicht. Jetzt hören Sie mal auf mich. Sie haben sich nicht gerade gut benommen. Eigentlich wollten Sie Josef P. treffen, aber stattdessen haben Sie sich H. H. geschnappt.«

»Schon – aber wenn ich Ihnen sagen würde, wie oft ich H. H. eine verpassen wollte. Arroganter Mistkerl.« Er atmete tief ein. »Tot. Aus. Kein Ärger mehr.«

»Er war entweder streitlustig oder ein Sieger. Wenn er bei einem Angebot verlor, dann war, wer den Zuschlag erhielt, korrupt, hat Schmiergelder gezahlt. Ich meine, es konnte nicht sein, dass jemand anders einfach besser war.«

»Der andere waren meistens Sie«, bemerkte Fred trocken.
»In den letzten Jahren, ja.«
Sie schwiegen eine Weile. »Ich rufe Tazio an.«
»Ah, Fred.« Ein heiterer Ton hellte Matthews Stimme auf. »Ich nehme an, meine Hilfsbereitschaft wird Sie nur dahingehend beeinflussen, dass Sie Mängel an meinen Projekten finden.«

Fred ließ ein heiseres Lachen hören. »Da haben Sie Recht, Matthew.«

15

Diese Jahreszeit macht mich fertig.« Susan legte einen leeren Postsack zusammen. »Der Frühling scheint eine Ewigkeit weit weg, und die Weihnachtsrechnungen trudeln ein. Uff.«

Nachdem Miranda und Harry mit dem Sortieren der Post fertig waren, hatten sie gemeint, es sei wohl an der Zeit, den kleinen Tisch und die Stühle im hinteren Bereich zu streichen.

Harry war froh – anscheinend hatte niemand Susan angerufen und bedroht; denn das hätte Susan ihr bestimmt erzählt. Wer immer es war, er hatte es also auf Harry abgesehen. Statt dass es sie ängstigte, belebte es sie. Gefahr brachte ihr Blut in Wallung.

Die Tiere fanden, sie sei leichtsinnig. Sie sollte Sheriff Shaw oder Cynthia Cooper von dem Anruf berichten.

»Rot«, erklärte Miranda.
»Gelb«, entgegnete Harry.
»Blau.« Susan lachte. »Oder noch besser, streicht sie gelb mit schmalen blauen und roten Streifen oder rot mit blauen und gelben Streifen, oder …«

Die Eingangstür ging auf, Big Mim rauschte herein. »Warum haben Sie mir nichts erzählt?«

Die drei Frauen sahen sie erstaunt an. Mrs. Murphy und Pewter sprangen auf die Trennklappe; Tucker hob halb im Schlaf den Kopf.

»Was erzählt?« Harry fragte sich, ob Mim gehört hatte, dass die Ursaache für H. H.s Tod unklar war. Falls ja, wer außer Sheriff Shaw würde es ihr erzählt haben?

»Susan« – Big Mim stürmte zum Schalter –, »Ihr Mann stellt einen Sondierungsausschuss zusammen, um eine Kampagne für einen Parlamentssitz in Erwägung zu ziehen, und Sie haben kein Wort gesagt.«

Der Mann, der in Richmond den Staat vertrat, ging dieses Jahr in den Ruhestand, ohne einen Kandidaten für die Demokratische Partei zu empfehlen. Nicht, weil er einen Groll hegte. Es gab einige gute Leute, die kandidieren könnten, aber keiner hatte sich geäußert. Lieber erst mal abwarten.

Susan wurde bleich. »Mim, es steht mir nicht zu, solche Informationen bekannt zu geben.«

»Sie haben es gewusst!« Mim musste alles wissen.

»Natürlich. Hat Ned denn nicht mit Ihnen und Jim gesprochen?«

»Schon, aber Sie hätten mich vorher anrufen sollen.« Sie machte auf dem Absatz kehrt, öffnete ihr Postfach, schlug es zu, dass ein metallischer Knall durch den Raum hallte.

Sie marschierte so resolut hinaus, wie sie hereinmarschiert war. Draußen der Tag war grau. Drinnen die Uhr zeigte acht.

»*Montagmorgen.*« Tucker ließ den Kopf wieder auf die Pfoten fallen.

»Ich dachte, wir hätten unter uns keine Geheimnisse«, sagte Harry halb im Scherz; denn auch sie hatte nichts von Neds Entschluss gewusst.

»Es ist nicht mein Geheimnis.« Susan blieb bei ihrem Standpunkt.

»Es ist großartig.« Miranda nahm Susan den zusammengelegten Postsack ab und packte ihn auf das Bord mit den Päckchen.

Susan schenkte sich eine Tasse Kaffee ein und sagte bedachtsam: »Ned träumt davon, die Dinge zum Besseren wenden zu können. Er hat darüber geschwiegen, aber dies ist jetzt seine Chance. Ich denke, er wird einen guten Staatsvertreter abgeben. Er ist ehrlich, gerecht und hat keine Scheu vor schwierigen Problemen.«

»Das ist alles richtig, aber wie denkst du persönlich darüber?«, wollte Harry wissen.

»Ach Harry.« Dann sah Susan Miranda an. »Ich will keine Politikerfrau sein – auf jedes Wort achten, mich schick anziehen, zu all den langweiligen Veranstaltungen gehen.«

»Das musst du nicht.« Harry winkte Market Shiflett zu, der in dicken Schneestiefeln am Fenster vorbeiging. Ihm gehörte das Lebensmittelgeschäft nebenan.

»Sie kann sich nicht verkriechen.« Miranda stimmte Harry nicht zu. »Sie muss zeigen, dass sie ihn unterstützt.«

»Sie kann sich ihre Veranstaltungen aussuchen. Ich schlage nicht vor, dass sie …« Harry unterbrach sich. »Susan, ich weiß nicht, was ich vorschlage. Ich hab keine Ahnung, was es einem abverlangt, in ein öffentliches Amt gewählt zu werden. Geld. Ansonsten kommt es mir vor wie eine Art Schönheitskonkurrenz.« Sie lächelte. Das Lächeln erstarb, als Fred Forrest, Mychelle Burns und Tazio Chappars zum Haupteingang kamen. Ein sauberer Brinkley folgte Tazio.

Weder Fred noch Mychelle wohnte in Crozet. Sie unterhielten sich angeregt, Fred passte nicht auf, wo er hinging, und gerade als Tazio den Schnee von ihren Stiefeln schüttelte und ins Postamt trat, sah Fred hoch, und sein Mund klappte auf. Er schloss ihn wie ein Vogel, der sich einen Käfer geschnappt hat.

»Hallo«, riefen Harry, Miranda und Susan.

»Hallo«, antwortete Tazio.

Mychelle und Fred nickten nur.

»*Wie geht's dir heute?*«, fragte Mrs. Murphy Brinkley.

Tucker kam hinter der Trennklappe hervor. Harry hatte ein Hundetürchen eingebaut, weil sie es leid war, die Halbtür unter dem hochklappbaren Teil dauernd auf- und zuzumachen. Oft hatte sie sie einfach offen gelassen, aber jedes Mal, wenn sie sie zumachte, hatte Tucker daran gekratzt.

»*Viel besser. Tazio hat mir ein köstliches Mahl serviert, Rinderhäppchen, die sie mit geschroteten Körnern verrührt hat. Ich glaube, sie hat eine Vitamintablette mit reingetan, aber das stört mich nicht. Ich schlucke Vitamine, wenn es sie beruhigt.*«

»*Sie muss dich auch gebadet haben. Dein Fell sieht sauber aus. Sobald du zunimmst, kriegt es auch Glanz.*« Tucker konnte den Labrador gut leiden.

»*Ich fühl mich wie ein neuer Hund.*« Brinkley lächelte.

»*Was ist mit Fred und Mychelle los?*«, fragte Pewter.

»*Tazio kam aus der Bank und Fred war auf dem Parkplatz. Er sagte, er hätte sie wegen dem Lindsay-Haus angerufen. Er ist unverschämt. Er sagte, er hätte sich die Blaupausen von ihrem Entwurf für die Sportanlage angeguckt. Entwürfe sind nicht sein Fach, aber sie hätte Fehler gemacht, und das Bauunternehmen würde sich schwer tun, ihren Monsterkoloss zu bauen. Er hat dieses Wort benutzt. Mychelle nickt jedes Mal, wenn er spricht. Sie muss in ihn verliebt sein oder so was. Sie stimmt allem zu, was er sagt.*«

»In Fred verliebt? Grässlich.« Pewter rümpfte die Nase.

Als die drei Menschen gingen, zwinkerte Tazio Harry zu.

Mrs. Murphy rief: »*Lass dich von Taz auf unsere Farm bringen. Wir führen dich herum.*«

»*Ich werd's versuchen.*« Brinkley wedelte erfreut mit dem Schwanz und folgte Tazio nach draußen.

»Wenn es einen Furz in Menschengestalt gibt, dann ist es Fred.« Harry brach in Lachen aus.

»Harry, das ist sehr unfein. Ihre Mutter wäre entsetzt, könnte sie Sie so reden hören.« Miranda schüttelte den Kopf, obwohl sie der Beurteilung zustimmte.

»Du müsstest zur Strafe den Küchenboden mit kochendem Wasser schrubben.« Susan lachte bei der Erinnerung an Harrys Mutter. »Aber der Mann ist einfach grässlich. Grässlich!«

»Aber ist es nicht toll, dass Tazio den Auftrag gekriegt hat, dass ihr Entwurf genommen wurde, und jetzt ist sie hier, hat ihr Büro in Crozet. Wir sollten alle stolz sein«, sagte Miranda.

»Es ist ein schöner Entwurf, geschwungenes Glas mit schönen Rundungen. Hey, wisst ihr, was ich schon immer tun wollte?«

Die anderen Frauen sahen Harry an. »Was?«

»Einen Tiefseetaucher oben auf die Muschel setzen.«

»Das wär lustig«, sagte Susan. »Du bräuchtest einen Kran, um ihn da hochzuhieven.«

»Nein. Die reinigen das Dach. Es muss von innen einen Weg nach oben geben.« Harrys Gedanken rasten voraus.

»Na klar, und du würdest von oben bis unten abrutschen.« Susan wusste, dass Harry im Geiste die Tiefseeausrüstung auf dem Rücken trug und durch eine Falltür aufs Dach gelangte.

»Würde ich nicht.«

»Würdest du wohl«, versetzte Susan gut gelaunt.

»Ihr zwei.«

Total erschöpft öffnete Cynthia Cooper die Hintertür und machte sie hinter sich zu. »Was ist bloß an diesem Montag mit den Leuten los?«

»Uns geht's gut«, antwortete Harry.

»Deswegen bin ich hier. Um für eine Viertelstunde zu flüchten. Oh, Zimtteilchen mit Orangenglasur, wo sind sie?« Enttäuschung zeigte sich auf ihrem Gesicht.

Miranda buk die köstlichsten Zimtteilchen, die sie mit einer dicken Orangenglasur bestrich.

»Wo Sie davon sprechen«, Miranda sah auf die Uhr, warf ihren Mantel über, »sie dürften gerade fertig sein.«

»Juhu!« Susan klatschte in die Hände wie ein Kind.

»*Brauchst du Hilfe?*«, erbot sich Tucker.

»Bin gleich wieder da.« Miranda schlüpfte aus der Tür.

»Was ist los?«, fragte Harry die Polizistin.

»Tante Tally hat eine Kuh vermisst. Sie war überzeugt, dass sie jemand gestohlen hat. In einem Schneesturm? Okay, das ist erledigt. Die Kuh ist durch den Zaun gebrochen und war auf der Farm nebenan. Dann ist an der Hydraulic Road vorm K-Mart ein Wasserrohr geplatzt. Natürlich ist das Wasser auf der ganzen Straße gefroren, da wo vorher Schneematsch war. Wir mussten den Verkehr zur Stoßzeit umleiten. Das war vielleicht ein Spaß. Es ist scheußlich da draußen heute. Ein Schlamassel. Und dann drängt ein Jugendlicher BoomBoom beim Stoppschild an der Kreuzung 240 und 250 ab. Sie ist auf die Bremse gestiegen, was sein muss, auch wenn's wehtut. Und der Jugendliche wird ungeduldig und fährt rechts neben sie, verliert die Kontrolle, weil die Straße glatt ist, und schrammt die ganze rechte Seite von ihrem Auto auf.«

»Der schöne Wagen«, bedauerte Susan.

Miranda kam wieder. »Voilà!«

»Miranda, Sie retten mir das Leben.« Cooper schnappte sich ein Teilchen vom Tablett, kaum dass Miranda es auf den Tisch gestellt hatte.

Ein Ford Explorer hielt vor dem Postamt. Zwei junge blonde Frauen stiegen aus. Die Fahrerin öffnete die Hecktür, und eine mittelgroße rötliche Mischlingshündin sprang heraus, deren Schwanz sich drehte wie eine Windmühle. Gleich hinter ihr kam, um mehr Würde bemüht, ein zweiter Hund, weizenblond und größer.

»Minnesota Nummernschilder«, bemerkte Miranda. »Na, die Mädels werden sich hier ganz wie zu Hause fühlen.«

Harry und Cooper lachten, als die Tür aufging und Menschen und Hunde in das behagliche Postamt traten.

»*Fremde Hunde*«, verkündete Pewter, worauf Tucker die Ohren aufrichtete und die Trenntür zwischen dem Arbeits- und dem Postfachbereich aufstieß.

»*Alle Hunde sind befremdlich*«, witzelte Mrs. Murphy. Sie sah vom Schalter auf die Hunde herunter, die sich einen Nasenkuss gaben.

»*Hört nicht auf sie. Sie ist großspurig und überspannt*«, riet Tucker den zwei freundlichen Besuchern.

»Wie bitte?« Gina Marie, der rötliche Terrier-Labrador-Mischling, legte fragend den Kopf schief.

Casey Jo, der jüngere der zwei fremden Hunde, wedelte mit dem Schwanz, wackelte mit dem Körper und hob dann zur Unterstreichung die Pfote, sagte aber nichts.

»Yankee-Hunde.« Mrs. Murphy starrte in gespieltem Zorn auf sie herab.

»Ist Yankee so was wie ein Plätzchen?« Casey Jo erinnerte sich vage an kleine in Zellophan verpackte Plätzchen, die Doodles hießen und natürlich Yankee Doodles genannt wurden.

Tucker, die Madame Großmächtig auf dem Schalter nicht beachtete, sagte: *»Hm, ein Plätzchen ist es nicht, aber macht nichts. Großspurig und überspannt heißt hochnäsig. So sagt man im Süden, und ich merke an eurem Akzent, dass ihr keine Südstaatler seid.«*

»Nein. Aber ich dachte, im Süden ist es heiß«, sagte Gina Marie.

»Im Winter nicht. Und wir sind direkt am Fuß des Blue-Ridge-Gebirges, drum wird es hier richtig kalt.«

»Bei euch arbeiten bestimmt keine Katzen im Postamt?« Mrs. Murphy, die Pewter jetzt neben sich hatte, sah herab.

»Nein.« Casey Jo, eine vergnügte Seele, fand die Katzen amüsant.

»Arbeiten dort Hunde?«, erkundigte sich Tucker.

»Nein. St. Paul, wo wir wohnen, ist, nun ja, man würde Hunden und Katzen nicht erlauben, in einem Amt oder an einem Ort wie diesem hier zu arbeiten. Die Leute achten dort sehr auf Vorschriften, und ich bin sicher, es ist gegen die Vorschriften, sonst würden uns unsere Menschen mit zur Arbeit nehmen.« Gina Marie fand die Vorschriften furchtbar.

»Seht ihr, das ist das Tolle an Virginia.« Tucker lächelte übers ganze Gesicht und zeigte ihre weißen Zähne. *»Alle geben vor, die Vorschriften zu beachten, und dann machen sie was sie wollen. Alles sehr zivilisiert natürlich.«*

»Aber wie kann das zivilisiert sein, wenn die Leute gegen die Vorschriften verstoßen?«, fragte Casey Jo naiv.

»*Meine Güte, das sind wirklich Yankees*«, flüsterte Pewter Mrs. Murphy zu, die zustimmend nickte.

Tucker erkannte, diese Diskussion würde nicht nur Stunden, sondern Tage und Wochen dauern, deswegen wechselte sie wohlweislich das Thema. »*Es ist sehr nett, dass eure Menschen euch mitgebracht haben.*«

»*Unsere Menschen nehmen uns überallhin mit, wenn es geht, und sie sind sehr lustig. Sie spielen Ball mit uns und gehen mit uns schwimmen und Ski laufen. Sie können nicht mit uns mithalten, deswegen müssen wir uns natürlich bremsen, aber sie sitzen nicht herum, während wir spielen. Sie machen mit.*«

»*Spielt euer Mensch mit euch?*« Casey Jo glaubte, die Menschen könnten viel glücklicher sein, wenn sie den ganzen Tag Bällen nachjagen und Knochen kauen könnten.

Tucker sah zu Harry hoch, die jetzt hinter dem Schalter hervorgekommen war, um sich mit den Damen aus St. Paul zu unterhalten. »*Ja, aber mein Mensch arbeitet die ganze Zeit. Wir haben eine Farm, müsst ihr wissen, und ich hüte die Pferde und behüte Mom. Die Katzen sollen eigentlich das Geschmeiß töten, aber*« – sie senkte die Stimme – »*sie sind der Aufgabe nicht gewachsen.*«

»*Das wirst du mir büßen.*« Mrs. Murphy peitschte mit dem Schwanz.

»*Tod den Hunden!*«, juchzte Pewter, worauf Casey Jo bellte.

»*Sie ist so eingebildet. Beachtet sie so wenig, wie wenn sie eine bellende Ziege wäre.*« Tucker kehrte den Katzen den Rücken zu.

»*Wie bitte?*« Gina Marie hob die Augenbrauen.

»*Ah, ich glaube nicht, dass ich den Ausdruck erklären kann, aber achtet einfach nicht auf die Katzen. Wieso seid ihr in Crozet?*«

»*Polly Foss*«, Casey Jo zeigte auf die eine der Frauen, die wie Schwestern aussahen, »*ist wegen einer Management-Veranstaltung hier, drum hat ihre beste Freundin Lynae Larson sich freigenommen, um mitzukommen. Sie waren noch nie in Mittelvirginia.*«

»Kommt, Mädels«, rief Polly den schwatzenden Hunden zu.

Casey Jo lief zu Harry und leckte ihr die Hand, bevor sie ging.

Lynae lachte. »Sie liebt alle Menschen.«

Die zwei hübschen Damen aus dem Norden verabschiedeten sich und nahmen Zimtteilchen mit.

»Macht es nicht einen Heidenspaß, sich mit jemand aus anderen Ecken zu unterhalten?« Miranda benutzte den Virginia-Ausdruck »andere Ecken«, was je nach Betonung ein breites Spektrum von Bedeutungen haben konnte.

»Ich vermute, denen war gar nicht klar, dass wir hier einen richtigen Winter haben.« Harry lachte.

Cooper stimmte zu. »Ja, aber wenigstens dauert er bei uns nur drei Monate. Sie stecken ein halbes Jahr drin.«

»Die Ärmsten.« Miranda konnte sich so viel Kälte über so lange Zeit nicht vorstellen.

Als Gina Marie und Casey Jo wieder in den Geländewagen sprangen, atmeten sie den köstlichen Duft der Zimtteilchen mit Orangenglasur ein und hofften, dass die zwei Mädels auf dem Vordersitz ihnen was abgeben würden.

Waren die Katzen nicht lustig?« Casey Jo lehnte sich an Gina Marie.

»Großspurig und überspannt«, sagte Gina Marie, und beide lachten.

Casey Jo erwiderte: *»Die Tiere hier sind nett, aber, Gina, ich kann nicht richtig verstehen, was sie sagen.«*

Als Cooper später an diesem Montag wieder in ihrer Dienststelle war, kam der vorläufige Laborbericht. H. H. war mit einem Gift getötet worden. Aber niemandem in Richmond war das Gift bekannt, und die Tests wurden fortgesetzt, um es eindeutig zu identifizieren.

Cooper beugte sich über Rick Shaws Schulter und las mit ihm den Bericht. Er ließ die Papiere sinken. Sie kam herum und setzte sich ihm gegenüber auf die Schreibtischkante.

»Wenn es den Weißkitteln ein Rätsel ist, muss es wirklich

sonderbar sein.« Er fuhr sich mit der Hand über die schütter werdenden Haare.

»Tja, also, was es auch war, es war auf alle Fälle tödlich.« Ihre Finger glitten über ihren Hals. »Rumms.«

»Kein Pfeil oder Scherben oder sonst was in der Leiche.« Er kippte seinen vollen Aschenbecher in den Abfalleimer. Abgestandener Zigarettengeruch wehte hoch.

»Könnte es nicht rausgefallen sein, als Fair oder sonst wer den Schal gelockert hat?« Fair, erinnerte sie sich, hatte erwähnt, dass H. H. einen karierten Kaschmirschal um den Hals gehabt hatte, als er auf dem Parkplatz zusammenbrach.

»Der Einstich im Hals war dreieindrittel Zentimeter tief.« Er trommelte mit den Fingern auf den Schreibtisch. »Man sollte meinen, was immer ihn getroffen hat, wäre da drin stecken geblieben. Und wenn es mit dem Schal rausgezogen worden wäre, dann wäre ein Riss im Schal. Wir haben den Parkplatz gründlichst abgesucht. Nicht mal ein Splitter auf dem Boden.«

»Der Einstich war tief, aber dünn. Sie haben die Wunde gesehen.«

»Ja. Das ist es ja, was mir zu schaffen macht. Wie konnte der Mörder H. H. treffen, ohne dass es jemand sah? Er musste ganz nah dran sein und geräuschlos vorgehen. Es ist möglich, dass der Mörder ihn gestreift hat, aber bestimmt wäre jemandem ein Mensch aufgefallen, der einem anderen Menschen etwas in den Hals rammt. Dieser Bericht beunruhigt mich. Man weiß heutzutage nie, was irgendein Verrückter in einem Labor zusammenbraut.«

»Nicht nur hier, Chef, überall auf der Welt.« Sie seufzte.

»Da haben Sie Recht.« Er zog die Stirn kraus.

»Vielleicht ist Basketball der Knackpunkt?«

»Ja, daran hab ich auch schon gedacht.« Er trommelte heftiger. »Sieht so aus, als müssten wir uns hier ganz schön anstrengen, um Punkte zu machen.«

16

Die Truppe versäumte selten ein Basketballspiel, doch an diesem Freitagabend fanden sie sich bei Anne Donaldson ein zum stillen Gedenken, weil H. H. Begräbnisfeiern ein Gräuel gewesen waren. Hatten Harry und H. H. sich auch nicht nahe gestanden, so gehörten sie doch derselben Gemeinde an, und darum waren sie zusammengekommen, um ihm die letzte Ehre zu erweisen.

Freunde und Nachbarn erzählten Geschichten über H. H.s hitziges Temperament, das rasch verflog, worauf dann alles vergeben und vergessen war.

H. H. war mit einer Menge Menschen in Berührung gekommen, darunter all jenen, die im Laufe der Jahre bei ihm gearbeitet hatten. Die Leute wünschten innig, sie hätten ihm zu seinen Lebzeiten gesagt, wie sie zu ihm standen. Schuldgefühle nagten an mehr als einem Gewissen.

Tazio Chappars hatte mit den Tränen zu kämpfen, als Matthew schilderte, wie er den Zuschlag für die Sportanlage erhalten hatte. Wie enttäuscht H. H. gewesen war, weil ihm der wohl größte Auftrag seiner Karriere durch die Lappen ging.

Matthews angenehme Stimme erfüllte den Raum. »Er ist in mein Büro gekommen, um mir persönlich zu gratulieren.« Sekundenlang brach ihm die Stimme. »Das hat Klasse.« Er fasste sich wieder und fuhr fort: »Ich habe keinen Zweifel, dass H. H. große Aufträge für öffentliche Einrichtungen erhalten hätte. Es war nur eine Frage der Zeit, und wer hätte gedacht, dass die Zeit ablaufen würde?« Er hob sein Glas. »Auf H. H.«

Man soll nicht schlecht von den Toten reden. Matthew erwähnte nichts von H. H.s Neigung zu jammern, wenn etwas nicht so lief, wie er es wollte.

Die anderen erhoben gemeinsam die Gläser. Da Matthew der letzte Redner gewesen war, unterhielten sich die Leute jetzt miteinander.

Die Abwesenheit von Fred Forrest und Mychelle Burns fiel auf. Sie hätten sich zeigen und ihre Aufwartung machen können, und sei es nur für eine Viertelstunde.

Harry sah sich in den überfüllten Räumen um. Die Menschen drängten sich in der Diele, im Wohnzimmer, im Esszimmer, in der Küche, im Hobbyraum, im Fernsehzimmer, sogar draußen in Annes Gewächshaus. Harry fragte sich, ob der Mörder da war. Wenn ja, genoss er die Versammlung? War es Triumph, oder war es Erleichterung?

Als sie am Abend nach Hause fuhr, schaltete sie das Autoradio ein: Florida unterlag Virginia in einem mäßigen Spiel.

Heute Abend werden viele Plätze leer geblieben sein, dachte sie bei sich.

Auf der Whitehall Road blendete sie ein entgegenkommendes Fahrzeug mit seinem Fernlicht. Sie fluchte laut, zu ihrem eigenen Erstaunen. Erst da merkte sie, wie wütend sie war. Wütend auf den Mörder. Wütend, dass sie keine Hilfe war. Sie kam sich vor, als würde sie im Dunkeln ohne Licht fahren.

»Ich kriege raus, mit wem er geschlafen hat! Verdammt noch mal, das ist ein Anfang«, sagte sie laut. »Sie muss was wissen, wenn sie nicht selbst die Mörderin ist.«

Dann kam Harry der Gedanke, dass, falls die heimliche Geliebte wirklich etwas wusste, sie vermutlich nicht mehr lange zu leben haben würde.

17

Durch einen spektakulären Wetterumschlag, wie er in Gebirgsregionen häufig vorkommt, kletterte die Temperatur am nächsten Tag auf über zehn Grad. Der Schnee schmolz, der Boden wurde matschig, der Himmel glitzerte rotkehlcheneierblau, mit dieser kristallenen Klarheit, die nur der Winter mit sich bringt. Alles tummelte sich am

Samstag im Freien. Schließlich konnte der alte Winter in Windeseile wiederkehren.

Harry, Susan, Big Mim, Little Mim, Fair und Boom-Boom gingen auf die Jagd und waren am frühen Nachmittag zurück. Sie verstreuten sich in verschiedene Richtungen, die durch die Anforderungen des Alltagslebens bestimmt wurden.

The Daily Progress brachte ein ausführliches Interview mit Sheriff Shaw, worin er bekannt gab, dass H. H. Donaldson keines natürlichen Todes gestorben war. Er sagte, allem Anschein nach sei der Bauunternehmer vergiftet worden, und in der Angelegenheit werde ermittelt.

Nachdem Harry und Fair ihre Pferde eingestallt hatten, trafen sie sich im Mountain-View-Grill in Crozet zu einem späten Mittagessen.

»… untypisch für dich.« Fair hatte Harry soeben erzählt, wie froh er war, dass sie nicht Detektivin spielte.

»Rick hat mich gebeten, mich rauszuhalten.« Sie sah keinen Grund, Fair auf die Nase zu binden, dass sie den Fall lösen wollte.

»Seit wann hält dich das auf?« Er lächelte, als sie sich ein knuspriges Pommesstäbchen von seinem Teller schnappte.

»Meine Theorie ist« – sie schob sich das dunkle Kartoffelstäbchen in den Mund –, »man finde die Geliebte, und man hat die Mörderin.« Sie konnte Pommes so wenig widerstehen wie dem Nachdenken über den Mord.

»Ah, ja. Eine verachtete Frau.« Er sah zu, als sie sich noch eins nahm. »Schatz, warum lässt du mich nicht eine Extraportion Pommes bestellen?«

»Weil ich jede einzelne aufesse, und ich kann im Winter fünf Pfund ansetzen, wenn ich das Essen bloß angucke. Aber es schmeckt sooo gut.«

»Unser Körper ist klüger als wir. Wir sind dazu bestimmt, im Winter schwerer zu sein. Isolierung. Unsere Nahrungsvorräte wurden im Winter gefährlich knapp, bevor wir wussten, wie man Lebensmittel konserviert. Wir brauchten alle Fettzellen, die wir hatten.«

»Hast du schon mal über den Unterschied zwischen Menschen aus warmen Klimazonen und denen aus gemäßigten nachgedacht? In den Tropen greifen die Leute nach einer Frucht. Es gibt kein Morgen. Aber in gemäßigtem Klima müssen die Menschen wegen des Winters vorausplanen. Da hast du die Geschichte der Welt. Wenn man wegen der Ernährung vorausplant, ist es kein großer Sprung bis zur Planung, andere Völker zu erobern.«
»Harry, ich weiß nie, was dir durch den Kopf schwirrt.«
»Ich hab das gelesen, aber es leuchtet ein. Und was die Leute trinken: in warmem Klima Wein, in gemäßigtem Bier, in kaltem harte Spirituosen. Das können sie aus dem gewinnen, was sie anbauen. Du mit deinem schwedischen Blut könntest uns alle unter den Tisch trinken, wenn dir daran gelegen wäre.«
»Für so was ist die Collegezeit da. Es wundert mich, dass ich nicht tot bin. Manchmal denke ich über die Sachen nach, die ich als junger Mensch gemacht habe.« Er grinste und zeigte seine Zähne. »Zuerst einmal, warum bin ich nicht auf der Straße getötet worden? Dann, warum bin ich nicht erschossen worden? Oder von einem Pferd an den Kopf getreten? Aber an dem Tag, als ich anfing Tiermedizin zu studieren, bin ich zur Besinnung gekommen und habe mich seitdem in Mäßigung geübt. Du dagegen warst mir da voraus.«
»Meine Eltern hätten mich bei lebendigem Leibe gehäutet. Oh, da kommt Herbie.«
Reverend Jones kam herein und winkte ihnen zu.
»Kommen Sie zu uns.« Fair stand auf.
»Sie sind gerade fertig. Ich möchte nicht stören.«
»Sie stören nie. Wir suchen gerade den Nachtisch aus. Bitte leisten Sie uns Gesellschaft.« Fair rückte ihm einen Stuhl zurecht.
Herb setzte sich, froh, unter Freunden zu sein. »Susan sagt, die Jagd heute war wunderbar.«
»Die Erde war etwas wärmer als die Luft. Sie hat sozusagen ausgeatmet.« Fair lächelte. Es machte ihm Freude, die

Geheimnisse der Fährten zu studieren, und das blieben sie: Geheimnisse.

»Was halten Sie von dem Artikel in der Zeitung heute – über H. H.?« Herb warf Harry einen ernsten Blick zu, der von Fair unbemerkt blieb.

»Wir werden mit Theorien überschwemmt werden.« Fair sah von der Dessertkarte auf.

Als der Kellner Herbs Bestellung und Fairs Nachtischbestellung aufgenommen hatte, sagte Fair: »Hat jemand an die Republikanische Partei gedacht? H. H. war Bezirksvorsitzender.«

»Ah …« Herb drückte auf das Ende des Löffelstiels, so dass der vordere Teil hochging. »Und ein guter obendrein. Jung und von konservativem Eifer erfüllt ohne das gesellschaftliche Brimborium. Ich weiß nicht, was sie tun werden, aber wenn sie schlau sind, richtig schlau, dann stellen sie Tazio Chappars für den Posten auf.«

»Tazio?« Fair dachte darüber nach. »Das wäre genial.«

»Da Ned erwägt, fürs Parlament zu kandidieren, brauchen die Republikaner junge Führungskräfte, um Spannung in die Sache zu bringen. Ned wird ein starker Kandidat sein. Tazio könnte die Republikanische Partei mit einem neuen, vitalen Element aufpeppen.« Herb, der sich eifrig mit Politik beschäftigte, ergötzte sich an Wahlen wie manche Leute an Schach.

»Susan sagt, die Leute würden ihn voll unterstützen.« Harry wusste, Susan würde in das alles hineingezogen werden, dabei konnte sie Politik nicht ausstehen.

»Charlotte liegt mit Grippe im Bett.« Herb strahlte, als ihm sein Rib-Eye-Steaksandwich serviert wurde. »Genau, was der Doktor verschrieben hat.«

»Dann sollten Sie Charlotte auch eins bringen«, neckte Harry ihn.

»Ich sag Ihnen was, Sie wissen ja nicht, was für eine gute Sekretärin sie ist. Die letzten zwei Tage habe ich Anrufe entgegengenommen, die Post nach ›dringend‹, ›kann warten‹ und ›wegwerfen‹ in drei Haufen sortiert, den Büroartikelbestand geprüft. Ich bin knapp an allem, und dann musste ich mich noch mit dem neuen Liefertermin für den Teppich befassen. Die Leute haben auf die Bibel geschworen, und das einem Pastor, dass sie am Donnerstag um acht Uhr morgens an der Kirchentür sein werden. Ich denke, ich sollte Hayden McIntyre zu Charlotte schicken. Ich brauche sie!«

»Haben Sie ihr Blumen geschickt?«

»Ja.« Herb lächelte Harry an und biss in das leckere Sandwich.

»Kann ich irgendwie behilflich sein? Ich habe dieses Wochenende frei. Zack hat Dienst.« Fair wechselte sich im Bereitschaftsdienst an den Wochenenden mit anderen Tierärzten ab. Es war eine gute Vereinbarung, andernfalls würde kein Pferdearzt in Virginia mal ein freies Wochenende haben. Pferde schienen den Kalender genau zu studieren und es darauf anzulegen, sich am Wochenende zu verletzen, vorzugsweise spät in der Nacht.

Tazio Chappars kam herein. »Hey«, rief sie, als sie die anderen entdeckte.

»Setzen Sie sich zu uns.« Fair stand auf.

»Nein, behalten Sie bitte Platz, Fair, ich kann nicht. Ich hab Brinkley im Auto. Ich möchte ihn nicht allein lassen, drum dachte ich, ich hol mir ein Sandwich und geh wieder ins Büro.«

»Es ist Samstag. Ein schöner Samstag.« Harry strahlte. »Sie können nicht zur Arbeit gehen; wer weiß, wann wir wieder so einen Tag haben werden?«

»Ich weiß, ich weiß, aber ich muss aufarbeiten.«

»Ich arbeite bis zum Jahre 2020 auf.« Herb lachte, dass sein tiefes Dröhnen den Tisch zum Wackeln brachte.

»Sie und Brinkley werden die besten Freunde.« Harry dachte, sie sollte vielleicht noch ein Sandwich bestellen, um es an die drei missmutigen Tiere zu Hause zu verteilen.

»Ich liebe den Hund. Wie konnte ich so lange ohne einen Hund leben? Ich habe mir immer eingeredet, ich hätte zu viel zu tun, aber ich habe mein eigenes Büro, drum kommt er mit mir zur Arbeit, er geht mit auf die Baustellen. Er ist so ein braver Hund, so klug.« Sie strahlte.

»Typisch Labrador«, bestätigte Fair.

»Zu Hause ist da ein Corgi, der heftig widersprechen würde«, meinte Harry lachend, »aber Labradore sind unglaublich.«

»Er spricht mit mir«, gab Tazio verlegen zu, »und ich spreche mit ihm.«

»Harry spricht die ganze Zeit mit ihren Rackern.« Herb verputzte das Rib-Eye-Steaksandwich.

»Ach, und Sie sprechen nicht mit Eloquenz und Cazenovia?«

Herb nickte Harry zu. »Ich könnte ohne sie keine Predigt schreiben. Ich dachte nur, ich rücke Sie ins Rampenlicht.«

»War nett, sich mit Ihnen zu unterhalten. Ich muss jetzt mein Sandwich bestellen. Was hatten Sie, Herb? Sah gut aus.« Tazio atmete den würzigen Duft ein.

»Rib-eye.«

»Das nehm ich auch. Und eins für Brinkley.« Sie trat an den Tresen.

In diesem Moment kam Mychelle Burns herein, blickte sich nervös um, sah Tazio und ging zu ihr.

Tazio, die mit Mühe ihre Abneigung verbarg, lächelte. »Was machen Sie in Crozet?«

»Nichts«, flunkerte sie. »Hab Ihren Wagen mit dem Hund drin gesehen.« Mychelle senkte die Stimme. »Ich muss Sie sprechen. Privat.«

Tazio legte die Stirn in Falten. »Nicht heute.«

»Montag? In Ihrem Büro.«

»Mychelle, ich hab mein Notizbuch nicht dabei. Rufen Sie mich Montag an.«

»Wimmeln Sie mich nicht ab. Ich bin Montag um neun in Ihrem Büro. Seien Sie da. Es ist wichtig.«

»Sie werden schon genau wie Fred. Das ist keine verlockende Aussicht.« Tazio atmete durch die Nase aus. »Ich muss in meinem Kalender nachsehen.«

Mychelle senkte die Stimme fast zu einem Flüstern. »Verarschen Sie mich nicht.«

Erstaunt über die derbe Ausdrucksweise der Frau, erwiderte Tazio: »Mychelle.«

»Warten Sie, bis Sie hören, was ich zu sagen habe. Hier, eine Probe: Fred holt nachts Abfälle von Baustellen und lädt sie auf Matthews Bauplatz ab. Noch eine Probe: H. H. hat sich unter der Hand Kopien von Matthews Blaupausen besorgt und dafür bezahlt. Sie *müssen* mit mir reden.«

»Na gut, Mychelle, na gut. Montag um neun.« Tazio fragte sich, was hier gespielt wurde.

Ohne sich zu verabschieden, drehte Mychelle sich um und ging, sie machte sich nicht einmal die Mühe, die Tür hinter sich zu schließen. Eine Kellnerin lief hin und machte sie zu.

Harry hatte mit Fair und Herb die Auseinandersetzung beobachtet, auch wenn sie nicht hören konnten, was gesprochen wurde. Tazio sah achselzuckend zu ihnen hinüber. Sie bezahlte ihre zwei Sandwiches und ging winkend hinaus.

»Mychelle macht sich keine Freunde und gewinnt keine einflussreichen Leute für sich«, bemerkte Fair.

»Früher war sie umgänglicher. Ihr Job wirkt sich aus. Die Leute sind verärgert, wenn etwas schief geht und es Geld kostet, um es in Ordnung zu bringen. Ich nehme an, die Baubestimmungen müssen sein, aber sie sind so, ich weiß nicht, zu viel Papierkram, zu viel Bevormundung.« Herb bestellte Biskuitkuchen mit Cremefüllung.

In Harrys Kopf ging ein Licht an. Natürlich, dachte sie, wie einfach, beide hatten Zugang zu H. H. Vor meiner Nase, und ich hab nichts gesehen. Eine von den beiden Frauen ist, war, H. H.s Geliebte. Ich wette mein Leben darum!

»Harry?« Fair berührte ihre Hand.

»Was?«

»Du hast kein Wort gehört, was ich gesagt habe.«

»Fair, entschuldige, ich hatte grade eine Idee.« Sie lächelte. »Ich höre zu, ehrlich. Ich bin ganz Ohr.«

18

Ein Trainerjob ist wie Berg-und-Tal-Bahn-Fahren. Während die Besten von ihnen hoffen, den Charakter der Schüler zu formen, sie auf die Unwägbarkeiten des Lebens vorzubereiten, müssen sie dennoch siegen, und zwar überzeugend. Auch die erfolgreichsten Charakterformer in Amerika bekommen ihren Vertrag nicht verlängert, wenn ihre Mannschaft nicht siegt. Und von allen Trainern stehen die für Football- und Basketball am meisten im Rampenlicht, die College-Sportarten mit der größten Anhängerschaft, den lukrativen Fernsehverträgen.

In den finsteren Zeiten kannte man die Trainerinnen von Frauenbasketballteams nicht mal mit Namen. Heute waren sie Stars mit allen Vergünstigungen und Zwängen, die ihre männlichen Kollegen über nahezu hundert Jahre ertragen und genossen hatten – bis auf eines. Trainerinnen schliefen nicht mit männlichen Schülern. Männliche Trainer pflegten bei den Mädchen eine bedeutende Rolle zu spielen, doch auch diese Zeiten waren vorbei, weil die Verwaltungen endlich den Missbrauch erkannt hatten, der einer derartigen Beziehung innewohnte, auch wenn sie freiwillig eingegangen wurde. Dass die männlichen Trainer meistens verheiratet waren, kam noch erschwerend hinzu.

Wenn die verheirateten Trainerinnen die Seitenlinien auf und ab schritten, sahen ihre Ehemänner und Kinder atemlos zu. Wenn die unverheirateten Trainerinnen die Seitenlinien auf und ab schritten, sahen die unverheirateten Männer atemlos zu.

Es kam der Trainerin Ryan und ihren Trainergehilfen nie in den Sinn, dass ein Mörder zusah. H. H.s Donaldsons Tod, dessen Urache unterdessen als unklar galt, wurde nicht mit Basketball in Verbindung gebracht. Zumindest dachte niemand, dass es einen Zusammenhang gab.

Weil Cameron Basketball liebte, für die Spielerinnen schwärmte und die Trainerin Debbie Ryan verehrte, hatte

H. H. eine Anzeigenserie gekauft, die gleichzeitig mit der Frauenbasketballsaison lief, weil er glaubte, sein kleines Mädchen damit glücklich zu machen. Er hatte ihr sogar ein Abonnement für die Zeitung der Universität von Virginia gekauft, damit sie die ausführlichen Berichte über die Spiele, die sie gesehen hatte, lesen konnte.

Jeden Montag entwarf Georgina Craycroft, BoomBooms Schwägerin und Chefin von »Virginia Graphics«, für H. H. eine Anzeige, die auf den Gegnern der Woche fußte. Die letzte für H. H. entworfene Anzeige würde am Sonntag auslaufen. Georgina wusste nicht, ob sie weitermachen sollte. Das Personal von *The Cavalier Daily* wollte Anne Donaldson nicht belästigen, aber H. H. hatte für die ganze Saison bezahlt. Trotzdem wollte Georgina keine weiteren Entwürfe machen, wenn Anne nicht interessiert war. Sie würde das überschüssige Geld zurückerstatten. Georgina war ein ehrlicher Mensch.

Georgina rief BoomBoom an, die Anne näher stand als sie. BoomBoom kam auch mit der Trainerin Ryan gut zurecht.

Anne erklärte, die Anzeigen seien Cameron wichtig und machten zweifellos dem Team Spaß. BoomBoom berichtete dies daraufhin Georgina, die an diesem schönen Samstagmorgen in ihr Büro eilte. Das durchweg starke Team der Old Dominion Universität würde in der kommenden Woche ein Gegner sein, ebenfalls das von Georgia, das bekanntlich die beste Centerspielerin im diesjährigen Frauenbasketball hatte.

BoomBoom, die der Anruf ihrer Schwägerin seltsamerweise belebt hatte, fuhr zu Harry und kam gerade an, als Harry in ihre Zufahrt einbog.

Beide stiegen vor dem Stall aus.

»BoomBoom, was gibt's?«

Mrs. Murphy und Pewter, die Nasen ans Küchenfenster über dem Spülbecken gedrückt, sahen genau hin. Tucker bellte am Tiertürchen, das Harry gesichert hatte, damit der Hund ihr nicht in der Zufahrt nachlief, als sie in die Stadt fuhr.

»*Was sagt sie?*« Pewter klopfte mit der Pfote ans Fenster.
»*Ich kann nicht von den Lippen ablesen*«, erwiderte Mrs. Murphy.
»*Wir dachten, du kannst alles*«, sagte der ebenfalls gereizte Hund.
»*Erst lässt sie uns hier und geht auf die Fuchsjagd. Dann kommt sie zurück, lädt Poptart ab, bringt alles in Ordnung, steigt in den alten Transporter, fährt nach Crozet und lässt uns wieder allein!*« Tucker war außer sich.
»*Sie hat uns was zum Naschen gegeben, bevor sie ging*«, sagte Pewter.
»*Sie kommen rein. Tucker, geh und mach die Schlafzimmertür zu. Dalli dalli*«, befahl Mrs. Murphy.
»*Ich hab die Socken nicht zerfetzt, die sie auf dem Bett liegen lassen hat. Das wart ihr.*« Tucker warf störrisch den Kopf zurück, als sie zur Küchentür ging.
»*Ich hasse Hunde.*« Mrs. Murphy segelte von der Küchenanrichte, gefolgt von Pewter, die herunterrutschte, um nicht mit einem Plumps zu landen.

Die zwei Katzen rasten ins Schlafzimmer. Pewter warf sich auf die Seite, Mrs. Murphy stieß von hinten gegen die Tür. Als die Tür fast zu war, schlich die Tigerkatze drum herum, sorgsam darauf achtend, sie nicht weiter als nötig zu öffnen. Dann warf auch sie sich auf die Seite, die Krallen ganz ausgefahren. Die Katzen hakten ihre Krallen unter die Tür – es war gerade genug Platz – und zogen sie zu. Sie fiel nicht ins Schloss, aber sie war so weit geschlossen, dass bei einem beiläufigen Gang durch den Flur ihr Zerstörungswerk nicht entdeckt werden würde.

»… lieb von Anne.« BoomBoom hängte ihren Mantel an einen Haken an der Hintertür.
»Sie ist eine starke Frau.« Harry hängte ihre Jacke auch auf. »Möchtest du was trinken?«
»Nein. Ich sag dir, warum ich unangemeldet reingeschneit bin. Als ich mit Georgina und dann mit Anne gesprochen habe, musste ich wieder an den schrecklichen

Abend denken. Du hast ein Talent dafür, Sachen rauszukriegen. Du hast bestimmt darüber nachgedacht.«
»Hm – ich weiß nichts.« Harry bedeutete ihr, sich an den Küchentisch zu setzen.
»Wollen wir nicht zur Muschel gehen und es abschreiten?« In BoomBooms hübsches Gesicht kam Leben.
»Was meinst du mit ›abschreiten‹?«
»Wenn du und ich von da, wo H. H. auf seinem Platz saß, bis dahin gehen, wo er umgefallen ist, dann wissen wir, wie weit der Mörder ihm gefolgt ist.«
»Woher weißt du, dass der Mörder das getan hat?«, fragte Harry.
»Ich hab was von Gift gelesen.«
»Aber in der Zeitung stand nicht, was für ein Gift.«
»Genau«, sagte BoomBoom triumphierend. »Durch Ausschlussverfahren weiß ich, dass es kein Arsen war, weil es zu lange braucht, um zu töten, und weil das Opfer davon Durchfall kriegt. Zyanid war es nicht, sonst wäre seine Haut gerötet gewesen. Ich glaube, das Gift wurde ihm direkt während des Basketballspiels verabreicht. Wenn ich überdenke, woran ich mich erinnere, frage ich mich, ob ich Recht habe. Verstehst du? Man weiß was, und wenn man zurückblickt, dann überschattet das Wissen von heute die Ereignisse von gestern. Mit gestern meine ich die Vergangenheit. Nicht wörtlich gestern. Ich hab überlegt, wer Kühltaschen mit Getränken dabeihatte. Man hätte H. H. ein vergiftetes Getränk geben können. Oder vergiftetes Popcorn oder einen vergifteten Schokoriegel.« BoomBoom faltete die Hände. »Durch meine Lektüre habe ich gelernt, dass Gifte und Toxine nicht genau dasselbe sind. Ein Toxin kann einen lebenden Organismus töten oder aus dem Gleichgewicht bringen. Ein Gift ist eine Untergruppe. Gifte gelangen meistens in einer einzigen starken Dosis in den Körper, oder sie können sich mit der Zeit zu einer starken Dosis ansammeln. Gifte sind auch leicht zu identifizieren.«
Hellwach beugte sich Harry fasziniert vor. »Das hab ich nicht gewusst.«

»Noch etwas, Gifte können meistens unschädlich gemacht werden, wenn man schnell handelt. Bei Toxinen« – sie schüttelte den Kopf – »ist das nicht so einfach.«
»Wie meinst du das?«
»Toxine können in geringsten Dosen töten. Und schlimmer noch, sie können sich tarnen, die Symptome sind maskiert. Man braucht hochempfindliche Analyseinstrumente, um geringe Dosen Toxine zu entdecken, und es gibt nicht für alle von diesen gefährlichen Substanzen ein Gegengift.«
»Dann meinst du, rein formal wurde H. H. nicht vergiftet?«
»Nein. Wäre er vergiftet worden, würde Sheriff Shaw inzwischen mit Sicherheit wissen, womit. Ihn hat etwas getötet, das in geringer Menge verabreicht wurde. Und es hat quasi einen Herzinfarkt imitiert.«
»Riskant. Fingerabdrücke. Und grausam. Was, wenn Anne oder Cameron aus derselben Dose getrunken hätte? An demselben Schokoriegel geknabbert?«
»Hi.« Die zwei Katzen kamen lächelnd in die Küche.
»Da seid ihr ja. Ich hab mich schon gewundert, wo ihr euch versteckt habt.« Harry streichelte Mrs. Murphys Kopf und dann Pewters. Sie sannen über BoomBooms Nachforschungen nach.
»*Du wirst ganz andere Töne anschlagen, wenn du siehst, was sie angestellt haben*«, warnte Tucker.
»*Halt's Maul, du schwanzloser Steiß.*« Pewter legte die Ohren an.
»*Fettwanst.*« Der kleine Hund lachte.
»*Aasgeruch.*« Mrs. Murphy beteiligte sich an dem Spaß.
»*Thunfischfurz.*« Tucker dachte, sie könnte die zwei an Derbheit übertreffen.
»*Ich lasse keinen fahren*«, erwiderte die Katze hochmütig.
»*Du rülpst, was das Zeug hält.*« Pewter kicherte.
»*Auf wessen Seite bist du?*«, fragte Murphy vergrätzt die graue Katze, die wohlweislich Harrys Nähe suchte.
»Hey, Kinder, wir können unser eigenes Wort nicht verstehen«, schimpfte Harry.

»*Wenn du wüsstest.*« Tucker verdrehte die Augen.
»*Das ist das Tolle an Menschen. Sie wissen rein gar nichts.*« Pewter brach in lautes Gelächter aus, womit sie die anderen erschreckte.
»Vielleicht müssen sie mal raus.« BoomBoom stand auf und öffnete die Küchentür. An der Seite der Fliegentür war ein weiteres Tiertürchen, das Harry unverschlossen ließ.
Die drei rührten sich nicht von der Stelle.
»Setz dich, BoomBoom. Sie sind immer so, wenn ich sie zu Hause gelassen habe. Zurück zu deinen Nachforschungen. Der Mörder muss gründliche Spezialkenntnisse haben wie ein Chemiker. Wenn der Mörder kein Gewissen hatte, schwupp, dann könnte Essen oder Trinken die Lösung sein. Wenn der Mörder ein Gewissen hat, dann musste er – oder sie – einen anderen Weg finden, um das Gift zu verabreichen, sonst wären vermutlich noch mehr Leute tot.«
»Du weißt es.« BoomBoom deutete mit dem Zeigefinger auf Harry.
»Nein.«
»Du bist viel zu ruhig. Du hast es schon rausgekriegt, und du bist bestimmt in der Muschel gewesen.«
»Äh – nun, ich war da, ja, aber ich weiß nicht mehr als du. Tatsächlich weißt du mehr als ich.«
Harry baumelte mit den Beinen. Sie wurde ganz hibbelig. »Fair war bei der Autopsie dabei. Er sagte, H. H. hatte ein Mal an der linken Halsseite, einen dünnen Einstich. Und ich habe Coop genervt, sie hat's bestätigt und gesagt, sie haben seine Kleidung untersucht, sie haben den Parkplatz abgesucht. Kein kleiner Pfeil, nicht mal eine winzige Nadel. Nichts.«
»Komm mit mir zur Muschel. Nun mach schon.«
»Ich hab zu tun.« Harry schwankte.
»Na schön.« BoomBoom stand auf. Sie wollte den Tatort untersuchen. Würde sie sich an etwas erinnern, das sie verdrängt hatte? Sie hatte außerdem gehofft, das Zusammensein mit Harry würde ihre Beziehung wieder ein bisschen kitten.

»Eigenartig« – Harry stand auf, um BoomBoom zur Tür zu bringen –, »dass er erstochen werden konnte und wir es nicht mitgekriegt haben. Er hat auch nicht geschrien. Es ergibt überhaupt keinen Sinn.«

»Wenn die Waffe eingerieben wurde, etwa mit Novokain« – BoomBoom sah Harry an –, »dann hat H. H. die Verletzung vielleicht gar nicht gespürt. Möglich wär's.«

»Aber ja!« Harry blieb wie angewurzelt stehen.

»Los komm, lass uns gehen.« BoomBoom klopfte Harry auf die Schulter.

Sie kletterten in BoomBooms riesigen Ford Expedition. Ihr BMW war in der Werkstatt, nachdem er an der Seite aufgeschrammt worden war. Sie hatte jede Menge Autos und konnte sich stundenlang über die Vorzüge eines BMW 540i gegenüber einem Mercedes AMG 55 oder beliebigen anderen Modellen auslassen. Die Tiere schlossen sich ihnen vergnügt an. Boom liebte Tiere, und Pfotenabdrücke auf den Autositzen machten ihr nichts aus.

Sie parkten auf der großen Asphaltfläche und liefen zum Basketballplatz, wo die Mädchen trainierten.

Harry und BoomBoom winkten, als sie zu ihren jeweiligen Plätzen trabten; die Tiere kamen mit.

Harry schloss die Augen. »Ich schwöre, ich hab gespürt, wie etwas links an meinem Gesicht vorbeigeschwirrt ist. Es ist vielleicht nicht wichtig … aber jetzt wo ich hier sitze, ja, ich erinnere mich an eine Art Schwirren.«

Boom drehte sich von ihrem Platz aus zu Harry um. »Das Sausen, das du gespürt hast, das hätte auch von einer Tröte sein können.«

»Ich hab mich nicht umgedreht, war auf das Spiel konzentriert.« Sie hob die Hände. »Aber warum hatte H. H. dann nicht einen Pfeil oder einen spitzen Metallgegenstand im Hals?«

»Weil er ihn rausgezogen hat?«

»Das hätte ich gesehen. Nein.« Harry schüttelte den Kopf.

»Und wenn der Mörder ihm in den Hals gestochen hat,

als wir weggingen, oder sogar erst auf dem Parkplatz, und hat dann das Messer oder die Nadel oder wer weiß was in seine Tasche gesteckt?« BoomBoom imitierte einen raschen Stoß.

Pewter widmete sich wieder dem Haarriss in der Mauer. Sie schnupperte. Es tropfte immer noch Wasser heraus, zweifellos von schmelzendem Schnee. Sie konnte die Feuchtigkeit riechen.

Als die Menschen gingen, sprangen die Tiere hinterher. Sie liefen wachsam durch den umlaufenden Flur Richtung Haupteingang. Tucker blieb stehen, hob die Nase.

Mrs. Murphy blieb ebenfalls stehen. »*Oh.*«

»*Ich riech's auch.*« Pewter, die Augen vor Aufregung geweitet, folgte dem Hund, der vor einer geschlossenen Tür stehen geblieben war.

Tucker senkte die Nase auf den Boden. »*Blut. Frisch.*«

Die zwei Katzen atmeten tief ein. »*Ganz, ganz frisch.*«

»*Da sind noch andere Gerüche. Das muss eine Besenkammer sein.*« Tucker gab weiter, was ihre unglaubliche Nase erspürte. »*Desinfektionsmittel. Seife, ein Stück, nicht flüssig. Ich kann Wasser riechen, nicht viel, aber da drinnen muss ein Ausguss sein. Aber das Blut, ja, sehr stark, menschlich. Oh, und Parfüm.*«

Die Katzen drängten sich an der Tür, kräuselten die Oberlippen Richtung Nase, um mehr Witterung in ihre Nasenlöcher zu leiten. Ja, eine Spur Parfüm.

»*Vielleicht hat der Hausmeister sich geschnitten.*« Pewter hob die Nase, um frischere Luft aufzunehmen. »*Vermute, es ist eine Hausmeisterin. Eine, die blumiges Parfüm mag.*«

»*Pewter, da ist ganz viel Blut. Da stirbt wer.*«

»*Oder ist tot*«, erwiderte Mrs. Murphy grimmig.

Tucker legte den Kopf schief, spitzte das Ohr, um auch den leisesten Laut aufzuschnappen. »*Noch nicht. Ich kann den Menschen atmen hören, stockend.*«

»*Mutter, da ist wer verletzt. Schwer verletzt!*«, schrie Mrs. Murphy.

»*Hilfe!*«, brüllte Pewter.

»*Hilfe!*«, bellte Tucker wie besessen.

Harry blieb stehen und drehte sich zu ihnen um. »Kommt.«

»*Hilfe!*«, brüllten alle zusammen.

Harry wandte sich an BoomBoom. »Seit Tucker angefangen hat, die Ratte in O'Bannons Gebrauchtwarenlager zu jagen, hält sie sich für die größte Rattenfängerin der Welt. Natürlich hat sie die Ratte nie gefangen.«

»*Hilfe!*«

»Genug jetzt!« Harry machte kehrt, bückte sich, hob eine Katze auf jeden Arm. »Ich hab die Nase voll.« Sie stürmte nach draußen, Mrs. Murphy und Pewter zappelten. BoomBoom lief ihnen voraus.

Sie hielt Harry die Tür auf, so dass sie die Katzen in den Wagen befördern konnte. Sie hüpften auf und ab wie auf einem Trampolin. Pewter schrie aus Leibeskräften.

BoomBoom, inzwischen auf dem Fahrersitz, versuchte die Tiere zu beruhigen. »Na, na, sie kommt doch gleich wieder.«

»*Ach BoomBoom, du hast ja keine Ahnung, was passiert ist*«, schrie Mrs. Murphy.

Harry lief wieder in das Gebäude, wo Tucker sich wie wild gebärdete. Weil Samstag war, war niemand da, um dem Hund Beachtung zu schenken. Die Mädchen waren noch beim Training.

Als Tucker Harry sah, stellte sie sich auf die Hinterbeine und kratzte an der Tür.

»Krieg dich wieder ein«, befahl Harry wütend.

»*Du musst die Tür aufmachen!*«

Als hätte sie verstanden, legte Harry die Hand auf den Türknauf. Abgeschlossen. »Diese eine Ratte wird einen Tag länger leben.«

»*Nein, nein, da drinnen stirbt wer. Ich kann ihn atmen hören. Ich kenne das Geräusch! Ich kenne den …*«

»Tucker, du wirst gleich die Engel singen hören, wenn du dich nicht benimmst.« Sie packte Tucker und trug den winselnden Vierzehn-Kilo-Hund zum Auto.

»Sie sind so aufgeregt.« BoomBoom befürchtete, sie könnten krank sein.

»Verzogen trifft es eher.« Harry schloss die Beifahrertür. »Entschuldige bitte.«

Tränen traten in die braunen Augen des Hundes. »*Mrs. Murphy und Pewter, ich hab's versucht.*«

»*Du bist der beste Hund, Tucker, der allerbeste Hund.*« Mrs. Murphy leckte Tucker das Gesicht, und Pewter rieb sich an ihrer weißen Brust.

»*Ich fühl mich so schrecklich. Dieser Mensch stirbt.*«

19

Der Tag neigte sich. Ein cremeweißes Wolkenband wand sich über das Blue-Ridge-Gebirge, dicke graublaue Wolken verdeckten den Himmel. Als die Sonne sank, verwandelte sich das Weiß in Scharlachrot, das die Berge hell anstrahlte. So ungewöhnlich war der Anblick, dass Harry mit der Mistgabel in der Hand am Misthaufen, der dank des plötzlichen Tauwetters größtenteils nicht gefroren war, stehen blieb und das Panorama bewunderte.

Der Misthaufen, in einer Grube untergebracht, die auf drei Seiten von druckimprägnierten Kanthölzern eingefasst war, bildete den ersten Schritt von Harrys Mulcherzeugung. Nachdem sie Mist und Rindenabfälle ein Jahr lang verrotten ließ, beförderte sie alles mit dem Frontlader ihres Traktors in eine zweite Grube. Hatte das Jahr viel Feuchtigkeit gebracht, war der Haufen gebrauchsfertig und konnte verkauft werden. Sie nahm ein bisschen Extrageld ein, indem sie eine Pick-up-Ladung für dreißig Dollar verkaufte. War es ein trockenes Jahr gewesen, wartete sie noch ein Jahr, bis die Mischung richtig verrottet war.

Der beste Dünger war Gänse-, Enten- oder Hühnermist; man musste nur jemanden finden, der ihn transportierte und verteilte. Aber er war für Harrys Verhältnisse zu teuer – manchmal achtzehn Dollar die Tonne –, weswegen sie ihn sparsam an den wenigen Problemstellen in ihrem Garten ausbrachte. Ihre Weiden, die, ausgenommen in den schlimmsten Dürrezeiten, üppig waren, kündeten vom Erfolg dieser Maßnahme.

Sie hatte zwei solche Gruben für ihren Nachbarn Blair angelegt. Er hatte Rinder, darum war sein Mistmulch recht gut. Sie kümmerte sich darum, weil Blair viel unterwegs war. Sie hatten eine Abmachung, dass Harry jedes Jahr sechs Pick-up-Ladungen zu sich herüberschaffen konnte, die sie dann unter ihre eigenen Misthaufen mischte.

Dampf stieg auf, als sie den Haufen wendete. Die Temperatur sank mit der Sonne. In der Nacht würde es starken Frost geben.

Mrs. Murphy, die sich zum Schutz gegen die vordringende Kälte aufgeplustert hatte, thronte hoch über allem auf der Ecke der Grube.

»*Hör mal, die Vögel picken sich hier durch. Du brauchst kein Geld auszugeben, um ihnen Extrafutter zu kaufen.*«

»Du bist eine gute Gesellschafterin, Mrs. Murphy.« Harry sah zu, wie der scharlachrote Himmel sich blutrot färbte und von malvenfarbenen Strängen durchzogen wurde.

»*Danke. Ich hab noch eine Idee, wie du Geld sparen kannst. Gib Pewter weniger zu essen.*« Sie konnte dies sagen, ohne ein Geheul auszulösen; Pewter war nämlich in der Küche und tröstete Tucker, die unendlich bekümmert war, weil sie dem verletzten Menschen nicht helfen konnte.

»So was Schönes.« Harry kraulte die Katze hinter den Ohren. »Warum fernglotzen, wenn man das hier sehen kann? Der Mensch guckt sich lieber was Erfundenes an als was Echtes. Manchmal frag ich mich, wieso ich ein Mensch bin. Ehrlich, Murphy, ich finde meine eigene Art seltsam.«

»*Dämlich trifft es eher.*« Die Katze atmete den torfigen Geruch der Grube ein, der sich mit dem scharfen Aroma der kühler werdenden Luft vermischte. Lautlos flog eine große Gestalt aus der Stallkuppel. Die Eule begab sich zum

ersten Beutezug des Abends. Sie umkreiste Harry und Murphy, legte sich in die Kurve und hielt auf den Bach zu.
»Herrgott, ist die groß. Sie wird jedes Jahr größer.« Harry respektierte den Raubvogel; zusammengeballt konnten die riesigen Krallen einen Menschen aus dem Gleichgewicht bringen. Mit ausgefahrenen Krallen konnte die Eule Fleisch aufschlitzen wie ein Metzger mit einem Messer.
»Und hochnäsig.«
»Wer hat das gesagt?«, rief die Eule, als sie fort vom Stall segelte. Sie hatte ein scharfes Gehör. *»Hu-hu-uu. Du-hu-uu, Mrs. Murphy. Erdling.«*
»Ich kann nicht lügen. Ich war's.«
»Ihr zwei scheint euch ja richtig zu unterhalten«, sagte Harry, die es halb glaubte. Sie war auf dem Land aufgewachsen und wusste, dass Tiere sich untereinander verständigen konnten. Es war ihr nur nicht klar, wie effektiv sie es taten.
»Komm, Mom, Zeit den Stall zuzusperren. Ab ins Haus.«
Harry brachte ihre Mistgabel in den Werkzeugschuppen. Sie sah in den Tränken draußen nach, ob die eigens zu diesem Zweck konstruierten Heizstäbe im Wasser schwammen. Es war ein großer Luxus, morgens kein Eis hacken zu müssen. Diese kleinen Dinger sanken entweder auf den Grund des Trogs oder sie schwammen, je nach Fabrikat. In eine Steckdose gesteckt, konnten sie die Wassertemperatur über dem Gefrierpunkt halten. Pferde wussten das zu schätzen, weil sie kein eiskaltes Wasser mochten. Eine geringere Wasseraufnahme erhöhte das Risiko für Koliken oder Anschoppungen. Harry fütterte keine Pellets, weil sie meinte, die würden die winterlichen Verdauungsprobleme fördern. Sie fütterte nur große Mengen Heu bester Qualität – sie schwor darauf, und ihre Pferde blieben gesund und munter ohne Darmprobleme.

Sie ging zum Stall, schloss die großen Schiebetüren, überprüfte alle Wassereimer und zog Tomahawks Decke gerade; irgendwie hatte er es geschafft, sie nach rechts zu schieben.

Simon lugte über den Heuboden. »*Murphy, Marshmallows.*«

Das Opossum fraß Marshmallows für sein Leben gern. Seine Vorliebe für Süßigkeiten veranlasste Simon den Abfallkorb nach Bonbonpapier zu durchwühlen. Er fraß auch alle Körner, die auf dem Boden der Futterkammer verstreut waren.

»*Ich werd mein Bestes tun, aber sie hört ja nicht*«, antwortete Murphy Simon.

Harry überprüfte alles doppelt und dreifach, dann knipste sie an dem Schalter, der am Ende des Mittelganges angebracht war, das Licht aus. Sie öffnete die Tür gerade so weit, dass sie durchschlüpfen konnte, und schloss sie dann fest.

In der Küche machte sie sich eine Tasse heiße Schokolade. Tucker – Pewter war an ihrer Seite – ließ die Ohren hängen und hob kaum den Kopf.

Harry befühlte die Ohren der Hündin. Nicht heiß. Sie untersuchte ihr Zahnfleisch. In Ordnung. »Kleine, du guckst so traurig.«

»*Bin ich auch.*«

»*Sie macht sich Vorwürfe*«, erklärte Pewter.

»*Wenn ich von Mom weggerannt wäre, wäre sie mir vielleicht nachgejagt. Wenn ich immer wieder zu der Kammertür gelaufen wäre, hätte sie's vielleicht kapiert. Ich hab einfach nicht schnell genug gedacht.*« Tränen traten in die Hundeaugen.

»*Sie ist ein guter Mensch, aber sie ist nur ein Mensch.*« Mrs. Murphy vereinte sich mit Pewter, um den Corgi zu trösten. »*Sie hätte es vermutlich nicht kapiert, egal, was du gemacht hättest. Du konntest nichts tun.*«

Tucker war dankbar für die Güte der Katzen, aber sie fühlte sich so entsetzlich, dass sie die Augen zumachte. »*Jemand wird den finden, der da drin ist.*«

Sie hatte Recht. Jemandem stand ein furchtbarer Schock bevor.

20

Der Student Billy Satterfield arbeitete als Hausmeister. Er war ein rotblonder, schmächtiger Junge mit einem offenen Gesicht, ein prima Kerl, der in den Jeans und Flanellhemden, die er zu den Vorlesungen trug, gut zu den übrigen Studenten passte. Am Wochenende, wenn er einen Overall anhatte, würdigten ihn die Studenten keines Blickes. Er war unsichtbar, ein Angehöriger der Arbeiterklasse. Die Reaktion der Leute auf ihn als Besenschieber lehrte ihn eine Menge. Er wollte kein geringgeschätzter Mensch sein, kein verachteter Streber. Wenn er gute Noten erzielte, dann nur aus dem einen Grund, weil er entschlossen war, sein Examen zu machen und Geld zu verdienen.

Eine lange Kette hing an seinem Gürtel, die Schlüssel steckten in seiner rechten Tasche. Er ging zu der Besenkammer, zog die Schlüssel heraus, fand den richtigen und schloss die Tür auf.

Der Anblick einer ziemlich jungen Frau, gefesselt und geknebelt, erschreckte ihn fast zu Tode. Ihre glasigen Augen starrten direkt durch ihn hindurch. Er wäre am liebsten schreiend durch den Flur gerannt, besaß jedoch so viel Geistesgegenwart nachzusehen, ob sie wirklich tot war. Vorsichtig berührte er ihre Schulter. Kalt. Steif.

Mit zitternden Knien und flauem Magen ging er rückwärts aus der Kammer und schloss die Tür. Um Fassung ringend, lehnte er einen Moment den Kopf an die Tür. Es war morgens Viertel vor acht. Niemand sonst von der Hausverwaltung war auf dem Posten. Weil am Abend ein Basketballspiel anstand, würden nachher gegen neun ein paar Leute auftauchen, wenn er Glück hatte. Er atmete tief durch.

Er zog sein Handy heraus, ein kleines klappbares Gerät, und wählte die 911. Zu seiner Erleichterung war er in Sekundenschnelle mit dem Sheriffbüro verbunden.

Coop, die am Wochenende Dienst hatte, sprach mit Billy

und tat ihr Bestes, um ihn zu beruhigen. Sie war innerhalb einer Viertelstunde bei ihm; Rick hatte sie von unterwegs angerufen.

Sie hörte Rick die Tür öffnen, das Quietschen seiner Gummisohlen. Er trug einen anthrazitgrauen Anzug, weil er auf dem Weg zum Frühgottesdienst in der Kirche gewesen war.

»Was gibt's?«

»Messerwunde, innerlich verblutet. Sagen wir einfach, unser Mörder war nicht geschickt. Es war ein langsamer Tod, möchte ich meinen. Oh, 'tschuldigung, Sheriff Shaw, das ist Billy Satterfield. Er hat die Tote vor etwa dreißig Minuten gefunden.«

Rick streckte die Hand aus. »Tut mir Leid, Mr. Satterfield. Würde es Ihnen etwas ausmachen mir zu erzählen, was Sie gesehen haben?«

»Billy, sagen Sie Billy zu mir.« Er holte Luft und sah nicht zu der Leiche hin. »Ich komme gewöhnlich samstags und sonntags früh her. Ich war pünktlich um halb acht da, hab also vermutlich die Tür zur Kammer um Viertel vor acht aufgeschlossen, und dann hab ich das hier gesehen. Ich hab sie an der Schulter berührt – zur Sicherheit.« Er zitterte.

Cooper beruhigte ihn. »Die meisten Leute reagieren genau so.«

»Wirklich?«

»Ja.«

Rick zog dünne Latexhandschuhe an, ließ sich auf ein Knie nieder und untersuchte sorgfältig die Leiche. Er bewegte sie nicht. Kein Anzeichen eines Kampfes. Keine weiteren Schnitte. Bluterguss am Hals. Er schüttelte den Kopf. »Ist das Ihr Seil?«

»Nein, Sir.«

»'tschuldigung, ich meinte nicht Ihrs persönlich. War das Seil in der Kammer?«

»Nein, Sir.«

»Wäscheleine.« Rick stand auf. »Ich ruf die Jungs her«,

sagte er. Er meinte sein Laborteam. »Vielleicht haben wir Glück und finden Abdrücke oder wenigstens Fasern oder so was.« Er atmete aus. »Sie hat nicht beim Beliebtheitswettbewerb gewonnen, aber das hier ...«

»Sie kennen Sie?« Billy war erstaunt über die professionelle Gelassenheit.

»Ja. Sie arbeitet beim Bezirk. Sie ist Bauinspektorin.«

21

Ein scharfer Wind blies aus westlicher Richtung. Äste schwankten vor dem noch blauen Himmel. Harry trat um halb zehn aus der St. Lukaskirche. Sie besuchte gern den Frühgottesdienst sonntagmorgens um halb acht, weil der Elf-Uhr-Gottesdienst überfüllt war. Auch die Vesper um sieben Uhr abends sagte ihr zu. Der Abendgottesdienst hatte so etwas Behagliches, Stilles, besonders im Winter.

Ihr war unklar, wie Herb jeden Sonntag drei Predigten halten konnte, aber er tat es. Er hätte einen Assistenten gebraucht, einen jungen Pastor, aber bislang konnte die Diözese ihm keinen schicken, es hieß, es gebe einfach nicht genug Pastoren. Doch obwohl er überlastet war, hatte Reverend Jones große Freude an seiner mühevollen Arbeit.

Auch Tazio Chappars besuchte gerne den Frühgottesdienst. Sie beeilte sich, Harry einzuholen.

»Entschuldigen Sie, Tazio, ich wusste nicht, dass Sie Gesellschaft wollten.« Harry zog sich den Kaschmirschal, ein Geschenk von Miranda, enger um den Hals.

»Ist es nicht komisch, wie die Jahreszeiten einen an Menschen erinnern, an vergangene Ereignisse?«

»Ja.«

»Diese Jahreszeit lässt mich an meine Mutter denken. Sie hat den Winter gehasst und klagte ununterbrochen vom ersten bis zum letzten Frost. Aber so um die dritte Januarwoche sagte sie immer, ›ein bisschen mehr Licht. Eindeutig.‹ Dann mussten wir Tag für Tag zusammen die Zeitung lesen, ich und meine Brüder, und die genaue Anzahl Tageslichtstunden mit den Nachtstunden abgleichen.«

»Ich habe Ihre Brüder nie kennen gelernt. Würde ich aber gern.«

Tazio legte flugs die Hand auf ihren Hut; denn der Wind nahm zu. »Jordan und Naylor, Zwillinge. Können Sie sich vorstellen, mit Zwillingsbrüdern aufzuwachsen? Sie waren fürchterlich. Sie wären fast gestorben, als ich hierher gezogen bin. Wie so viele Leute haben sie die Vorstellung von armen Schwarzen, die Tag für Tag unterdrückt werden. Ich sag zu ihnen, es ist nicht so, und in vielerlei Hinsicht geht es hier so kultiviert zu wie zu Hause in St. Louis, aber ich rede gegen eine Mauer an. Wenn ich sie sehen will, muss ich zu ihnen gehen.«

»O je, das tut mir Leid. Falls sie aber doch mal kommen, sagen Sie mir Bescheid, ja?«

»Gern. Es ist kaum zu glauben, die Ekeltypen, die mir Kaulquappen in meine Limonade gepackt haben, sind jetzt Ärzte. Dad ist Onkologe, Jordan ist in Dads Fußstapfen getreten. Naylor spezialisiert sich auf Hüftprothesen. Ich bin die Außenseiterin, die nichts mit Medizin am Hut hat.«

»Ich könnte das nicht.« Harry schüttelte den Kopf. »Sie haben sich den richtigen Beruf ausgesucht.« Sie stellte sich mit dem Rücken zum Wind. »Boreas.«

»Der Nordwind.« Tazio erinnerte sich an die Mythologie. »Ich habe diese Geschichten geliebt. Und die altnordischen Sagen. Auf dem College habe ich die afrikanischen Mythen gelesen, danach die indianischen. Und wissen Sie was, diese Geschichten stecken voller Weisheit. Nicht, dass ich gelernt hätte, weise zu sein. Ich fürchte, das wird man nur auf die harte Tour.«

Sie kamen zu ihren Autos, in denen ihre jeweiligen Tiere

saßen. Brinkley stand Schwanz wedelnd auf, als er Tazio sah.

»Ich wünschte, ich könnte die Katzen und den Hund mit in die Kirche nehmen«, sinnierte Harry. »Das würde ihnen ungeheuer gut tun.«

»Mrs. Murphy an der Orgel? Das sollten Sie sich gut überlegen, Harry.«

»Da könnten Sie Recht haben, aber sie ist eine musikalische Mieze.«

»Möchten Sie einen Kaffee? Ich lade Sie ein. Ich mache mir langsam Sorgen wegen der Reparaturen am Pfarrhaus, und vielleicht können wir unser eigenes Treffen vor dem Treffen abhalten.« Tazios Lippenstift, ein schimmerndes Burgunderrot, betonte ihre schönen Zähne, wenn sie lächelte.

»Gern.«

Sie gingen in den Coffee Shop, wo es am Sonntagmorgen ruhig war. Harry bestellte einen Cappuccino mit einem Berg aufgeschäumter Milch. Die Tiere, froh, weil sie mit rein durften, ließen sich wahrhaftig ohne Theater neben dem Tisch nieder.

»*Brinkley, du siehst besser aus*«, schmeichelte Tucker dem jungen Labrador.

»*Sie füttert mich mit proteinreicher Kost, weil ich noch wachse. Und gestern Abend hat sie Hühnersoße drübergegossen. Das Leckerste, was ich je genossen habe.*«

»*Ich hab mal ein Huhn getötet*«, brüstete sich Pewter. »*Eine Rhodeländerhenne, und die war riesig. Hat auch riesige Eier gelegt.*«

»*Brinkley, hör nicht auf sie. Sie lügt ständig.*« Mrs. Murphy rieb sich an der hellgelben Brust des Labradors.

»*Ich hab aber echt eine Henne getötet. Sie lief draußen vor dem Stall rum. Die größte Henne des Universums, und sie wollte mich jagen, aber ich bin ihr auf den Rücken gesprungen.*« Die graue Katze richtete sich zu ihrer vollen Höhe auf, das ließ sie imposanter aussehen.

»*Und nun kommt die wahre Geschichte.*« Tucker kicherte.

»Sie ist dem Huhn wirklich auf den Rücken gesprungen, und es war ein sehr dickes Huhn. Aber Pewter hat dem doofen Vogel so einen Schrecken eingejagt, dass er einen Herzinfarkt kriegte und tot umfiel. Es war nicht gerade ein Kampf auf Leben und Tod.«

»Das ändert nichts daran, dass ich das Huhn getötet habe. Brinkley, die trauen mir nie was zu. Dabei haben sie noch nie ein Huhn getötet.«

»Nein.« Tucker presste ihre langen Kiefer aufeinander. *»Harry hätte mich aus dem Haus geworfen, wenn ich es getan hätte. Und du hast Glück gehabt, dass sie im Stall war und dich dabei gesehen hat, sonst hättest du echt Ärger gekriegt. Sie wusste, dass der Vogel herzkrank war.«*

»Wie viele Hühner habt ihr?«, fragte Brinkley.

»Gar keins.« Mrs. Murphy lachte.

Brinkley senkte den Kopf, um Pewters Nase zu berühren. *»Hast du sie alle getötet?«*

Das stieg Pewter mächtig zu Kopf. Sie blähte die Brust, sie witschte mit dem Schwanz, sie warf das Kinn hoch. Es war die Mächtige-Mieze-Pose. *»Nee, hab ich nicht, aber ich hätt's können, wenn ich gewollt hätte.«*

»Was ist denn aus den Hühnern geworden?« Der jüngere Bursche war verwirrt.

»Also, zuerst musst du wissen, dass unser Mensch eine von der praktischen Sorte ist. Aber hin und wieder hat sie eine Idee, die nicht richtig funktioniert. Das Geld sparende Unternehmen erweist sich als Verlustgeschäft und, hm, sie verbraucht drei Bleistifte bei dem Versuch, es zusammenzurechnen. Mit den Hühnern war das auch so 'ne Sache.« Tucker lächelte.

»Zuerst lief's okay«, griff Mrs. Murphy die Geschichte auf. *»Sie hat Küken gekauft und unter eine Infrarotlampe gesetzt. Tja, Brinkley, nicht ein einziges kleines Ei, sechs Monate lang. Aber endlich kam der große Tag, und ein winziges Ei erschien. Mit der Zeit erschienen mehr Eier von den zwanzig Hennen, und die Eier wurden größer und größer, als die Hennen größer wurden. Schließlich, als die Hühner endlich richtig dick waren, riss der Rotfuchs hinten vom Feldweg einfach eins aus*

dem Hühnerstall. Verschlossene Türen, Drahtgitter oben drauf, nichts hielt ihn auf außer der einen großen Rhodeländerhenne. Dieses Huhn konnte er nicht töten, und dann ist es an einem Herzanfall zugrunde gegangen. Zu viel Mais, vermute ich mal.«

Die Eingangstür ging auf, Cynthia Cooper kam herein und setzte sich. »Herb sagte mir, ihr seid zusammen aus der Kirche gegangen. Ich hab rumgesucht, und hier find ich euch.«

Harry kannte Cooper sehr gut. »Was ist los?«

»Wieder ein Mord in der Muschel.« Sie winkte der Kellnerin, die ihr eine Tasse Milchkaffee brachte.

»Du machst Witze!« Harry setzte sich aufrecht, die Tiere ebenso.

»Mychelle Burns, in die Besenkammer gestopft.«

»Was?« Tazios Hände zitterten einen Moment.

»Wenn ich zu denen gehörte, die voreilig Schlüsse ziehen, würde ich sagen, jemand versucht das Team in Panik zu versetzen.« Harry pfefferte ihre Serviette neben ihre Gabel.

»Im Moment scheint keine Theorie zu abwegig.« Cooper trank einen großen Schluck von dem belebenden Kaffee. »Aber H. H. und Mychelle?« Sie wandte sich an Tazio. »Harry hat mir erzählt, Mychelle war im Mountain-View-Grill patzig zu Ihnen?«

»Sie hat gesagt, sie wollte mich sprechen. Es sei wichtig. Wenn sie mich sprechen wollte, ging es meistens um eines meiner Bauvorhaben. Wir haben nie über was anderes als die Arbeit gesprochen.«

»Aber hat sie Ihnen keinen Hinweis gegeben, so was wie ›die Kupferrohre an dem neuen Haus sind krumm und schief‹?« Harry zuckte die Achseln. »Ich weiß, ich drücke mich nicht im korrekten Fachjargon aus, aber Sie wissen, was ich meine. Einen Hinweis, um Sie dazu zu bringen, über das Problem nachzudenken, sei es echt oder erfunden.«

»Erfunden trifft es eher. Verstehen Sie, als quasi Schwester hätte ich sie mögen wollen, aber ich konnte sie nicht ausstehen. Nicht, dass ich ihr den Tod gewünscht hätte. Wir hatten nichts gemeinsam, und ich hatte das Gefühl, sie hat mich extra für Beleidigungen rausgepickt.«

»Als sie Sie sich neulich mittags geschnappt hat, was hat sie da gesagt?« Harry stürzte sich mitten hinein, egal, ob es ihr zustand oder nicht, diese Fragen zu stellen.

»Sie war feindselig wie immer, oder vielleicht ist ›herrisch‹ das bessere Wort.« Tazio unterbrach sich kurz. »Aber da war noch was anderes.«

»Angst?«, fuhr Harry dazwischen.

»Hm – nein, nicht direkt. Sie hat mich geködert, weil sie wusste, dass ich sie nicht sehen wollte. Offenbar hasst Fred Matthew dermaßen, dass er Abfall von anderen Baustellen holt und bei Matthew ablädt. Und sie hat gesagt, H. H. hat sich Kopien von Blaupausen besorgt, die Matthew gemacht hat. Sie hat zugegeben, dass sie mir einen Köder hinwarf, und gesagt, sie hätte mir noch mehr zu erzählen, also sollten wir uns gefälligst treffen.«

Cooper trank ihre Tasse leer; sie brauchte das Koffein und den Zucker. Langsam lebte sie wieder auf. »Haben Sie je von Unrechtmäßigkeiten im Zusammenhang mit ihr gehört? Bestechung? Unter-der-Hand-Geschichten?«

Tazio schüttelte heftig den Kopf. »Sie war ehrlich. Sie war ... ich denke, ›unbestechlich‹ ist das richtige Wort.«

»Kannst du uns sagen, wie sie umgebracht wurde?« Harry wollte Einzelheiten.

»Erstochen.«

»Wie furchtbar«, sagte Tazio.

»In der Muschel. Das begreife ich einfach nicht. Warum dort?« Harrys Gedanken rasten.

»Haben Sie irgendwelche Notizen oder Korrespondenz von Mychelle?« Cooper winkte, um sich noch einen Milchkaffee bringen zu lassen.

»Offizielle Urkunden. Nichts Persönliches.«

»Die würde ich mir gerne mal ansehen.«

»Natürlich. Ich kann gleich mit Ihnen rüber ins Büro gehen, wenn wir ausgetrunken haben.«

»Vielleicht hat sie keine Wetten abgeschlossen, aber das Glück hat sie mit Sicherheit verlassen.« Cooper seufzte.

»Vielleicht war sie auch so ein Huhn, das der Fuchs sich geschnappt hat«, bemerkte Mrs. Murphy.

»Toller Fuchs.« Eine Spur Bitterkeit hatte sich in Tuckers Stimme geschlichen.

22

Als Cooper und Tazio losfuhren, bestellte Harry noch einen Kaffee zum Mitnehmen. Sie brauchte die Dröhnung heute Morgen. Außerdem bestellte sie drei Doughnuts. Einen für sich, einen für Susan und einen, um ihn unter Mrs. Murphy, Pewter und Tucker aufzuteilen.

Nachdem sie ihre kleine Schar in den 1978er Ford Halbtonner bugsiert hatte, überlegte sie, ob die Morde an H. H. und Mychelle durch mehr als den Tatort verbunden waren. Beide waren UVA-Fans gewesen, aber ihre gesellschaftlichen Kreise überschnitten sich nicht. Sie hatten keine gemeinsamen Hobbys. Ihre Beziehung in Sachen Bau musste mit Spannung geladen gewesen sein.

Natürlich war es möglich, dass der Tod der beiden nicht zusammenhing. Aber die Morde waren im Abstand von Tagen geschehen. Das war höchst suspekt, zumindest aus Harrys Sicht.

Zwar hatte sie weder H. H. noch Mychelle nahe gestanden, trotzdem war der Mord ein Schock für sie. Einem anderen Menschen das Leben zu nehmen verstieß gegen alles, was man ihr beigebracht hatte. Mord brachte alles durcheinander. Harry war Durcheinander zuwider.

Die Pfoten auf dem Armaturenbrett, beobachtete die betrübte Tucker die Straße.

»Tucker, du hast getan, was du konntest«, sagte Mrs. Murphy mitfühlend.

»*Es muss ein langsamer, qualvoller Tod gewesen sein*«, sagte Tucker.

»*Denk doch mal an die vielen ausgesetzten Tiere, die einen langsamen, qualvollen Tod sterben. Du musst es in die richtige Perspektive rücken*«, empfahl Pewter, die entschieden nicht glaubte, dass Menschenleben wichtiger waren als Tierleben.

»*Vermutlich.*« Der kräftige kleine Hund seufzte, stieß sich vom Armaturenbrett ab und landete auf Pewter, die sich lauthals beklagte.

»Schluss jetzt, ihr zwei.« Harry fuhr Susans Zufahrt entlang, die mit Blautannen gesäumt war. Sie stellte den Motor ab. »Hintertür. Pfoten abputzen.« Sie hielt das Handtuch parat, das sie zu diesem Zweck im Transporter hatte. »Und es wird nicht um Futter gebettelt. Hast du mich verstanden, Pewter?«

»*Ich bettle nicht um Futter. Ich platzier mich bloß in Futternähe.*«

»*Ach nee.*« Mrs. Murphy hob die Pfote, um sie sich von Harry abreiben zu lassen.

»*Nee, nee, neee.*« Tucker zog das »Nee« noch mehr in die Länge.

»*Verspottet mich nur, wenn ihr's nicht lassen könnt*«, schniefte Pewter.

Harry öffnete die Hintertür. »Ich bin's.«

»Im Hobbyraum«, rief Susan.

Die drei Tiere sausten hinein und begrüßten Owen, Susans Corgi und Tuckers Bruder. Harry folgte ihnen.

»Wo sind die anderen?«

»Ned ist nach der Kirche mit Brooks zu ›Barnes & Noble‹ gegangen. Er hat ihr ein Buch versprochen, wenn sie in ihrer letzten Geschichtsarbeit eine Eins schreibt, und es ist eine Eins geworden. Und du weißt ja, wenn sie erst mal da sind, schleppt sie ihn zu ›Old Navy‹, und sie müssen die Schuhgeschäfte abklappern und dann schaut er im Klamottenladen vorbei. Ich schwöre, Ned hat mehr Krawatten als David Letterman. Von der Einkauferei werden sie vollkom-

men groggy sein. Also essen sie bei ›Hot Cakes‹ oder vielleicht bei ›Bodo‹. Und ich hol mir ein Brot bei ›Our Daily Bread‹. Ist Mutterschaft nicht was Wunderbares?«
»Susan, sei mal still!«
»Was ist?«
»Mychelle Burns ist ermordet worden. Man hat ihre Leiche in der Muschel gefunden. Erstochen.«
»Was! Du hast die ganze Zeit gewartet, bevor du's mir erzählst?«
»Du hast mich ja nicht zu Wort kommen lassen.«
»*Mutter kann quatschen*«, sagte Owen lakonisch.
»*Können sie doch alle, oder?*« Tucker stimmte mit ihrem Bruder überein.
»Ich hab dir einen Doughnut mitgebracht. Wir haben einiges zu besprechen.«
Harry, die Susans Haus so gut kannte wie ihr eigenes, ging zum Schreibtisch, holte Notizblock und Bleistift.
»Wenn ich diesen Doughnut esse, geh ich an Zuckerschock zugrunde. Ich mache uns Brote, den Doughnut können wir danach essen.«
»Später, Susan. Komm, sieh dir das an.« Harry machte rasch eine Skizze von der Muschel, dem Parkplatz und einem Ausschnitt vom Inneren der Muschel.
»Harry, du hast dir Kaffee mitgebracht und mir nicht?«
»Oh – Verzeihung. Hab ich nicht dran gedacht.«
»Egoistin.« Susan ging in die Küche und kam mit einem großen Becher Kaffee zurück. Sie setzte sich neben Harry auf das lederne Chesterfield-Sofa.
»Okay. Hier ist H. H. zusammengebrochen. Das X markiert die Stelle. Es gibt in jedem Stockwerk Besenkammern, aber wenn ich mich richtig erinnere, ist ungefähr hier die erste, wenn man durch den Haupteingang reinkommt.« Sie malte ein weiteres X. »Ich frage mich, ob der Mörder in der Muschel arbeitet.«
»Herzchen, ich möchte deine Theorie ungern kippen, aber ich glaube nicht, dass es eine Rolle spielt, wo sie gefunden wurden. Die Frage ist, warum.«

»Das weiß ich!« Harry wurde unwirsch. »Aber meinst du nicht auch, dass zwei Tode, Morde, hier bei uns und praktisch Rücken an Rücken erschreckend sind – und vermutlich zusammenhängen.«

»Wie hast du's erfahren?«

»Coop hat Tazio und mich nach der Kirche aufgespürt.«

»Was hat Tazio damit zu tun?«

»Nichts, außer dass Mychelle sie im Mountain-View-Grill in die Enge getrieben und ihr gesagt hat, sie will sie sofort sprechen. Das war gestern. Tazio lehnte freundlich ab und Mychelle wurde unfreundlich. Ihre Spezialität. Sie sagte, Tazio sollte sich am besten als Erstes am Montagmorgen mit ihr treffen. Tazio vermutete, es hätte was mit einem Verstoß gegen die Bestimmungen zu tun. Ich war mit Fair und Herb dort und hab's mitgekriegt. Wir haben's jedenfalls gesehen. Mychelle ist gegangen, mitsamt ihrem allseits bekannten Flunsch.«

»Man soll nicht schlecht über Tote reden.«

»Oh, ich kann einfach nicht so scheinheilig sein.« Harry hielt nicht viel von der uralten fürsorglichen Phrase.

»Ich kann nicht widerstehen.« Susan griff nach dem Doughnut.

»*Ich, ich, ich*«, schrie Pewter Mitleid erregend.

»Drum hab ich diesen Extra-Doughnut gekauft.« Harry zerteilte ihn in vier Stücke, was Pewter ärgerte, die versuchte, Mrs. Murphys zu klauen, was ihr eine Ohrfeige eintrug.

Susan genoss die leckere Glasur. »Wenn Mychelle die Frau hinter H. H.s ...«

»Hab ich auch schon dran gedacht. Unter diesen Umständen hat nur eine Person ein Motiv. Anne Donaldson.«

»Ich kann nicht glauben, dass Anne ihren Mann und dann Mychelle umgebracht hat.«

»Der Mensch ist vollkommen irrational, wenn's um das geht, was wir ›Liebe‹ nennen. Ich nenne es ›gegenseitige Psychose‹.«

»Quatsch.«

»Ich muss Annes Tätigkeiten nachspüren.«

»Den Teufel wirst du tun. Das ist Ricks und Coops Job, und wenn du dran gedacht hast, kannst du sicher sein, sie haben auch dran gedacht. Und außerdem, Harry, ist es geschmacklos, bei Anne herumzuschnüffeln.«

»Nicht, wenn sie sie umgebracht hat.«

»Hat sie nicht.«

»Seit wann bist du der liebe Gott? Seit wann erkennst du das Unerkennbare?«

»Ich kenne Anne.«

»Hör mal, Susan, sie saß bei dem Spiel direkt neben ihm. Sie hätte ihm ohne weiteres das Toxin, nicht Gift, verabreichen oder seinen Hals ritzen können, wo der kleine Einstich war. Ist. Ich nehme an, er ist noch da. Ich meine, H. H. wird nicht so schnell verwesen.«

»Eine grauenhafte Vorstellung.« Susan verzog das Gesicht.

»Die Balsamierer präparieren die Leichen je nach Betrachtungszeit, Temperatur – ich vermute, sie kalkulieren solche Sachen mit ein. Und auch wenn er unter der Erde ist, ist er immer noch intakt. Das ist alles, was ich gesagt habe.«

»Wie kannst du nur an solche Sachen denken?«

»Tu ich einfach. Und du auch. Bei dir dauert's vielleicht bloß länger.«

»Danke«, erwiderte Susan trocken.

»So hab ich das nicht gemeint. Du bist klüger als ich.«

»Du warst auf dem Smith-College, ich nicht.«

»Das ist völlig unerheblich. Unser Hirn tickt unterschiedlich. Deswegen sind wir die besten Freundinnen.«

»Meinst du? Ich hab mich immer gewundert.« Susans gute Laune war wiederhergestellt.

»Jedenfalls hätte sie ihn mühelos umbringen können, und wir hätten es nie erfahren. Was Mychelle angeht, tja, kein eleganter Mord. Schlampig.«

»Gott, ist das grässlich. Die Morde sind so verschieden, in der Ausführung meine ich, es ist gut möglich, dass sie von zwei verschiedenen Personen begangen wurden.«

»Das ist logisch, aber ich spür's in den Knochen, H. H.s

Ermordung hängt mit Mychelles zusammen. Ich hab sogar überlegt, dass H. H. Spielschulden gehabt haben könnte«, erwiderte Harry.

»Das steht auf einem anderen Blatt, und wenn das alles irgendwie mit College-Sport zu tun hat, wird es noch viel mehr Leichen geben. Solche Ringe sind bestens organisiert. Da wechseln Hunderttausende von Dollars den Besitzer.«

»Und die Entscheidungsspiele stehen vor der Tür.«

Susan griff in die weiße Tüte. »Verdammt.«

»Was?«

»Ich wollte noch einen Doughnut.«

»Tut mir Leid. Du stöhnst doch immer, dass du abnehmen musst. Ich weiß nicht wieso. Du siehst toll aus.«

Susan lachte. »Du hast mich in letzter Zeit nicht nackt gesehen.«

»Nein. Wollen wir unter die Dusche hüpfen?«

»Hey, die Golf- und Tennissaison ist da, ehe du dichs versiehst. Willst du, dass ich durch die Damenumkleide gehe, in ein Handtuch gewickelt, und aussehe wie Moby Dick?«

»Susan, du übertreibst.«

»Ein bisschen.« Sie verschränkte die Hände. »Aber jetzt geht mir der Gedanke an noch einen Doughnut nicht aus dem Sinn, dabei muss ich diese ganze Korrespondenz aufarbeiten.« Sie zeigte auf einen schwankenden Stapel auf dem Schreibtisch. Sie überlegte, eine Zigarette zu mopsen, um ihren Appetit zu zügeln, verwarf aber dieses Mittel. Der Doughnut erwies sich als stärkere Versuchung.

»Komm mit. Wir können noch mehr Doughnuts holen. Hey, wir könnten zu ›Krispy Kreme‹ gehen.«

Susan drohte ihr mit dem Finger. »Du weißt, wie gern ich die Doughnuts von denen mag. Das ist nicht fair.«

Als Menschen und Tiere sich in Susans Kombi gezwängt hatten, sagte Mrs. Murphy: »*Das Geheimnis des Erfolgs ist, auf den Doughnut zu achten, nicht auf das Loch.*«

23

»Was soll das heißen, sie ist tot? Sie kann nicht tot sein. Sie sollte morgen um elf in meinem Büro sein!«, schrie Fred Forrest den Sheriff an.

Lorraine, seine Frau, eilte wieder ins Wohnzimmer. Sie hatte ihren Mann mit dem Sheriff und seiner Stellvertreterin allein gelassen, als sie aber seine laute Stimme hörte, dachte sie, er würde sie vielleicht brauchen. Fred war fürchterlich launisch.

»Fred, Schatz?«

Er wandte sich ihr zu. »Mychelle ist tot. Sie sagen, Mychelle ist tot.« Er stand vor seinem Sessel, aus dem er in dem Augenblick hochgesprungen war, als ihm die schlechte Nachricht überbracht wurde.

»Es tut mir Leid, Mrs. Forrest.« Rick stand vor ihr.

»Setzen Sie sich, Sheriff. Fred, du hättest dem Sheriff und Deputy Cooper einen Stuhl anbieten sollen.« Sie bedeutete den beiden, Platz zu nehmen. »So Fred, erst mal tief durchatmen. Setz dich, Schatz.«

Er blieb stehen. »Ich glaube es nicht.«

»Es ist leider wahr.« Coopers Stimme war fest.

Schließlich gab Fred dem Drängen seiner Frau nach und ließ sich in seinen Sessel fallen.

»Soll ich rausgehen, Sheriff?«

»Nein. Sie können uns vielleicht helfen, Mrs. Forrest.«

Sie hockte sich auf die Kante des großen gemütlichen Sessels neben Freds La-Z-Boy-Sessel.

»Wie ist sie gestorben?« Freds Unterkiefer schnappte nach oben wie bei einer Schildkröte.

»An einer Stichwunde. Der Bericht des Gerichtsmediziners wird vielleicht genauere Informationen liefern. Wir bemühen uns, keine voreiligen Schlüsse zu ziehen.«

»Das ist ja furchtbar. Das ist das Schlimmste, was ich je gehört habe. So eine junge Frau. Sie hatte das Leben noch vor sich.« Seine Augen hatten einen wilden Ausdruck.

»Haben Sie eng mit ihr zusammengearbeitet?«, fragte Rick, während Cooper unauffällig ihren Notizblock hervorholte und das Deckblatt umklappte.

»Ich habe sie beaufsichtigt. Sie war mein bestes Stück vor Ort. War sehr gelehrig. Man musste ihr nichts zweimal sagen.« Er schüttelte fortwährend den Kopf. »Wer konnte so etwas tun?«

»Das möchten wir auch gerne wissen.« Rick rieb sich die Stirn. »Hatte sie einen Freund?«

»Sie hat nichts davon gesagt, aber wir haben nicht über persönliche Angelegenheiten gesprochen, Sheriff. Rein geschäftlich. Wenn Männer und Frauen zusammenarbeiten, muss es rein geschäftlich sein.«

»Verstehe.« Rick vermied es, Cooper anzusehen, da er mit ihr über alles und jeden unter der Sonne sprach. »Haben Sie jemals mitbekommen, dass sie sich nach der Arbeit mit Männern getroffen hat?«

»Nein, Sir. Sie hat ihren Job gemacht, dann ist sie in ihr Auto gestiegen und nach Hause gefahren. Jeden Tag. Nie hat sie Arbeit und Vergnügen vermischt. Nein, Sir.«

»Würden Sie Mychelle als glücklichen Menschen charakterisieren?«

»Ich denke schon. Sie hat sich nicht beklagt.« Das war Freds Auffassung von Glück.

»Hatte sie jemals Querelen mit Bauunternehmern? Architekten?«

Fred kniff die Lippen zusammen. »Jeder von denen kann an jedem x-beliebigen Tag eine Nervensäge sein. Sie war ein Profi. Wenn etwas nicht stimmte, hat sie das Problem erläutert. Sie kannte die Baubestimmungen des Bezirks in- und auswendig. Ein echter Profi.«

»Haben Sie jemals Klagen über sie zu hören bekommen?«

»Unserer Abteilung wird jeder Nörgler im Bezirk gemeldet. Aber es war nichts Persönliches. Es spielt keine Rolle, welcher Bauinspektor den Job macht. Der Unternehmer ruft an und sagt, ›Fred Forrest sagt, bei mir stimmen Zu- und Abfluss nicht.‹ Solche Sachen.«

»Hat nie jemand angerufen und gesagt, ›Mychelle Burns irrt sich‹ oder ›sie ist unhöflich‹ oder dergleichen?«, fragte Rick.

»Nein.«

»Wie war das mit H. H. Donaldson?«

»Nicht anders.«

»Sie mochten ihn nicht?«

»Nein. Der Kerl ging einem auf den Wecker. Hielt sich für einen Künstler. So ein Typ war der. Ich hab ihm nicht den Tod gewünscht, verstehen Sie, aber ich konnte den Kerl nicht leiden.«

»Hat er nie angerufen, um sich über Mychelle zu beschweren?«

»Nein. H. H. hat nur angerufen, um sich zu beschweren, Punktum.«

»Gibt's sonst noch einen Bauunternehmer, den Sie als Primadonna bezeichnen würden?«

»Olin Reid ist so einer.«

»Wie steht's mit einem Riesenunternehmen wie Matthew Crickenberger?«

»Er ist vernünftig, aber Sheriff, so ist es meistens. Je größer der Unternehmer, desto besser ist er. Bei einem Crickenberger-Projekt gibt's nicht viel zu melden. Es sind die Kleinen, die versuchen mir Sand in die Augen zu streuen. Es billig machen, ja? Die haben nicht immer gute Zulieferer. Die Besten ziehen die Besten an.«

»Verstehe.« Rick klopfte auf das Zigarettenpäckchen in seiner Brusttasche. Er wollte sich in Freds Haus keine anstecken, aber es war beruhigend zu wissen, dass seine Camels zur Stelle waren. »Ist Mychelle mal zu Geld gekommen?«

Fred machte ein erstauntes Gesicht. »Geld?«

»Eine Erbschaft vielleicht. Vielleicht ein Lotterielos, das ihr mal so an die tausend Dollar gebracht hat? Irgendwas?«

»Nein. Hab sie nie viel ausgeben sehen. Vernünftiges Mädchen. Warum?«

»Geld ist oft ein Mordmotiv. Vielleicht ist sie an etwas Geld gekommen. Irgendwie.«

Fred schüttelte den Kopf. »Nein, das wär mir aufgefallen. Ich glaube nicht, dass man Geld verheimlichen kann. Auch wenn sie Privatleben und Arbeit strikt getrennt hat, mir wären neue Kleider oder Sachen aufgefallen.«
»Hat sie gewettet?«
Jetzt war er ehrlich erstaunt. »Mychelle?«
»Klar. Wetten ist sehr verbreitet.«
»Ich hab sie das Telefon immer nur geschäftlich benutzen sehen. Das Handy genauso. Vom Bezirk gestellt. Man muss es vor Ort haben. Keine anderen Telefonate. Nein, Sir.«

Lorraine benutzte die kurze Gesprächspause, um Rick und Cooper zu fragen, ob sie etwas zu trinken möchten, aber sie lehnten ab.
»Ah, Mr. Forrest ...«
»Sheriff, ich heiße Fred, das wissen Sie genau.«
»Ja.« Rick lächelte. »Also weiter, was ist mit Sport? Große Sport-Anhängerin?«
»Ja, Sir. Sie hat UVA geliebt. Jede UVA-Mannschaft. Auch die Pittsburgh Pirates. Konnte ich nie verstehen.« Ein verwunderter Ausdruck ging über sein Gesicht.
»Fred, Sie selbst sind doch auch ein großer Sport-Fan.«
»Da muss ich wohl zustimmen.«
»Ja, das bestätige ich«, gab Lorraine ihren Senf dazu.
»Haben Sie Mychelle mal zufällig bei einem Spiel getroffen?«
»Nein, beim Football hab ich sie selten gesehen. Das Stadion ist so groß. Ich weiß, dass sie da war, aber ich hab sie nicht gesehen. Beim Basketball schon. Bei den Männer- und Frauenteams. War 'n großer Fan von Frauen-Basketball. Echter Fan.«
»Können Sie sich erinnern, ob sie Verabredungen hatte? Haben Sie sie öfter in derselben Begleitung gesehen?«
Er dachte angestrengt nach. »Gewöhnlich hab ich sie mit einer Truppe Mädchen gesehen. Ein paar Mal war sie mit einem Mann da, aber« – er schüttelte den Kopf – »ich könnte Ihnen nicht sagen, wer er war.«

»Ich nehme an, Mychelle konnte gut mit Zahlen umgehen.«

»Sicher.«

»Fred, ich muss jedem einzelnen Anhaltspunkt nachgehen.«

»Müssen Sie wohl. Müssen Sie wohl.«

»Diese Frage wird Ihnen nicht gefallen, aber ich muss sie Ihnen stellen. Meinen Sie, sie hat Bestechungsgelder angenommen, um über was hinwegzusehen, das gegen die Bestimmungen verstieß?«

Fred schüttelte heftig den Kopf. »Niemals. Auf keinen Fall.«

»Haben Sie eine Ahnung, warum Mychelle umgebracht worden sein könnte?«

»Nein, aber ich hoffe sehr, dass Sie den Schweinehund erwischen, der es getan hat. Sie war ein braves Mädchen, Sheriff. Kein Gesellschaftsmensch. Nicht auffällig, aber sie hat ihren Job gemacht, und zwar gut. Sie hatte eine Zukunft, das steht fest.«

»Und jemand hat sie ihr genommen«, sagte Lorraine leise.

»Mrs. Forrest, haben Sie eine Ahnung, warum jemand Mychelle Burns umgebracht haben könnte?« Rick dachte, sie sei entspannt genug, um den Mund aufzumachen, falls sie eine Idee hatte.

»Nein, Sheriff. Ich glaube nicht, dass sie glücklich war. Sie hat ihren Weg im Leben gefunden, aber ich kann sie mir nicht bei Dummheiten vorstellen, wie Sie sie genannt haben.«

»Drogen?«

Fred fuhr dazwischen. »Das hätte ich gemerkt. Angestellte können Drogen oder Alkohol nicht lange verheimlichen.« Dann wandte er sich seiner Frau zu: »Warum sagst du, sie war unglücklich?«

»Sie hat ihre Arbeit gemacht, wie du gesagt hast, Schatz, aber ich hab nie gesehen, dass Mychelle sich für etwas begeisterte.« Lorraine hob die Hand, weil Fred sie unterbrechen wollte. »Außer bei UVA-Sportveranstaltungen, wie du gesagt hast. Aber sie hat nie von Hobbys oder ihren Freunden oder einem speziellen Freund gesprochen. Meine persönliche Meinung ist, sie war ein einsames Mädchen ohne gesellschaftlichen Schliff. Ich glaube nicht, dass sie glücklich war.«

»Das hast du mir nie erzählt.«

»Schatz, du hast mich nie gefragt.«

24

Susan und Harry aßen ihre Doughnuts in Susans Kombi, die Katzen und Hunde saßen auf dem Rücksitz, ein ausgebreitetes Strandlaken schützte das Leder.

»Ich fahr nicht zur Muschel.«

»Hab ich auch gar nicht verlangt.« Harry zog die Nase kraus.

»Damit beweist du zur Abwechslung mal Vernunft«, erwiderte Susan im Singsang.

»Wir könnten in Tazios Büro gehen. Mal gucken, ob sie da ist.«

»Etwas sagt mir, dass dies nichts mit dem Kirchenbeirat zu tun hat.«

»Coop ist mit ihr weggegangen. Komm, Susan. Bloß mal vorbeifahren. Du musst ja nicht anhalten.«

Da es kein großer Umweg war, fuhr Susan an Tazios Büro vorbei. Tazio hatte den alten Friseursalon südlich der Eisenbahnüberführung umgebaut. Tazios großer Transporter stand auf dem Parkplatz.

»Sie hat den alten Bau prima hingekriegt.«

In diesem Moment kam Tazio mit Brinkley aus der Tür und machte sie zu.

Harry kurbelte das Beifahrerfenster herunter. »Taz!«

Tazio drehte sich um und winkte. »Hey.«

Susan fuhr neben Tazios Transporter, weil Harry halb aus dem Fenster des Kombis hing und die kalte Luft hereinließ.

»Tazio, Glück gehabt?«, fragte Harry, während Susan neben dem Kombi parkte.

»Bei Coop?«

»*Hi*«, riefen die Tiere Brinkley zu, der zurückgrüßte.

»*Das ist mein Bruder Owen*«, stellte Tucker den Corgi vor.

So wie die Tiere schwatzten auch die Menschen.

»… nichts.« Tazio zog sich den Schal enger um den Hals, als sie zu ihrem Wagen ging. »Aber ich frag mich doch, was ist, wenn Mychelle anderen Leuten erzählt hat, dass sie sich Montag mit mir treffen wollte? Sie hat darüber geredet, wie Sie ja wissen, und emotional eindeutig, wenn Sie verstehen, was ich meine. Jemand da draußen könnte denken, ich weiß mehr, als ich weiß – und ich weiß nichts.«

»Wenn Cooper denken würde, Sie sind in Gefahr, würde sie es Ihnen sagen«, versicherte Susan der Architektin mitfühlend.

»Ich komm gleich zur Sache.« Harry öffnete die Tür und stieg aus, um Tazio von Angesicht zu Angesicht gegenüber zu treten.

Das ärgerte Susan, die jetzt den Hals verdrehen und sich noch weiter rüberlehnen musste.

»Was für eine Sache?«

»Haben Sie mit H. H. geschlafen?«

»Harry, ich kann nicht glauben, dass Sie mich das gefragt haben!« Die hübsche Frau hatte die Stimme erhoben.

»Keine Zeit, drum herumzureden«, verteidigte Harry sich lahm.

»Ich kann's auch nicht glauben«, sprang Susan der verstimmten Tazio bei. »Wenn ich's mir recht überlege, kann ich's doch. Sie ist zu allem fähig, schlechte Manieren inklusive – kommt selten vor, aber sie ist dazu fähig.«

»Jetzt macht aber mal 'nen Punkt. Zwei Menschen sind tot, und ihr grämt euch wegen Manieren?« Harry verschränkte die Arme.

»Nein.« Tazio verschränkte ebenfalls die Arme.

»Dann war es Mychelle.« Harry lehnte sich an den Kombi.

»Das wissen Sie nicht.« Tazio war verblüfft.

»Nein, aber das ist meine Vermutung. Ein Verbrechen aus Leidenschaft.«

»Anne Donaldson mag den Wunsch gehabt haben, ihn umzubringen, aber sie ist nicht der Typ dazu.« Susan gab auf und stieg aus dem Auto. »Ich glaube nicht, dass sie's war.«

»Susan, warum sollte jemand anders H. H. und dann Mychelle umbringen wollen? Es gibt kein anderes Motiv. Sie haben kein Geld gestohlen. Das hätten wir gesehen. Ein Mensch kann kein Geld haben, ohne es auszugeben. Außerdem, wir sind hier in Amerika. Wir brauchen nicht mal Geld zu haben und geben es aus. Deswegen glaube ich nicht, dass Geld dahinter steckt. Drogen?« Sie hob die Hände. »Was bleibt übrig? Sexuelle Rache?«

»Du kannst nicht so aufs Geratewohl Schlussfolgerungen ziehen, und ehrlich, Harry, normalerweise denkst du gründlicher nach«, hielt Susan ihr vor. »Es könnte andere Gründe geben. Wie ich schon sagte, die Morde hängen vielleicht gar nicht zusammen.«

»Was für andere Gründe?« Eisiger Atem kräuselte sich aufwärts, als Tazio sprach.

»Ich weiß nicht. Vielleicht hat jemand einen unvorteilhaften Handel mit H. H. abgeschlossen. Etwas, wovon wir nichts wissen, wovon nicht mal seine Frau was weiß. Vielleicht hatte Mychelle einen Freund, den sie betrogen hat. Die Morde müssen nicht zusammenhängen. Es gibt echte Zufälle auf der Welt.« Susan schob die Hände in die Taschen. »Könnte nicht eine von H. H.s Ex-Freundinnen ausgeflippt sein, als er Anne wegen Mychelle verließ? Wir nehmen jedenfalls an, es war Mychelle. Warum hat er seine Frau nicht wegen ihr abserviert, wegen der Ex, meine ich? Die Menschen machen die verrücktesten Sachen.«

Harry beharrte stur auf ihrem Standpunkt. »Wenn es so ist, dann hab ich Recht. Die Morde hängen zusammen.«

Während die Menschen diskutierten, berichtete Brinkley der kleinen Schar im Kombi stolz: »*Ich trag Tazios Pläne. Sie muss nicht von ihrem Stuhl aufstehen. Ich kann Blaupausen tragen, ohne einen Zahnabdruck zu hinterlassen.*«
»*Was ist mit sabbern?*«, fragte Pewter unbeeindruckt.
»*Ich sabbere nicht*«, antwortete Brinkley.
»*Tucker schon.*« Pewter hatte Lust, eklig zu sein.
»*Tu ich nicht.*«
»*Tut sie nicht*«, brummte Owen. »*Corgis sabbern nicht.*«
»*Er hat Recht. Sie beißen einen in die Fersen. Sind gut im Viehhüten.*« Mrs. Murphy legte den Schwanz um sich. Es wurde kälter im Auto. »*Tod von den Knöcheln abwärts.*«
Schließlich stiegen Harry und Susan wieder ein.
»Wir sehen uns auf der Versammlung. Und Harry, wie konnten Sie nur denken, ich hätte mit H. H. geschlafen? Ich kann immer noch nicht glauben, dass Sie mich das gefragt haben.«
»Er sah nicht übel aus.«
»Nicht mein Typ.«
»Okay, entschuldigen Sie. Ich war ein bisschen unverschämt.«
»Ein bisschen!«, rief Susan.
»Als ob du nicht schon was Schlimmeres gemacht hättest.« Harry ließ sich an die Rückenlehne plumpsen. »Bis bald.« Sie winkte Tazio zu, die Brinkley in die Fahrerkabine des Transporters verfrachtete. Dann kurbelte Harry das Fenster hoch.
»Ich mag dir was Schlimmeres angetan haben, aber nicht einer Bekannten.«
»Ich hab mich entschuldigt.«
»Ohne Begeisterung. Ich bring dich zu deinem Wagen. Ich fahr dich nirgends anders hin. Ich will nicht noch mehr Peinlichkeiten riskieren.«
»Klar. Nimm deine Doughnuts und vergiss deine beste Freundin. Ich weiß, wie du bist.«
Die Tiere kuschelten sich aneinander, aber Mrs. Murphy hielt dabei die Ohren gespitzt für den Fall, dass die Menschen irgendwas von Bedeutung sagten.

»Ich geb dir den Rat, dich auf andere Dinge zu konzentrieren.«

»Ich hab dir gesagt, es ging hier um sexuelle Rache. Das werde ich auch Cooper sagen.«

»Sie wird begeistert sein.«

»Wie sarkastisch du sein kannst.«

»Oh, und du bist die Schönheit, die Wahrheit und das Licht. Du langweilst dich, Harry. Und wenn du dich langweilst, bringst du dich in Schwierigkeiten. Ich hab nicht übel Lust deinen Ex-Mann anzurufen und ihm zu sagen, was ich denke.«

»Worüber?«

»Über dich.«

»Du denkst, ich bin umwerfend.« Ein freches Grinsen erschien auf Harrys Lippen, die vom Pflegestift glänzten.

»Wie bescheiden.«

»Ruf Fair nicht an.«

»Entscheide dich.«

Dies war Thema einer fruchtbaren Fehde. Fair wollte seine Ex-Frau wiederhaben. Sie hatte ihm endlich verziehen. Sie waren seit vier Jahren geschieden. Sie mochte ihn sehr, aber einen Tag dachte sie, sie liebte ihn nicht, und am nächsten Tag dachte sie, sie liebte ihn.

Harry ließ sich auf den Sitz zurückfallen. »Ach Susan, warum ist das Leben so verdammt kompliziert?«

»So ist es nun mal. Sogar hier in Crozet. Aber du musst fair sein, wenn ich mir das Wortspiel erlauben darf. Wenn es irgendwo da draußen einen für dich gibt, geh hin und such ihn. Wenn du Fair willst, dann mach's einfach. Bring's hinter dich. Nimm ihn zurück und dein Leben wieder in die Hand.«

»Alle wollen, dass ich das mache.«

»Ich hab das nie gesagt.«

»Nein, hast du wirklich nicht, und ich bin dir dankbar dafür.«

»Bist du durcheinander?«

»Nein.«

»Dann lass ihn gehen, wenn du ihn nicht willst. Das ist leichter als zuzusehen, wie er sich verliebt, ohne ihn gehen zu lassen.«

Harry setzte sich aufrecht und wandte Susan abrupt den Kopf zu. »Was weißt du, was ich nicht weiß?«

»Nichts. Wirklich nicht. Aber ein Mensch kann nicht ewig warten. Er hat bereut. Er war respektvoll. Ich glaube, er wird nicht noch einmal so eine Episode haben wie die eine, die, du weißt schon. Über das Stadium ist er weg.« Susan hob die rechte Hand, um Harry, die den Mund schon weit geöffnet hatte, am Sprechen zu hindern. »Hör zu. Ich sag dir, was ich beobachte und was ich denke. Ich sag dir nicht, du sollst ihn zurücknehmen. Aber entscheide dich, zum Kuckuck noch mal. Entweder, oder.«

Harry atmete aus, dass die Haare auf ihrer Stirn hochflogen. »Ich hasse das.«

»Ach komm, das ist nicht so schlimm wie damals, als deine Ehe in die Brüche ging.«

»Stimmt.«

»Wir werden nicht jünger. Die Vierzig rückt näher.«

»Na und?«, erwiderte Harry.

»Du siehst gut aus. Du brauchst einen Partner. Das Leben ist einfach schöner mit dem richtigen Menschen. Ich muss es schließlich wissen. Ich hab Ned geheiratet, als ich neunzehn war, das war vor neunzehn Jahren, und es gehört zum Klügsten, was ich je getan habe.«

»Ned ist ganz wunderbar, aber vielleicht ist er nicht mehr so wunderbar, wenn die Kampagne startet. Dann wirst du vielleicht gute Miene zum bösen Spiel machen müssen.«

»Ich krieg das schon hin.«

»Davon bin ich überzeugt. Tust du ja meistens. Aber zurück zu mir, Susan. Ich kann auf andere Männer reagieren. Weißt du noch, als Diego aus Uruguay hier zu Besuch war? Er hat sozusagen meinen Motor gestartet. Wenn ich so für andere Männer empfinden kann, dann weiß ich nicht, ob es richtig ist, mich wieder zu binden. Vielleicht bin ich diesmal diejenige, die untreu wird …«

»Rache?«

»Die Rache-Phantasien hab ich hinter mir. Ich bin drüber weg. Ich bin sogar drüber weg, ihm nicht zu trauen. Es ist bloß« – sie zuckte die Achseln –, »ich weiß nicht weiter.«

»Die Liebe verändert sich mit der Zeit. Sie kann nicht bleiben wie am Anfang, wenn man frisch zusammen ist. Das Feuer brennt beständiger. Es ist besser so, finde ich. Wenn du auf das Hochgefühl des Sichverliebens aus bist, nein, das wirst du bei Fair nicht finden. Aber das, was du hast, ist was Solides.«

»Es hätte Vorzüge, wieder für immer mit Fair zusammen zu sein. Er kennt mich und ich kenne ihn. Er hat seine Arbeit hier und ich hab meine. Ich gehe nicht weg von Crozet. Es ist mir egal, wie verführerisch ein anderer Mann ist. Ich kann mir nicht vorstellen, nicht hier zu leben.«

»Vielleicht solltest du dir ein Jahr Auszeit nehmen? Die Farm vermieten und woanders leben. Einfach um es auszuprobieren.«

»Ich hab in Northampton, Massachusetts, gelebt. Das College war super, aber ich gehöre hierher, in das unscheinbare Crozet.«

»Die Stadt ist nichts Besonderes«, stimmte Susan zu. »Dafür ist Mittelvirginia eine der schönsten Gegenden auf der Welt.«

»Genau, und überleg mal. Angenommen, ich miete ein Haus in – in – sagen wir, Montana? Ich transportiere meine Pferde dorthin. Ich will nicht ohne meine Pferde leben. Ich nehme die Katzen und Tucker mit. Um was zu tun? Große Gedanken wälzen? Ich hab keine großen Gedanken. Ich hab nicht mal mittelgroße.«

»Es freut mich, dass du endgültig zu diesem Schluss gekommen bist. Und wie steht's mit dem anderen?«

»Du hast ja Recht« – sie senkte die Stimme, hob sie dann wieder –, »ganz bestimmt. Aber weißt du, wenn ich mich so umgucke, denke ich, ich kenne alle Leute und sie kennen mich, und dann fällt mir ein, wir wissen immer noch nicht, wer Charly Ashcrafts uneheliches Kind ist, oder wer die

Mutter ist, und das ist ein Geheimnis seit, wie viel, zwanzig Jahren? Ich denke darüber nach und über andere Dinge, und, nun ja, ich kann's nicht ertragen. Ich kann's nicht ertragen, was nicht zu wissen. Armer Fair, ich treib ihn zum Wahnsinn.«

Charly Ashcraft, der bestaussehende Junge in Harrys Highschool-Klasse, hatte zwei uneheliche Kinder gezeugt, ehe er den Schulabschluss machte. Die Identität des ersten wurde nie festgestellt, auch nicht die der jungen Mutter. Von dem zweiten Kind wusste man, dass es außerhalb der Stadt lebte, doch das unbekannte erste blieb eines jener Geheimnisse, die immer mal wieder in Gesprächen auftauchten. Charly war wenige Tage vor seinem zwanzigsten Ehemaligentreffen erschossen worden, ein reiner Rachemord. Viele dachten, es sei ihm recht geschehen.

»Vergiss Charlys Kind«, sagte Susan bestimmt. »Man kann unmöglich alles über jeden wissen. Oder alle und jeden kennen.«

»Du hast Recht, und das macht mir irgendwie Angst. Kenne ich mich denn selbst? Kennt irgendwer sich selbst?«

»Ja. Wenn man lernen will, lehrt einen die Zeit.«

»Hm-m-m.«

Susan bog in ihre Zufahrt ein. »Denk nach über das, was ich dir gesagt habe.«

»Mach ich. Ich denke immer nach über das, was du mir sagst, auch wenn ich nicht einverstanden bin.«

Susan stellte den Motor ab. »Und Harry, dass du um Himmels willen nicht rumläufst und den Leuten erzählst, H. H. und Mychelle wurden umgebracht, weil sie ein Liebespaar waren.«

»Das würde ich nie tun.«

»Nein, wohl nicht, aber du hast mir einen Schrecken eingejagt, als du so direkt auf Tazio losgegangen bist.«

»Sie kann das verkraften.«

»Warum sagst du das?«

»Ich hab sie ein bisschen kennen gelernt dadurch, dass ich mit ihr im Beirat bin. Sie ist zäh.«

»Weißt du, was mich beunruhigt?«
»Was?«
»Ich glaube nicht, dass diese Morde was mit einer verbotenen Romanze zu tun haben. Ich weiß nicht warum, aber ich glaub's einfach nicht. Mir wäre besser zumute, wenn ich es glaubte. Aber ich hab das unheimliche Gefühl, es geht um etwas ganz anderes, etwas weit außerhalb unserer Sphäre.«

Da Susan so etwas selten sagte, nahm Harry es ernst. Gewöhnlich war sie diejenige mit dunklen Ahnungen, in die sie Susan hineinzog.

»Kann sein.«

»Und weil wir es uns nicht vorstellen können, ist es gefährlich. Ich denke, was man nicht weiß, *kann* einem schaden.«

»Du denkst also, die Morde hängen zusammen?« Harry konnte den triumphierenden Ton in ihrer Stimme nicht verbergen.

»Ja, und hat einer erst mal zwei Menschen getötet, was macht da schon ein dritter?«

25

Das Basketballspiel an diesem Abend war eine trübselige Veranstaltung, die durch eine schlechte Leistung noch jämmerlicher wurde. UVA unterlag mit sieben Punkten.

Mychelles Leichnam war erst an diesem Morgen entdeckt worden, doch schon war die Geschichte in den Fernsehnachrichten. Wer die Nachrichten nicht sah, bekam es bald von den Nachbarn auf den Tribünen zu hören. Neugierig, wie die Menschen nun mal waren, schlenderten sie zu der Besenkammer, blieben stehen und gafften. Einige waren enttäuscht, dass kein Blut auf dem Boden verschmiert war.

Sogar der stets übersprudelnde Matthew Crickenberger war still. Er verteilte wie immer Getränke, brachte es aber nicht über sich, seine Tröten zu blasen. BoomBoom schwenkte zaghaft einige Male ihren blau-orangen Wimpel, aber das war's auch schon.

Fred Forrest, den Mychelles Ermordung schwer erschüttert hatte, schaute sich das Spiel nicht an.

Nach dem Spiel spurtete Harry zu ihrem Transporter. Sie hatte vorher mit Fair telefoniert. Sie waren übereingekommen, dass dies nicht der geeignete Abend war, um Harry und BoomBoom zu einem Drink auszuführen.

Die Lichter der Universität entschwanden, als sie auf der Route 250 fuhr, vorbei am Farmington Country Club zur Rechten, an der Ednam-Siedlung zur Linken. Etwa anderthalb Kilometer hinter Ednam lag links das alte Rinehart-Anwesen. Vorstädte wie Flordon und West Leigh waren in die Bodensenken eingebettet, aber es gab noch viel offenes Gelände. Ein blitzendes Licht hier und da, eine Rauchwolke, die sich aus einem Kamin kräuselte, zeugten von einem gemütlichen Heim.

Harry liebte die Fahrt durch die stille Landschaft, wenn sie Charlottesville hinter sich gelassen hatte. Ihr Blick schweifte nach rechts und links auf der Suche nach dem Widerschein der Augen eines Rehs oder eines Waschbären. Wenn sie das grünliche Funkeln sah, nahm sie den Fuß vom Gas.

Dann kam sie an die Kreuzung, die links nach Waynesboro und dann nach Staunton führte. Sie bog rechts ab Richtung Crozet; den Weg in die Stadt säumten neue Wohnsiedlungen. Sie kam an der alten Lebensmittelverarbeitungsfabrik vorbei, die augenblicklich leer stand und traurig stimmte. Sie passierte die schmucken Reihenhäuschen an der Nordseite der Straße. Eine vertrackte kleine Kurve veranlasste sie, vorsichtig zu fahren. Der Supermarkt lag auf der rechten Seite und der alte, noch intakte Bahnhof zu ihrer Linken.

An der Kreuzung mit der protzigen neuen Tankstelle bog

sie links ab. Erfreulicherweise herrschte kein Verkehr, und sie konnte vor sich hin trödeln. Sie sah Licht in Tracy Raz' Wohnung brennen. Er hatte das obere Stockwerk des alten Bankhauses renoviert, das er stillschweigend gekauft hatte; er erzählte niemandem, was er mit dem Gebäude vorhatte, aber da sie Tracy kannte, wusste sie, es würde interessant werden. Er hatte es nicht mal Miranda erzählt, die natürlich vor Neugierde brannte.

Als sie schließlich in die lange Zufahrt zur Farm einbog, befiel sie ein seltsames Glücksgefühl. Sie liebte ihren kleinen Teil der Welt und die meisten Menschen darin. Sie kannte die Großeltern und Eltern der Leute, sie kannte ihre Kinder, sie kannte ihre Bekannten und Verwandten einschließlich derer, die zu kennen nicht lohnte. Sie wusste, wer den ältesten Walnussbaum hatte, die besten Apfelbäume, die schönsten Weihnachtsdekorationen, wer großzügig war und wer nicht. Sie wusste, wer die Farbe Rot mochte und wer Blau, wer Geld hatte, wer nicht, und wer flunkerte in Bezug auf das, was er hatte. Sie wusste, wer reiten konnte und wer nicht, wer schießen konnte und wer nicht. Sie kannte die Schwächen von Leib und Ego. Sie hatte gesehen, wie die Ehrgeizigen aufstiegen, die Trägen fielen und wie Alkohol und Drogen sich einen ansehnlichen Anteil an Seelen sicherten. Sie hatte das Auf und Ab von Klatsch und Tratsch über jede einzelne Person beobachtet und war selbst ein Opfer davon gewesen, da Scheidung ein Zuschauersport war. Sie hatte wertlose Menschen gelegentlich von Erfolg gekrönt und wertvolle ohne eigene Schuld tief fallen gesehen. Sie wusste, Chaos war wie ein Sandfloh. Man konnte den kleinen Quälgeist nicht sehen, doch ehe man sichs versah, hatte man ihn unter der Haut, und er biss einen zum Verrücktwerden.

Morden war Chaos. Abgesehen von dem unmoralischen Aspekt, beleidigte es ihren Sinn für Ordnung und Anstand. Darüber hinaus wirkte sich ein Mord wie Cayennepfeffer auf ihren Kreislauf aus, er beschleunigte sie. Er entflammte ihr Ego. Wie konnte jemand es wagen, so etwas zu tun? Und es fuchste sie ungemein, dass, wer immer mordete, sich für schlauer hielt als andere Menschen. Das war ihr glattweg zuwider. Sie wollte sich nicht überlisten lassen.

Als sie am Hintereingang hielt, sah sie drei Augenpaare aus dem Küchenfenster spähen. Sie hörte Tucker eine Begrüßung bellen.

»Meine kleinen Engel.«

»*Mom!*«, tönte es im Chor.

»Kinder, ich kriege raus, was hier vorgeht. Wir werden's ihnen zeigen.«

»*Sie ist unbelehrbar.*« Tucker ließ einen Moment die Ohren hängen.

»*Und wir tun doppelten Dienst. Ihre Sinne sind so schwach, ohne uns wär sie schon lange tot*«, klagte Pewter.

»*Und wir ohne sie*«, sagte Mrs. Murphy energisch. »*Sie hat mich durch den Tierschutzverein vor dem sicheren Tod gerettet, und sie hat sich um dich gekümmert, Pewter. Sie hat Market Shiflett überredet, dich aufzunehmen, als er dich ausgesetzt unter dem Müllcontainer fand. Dass du ihm seinen ganzen Lebensmittelladen leer gefressen hast, steht auf einem anderen Blatt. Sie hat uns beide gerettet. Wo sie hingeht, gehen auch wir hin.*«

Pewter erwiderte verdrossen: »*Du hast absolut Recht. Einer für alle und alle für einen.*«

Tucker lachte. »*Ihr seid ja so originell.*«

Da Tucker ein Geschenk Susans an Harry war, fühlte sie sich nicht gerettet, aber doch glücklich. Harry liebte sie und Tucker liebte Harry hingebungsvoll.

»Seid ihr aber heute Abend gesprächig.« Harry hob Murphy hoch, gab ihr einen Kuss auf die Stirn, dann nahm sie Pewter hoch und küsste sie auch.

»*Menschenküsse.*« Pewter schnitt eine Grimasse.

Während Pewter sich aus Harrys Armen wand, küsste Murphy den Menschen zurück; ihre raue Zunge brachte Harry zum Kichern. Dann ließ sie Murphy herunter und kniete sich hin, um Tucker einen Kuss zu geben. Harry liebte ihre Tiere, und ehrlich gesagt, sie liebte sie vermutlich mehr als die Menschen.

Was ihre Behauptung betraf, sie würde herauskriegen, was vorging, wäre sie vielleicht etwas weniger großspurig gewesen, hätte sie Mychelle Burns' Autopsie beigewohnt.

26

Cooper stand in einem Laborkittel neben der Leiche, an der Tom Yancy arbeitete.

Sheriff Shaw hatte während des Spiels die Flure der Muschel durchstreift. Er brauchte nicht zu sagen, warum. Cooper kannte ihren Chef. Er war ein guter Justizbeamter, seine Methoden waren lobenswert, aber er hatte überdies einen sechsten Sinn. Wenn er nur den Schauplatz eines Verbrechens abschritt oder dort saß, hatte er manchmal das, was er einen »Riecher« nannte. Sein Beispiel hatte Cooper gelehrt, ihren Eingebungen zu trauen. An harter Polizeiarbeit führte zwar kein Weg vorbei, aber diese Eingebungen konnten einen auf die richtige Spur bringen.

»Keine Strangulierung. Keine Vergewaltigung.« Yancys Gesicht war keine fünf Zentimeter von Mychelles Hals entfernt. »Keine Blutergüsse.«

»Kein Kampf?«

»Nein. An der ersten Wunde, die Sie gesehen haben, hier gleich unter der Brusthöhle, ist sie nicht gestorben. Es war diese, die nicht so leicht zu sehen ist.« Er deutete auf eine erstaunlich saubere Stichwunde. Ein paar Blutstropfen färbten die Einstichstelle direkt unterhalb des Herzens. »Die Waffe hat genau ins Herz getroffen, aber es hat eine Weile gedauert, bis die Frau tot war. Sie hatte ein starkes Herz.«

»Überhaupt keine Ähnlichkeit mit H. H.?«

»Nein. Nicht in der Methode. Sie hat ihren Mörder vor sich gehabt. Er oder sie hat einmal zugestochen, dann noch einmal. Aus nächster Nähe. Der Mörder hat ein Stilett oder ein Messer mit schmaler Klinge benutzt. Mit großer Kraft ausgeführt. Die innere Blutung war viel heftiger als die äußere. Wie ich mich erinnere, sagten Sie, es war Blut da, aber nicht sehr viel.«

»Richtig.«

»Sie hat nicht mit dem Stoß gerechnet. Keine Fingerabdrücke im Nacken. Wenn sie versucht hätte wegzulaufen, würde der Mörder herumgegriffen und sie am Nacken festgehalten haben, um ihr die Wunde aus diesem Winkel beizubringen. Wenn sie sich abgewandt oder er sie an einem Arm gepackt hätte, wäre die Wunde aus einem anderen Winkel beigebracht worden und Fleisch wäre zerrissen. Meine nicht unmaßgebliche Vermutung ist, dass dieser Stoß vollkommen überraschend von jemandem ausgeführt wurde, den sie gut genug kannte, um ihn oder sie ganz nah an sich heranzulassen.«

»Ein Stilett.« Cooper dachte bei sich, dies sei eine eigenartige Waffenwahl, etwas für die Oper, nicht für das reale Leben oder vielmehr den realen Tod.

Yancy lächelte matt. »Es wäre viel leichter, jemanden mit einem Schlachtermesser zu töten, aber ein großes Messer lässt sich schwerer verstecken.«

»Sonst noch was, das ich wissen sollte?«, fragte Cooper.

Yancy zuckte die Achseln. »Sie hatte Genitalherpes.«

»H. H. auch?«

»Ich hab keine äußeren Anzeichen bemerkt.«

»Ist noch Blut von seiner Autopsie da?«

»In Richmond, ja.«

»Lassen Sie es darauf untersuchen. Es ist doch im Blut nachzuweisen, oder?«

»O ja.« Yancy atmete aus. »Ich wünschte, wir würden den toxikologischen Befund über H. H. bald bekommen.«

»Erstaunlich, was sich alles im Blut nachweisen lässt, nicht?«

»Der Körper des Menschen ist erstaunlich, die Menschen missbrauchen ihn, und er tickt einfach weiter. Ich habe Menschen aufgeschnitten, deren Leber wie Seidenpapier war. Als ich sie entfernt habe, ist sie zerfallen, hat sich zwischen meinen Fingern aufgelöst. Und daran war der Mensch nicht gestorben. Da wundert man sich schon.«

»War da noch was außer Genitalherpes?«

»Sie war kerngesund. Das Messer hat die linke Lunge durchbohrt, wie Sie hier sehen können« – er drückte die Brusthöhle herunter, wo er sie aufgeschnitten hatte –, »dann ins Herz gestochen. Mit jedem Herzschlag riss der Stich ein Stückchen weiter. Das Blut ist herausgesickert.«

»War das schmerzhaft?«

»Ja. Man kann das Herz spüren.«

»Herrgott.«

»Hoffentlich hat sie an ihn geglaubt. Vielleicht hat es ihr Trost gespendet.«

»Wie stark muss einer sein, um zweimal so auf sie einzustechen?«

»Kein Gewichtheber, aber schon sehr stark.«

»Eine schmächtige Person könnte es unter großer Kraftanwendung tun?«

»Sicher.«

»H-m-m, das Übliche. Überprüfung auf Drogen, Alkohol – und Gift, vermute ich.«

»Sie wurde nicht vergiftet. Der Körper lügt nicht, Coop. Sie ist durch Gewalteinwirkung gestorben.«

Cooper bemerkte Yancys blaue Augen. »Mehr als wir anderen bekommen Sie zu sehen, was wir einander antun. Ich sehe es auf andere Art, aber Sie sehen es am Geflecht der Adern.«

»Genau wie Sie versuche ich meine berufliche Distanz zu wahren, und ich müsste lügen, wenn ich sagte, es gab niemanden in diesem Leichenschauhaus, der es nicht verdient hätte. Aber eine junge Frau in der Blüte ihres Lebens, da frag ich mich doch. Verstehen Sie das nicht falsch, aber wenn sie sexuell missbraucht worden wäre, würde ich mehr Sinn darin sehen. Das hier«, er schüttelte den Kopf, »hatte mit Sex so wenig zu tun wie es nur geht.«

27

Fred Forrest, der einen weißen Schutzhelm trug, paßte Matthew Crickenberger auf der Baustelle der neuen Sportanlage ab. Auch Tazio und Brinkley waren soeben angekommen. Matthew grüßte den drahtigen Mann ohne Wohlwollen, und ihm wurde auch keins entgegengebracht. Tazio sagte Stuart Tapscott und Travis Critzer hallo, die die Erdarbeiten leiteten. Sie hatten keine Chance, auch nur ein Wort einzuwerfen.

Fred verschränkte die Arme. »Glauben Sie ja nicht, bloß weil ich knapp an Personal bin, können Sie irgendwas durchkriegen.«

»Ach kommen Sie, Fred, ich versuche nicht, was durchzukriegen. Ich richte mich immer exakt nach den Vorschriften.« Matthews Stimme verriet eine Spur Abneigung.

»Sie sind doch alle gleich«, sagte Fred verächtlich. »Ich stelle sehr bald jemanden ein, und ich werde ihn im Nu auf Zack haben. Sie sollten sich lieber streng an die Bestimmungen halten. Das hier wird mein Spezialprojekt.« Er klopfte mit dem Fuß auf die gefrorene Erde. »Ich komm jeden Tag vorbei.«

»Tun Sie, was Sie nicht lassen können«, erwiderte Matthew mit gerötetem Gesicht.

»Na klar.« Fred, der nicht die Spur Humor besaß, schob das Kinn vor. »Sie haben verdammt großes Glück gehabt, dass Ihre Umweltschutz-Studien durchgegangen sind. UVA.« Er schniefte, um anzudeuten, dass die Studien akzeptiert wurden, weil dies ein UVA-Projekt war.

Das Gegenteil war wahr. Jedes Mal, wenn die Universität sich erweitern oder bauen wollte, sah sich der Bezirk dem großen Geschrei von nicht zur Uni gehörenden Leuten ausgesetzt, das Institut würde das Land erdrücken wie eine gigantische goldene Amöbe. Jeder von der UVA gestellte Antrag, der an einen Bezirksausschuss oder die Bezirkskommission ging, wurde einer ungewöhnlich gründlichen Prüfung unterzogen. Außerdem wurde jedes Vorhaben der Universität unweigerlich in der Presse, im Radio und im Fernsehen bekannt gegeben. Dann reagierte die Öffentlichkeit.

Fred wusste das. Er wollte Matthew in Harnisch bringen. Wenn sich Fred eine Chance bot, Matthew zu reizen, nutzte er sie.

»Sie haben eine Kopie von der Studie, Fred. Lesen Sie sie selbst.«

»Hab ich bereits. Deswegen sag ich ja, Sie haben Glück gehabt.«

Stuart Tapscott, der älter und weiser war, ging weg. Travis, ein Mann in den Dreißigern, folgte Stuarts klugem Beispiel. Sie wollten nichts sagen, was sie später bereuen würden.

Tazio hielt zu Matthew. Brinkley hielt zu Tazio.

»Schaffen Sie den verdammten Hund hier weg.« Fred zeigte mit dem Finger auf das hübsche Tier.

»Nein.« Tazio sah Fred offen ins Gesicht.

»Sie tun, was ich sage, oder ich mach, dass Ihnen ganz anders wird.« Er leckte sich förmlich die Lippen.

»Es ist nicht gegen die Vorschrift, wenn ich einen Hund mit zur Arbeit bringe. Und wenn Sie mir blöd kommen, komm ich Ihnen auch blöd. Hören Sie, schikanieren Sie wen anders.«

»Denken Sie, weil Sie eine Frau und schwarz sind, behandle ich Sie wie ein rohes Ei? Das können Sie sich abschminken. Sie sind alle gleich, Sie Architekten, großkotziges Baugesocks. Sie meinen, Sie sind was Besseres als wir. Verdienen mehr Geld. Wir sind bloß Uhrenstempler. Ich weiß, was Sie denken. Wie Sie denken. Immer gucken, dass Sie ungeschoren davonkommen.«

»*Lass Tazio in Ruhe, Blödmann*«, warnte Brinkley und schob sich zwischen Fred und Tazio.

»Der Hund knurrt mich an. Ich melde das bei der Tierwacht.«

»Er räuspert sich.« Matthew, der heute durch nichts zu

erschüttern war, lächelte. »Fred, hauen Sie ab. Wir haben zu arbeiten.«

»Ich gehe, wann ich es für richtig halte, verdammt noch mal.«

»Wie Sie wollen.« Matthew kehrte Fred den Rücken zu, nahm Tazios Arm und führte sie zehn Meter weiter weg, wo ein Pflock mit einem Maßband in der Erde steckte. Brinkley blieb neben Tazio, schaute aber über den Rücken nach hinten.

Fred folgte ihnen. »Der Plan funktioniert nicht. Zu viel Glas. Zu hohe Heizkosten.«

»Er wird funktionieren. Und nicht nur das, heizen und kühlen wird billiger sein als beim augenblicklich genutzten Gebäude, und das neue Gebäude ist zweimal so groß, dank meines Entwurfs« – sie straffte die Schultern – »und dank moderner Baustoffe.«

»Das Glas knallt beim ersten Sturm raus. Knallt raus wie damals beim John-Hancock-Gebäude in Boston.«

»Fred, wir haben nicht mal den Erdaushub gemacht, warum belästigen Sie nicht wen anders? Sie können an Erde nichts auszusetzen finden.« Matthew zwinkerte Tazio zu.

Brinkley sagte unterstützend: »*Ja, lass mein Frauchen in Ruhe.*«

»Ich kann das Fundament für unzureichend erklären. Sich verschiebender Untergrund.«

»Nur zu. Ich habe einen Geologen und einen Ingenieur an der Hand, um zu beweisen, dass Sie sich irren. Nur zu, Fred, verderben Sie sich's mit der UVA. Sie werden keinen Fehler finden, Sie verzögern die Bauarbeiten, was die Universität Geld kostet, und dann, Freundchen, können Sie Ihr Gesellschaftsleben in dieser Stadt vergessen.«

»Jagt mir Angst ein.« Fred spielte den Ängstlichen und meinte dann gehässig: »Ich weiß schon, wie ich mir den Rücken freihalte.«

»Ist Mychelle deswegen tot?« Matthew stieß ihm sozusagen das Messer zwischen die Rippen.

»Verdammt, was soll das heißen!« Die Sehnen an Freds dünnem Hals traten hervor.

»Dass Sie sie gebumst haben, Freundchen, und es wurde zu heiß. Sie haben sie einfach alle gemacht.«

Mit wutverzerrtem Gesicht zischte Fred: »Sie Drecksau. Lügner.«

»Sie waren in sie verliebt. Ich hab Augen im Kopf.« Matthew hatte jetzt die Oberhand.

Tazio und Brinkley sahen mit beklommener Faszination zu. Stuart, Travis und die anderen Männer hielten in ihrem Tun inne, um ebenfalls zuzusehen und auch zuzuhören, da Freds Stimmlage in ein Kreischen übergegangen war.

»Nie! Niemals. Ich sollte Sie umbringen, Ihnen die Zunge aus dem Mund reißen.«

»Sie sind schrecklich aufbrausend für einen Mann, der nicht in die Frau verliebt war. Schrecklich aufbrausend für einen, der behauptet, er ist unschuldig.« Matthew war unfair, aber Fred war ja auch unfair zu ihm gewesen.

Fred stellte sich breitbeinig hin, ballte die Fäuste. »Hab das Mädchen geliebt wie meine Tochter. Sie müssen ja alles in den Schmutz ziehen, Matthew. So tickt Ihr Hirn eben.«

»Tja, ich frage mich halt, warum würde jemand Mychelle umbringen? Es kann sicher nichts mit ihrem Job zu tun haben. Sie war ein Ärgernis, aber kein größeres Problem, und sie hat niemandem von uns etwas zu bieten, sei es gut oder schlecht, was ihre Ermordung auslösen könnte. Damit bleiben ein paar Kleinigkeiten, Drogen oder eine schmutzige Affäre. Ich tippe auf die schmutzige Affäre, und Sie kommen am ehesten in Frage, obwohl es über meinen Verstand geht, weshalb sie sich mit Ihnen abgegeben haben sollte. Andererseits behaupte ich nicht, die Frauen zu verstehen.«

»Widerlich. Sie sind widerlich.«

»Fred, Sie müssen eine Ahnung haben, wer sie umgebracht hat«, sagte Tazio ruhig.

Die normale Farbe kehrte in sein Gesicht zurück. »Nein. Ich hab keine Ahnung. Widerlich. Sie widern mich an.« Sein Blick richtete sich wieder auf Matthew.

»Sex oder Drogen«, bemerkte Matthew mit einem fast triumphierenden Ton in der Stimme.

»Sie hatte mit Drogen nichts am Hut. Ich hätt's gemerkt. Das kann man nicht verbergen.«

»Für eine Weile schon, aber ich stimme Ihnen zu, Fred, früher oder später kommt's raus, genau wie Alkoholismus.«

Tazio sah das Maßband flattern, als ein leichter Wind aufkam.

»Sie war ein braves Mädchen!« Freds Augen blickten gequält.

»Bleibt Sex.« Matthew zuckte die Achseln. »Hey, sie war nicht mein Fall, so wenig wie Sie, Fred, aber ich hoffe sehr, dass Sheriff Shaw ihren Mörder findet. Ich bin ja froh, dass Sie's nicht waren – falls Sie die Wahrheit sagen.«

»Das verzeih ich Ihnen nie«, schwor Fred.

»Ist mir doch egal. Sie kommen so gut in Frage wie jeder andere. Sie waren die ganze Zeit um sie herum. Sie sind verheiratet. Sie war es nicht. Jünger. Sie sind älter. Hey, das ist nicht so weit hergeholt.«

»Ich betrüge meine Frau nicht«, antwortete Fred, noch wütend, aber beherrscht. »Sie Ihre schon. Matthew, Sie sind ein lügendes Stück Scheiße. Waren Sie immer. Werden Sie immer bleiben.« Er deutete mit dem Finger auf Tazio. »Er wird sich auf Sie werfen wie eine Ente im Flug.«

»Das verbitte ich mir.« Matthew machte einen Schritt auf den schmächtigeren Mann zu.

»Vielleicht waren Sie derjenige, welcher? Ha?«, konterte Fred unverzüglich.

»Nicht mein Typ.«

Fred schwieg einen Moment. »Stimmt. Ausnahmsweise haben Sie die Wahrheit gesagt.«

»Aber ich will Ihnen sagen, wer mit Mychelle geschlafen hat. H. H.«, sagte Matthew.

»Wissen Sie das genau?« Fred wollte das nicht glauben, weil er H. H. auch nicht gemocht hatte.

»Ich kann zwei und zwei zusammenzählen.«

»Beweisen Sie es«, erwiderte Fred, ohne zu zögern.

»Sie konnte sich auf seinen Baustellen mit ihm treffen. Da spricht nichts dagegen, oder? Vielleicht ist sie ihm lästig geworden. Er lässt sie fallen. Sie bringt ihn um. Anne bringt sie um, oder vielleicht hat Anne beide umgebracht. Der Gerechtigkeit ist Genüge getan.«

»Sie haben ja 'nen Knall.« Fred lachte laut.

»Okay. Jetzt Ihre Version.«

»Ich hab keine. Ich weiß es nicht.« Fred sah Tazio an. »Vielleicht hat sie Ihnen was erzählt. Frauen tratschen doch.«

»Nein Fred, wir tratschen nicht alle. Ich kannte sie von der Arbeit, und das war's auch schon.«

»*Ja*«, sprang Brinkley Tazio bei. Er hätte ihr zugestimmt, egal bei was.

Fred wartete ein paar Sekunden. »Matthew, halten Sie Ihr dreckiges Maul. Merken Sie sich das.«

Als er davonstolzierte, sagte Matthew kichernd zu Tazio: »Quatschkopf.«

28

Das bleiche Sonnenlicht beschien die dünnen, tief hängenden Wolken, säumte ihre Unterseiten mit Gold. Dickere Wolken trieben am Horizont, ihre majestätischen gekräuselten Spitzen deuteten auf einen neuerlichen Wetterumschwung hin.

Cooper befragte Sharon Cortez in Dr. Shulmans Praxis, aber mit Rücksicht auf die gesellschaftlichen Abläufe des Lebens auf dem Lande hatten sich die zwei Frauen ins Behandlungszimmer zurückgezogen. Der Tisch aus Edelstahl, das Waschbecken, alles glänzte. Der Operationstisch hatte dieselbe Farbe wie die tief hängenden Nachmittagswolken.

Barbara, Dr. Shulmans Frau, übernahm die Arbeit am Empfang, solange Sharon hinten war. Abgesehen davon, dass ein Streifenwagen draußen parkte, brauchte niemand zu wissen, was vorging, und Barbara beeilte sich anzumerken, dass Deputy Cooper eine große Tierfreundin war.

Das schnell wechselnde Licht warf Schatten auf den Fußboden.

»Sharon, ich muss Ihnen diese Fragen stellen. Alles, was Sie mir sagen, erzähle ich Rick, wie Sie wissen, aber er ist der Einzige, der es erfährt.«

»Und wenn es zu einer Anklage kommt?« Sharon war nicht dumm.

»Dann werde ich Sie rechtzeitig warnen. Ihre Frage sagt mir, dass Sie wissen, warum ich hier bin.«

»Gute Polizeiarbeit.« Sharon lächelte trübselig.

»Einigermaßen. Möchten Sie mir von Ihrem Verhältnis mit H. H. erzählen?«

Sharon fuhr mit dem Finger über die abgerundeten Ränder des Operationstisches. »Es hat vor anderthalb Jahren angefangen. Ostern war's zu Ende.«

»Haben Sie ihn geliebt?«

»Oh.« Sie zögerte, sah aus dem Fenster und sagte dann: »Ja. Ich gebe es ungern zu, aber, ja.«

»Er muss ein besonderer Mensch gewesen sein.«

»Ich nehme an, es war so, Coop, er hat mir das Gefühl gegeben, etwas Besonderes zu sein. Er gab gern Geld für ein Mädchen aus, verstehen Sie, was ich meine? Er kam nie zu mir, ohne Blumen oder Ohrringe mitzubringen, irgendwas. Er hat mir einen herrlichen Ledermantel gekauft, dreiviertellang, da sieht man, dass er nicht billig war, und alles, was ich an meinem Häuschen gemacht haben wollte, das hat er gemacht. Er konnte natürlich alles reparieren. Schon von Berufs wegen, nehme ich an.« Sie zuckte die Achseln.

»Waren Sie wütend, als Sie Schluss gemacht haben?«

»Ja. Er hat Schluss gemacht. Er sagte, seine Ehe hält den Stress nicht aus, und er liebt seine Tochter.«

»Waren Sie nie versucht, ihm eins auszuwischen? Anne anzurufen? Sich zu rächen?«

»Doch. Das ist mir alles durch den Kopf gegangen. Ich konnte es nicht tun.« Sharon bog die Finger einwärts, löste sie dann wieder. »Es war nicht so, dass ich ihm nicht wehtun wollte. Aber wissen Sie, ich konnte es seinem Kind nicht antun.«

»Das spricht für Sie.«

»Danke, aber hätte ich einen Funken Verstand, dann hätte ich mich nie mit einem verheirateten Mann eingelassen. Das ist ein Scheißspiel.«

»Ich bin mir nicht sicher, ob Sex und Liebe sich mit Logik vertragen.« Cooper lächelte.

»Ich denke doch. Ich denke, das ist wie Alkohol, wenn man Alkoholiker ist. Niemand hält einem eine Pistole an den Kopf und sagt, ›trink das!‹. Mit Anziehung ist es dasselbe. Man muss ihr nicht nachgeben.« Sharon schob die Hände in die Taschen. »Das ist meine Meinung. Ich war blöd. Und wissen Sie, wieso ich blöd war? Nicht nur, weil er verheiratet war, sondern weil ich wusste, dass er Frauengeschichten hatte.«

»Haben Sie welche von den anderen Frauen gekannt?«

»Nicht gut. Aber ich wusste von ihnen. Und ich nehme an, die haben Sie auch befragt.«

»Ja.«

»Sehen welche von denen für Sie wie Mörderinnen aus?«, fragte Sharon sarkastisch.

»Das Aussehen täuscht.«

»Ein wahres Wort.« Sharon schaute wieder aus dem Fenster. »Da zieht eine Front auf. Sehen Sie?«

Cooper trat ans Fenster. »Und damit wird sich das warme Wetter sicher verabschieden. Jesses, war das ein höllischer Winter, und er dauert noch drei Monate.«

»Wir hatten schon mal die Piepmätze im Februar da.«

»Sharon, dies wird nicht so ein Jahr«, bemerkte Cooper. »Aber ich bewundere Ihre positive Einstellung. Sagen Sie, können Sie sich irgendjemanden vorstellen, der H. H. umbringen wollte?«

»Klar. Alle Frauen, die er verwöhnt und abserviert hat. Aber sie haben es nicht getan. Ich meine, wie oft morden Frauen?«

»Das weiß ich nicht, weil ich denke, dass Frauen darin viel geschickter sind als Männer. Ich glaube, sie werden nicht so oft erwischt. Aber jetzt, wo ich das gesagt habe – ich glaube, Frauen morden nicht so oft.«

Sharon schnaubte. »Richtig. Wir besorgen uns einen armen Schlucker, der das für uns erledigt.«

Cooper drehte sich weg vom Fenster. »Mychelle Burns.«

Sharon hob die Schultern. »Nichts da.«

»Was ist mit Paula Zeifurt?«

»Oh, Paula. Sie bringt ihren Yorkshire zu uns. Ist sie nicht eine Freundin von Anne?«

»Hm-ja.« Cooper nickte.

Sharon stieß einen Pfiff aus. »Das ist ein Tanz auf dünnem Eis. Wissen Sie, ich finde das echt beschissen, entschuldigen Sie den Ausdruck. Ich wäre gern was Besonderes gewesen. Was richtig Besonderes, nicht bloß ein weiteres Fohlen, das durch den Stall läuft.«

»Sie sagten, er hat Ihnen das Gefühl gegeben, etwas Besonderes zu sein.«

»Hat er, der Mistkerl!«

»Dann waren Sie es zu der Zeit auch.« Cooper überlegte einen Moment. »Manche Leute reagieren Stress mit Saufen oder Drogen oder Weglaufen ab. H. H. brauchte die Aufregung, die eine Affäre mit sich brachte. Das war seine Zerstreuung.«

»Vermutlich haben Sie Recht. Vielleicht war es auch meine Zerstreuung.«

»Ich bin kein Moralapostel, nur eine Gesetzeshüterin, aber mir scheint, wir machen den Menschen das Leben schrecklich schwer. Wir erwarten von ihnen, dass sie vollkommen sind. Ich kenne nicht einen vollkommenen Menschen auf dieser Welt.«

»Ich bin auch keiner.« Sharon lächelte, ein bisschen von ihrer guten Laune war zurückgekehrt.

»Eine letzte Frage. Sie müssen hier Substanzen haben, die Menschen töten können. Zum Beispiel das Zeug, mit dem Sie Hunde einschläfern.«

»Ja. Aber für einen Menschen würde man eine ganze Menge davon benötigen. Ich meine damit, man könnte die Dosis nicht heimlich verabreichen.«

»Danke.« Cooper gab ihr die Hand und ging, winkte Barbara zu, die ihr nachrief: »Die Operngesellschaft führt nächste Woche Verdi auf. Da müssen Sie hin.«

»Danke, Barbara. Ich werd's versuchen.« Und so sehr Cooper das Angebot zu schätzen wusste – sie hatte fürs Erste genug Tränen gesehen.

29

Das Januar-Tauwetter endete Donnerstagabend um sechs. Harry kam um Viertel nach fünf nach Hause, froh, so zeitig das Postamt verlassen zu können. Sie holte Tomahawk, Poptart und Gin Fizz herein, legte ihnen ihre Decken über und führte jedes Pferd in seine Box.

Das Stalltor, das auf die Zufahrt hinausging, stand weit offen. Die Kälte wurde unangenehm. Als Harry zur Tür ging, bemerkte sie vereinzelte tief hängende Wolken, hoch über ihnen dunklere Zirruswolken. Sie roch die Feuchtigkeit in der Luft und schob das Stalltor zu.

Sie fegte den Mittelgang aus. Mrs. Murphy und Pewter diskutierten in der Sattelkammer über die wirksamste Weise, die Mäuse hinter den Wänden hervorzulocken. Tucker saß im Durchgang. Wenn ihre Mutter von anderen Verrichtungen absah, etwa einen Riss in einer Decke zunähen, könnten Tucker und die Katzen in zwanzig Minuten behaglich im Haus sein. Tucker war gerne im Stall, aber als sie die Pflanzenfresser Heu mampfen hörte, bekam sie Sehnsucht nach ihrem Napf mit gekochtem Hackfleisch, vermischt mit Trockenfutter, die Kochflüssigkeit über die Leckereien gegossen. Harry bereitete gern etwa einmal in der Woche Extragerichte für ihre Tiere zu. Sonst verwendete sie handelsübliches Futter von bester Qualität, aber das Katzenfutter in Dosen enthielt ihr zu viel Asche. Einmal hatte sie den Katzen frisches Krabbenfleisch mitgebracht, und Pewter war weggetreten, weil sie sich überfressen hatte. Die erschrockene Harry achtete seitdem viel mehr auf die Größe der Portionen für die rundliche graue Katze.

Ein scharfer Wind kroch hinter die Ritzen des großen Tors, weil Harry es nicht fest zugemacht hatte. Sie schob zur Sicherheit den Riegel vor.

Harry überprüfte sorgsam jede Box, dann hängte sie den Besen auf.

Simon spähte über den Heuboden.

»Du wirst dich freuen, dass ich an dich gedacht habe.« Harry lächelte zu dem liebenswerten Kerl hinauf.

Sie ging in die Sattelkammer, griff in eine braune Papiertüte, und zum Vorschein kamen Marshmallows. Zurück im Mittelgang, warf sie ungefähr fünf Stück auf den Heuboden. Frohgemut sauste Simon zu seinem Lieblingsschmaus.

»*Danke schön! Danke schön!*«

»*Halt die Klappe*«, grummelte die Eule.

In der Sattelkammer klingelte das Telefon. Harry ging hinein und schloss die Tür hinter sich. In der Sattelkammer war es mollig warm, weil Flachheizkörper installiert waren. Als der Stall 1840 gebaut worden war, hatte mitten in der Sattelkammer ein riesiger Holzofen auf dem in Fischgrätmuster verlegten Ziegelboden gestanden. Glücklicherweise waren nie Funken aus dem Ofenrohr auf dem Heuboden gelandet. Als Harrys Eltern im Jahre 1964 neue Leitungen im Stall verlegt hatten, war der leistungsfähige dickbäuchige gusseiserne Ofen herausgerissen und durch Flachheizkörper ersetzt worden.

Harrys Vater, ein praktisch veranlagter Mann, hatte die Leitungen durch enge galvanisierte Metallrohre geführt. Auf diese Weise sammelte sich auf den Leitungen kein Staub an, der eine mögliche Feuergefahr dargestellt hätte, und die Metallrohre garantierten zudem, dass die Leitungen nicht von Mäusen durchgenagt wurden. Einmal im

Monat hob Harry die Abdeckung ab, um das Gerät sauber zu machen, eine lange Reihe eng aneinander gesetzter flacher Quadrate. Dazu kniete sie sich hin, wischte alles ab, säuberte die Abdeckung und legte sie wieder auf.

Sie hatte den Thermostat auf achtzehn Grad eingestellt. Da sie gewöhnlich mehrere Schichten übereinander und darüber noch ihre alte rote Daunenweste anhatte, war achtzehn Grad eine behagliche Temperatur.

Sie nahm den Hörer von dem Telefon an der Rückwand.

»Ja.«

Susan kam gleich zur Sache. »Der Du-weißt-schon hat ein richtig dickes Ei gelegt.«

»Wovon redest du?«

»Fred Forrest hat, mit seinen Worten, stell dir vor, im Bezirksbüro eine Notfallpressekonferenz einberufen. Er sagt, er muss den Bau der neuen Sportanlage drosseln, bis er die in den Blaupausen geforderten Doppel-T-Stahlträger geprüft hat. Er sagt, er ist nicht überzeugt, dass sie die Last tragen können, für die sie vorgesehen sind.«

»Welche Last?«

»Das Dach.«

»So ein Schlamassel.«

»Es kommt noch besser. Während das Fernsehteam von Channel 29 Fred interviewte, hat ein anderes Matthew auf der Baustelle in die Mangel genommen. Auf der Baustelle! Er hatte keine Ahnung, was los war. Nicht die Spur einer Warnung. Er konnte bloß sagen, dass der Bezirk vorher keine Einwände erhoben hatte. Entwurf und Material hätten sämtliche Kriterien erfüllt et cetera. Und dann, also diese Leute schrecken vor nichts zurück, sag ich dir. Die haben sich Tazio gekrallt, gerade als sie ihr Büro verließ.«

»Was hat Tazio gesagt?«

Susan kicherte. »Sie war großartig. Sie und Brinkley haben die Fernsehleute in ihr Büro gebeten. Sie sind reinmarschiert. Sie hat die Blaupausen entrollt, hat den Aktenschrank aufgemacht. Hat den ganzen Papierkram mit Freds oder Mychelles Unterschrift rausgezogen, ja? Großaufnahmen von den Unterschriften. Großaufnahmen von den Papieren, wo die Annahme des Plans bestätigt war. Ich weiß nicht, wie man das nennt.«

»Egal. Ich weiß, was du meinst.«

»Sie ist cool, gefasst. Sie fragt den Interviewer, warum Fred Pläne in Frage stellt, die er persönlich genehmigt hat. Sie sagt, sie wäre mit jeglichen zusätzlichen Studien einverstanden, nichts könnte wichtiger sein als Sicherheit und so weiter. Dann kommt sie auf das Thema Kosten und Aufschub zu sprechen, erwähnt, wie bedeutend dieser Bau für die Universität und als neueste Sportanlage für die gesamte Ostküstenliga sein wird. Das wird andere Institute bestimmt anspornen, ihre Anlagen zu verbessern. Ich sag dir, die Frau könnte Politikerin sein. Ich hoffe, Little Mim hat die Sendung gesehen.«

Little Mim, Republikanerin, war Vizebürgermeisterin von Crozet. Ihr Vater, Demokrat, war der Bürgermeister. Das garantierte interessante Konstellationen.

»Hat der Fernsehinterviewer Mychelles Tod aufs Tapet gebracht?«

»Na und ob. Bei beiden, Fred und Tazio. Ob sie meinten, dass Mychelles Tod mit dem Bau der Sportanlagen zusammenhing.«

»War die Frage wörtlich so formuliert?«

»Ach Harry, ich erinnere mich nicht an den genauen Wortlaut, aber guck dir die Elf-Uhr-Nachrichten an, wenn du so lange wach bleiben kannst.«

»Ich will versuchen dran zu denken.«

»*Verflixt, was wird da gespielt?*« Tucker und die Katzen saßen aufmerksam da, die Ohren gespitzt.

»*Psst*«, machten die Katzen.

Susan summte einen Moment vor sich hin und sammelte ihre Gedanken. »Nicht wortwörtlich, aber die Frage lautete ungefähr so: ›Meinen Sie, der Mord an Ihrer Assistentin könnte mit Ihren neuen Erkenntnissen zusammenhängen?‹ Nicht wortgetreu, aber beinahe.«

»Und?«

»Fred hat gesagt, er weiß es nicht.«

»Tazio?«

»Das war eine Suggestivfrage. Äh, ›stehen Sie nicht manchmal mit dem Bezirksbauinspektor auf Kriegsfuß?‹ – ›Nein,‹ hat sie gesagt. Dann haben sie ihr Mychelles Tod reingeknallt. Könnte er mit den neuen Zweifeln an der Tauglichkeit ihres Entwurfs zusammenhängen? So was in der Art. Wieder war sie erstaunlich gelassen, und sie hat gesagt, ›ich wüsste nicht wieso.‹ Und jemand muss den Leuten was gesteckt haben, denn sie haben Tazio nach Mychelles Absicht gefragt, sich Montagmorgen mit ihr zu treffen. Tazio hat gesagt, das sei nichts Ungewöhnliches, und sie hätte sich sogar drauf gefreut, und sie sei erschüttert gewesen, als sie die furchtbare Nachricht erhielt. Hat der verdammte Interviewer sie doch beinahe beschuldigt, bei Mychelles Ermordung die Hand im Spiel gehabt zu haben. Sensationsmache.«

»Treibt die Quoten hoch. Denen ist es schnurzpiepegal, ob sie Karrieren und Leben ruinieren.«

»Aber du wärst stolz auf Tazio gewesen.«

»Woher wissen wir, dass sie nicht mit drinsteckt?«

»Harry, du bist von Natur aus misstrauisch.«

»Hm – kann sein. Magst du nicht Tazio anrufen und rauskriegen, ob sie emotionalen Beistand braucht oder so was? Du bist gut in solchen Dingen.«

»Sie hat nicht unser Beziehungsgeflecht. Wir sollten sie beide anrufen.« Susan meinte damit, Tazio war nicht mit ihnen allen aufgewachsen, sondern ein Neuzugang. »Was wirst du tun? Ich weiß, dass du was vorhast.« Susan hoffte, Harry würde es ihr erzählen.

»Zuerst esse ich Makkaroni mit Käse. Dann rufe ich Coop an, mal sehen, ob sie im Computer alle Gebäude aufrufen kann, die Mychelle in den letzten zwei Jahren inspiziert hat. Den Papierkram aufrufen.«

»Kluges Mädchen.«

»Eigentlich bin ich sicher, dass Coop da schon dran gedacht hat.«

»Machst du wirklich Makkaroni mit Käse?«
»Ja.«
»Mikrowelle?«
»Nein. Schmeckt nicht so gut. Die Kälte hat uns wieder im Griff. Warst du mal draußen? Ich brauche Makkaroni mit Käse.«
»Verflixt«, sagte Susan leise.
»Was ist los mit dir?«
»Jetzt will ich auch welche.«
»Komm rüber. Ich mach genug für uns beide.«
»Danke, aber das löst das Problem von meinen zehn Pfund zu viel nicht.«
»Ach Susan, du bist nicht dick.«
»Du hast mich in letzter Zeit nicht nackt gesehen.«
»Muss ich das?« Harry lachte. »Und wir hatten diese Diskussion schon mal.«
»Weißt du, was ich tun werde? Ich mach jetzt Makkaroni mit Käse. Ned hat's auch nicht gerade nötig.« Sie seufzte. »Rumms.«
»Tschü-hüs.« Lachend legte Harry auf.

Als sie in die Küche ging, klingelte das Telefon. Miranda berichtete ihr von den Interviews. Dann rief BoomBoom an, was Harry überraschte. Fair rief an. Herb rief an. Bis sie dazu kam, sich Makkaroni mit Käse zu machen, war sie halb verhungert, aber vorher fütterte sie die Tiere.

Als sie gegessen und aufgeräumt hatte, rief sie Cooper an, die tatsächlich in den Bezirkscomputern alles aufgerufen hatte. Nichts schien fragwürdig.

Sie wälzten Ideen hin und her, keine war erhellend.

Mrs. Murphy spazierte in Harrys Schlafzimmer, wo sie sich in dem mannshohen Spiegel an der Tür entdeckte.

Sie blieb stehen. Sie hüpfte zur Seite. Sie plusterte sich auf. Sie sprang den Spiegel seitwärts an. Sie hopste in die Höhe, die Pfoten ausgestreckt, die imponierenden Krallen ausgefahren. Sie vollführte einen Rückwärtssalto und attackierte dann abermals ihr Spiegelbild.

Tucker kam während dieser Furcht einflößenden Vorstellung herein. Nachdem die Tigerkatze den Spiegel fünf Minuten angefaucht, bekämpft und bezwungen hatte, hüpfte sie aufs Bett.

»*Katzen sind meschugge.*« Tucker kicherte.

»*Das hab ich gehört.*« Mrs. Murphy linste über die Bettkante auf den Corgi herunter.

»*Ach ja?*«

»*Tod den Hunden.*« Mrs. Murphy warf sich auf ihre Hundegefährtin und tat so, als würde sie sie zerfleischen. Dann schoss sie wieder aufs Bett, rannte ein paar Mal darauf im Kreis herum, stürzte sich auf den Spiegel und schlug zu guter Letzt noch einmal auf ihr Spiegelbild ein.

Jetzt kam Pewter ins Zimmer. »*So eine mächtige Mieze.*«

»*Spiegelfechterei.*« Mrs. Murphy ließ die Schnurrhaare vorschnellen und blähte die Brust.

Tucker hob den Kopf. »*Was hast du grade gesagt, Murphy?*«

»*Spiegelfechterei.*«

»*Ich glaube, das ist genau, was gespielt wird. Spiegelfechterei.*« Tucker setzte sich auf, die zwei Katzen starrten erst sie, dann einander an. Tucker hatte den Nagel auf den Kopf getroffen.

30

»Wo ist er?« Matthew Crickenberger stürmte in Freds Büro im Bezirksamt.

Sugar McCarry, eine muntere Sekretärin von einundzwanzig Jahren, die sich Halbmonde auf die Fingernägel gemalt hatte, sagte schlicht: »Weiß ich nicht.«

»Sie lügen, Sugar. Ich weiß, dass Sie den Mistkerl decken!«

»Mr. Crickenberger, ich weiß nicht, wo er ist.« Sie stand auf, stemmte die Hände in die Hüften. »Und Ihr Benehmen passt mir nicht.«

»Ist mir scheißegal, was Ihnen nicht passt.« Er marschierte zu Freds Schreibtisch und fegte mit einem Arm alles herunter. »Richten Sie ihm aus, er soll sein verdammtes großes Maul halten. Richten Sie ihm aus, er ist ein lügendes Stück Scheiße. Richten Sie ihm aus, wenn ich ihn sehe, werde ich ihm ein vollkommen neues Gesicht verpassen, eins ohne Zähne. Kapiert?«

»Ja. Und wenn Sie jetzt nicht auf der Stelle verschwinden, rufe ich den Sicherheitsdienst.«

»Na los. Ich weiß, was in diesem Büro vorgeht. Illegale Wetten, und Sie, Sugar, Sie spielen mit dem Feuer.« Er ging hinaus, ohne sich die Mühe zu machen, die Tür hinter sich zu schließen.

Sugar hörte seine Schritte im Flur verhallen. Die grünen, schwarzen und weißen Quadrate des Linoleumbodens waren auf Hochglanz gewienert, so dass sie wie nass aussahen.

Flach atmend, legte sie ihren Finger auf die Telefontasten. Sie wollte den Sicherheitsdienst anrufen, dachte dann aber, dies sei vielleicht eine Nummer zu groß für den Sicherheitsdienst des Bezirks, dessen Büros in der alten Lane Highschool untergebracht waren. Stattdessen rief sie das Polizeirevier an.

Deputy Cooper, die gerade vor der nur wenige Straßen entfernten Zentralbibliothek einen Auffahrunfall aufgenommen hatte, war binnen fünfzehn Minuten da. Sugar erzählte ihr alles so akkurat sie konnte. Sie ließ keine persönlichen Gefühle in ihren Bericht einfließen.

»Haben Sie gewusst, dass Fred eine Pressekonferenz einberufen hat, um die Pläne für die Sportanlage in Frage zu stellen?«

Die Überraschung in Sugars Gesicht bewies, dass sie es nicht gewusst hatte. »Was?«

»Hören Sie, ich weiß nicht, ob Tazios Pläne gut sind oder nicht. Sie sind schön, das weiß ich, und ich weiß, dass Matthew Crickenberger große Bauten geschaffen und gute Arbeit geleistet hat. Darum hat er den Zuschlag bekommen. Bis jetzt erinnere ich mich an keine Verurteilung von etwas, das Crickenberger gemacht hat – nicht seitens Ihrer Behörde. Von Seiten der Öffentlichkeit schon. Jede Form von Landerschließung wird von manchen Leuten als Übel angesehen, aber, Sugar, haben Sie eine Ahnung, irgendeine Ahnung, was gespielt wird?«

»Nein.«

»Hat Fred H. H. besonders hart rangenommen?«

»Nein.« Ihre Augenbrauen schossen in die Höhe. »Warum fragen Sie das?«

»H. H. war im Rennen, die Anlage zu bauen, und jetzt ist er tot und Mychelle auch.«

»Die Beerdigung war in Louisa County. Ihre Familie ist aus Louisa.«

»Ich weiß«, sagte Cooper.

»Ich war da. Fred war da. Vielleicht ist er aufgewühlt. Sie wissen ja, wie manche Menschen sind. Sie müssen ihre Gefühle an jemand auslassen.«

»Ja. Mychelles Tod hat Sie anscheinend nicht besonders mitgenommen.« Coopers boshafte Bemerkung traf sie mit voller Wucht.

Sugars Nasenlöcher bebten, Farbe schoss in ihre bereits von Rouge gefärbte Wangen. »Ich konnte sie nicht leiden, Deputy. Sinnlos, wenn ich mich verstelle, ich konnte sie echt nicht ausstehen. Sie dachte, sie war was Besseres als ich. Dachte, sie könnte Befehle erteilen. Ich denke, es hat ihr einfach Spaß gemacht, einem weißen Mädchen Befehle zu erteilen, aber das heißt nicht, dass ich ihr den Tod gewünscht habe. Ich habe mir nur gewünscht, sie würde einen anderen Job kriegen, oder ich.«

Cooper verschränkte die Arme. »Ich glaube Ihnen.«

»Ist mir egal, ob Sie mir glauben oder nicht«, entgegnete Sugar frech. »Ich hab das alles satt. Fred war echt zum Kotzen. Er war nie ein Musterbild von einem Mann, aber in letzter Zeit – nichts ist ihm recht. Ich nehm die Anrufe für ihn nicht richtig auf. Ich erreiche ihn unterwegs nicht schnell genug. Ich – also, Sie können es sich vorstellen. Und dann Mychelle. Ich sag Ihnen was, die ist auf ihm rumgeritten. Oh, in der Öffentlichkeit, auf der Baustelle, da hat sie sich ihm untergeordnet. Mr. Forrest hier und Mr. Forrest da, und er hat's gefressen, jawohl. Sie konnte von ihm alles kriegen, was sie wollte. Die Arbeit hier macht keinen Spaß. Kein Zuckerlecken. Ich seh mich nach einem anderen Job um. Nicht bei einer Behörde. Bringt sowieso keine Kohle. Ich kann was Besseres kriegen.«

Cooper beschloss, sich von ihrem Ton nicht beleidigen zu lassen. »Verstehe.«

Als Sugar einfiel, dass Cooper ebenfalls beim Bezirk in Lohn und Brot stand, wurde sie sanfter. »Tut mir Leid, Coop, ich wollte nicht, hm, Sie wissen schon. Ich hab das hier gründlich satt, und es ist nicht bloß Fred, der so was macht, ohne mich zu warnen. Er sitzt nicht hier, wenn Crickenberger reinkommt, mit einem Gesicht so rot wie der Kinnlappen von 'nem Truthahn. Ich hab in der Zeitung von Leuten gelesen, die durchgeknallt sind und Menschen mir nichts, dir nichts wegpusten. Im Postamt und so einfach rumballern.«

»Fred hätte es Ihnen sagen sollen.«

»Fiesling.« Sugar senkte die Stimme, obwohl niemand in der Nähe war.

»Sie können vor Gericht gehen und ein Unterlassungsurteil gegen Matthew erwirken, wenn Sie Angst haben, dass er wiederkommt.«

»Hey, ich hau hier ab. Außerdem will er zu Fred, nicht zu mir. Ich geh nicht vor Gericht. Ich hab hier genug gesehen, um zu wissen, dass ich nie vor Gericht gehen werde, wenn es sich vermeiden lässt.«

»Amen.«

»Und wissen Sie, was mich wirklich fertig gemacht hat? Er steht da direkt vor meinem Schreibtisch und schreit mich an. Schreit, dass ich weiß, was gespielt wird, dass ich Wetten abschließe, dass ich mit dem Feuer spiele. Ich weiß gar nicht, wovon der spricht. Ich spiele Bingo. Ich gehe freitagabends mit Mom ins Feuerwehrhaus und spiele Bingo. Der ist verrückt.«

Was Cooper wusste und sonst niemand außer Rick Shaw: Mychelle Burns hatte das meiste von ihrem Sparkonto abgehoben, 5000 Dollar. Für jemand in Mychelles Position war das eine Menge Geld. Für Cooper war das eine Menge Geld.

»Er hat Sie beschuldigt, dass Sie Wetten abschließen?«

»Mehr oder weniger.« Sie sah auf ihren Computer, dann wieder zu Coop.

»M-m-m, Büro-Spielkassen?«

»Ja schon, aber ich wette nicht. Football und Basketball interessieren mich nicht. Langweilt mich zu Tode. Ich weiß nicht, was gespielt wird, und ich weiß nicht, wie sie das machen.«

»Was meinen Sie?«

»Einfach auf einen Sieger tippen, das versteh ich, aber für die Büro-Spielkasse muss man auf den Punktestand tippen. Für die Meisterschaftsspiele muss man das Siegerspiel auswählen, ja, zum Beispiel das sechste Spiel. Das mach ich nicht. Ist mir zu kompliziert.«

»Gibt es eine Büro-Spielkasse für UVA-Sport?«

Sie überlegte. »Fünf Dollar pro Kopf.«

»Punktespanne?«

»Von Punktespannen versteh ich nichts.«

Cooper lächelte. »Macht nichts.« Sie setzte sich auf die Kante von Sugars Schreibtisch, weil ihr die Füße wehtaten. »Wie steht's mit Basketball?«

Sie schüttelte den Kopf. »Fred würde jeden umbringen, der gegen das Mädchen-Basketballteam wettet. Er liebt die Mädchen. Keine Wetten gegen die UVA-Mädels.«

»Haben er und Mychelle über die Spiele gesprochen?«

»Ja, manchmal. Dann hab ich abgeschaltet. Ich mag Basketball nicht.«

»Und erinnern Sie sich, dass sie sich über Punktespannen unterhalten haben?«

»Nein. Keiner von beiden hat eigentlich viel geredet. Meistens ging es um Geschäftliches, und wenn nicht, dann um Basketball.«

»Haben Sie je gehört, dass sie miteinander gewettet haben, verstehen Sie, so was wie: Jenny Ingersoll macht heute Abend bestimmt vierzehn Punkte?«

Sugar zog die Stirn kraus. »Oh, ich weiß nicht. Das wär zum einen Ohr reingegangen und zum anderen raus.«

»Haben Sie mal gesehen oder gehört, dass einer von ihnen zum Telefon gegriffen und eine Wette abgeschlossen hat?«

»Nein.« Sie wartete eine Sekunde. »Sie hätten es vom Handy aus machen können.«

»Wir haben alle Anrufe von ihren sämtlichen Apparaten ermittelt. Nichts außer der Reihe. Fred ruft nicht mal zu Hause an.«

Sugar beugte sich vor. »Haben Sie Fred im Verdacht? Dass er Mychelle umgebracht hat?«

»Nein.«

Sie atmete hörbar aus. »Gut. Ich möchte nicht hier sein, wenn es das ist, wohinter Sie her sind.«

»Meinen Sie, er könnte Mychelle umgebracht haben?«

»Nee.«

»Warum nicht?«

»Darum. Er hatte Mychelle echt gern. Ihr Tod hat ihn schwer mitgenommen.«

»Die meisten Morde werden von jemand begangen, der das Opfer kennt, oft sehr gut.«

»Ich weiß. Ich lese Zeitung. Ich gucke fern, aber Fred, nee.«

»Sugar, wie lange arbeiten Sie schon hier?«

»Zwei Jahre. Ich hab die Schule fertig gemacht und den Job gekriegt.«

»Charlottesville Highschool?«

»Murray.« Sugar nannte eine Highschool für besonders begabte junge Leute, die oft Mühe hatten, sich in den großen Highschools zu entfalten – Charlottesville, Albemarle, Western Albemarle.

»Ah. Wollten Sie nicht weitermachen?«

»Nein. Schule langweilt mich. Ich bin froh, dass ich den

Highschool-Abschluss geschafft habe.« Sie drehte einen Bleistift zwischen den Fingern. »Ich war ein bisschen aufsässig.«
»Das kommt für mich sehr überraschend.«
Sugar lachte. »Tja, was soll ich sagen?«
»Ein paar Fragen noch. Ist Ihnen je aufgefallen, dass Mychelle größere teure Käufe tätigte, etwa einen Ledermantel oder irgendwas, das Ihnen ins Auge fiel?«
»Nein.«
»Fred?«
»Hm, nein. Fred macht immer Urlaub, wo's gut und teuer ist. Das ist alles.«
»Schön, danke. Sie können jetzt zu Fred sagen, was Sie wollen, aber wenn Sie ihm erzählen, wie aufgebracht Matthew tatsächlich war, als er hier hereinstürmte, dann rechne ich mit einem Anruf.« Cooper zeigte auf das Durcheinander auf dem Boden. »Wollen Sie das so lassen?«
»Möchten Sie das?«
Cooper überlegte. »Das liegt bei Ihnen, aber es wird Öl ins Feuer gießen.«
»Fred würde ein Foto machen. Das ist seine Art.« Sugar wieherte. »Zur zukünftigen Verwendung.«
»Wir denken auf derselben Wellenlinie.«
Als Cooper an der Tür war, fragte Sugar leise: »Bin ich in Gefahr?«
»Ich glaube nicht. Aber wenn etwas Sie ängstigt oder Ihnen irgendwas komisch vorkommt, rufen Sie mich an, und wenn's um drei Uhr morgens ist, das macht mir nichts aus. Rufen Sie mich an.« Sie gab Sugar ihre Karte mit ihrer Privat- und ihrer Handy-Nummer.
»Mach ich.« Sugar schob die Karte in ihre Rocktasche. »Hat Matthew Recht? Geht es um verbotene Wetten?«
»Keine Ahnung«, erwiderte Cooper ehrlich. »Ich wollte, ich wüsste es, aber das ist mein Job. Ich krieg's raus. Verlassen Sie sich drauf.«

31

Der Pfarrbeirat von St. Lukas traf sich wie gewöhnlich in dem einladenden Versammlungsraum. Kirschholzscheite knisterten im Kamin. Der alte Teppich, der stellenweise bis zur Unterschicht abgewetzt war, lag noch auf dem Boden. Die Teppichleger wollten ganz bestimmt, hundertprozentig, ohne Wenn und Aber Freitagmorgen mit der Arbeit beginnen. Im Augenblick mochte noch keiner so recht daran glauben.

Matthew Crickenberger führte souverän den Vorsitz. Herb steuerte die nötigen Informationen bei. Herb fand, der Vorsitzende sollte regelmäßig ausgewechselt werden, und so geschah es. Er meinte, das fördere Führungsqualitäten. Wer nicht Vorsitzender sein wollte, den lehrte es jene zu würdigen, die es wurden.

Mrs. Murphy, Pewter, Tucker, Brinkley, Cazenovia und Eloquenz erwogen, wieder Oblaten zu plündern. In Anbetracht dessen, dass ihr vorangegangener Raubzug nicht entdeckt worden war, gelobten alle, die Pfoten davon zu lassen. Und da der kommende Sonntag ein Abendmahlssonntag war, würde ihre Missetat höchstwahrscheinlich entdeckt werden. Da machten sie es sich lieber in Herbs Amtszimmer gemütlich und setzten sich alle auf das große Chesterfield-Sofa. Ebenso wie Susan hatte Herb eine Vorliebe für Chesterfield-Sofas. Das in seinem Wohnraum war dunkelgrün, dieses war in einem kräftigen Kastanienbraun gehalten.

Sie hörten Tazio und BoomBoom nebenan über Ideen für Spendenaktionen diskutieren.

»*Wieso gibt es in der St. Lukaspfarre so viele arme Pfarrkinder?*«, wunderte sich Brinkley.

»*Gibt es gar nicht. Alle Kirchen helfen beim Sammeln von Lebensmitteln mit*«, erwiderte Cazenovia, die Seniorkatze.

»*Menschen essen komisches Zeug. Spargel*«, sagte Tucker.

»*Ich mag Spargel*«, gab Eloquenz zögernd zu.

»*Echt?*«, Tucker war entgeistert.

»*Ich liebe Gemüse über alles*«, antwortete Eloquenz, »*ganz besonders zusammen mit Oblaten.*«

»*Womit füttert Tazio dich?*« Tucker hörte gern vom Essen sprechen.

»*Futter für junge Hunde, mit Dosenfutter gemischt. Manchmal gibt sie mir auch vom Fleisch gelöstes Fett.*«

»*Oh, das hört sich lecker an.*« Tucker leckte sich die Lippen.

»*Thunfisch.*« Pewter schloss schnurrend die Augen.

»*Hühnchen.*« Mrs. Murphy lächelte.

»*Mäusetatar*«, schwärmte Cazenovia.

»*Ein Riesenknochen voll mit Mark.*« Tucker wedelte mit dem nicht vorhandenen Schwanz.

»*Donnerwetter*« – Brinkleys sanfte Augen blickten verwundert –, »*wie kriegt ihr eure Menschen dazu, euch solche Köstlichkeiten zu geben?*«

»*Da wir sie nicht in die Geschäfte begleiten können, ist es schwierig*«, klärte Tucker ihn auf. »*Pack die Gelegenheit beim Schopf. Wenn du an einem Restaurant mit großen Panoramafenstern vorbeikommst, musst du mit dem Schwanz wedeln, wenn jemand ein Steak oder einen Hamburger isst. Zeig mit der rechten Pfote drauf. Damit kriegt man sie rum, sie kapieren es echt. Man kann sie in puncto Futter erziehen.*«

»*Erwarte aber keine Wunder*«, ergänzte Cazenovia.

»*Du musst Niedlichsein üben.*« Mrs. Murphy rollte sich herum und zeigte ihren beigefarbenen Bauch mit den Streifen, die heller waren als die auf ihrem Rücken. »*Ungefähr so.*«

»*Soll ich das vor einem Restaurant machen?*«, fragte Brinkley arglos.

»*Nein, nein. Dein Mensch kriegt Zustände, weil du dich im Dreck gewälzt hast oder was immer auf dem Bürgersteig rumliegt.*« Tucker veranschaulichte, worauf es ankam. »*Glaub mir, sie schnallen es.*«

»*Echt komisch*«, sagte Pewter trocken.

»*Wie lange dauert es, einen Menschen zu trainieren?*«

»*Brinkley, dein ganzes Leben. Manche Lektionen behalten sie, etwa deine Essenszeiten, weil sie an ihre Essenszeiten gekoppelt* sind.« Mrs. Murphy konnte den gelben Labrador gut leiden. »*Zur selben Zeit schlafen gehen und aufwachen, auch das lernen sie ziemlich schnell. Es ist nämlich so, meistens haben wir denselben Ablauf, drum ist es nicht zu strapaziös für sie. Aber andere Sachen, sie dazu bringen, etwas Außergewöhnliches zu bemerken, oder sie warnen, dass ein anderer Mensch nicht richtig tickt, oh, das ist ein schweres Stück Arbeit und haut nicht immer hin.*«

»*Wirklich?*« Er stupste die Tigerkatze, sie tätschelte ihm die Nase.

»*Also unser Mensch ist sehr gescheit.*« Pewter plusterte sich auf.

»*Unser Mensch? Ich dachte, du beanspruchst keinen Menschen*«, zog Mrs. Murphy sie auf.

»*Ich hab mich besonnen.*« Pewter warf den Kopf zurück. »*Und sie ist gescheit.*«

»*Äußerst lernfähig.*« Tucker nickte zustimmend.

»*Sie ist ein Landmensch und damit nicht weit weg von ihrem wahren Ich*«, fügte Pewter hinzu.

»*Ihrem wahren Ich?*« Der heranwachsende Bursche war neugierig.

»*Verstehst du, das Tier in ihnen.*« Für Mrs. Murphy verstand sich das von selbst.

»*Sie wissen nicht, dass sie Tiere sind?*« Brinkley war verblüfft.

»*Nein, wirklich nicht.*« Pewter rümpfte die Nase.

»*Und je weiter sie von anderen Tieren entfernt leben, umso schlimmer wird es.*« Eloquenz, ein lebhaftes Mädchen, hielt ihre Schwanzspitze fest, hatte aber vergessen, warum sie sie eigentlich in die Pfote genommen hatte.

»*Wie steht's mit eurem Menschen? Ist er gescheit?*«, fragte Brinkley.

»*Kommt drauf an*«, antwortete Cazenovia, die am längsten mit Herb zusammenlebte. »*Er ist gescheit beim Fliegenfischen. Er achtet beim Angeln auf Zeichen in kleinen Wasserläufen und Nebenarmen, aber dann geht er über eine Wiese und übersieht Fuchskot. Oder schlimmer noch, Bärenkot.*«

»*Riecht er den denn nicht?*«

Cazenovia sprang auf die Rückenlehne des Sofas, um mit dem aufrecht sitzenden Labrador auf Augenhöhe zu sein. Er war schon so groß geworden, dass er sich nicht auf dem Sofa ausstrecken konnte. Dann hätten die anderen keinen Platz gehabt.

»*Sie können nicht riechen.*« Cazenovia verkündete die erschütternde Nachricht.

»*Können nicht riechen?*« Brinkley war entsetzt. Der Geruch war sein schärfster Sinn.

»*Also das stimmt nicht ganz*«, entgegnete Mrs. Murphy der langhaarigen scheckigen Katze. »*Sie können ein klitzekleines bisschen riechen. Wenn sie nicht rauchen, können sie besser riechen. Aber wenn man zum Beispiel ein Stück Brot, sagen wir, fünfzig Meter von ihnen entfernt hinlegt, würden sie es nicht mal riechen, wenn es frisch wäre. Ein Geruch muss schon sehr stark oder direkt vor ihrer Nase sein, damit sie ihn wahrnehmen.*«

»*Bedauernswerte Geschöpfe.*« Brinkley ließ einen Moment lang die Ohren hängen.

»*Augen. Sie verlassen sich auf ihre Augen.*« Eloquenz betrachtete immer noch ihre Schwanzspitze. »*'türlich sind ihre Augen nicht annähernd so gut wie die von einer Katze, aber sie sind nicht schlecht. Besser als deine.*«

»*Wirklich?*«

»*O ja.*« Pewter lächelte den großen Hund an. »*Du kannst nicht annähernd so gut sehen wie sie, aber im Hören und Riechen bist du ihnen weit, weit überlegen.*«

»*Harry hat gute Ohren.*« Mrs. Murphy liebte Harry.

»*Ja, tatsächlich. Das finde ich ganz erstaunlich.*« Tucker fand Harry außergewöhnlich für einen Menschen.

»*Sie könnten alle besser hören, wenn sie sich die blöden Kopfhörer aus den Ohren reißen, die Computer, Fernseher und Radios abschalten würden. Sie können nicht hören, weil sie von Krach umgeben sind.*« Eloquenz ließ ihren Schwanz endlich los.

»*Tiere würden sich nie freiwillig ausschließen von Informationen über das, was um sie herum ist*«, bemerkte Brinkley vernünftig. »*Warum umgeben sie sich mit Krach?*«

»*Oh, sie denken, das sind Informationen. Sie sitzen vorm*

Fernseher und gucken, was in Neuseeland passiert ist, aber sie erfahren nicht, was in Crozet passiert. Oder sie sitzen da und gucken Sachen, die nicht passieren.« Cazenovia kicherte.

»*Wie kann man was sehen, was nicht passiert?«* Der Labrador fand das verrückt.

»*Erfundene Geschichten, Filme. Oder Bücher. Sie setzen sich hin und lesen Romane. Sachen, die nie passiert sind!«* Cazenovia beobachtete den hübschen gelben Burschen, den diese Mitteilung fast umhaute.

»*Wie können sie die Wahrheit von dem unterscheiden, was sie erfinden?«*

»*Brinkley, das können sie nicht!«* Cazenovia musste so lachen, dass sie auf den Rücken des Labradors plumpste und dann unter seinen Bauch rollte. Sie richtete sich geschwind auf, blieb aber unter seinem Bauch.

»*Moment mal, Cazzie. Du bist nicht ganz fair.«* Mrs. Murphy stellte die Schnurrhaare nach vorn, sie war ganz bei der Sache. »*Brinkley, Menschen haben Angst. Sie sind nicht schnell, verstehst du. Sie können einer Gefahr nicht davonlaufen, und sie sind nicht stark oder fix. Deswegen haben sie viel mehr Angst als wir. Die erfundenen Geschichten haben sie deshalb erfunden, damit sie etwas über das Leben anderer Menschen lernen. Es macht ihnen Mut. Sie fühlen sich dann nicht so allein. Sie sind Herdentiere. Denk immer dran, sie fürchten sich allein zu sein und sie fürchten sich vor der Dunkelheit. Bei Tageslicht sind ihre Augen gut, aber nachts sind sie ziemlich mies. Ich muss sagen, dass die erfundenen Geschichten einem Zweck dienen, und ich denke, die meisten Menschen kennen den Unterschied zwischen diesen Geschichten und dem, was um sie herum passiert.«*

»*Oh, Mrs. Murphy, du bist zu gütig.«* Cazzie schüttelte den Kopf. »*Ich habe Herb über eine Geschichte weinen sehen.«*

»*Daddy ist empfindsam.«* Eloquenz nickte zustimmend.

»*Sie verfügen über eine große Gefühlsskala, sofern sie sie nutzen«*, sagte Mrs. Murphy.

»*Die meisten stumpfen ihre Nervenenden ab, lauschen dem Lärm und wundern sich, wieso sie sich aus dem Tritt fühlen.«*

Cazzie rutschte, so dass sie neben Brinkley zu sitzen kam.
»*Sie kleben zu sehr an Wörtern.*«
»*Wir können reden. Wir haben Wörter*«, sagte Brinkley.
»*Ja, aber wir verwechseln das Wort nicht mit der Tat. Sie schon*«, klärte Mrs. Murphy ihn auf.
»*Besser noch, sie ersetzen die Tat durch das Wort und tun nichts.*« Pewter lachte schallend, die anderen lachten mit ihr.
»*Ich hatte keine Ahnung, dass sie so kompliziert sind.*« Brinkley gefiel es, wie Cazzie sich an seiner Seite rieb.
»*Sie sind kompliziert und auch wieder nicht. Sie müssen zur Besinnung kommen, leben, wo sie leben und sich nicht um etwas sorgen, das Tausende von Meilen weit entfernt ist. Sie planen zu viel.*« Eloquenz mochte die Menschen trotzdem.
»*Hey, wenn man in einem gemäßigten Klima lebt, muss man planen. Der Winter verändert die Denkweise der Menschen. Menschen, die in den Tropen oder Subtropen leben, müssen nicht planen.*« Mrs. Murphy hatte mitgelesen, als Harry über diese Dinge las. »*Aber jedes Tier, das mit dem Winter lebt, muss sich darauf einrichten. Sogar Eichhörnchen vergraben Nüsse. Menschen auch.*«
»*Ich hab Tazio keine Nüsse vergraben sehen.*«
»*Ihr Bankkonto. Dort sind die Nüsse*«, bemerkte Pewter weise.
»*Du meinst, das macht sie, wenn sie zur Bank geht?*«
»*O ja. Sie lagern Sachen. Schließen sie ein, jawohl.*« Cazenovia nickte. »*Deswegen haben, ich meine hatten, wir die Schachteln mit den Abendmahloblaten.*«
Hierauf schrien alle Tiere vor Lachen.
»Was ist los da drinnen?«, rief Harry mit ihrer »Mutterstimme« aus dem Nebenraum.
»*Das möchtest du wohl gerne wissen, was?*«, antwortete Pewter frech.

32

Nach der Versammlung fuhr Harry zur Muschel. Sie hatte die erste Spielhälfte verpasst, weil die Versammlung ewig dauerte. Die Tiere kuschelten sich in die Decken, und sie eilte ins Gebäude.

Matthew, BoomBoom und Tazio beeilten sich ebenfalls zum Spiel zu kommen. Der Rest der Truppe war schon da.

Fred zeigte Matthew den Vogel, als er sich nach ihm umdrehte. Harry sah es und konnte nicht glauben, dass Fred so kindisch war.

Anne Donaldson hatte ihre Plätze Freunden überlassen. Harry, Fair und BoomBoom stellten sich ihnen vor.

Tracy und Josef pfiffen ein hartes, ja unfaires schmutziges Spiel. Das gegnerische Team setzte unterm Korb die Ellbogen ein, sie stellten Spielerinnen ein Bein, wenn niemand hinsah. Die Stimmung wurde gereizt. Trotz all ihrer Versuche, das UVA-Team aus dem Konzept zu bringen, ging die Rechnung nicht auf. UVA gewann mühelos mit zwölf Punkten, eine Steigerung gegenüber dem letzten Spiel.

Miranda ging mit Harry, BoomBoom, Susan, Brooks und Fair zum »Ruby Tuesday«, das unweit der Muschel lag, einen Happen essen.

Tracy sagte, er würde zu ihnen stoßen, wenn er geduscht hatte. Er zog seine Sachen über, nahm seine Sporttasche und steuerte zum Seiteneingang. Josef, der es eilig hatte, war schon weg. Die Umkleideräume der Spielerinnen waren auf der anderen Seite von der Schiedsrichter-Umkleidekabine.

Tracy trat in den Flur. Er staunte, wie still ein großes Gebäude nach einem Spiel sein konnte. Die Stille erzeugte eine nachdenkliche Stimmung; fast konnte man den Widerhall der verstreuten Menge hören.

Er ging an einer geschlossenen Tür vorbei, auf der der Name des Lacrosse-Trainers stand. Niemand arbeitete noch so spät an diesem Januarabend. Er kam am Geräteraum vorbei und blieb stehen. Er meinte drinnen Geräusche zu hören, obgleich kein Licht unter der Tür zu sehen war. In Anbetracht dessen, dass Mychelle in der Muschel ermordet worden war, war er besonders vorsichtig. Er holte sein Handy hervor, drückte die »Ein«-Taste. Er war so in das Wählen der Nummer vertieft, dass er nicht hörte, wie hinter ihm jemand auf Zehenspitzen heranschlich. Das Letzte, was er wahrnahm, war ein Schlag, dann sackte er zusammen.

33

Als Tracy zu sich kam, lag er auf dem kalten Fußboden. Es war dunkel. Er befühlte seinen Kopf, ertastete eine golfballgroße Beule mit einer dünnen Kruste von getrocknetem Blut. Er setzte sich aufrecht. Er hatte Schmerzen, aber ihm war nicht schwindelig oder übel.

Gut, dachte er, ich habe keine Gehirnerschütterung. Wo bin ich? Dienstagabend. Spiel. Sechsundzwanzig Schiedsrichterzeichen. Er hielt inne. Das war nicht von Bedeutung. Vielleicht war er nicht so klar im Kopf, wie er dachte. Er atmete tief durch. Er zog ein Plastikfeuerzeug aus der Hosentasche. Tracy hatte immer ein Feuerzeug und ein kleines Allzweckwerkzeug bei sich. Er knipste das Feuerzeug an und stellte fest, dass er in einem Büro war. Er stand vorsichtig auf und machte Licht. Das Büro des Lacrosse-Trainers. Tracy setzte sich an den Schreibtisch, nahm den Telefonhörer ab und drückte die Neun für eine Verbindung nach außen. Wo war sein Telefon? Darum wollte er sich später kümmern.

»Miranda …«

»Schatz, wo steckst du? Ich hab angerufen und angerufen und immer war die grässliche Bandaufnahme dran, ›der von Ihnen gewählte Teilnehmer ist im Moment nicht erreichbar oder hat den Empfangsbereich verlassen. Versuchen Sie es zu einem späteren Zeitpunkt noch einmal.‹« Ihre Stimme ahmte akkurat die Modulation der Aufnahme nach.

»Hm.« Er wollte sie nicht beunruhigen. »Eine kleine Verzögerung nach dem Spiel. Ich erklär's dir, wenn ich vorbeischaue.« Er sah auf seine Uhr. »Vielleicht sollte ich lieber bis morgen warten. Es ist schon halb zwölf. Hab die Zeit vergessen.«

»Du kommst sofort hierher. Ist mir egal, ob's drei Uhr morgens ist. Tracy, ist alles in Ordnung?«

»Ja.« Er fühlte in seiner rechten Hosentasche nach dem Autoschlüssel. War noch da. »Ich brauche höchstens eine Stunde.«

»Ist auch wirklich alles in Ordnung?«

»Bisschen Kopfschmerzen. Bin bald bei dir. Okay?«

»Okay. Ich lieb dich.«

»Ich dich auch. Tschüs.« Er legte auf, stand auf und untersuchte das Büro. Es wirkte sehr ordentlich. Da auf dem Boden keine Spuren von seinen Schuhsohlen waren, musste derjenige, der ihn hierher geschafft hatte, sofern es sich um eine einzige Person handelte, ihn an den Füßen hergeschleift haben. Zwei Personen hätten ihn vorne und hinten angehoben und dann hinplumpsen lassen, aber er hatte nicht das Gefühl, hingeplumpst zu sein. Keine weiteren Schwellungen oder Schmerzen. Nur am Kopf, der umso mehr pochte, je mehr Tracy sich bewegte.

Er öffnete die Tür. Der Flur war dunkel. Das Gebäude wirkte verlassen. Er suchte in den Regalen des Büros nach einer Taschenlampe. Nichts. Er sah in den Schreibtischschubladen nach. Jason Xavier, der Lacrosse-Trainer, hatte nicht mal ein Taschenmesser in seinen Schubladen. Nichts als Papier, Gummibänder, ein Lehrbuch, Bleistifte von spitz bis stumpf und ein kaputter Kugelschreiber. Tracy schob die Schubladen zu. Er trat in den Flur und schloss sorgfältig die Tür hinter sich.

Er tastete sich an den gewölbten Wänden entlang und knipste zwischendurch sein kleines Feuerzeug an, um sich zu orientieren. Schließlich sah er am Ende des Flurs das beleuchtete Treppenzeichen. Er wollte kein Licht machen.

Bisher hatte er nicht daran gedacht. Er griff in seine linke Hosentasche. Sein Geld war noch da. Er umrundete das Gebäude einmal vollständig, bis er zum Geräteraum zurückkam.

Er horchte nach draußen. Stille. Er probierte die Tür. Abgeschlossen. Er ging weiter den Flur entlang, blieb vor jeder Tür stehen und lauschte. Das Erdgeschoss der Muschel war menschenleer.

Die weiße rechteckige Lampe, auf der in grüner Schrift »Treppe« stand, wies ihm den Weg. Er öffnete die Tür, horchte, stieg dann ins nächste Stockwerk, die Hauptebene. Vorsichtig ging er einmal herum. Die Stille war unheimlich. Er blickte hoch und sah, dass er vor der Besenkammer stand, wo man Mychelle gefunden hatte. Er lauschte. Nichts.

Durch die Glastüren warfen die Lichter vom Parkplatz einen Schein auf die Vorderseite der Hauptebene. Tracy ging zu der inneren Flügeltür des Basketballfeldes. Sie war unverschlossen. Die lange Edelstahlstange an der Tür klickte, als er sie herunterdrückte und in den höhlenartigen stockfinsteren Raum sah, der nur von den kleinen roten »Ausgang«-Lichtern belebt wurde. Tracy klemmte ein Taschentuch zwischen die zwei Türflügel, damit der eine, den er öffnete, nicht ganz zufiel. Wenn draußen Leute waren, hoffte er sie zu hören. Er blieb innerhalb der Tür stehen und lauschte. Nicht einmal eine Maus huschte an den Sitzen entlang. Er strengte sich an, um irgendetwas zu hören. Ein Knarren, kein menschlicher Laut, belohnte ihn schließlich. Das Gebäude atmete, so schien es zumindest, mehr war da nicht zu hören.

Nach zehn reglosen Minuten entfernte er das Taschentuch, schloss vorsichtig die Tür hinter sich und verließ das Gebäude durch den Haupteingang. Die Tür fiel hinter ihm ins Schloss. Sie war so konstruiert, dass man nicht im Gebäude eingeschlossen werden konnte, aber, sobald man es verlassen hatte, ausgesperrt war.

Die kalte Luft, minus fünf Grad, stach ihm ins Gesicht. Sein schwarzer Explorer sprang sofort an. Niemand hatte daran herummanipuliert. Er fuhr zu Miranda. Seine Sporttasche und sein Handy waren weg.

Als er zu Miranda kam, umarmte sie ihn so heftig, dass sie ihm beinahe die Luft abdrückte.

»Ich war krank vor Sorge.«

»Tja, ich hatte eine kleine Begegnung.« Tracy erzählte ihr alles, woran er sich erinnerte.

Sie untersuchte seine linke Kopfseite. »O Schatz, ich muss das sofort sauber machen.« Sie lief ins Badezimmer, holte einen Waschlappen und ein Handtuch, wusch dann die Wunde sorgsam mit warmem Wasser aus; Tracy saß dabei auf einem Stuhl am Spülbecken in der Küche.

»Ist nicht so schlimm.«

»Ist nicht so gut.« Sie tupfte die Wunde vorsichtig ab. »Es blutet nicht mehr, und das ist gut; mit Kopfwunden kennst du dich ja aus.«

»Allerdings.« Er hatte in Korea und später in Vietnam genug davon gesehen.

»Du hättest getötet werden können.« Tränen stiegen ihr in die Augen.

»Keine Bange, mein Herz. Es gibt keinen Grund mich umzubringen. So ein schlechter Schiedsrichter bin ich nicht.« Er lachte.

»Ach Tracy, das ist nicht komisch. Da drüben geht was Schreckliches vor.«

»Ja«, stimmte er leise zu. »Ich hab etwas oder jemanden im Geräteraum gehört und dann – zappenduster. Wie seh ich da oben aus? Muss ich mir den Schädel rasieren?«

»Sei nicht albern.« Sie wrang den Waschlappen aus, tauchte ihn wieder in warmes Wasser. »Und ich werde nie begreifen, warum junge Männer sich den Kopf kahl scheren. Das ist ja wohl das Hässlichste, was ich je gesehen habe.«

»Wenn sie erst Michael Jordan vergessen haben, werden sie's nicht mehr tun. Dauert noch etwa fünf Jahre. Für die nächste Truppe Jugendliche ist er dann Altertumsgeschichte. Früher haben die Leute sich die Köpfe geschoren, um die Läuse loszuwerden. Man rasiert eine schlimme Kopfwunde, damit keine Haare hineingeraten. Würden junge Leute sich in Geschichte besser auskennen, dann würden sie vielleicht nicht wie Billardkugeln aussehen wollen.«

Sie betrachtete die gesäuberte Wunde. »Ich tu jetzt Eiswürfel in den Waschlappen. Aber zuerst wasche ich ihn aus. Nein, ich hole einen frischen. Du musst keinen nassen Waschlappen festhalten. Vielleicht geht die Schwellung ein bisschen zurück.« Sie lief ins Badezimmer und kam mit einem frischen Waschlappen wieder, den sie mit halbrunden Eiswürfeln füllte.

Sie zogen sich ins Wohnzimmer zurück und setzten sich aufs Sofa. Das Feuer im Kamin knisterte.

»Morgen früh rufe ich Rick an. Sinnlos, ihn jetzt aus dem Bett zu holen. Und ich denke, wer die Aufsicht über den Geräteraum hat, sollte am besten eine Bestandsaufnahme machen.«

»Ruf Rick lieber gleich an. Was, wenn es mit Mychelles oder H. H.s Ermordung zusammenhängt?«

»Du hast Recht, Schatz. Ich bin wohl doch nicht so klar im Kopf, wie ich dachte.« Er stand auf, hielt dabei den Waschlappen an den Kopf gedrückt, und rief Rick an. Er erzählte ihm alles, woran er sich erinnern konnte, legte auf und setzte sich wieder zu Miranda.

»Er geht jetzt hin und sieht, ob er Fingerabdrücke kriegen kann.«

Sie schauten ein Weilchen ins Feuer.

»Schatz.«

»Hmm«, antwortete er.

»Du gehst nicht allein dorthin, nein? Wenn du ein Spiel pfeifen musst, solltet ihr hinterher dicht beisammen bleiben, du und Josef.«

»Du hast Recht. Ich denke, keiner sollte allein dort sein, bis die Fälle gelöst sind.«

»Du hättest getötet werden können.« Wieder füllten ihre Augen sich mit Tränen.

Er legte seinen Arm um sie. »Bin ich aber nicht. Was sagt dir das?«

»Dass dein Schutzengel Überstunden macht.« Sie tupfte sich die Tränen ab.

»Nein. Doch. Aber es bedeutet, ich bin nicht wichtig. Wenn der, der mich niedergeschlagen hat, mich hätte töten wollen, wäre es ihm ein Leichtes gewesen. Oder?«

»Ja.« Sie nickte.

»Hat er aber nicht. H. H. und Mychelle jedoch sind ermordet worden, und H. H. wurde vor aller Augen umgebracht.«

»Aber da dachten wir, es wäre ein Herzinfarkt.«

»Mein Herz, das hat eine Bedeutung, einen Grund. Mit mir hat der Grund nichts zu tun.«

»Aber du warst im Weg.«

»Das ja, und wer mich niedergeschlagen hat, war klug genug, nicht zu töten, wenn er nicht töten musste. Was immer vorgeht, verknüpft diese Leute irgendwie miteinander oder mit dem, was sich in dem Gebäude tut.«

»Ist es nicht eigenartig, dass alles an ein und demselben Ort passiert?«

»Ich weiß nicht. Wenn ich nur eine Ahnung hätte, wäre mir wohler. Das Einzige, was ich mir vorstellen kann, ist, dass jemand Geräte klaut und verkauft. Aber deswegen zwei Morde begehen? Unwahrscheinlich.«

»Und bist du sicher, dass niemand sonst in dem Gebäude war, als du zu dir kamst?«

»Ich bin mir ganz sicher, dass da niemand war. Kein Lebewesen hat sich gerührt, nicht mal eine Maus.« Er drückte ihre Schulter.

34

Am nächsten Morgen trafen sich Deputy Cooper und Sheriff Shaw mit Tracy Raz in der Muschel. Tim Berryhill, der für Gebäude und Gelände der Universität einschließlich der Muschel zuständig war, empfing sie am Vordereingang. Er stammte von der Familie Berryhill ab, die ursprünglich in Crozet beheimatet war, aber er wohnte jetzt in North Garden außerhalb von Charlottesville. Er hatte an der Pennsylvania State Universität seinen Abschluss als Elektroingenieur gemacht und die Darden Business School der UVA besucht.

Spät in der vergangenen Nacht hatten Rick und seine Leute Tracys Sporttasche mit dem Handy darin im Müllcontainer gefunden. Sie wurde auf Fingerabdrücke untersucht.

Tim sagte, in Anbetracht all dessen, was passiert war, wolle er sich selbst um die Dinge kümmern. Er wolle das Gebäude nach Ingenieursgesichtspunkten gründlich untersuchen und das Inventar persönlich kontrollieren.

Rick und Tracy trennten sich um halb elf Uhr vormittags von Tim und Cooper.

Tracy ging mit dem Sheriff zu seinem Streifenwagen. »Rick, wenn Sie mich zu irgendwas gebrauchen können, tun Sie's.«

»Danke. Ich weiß das zu schätzen.«

»Kein Grund, dass jemand das mit heute Nacht erfährt.« Tracy zuckte die Achseln. »Könnte ein dummer Dieb gewesen sein.«

»Und wie dumm. Er hat Ihr Geld nicht genommen.«

Tracy grinste. »Wer weiß, er hat mir vielleicht sogar ein bisschen Vernunft in meinen Kopf gebläut. Oder sie. Ich möchte die Damen hier nicht ausschließen.«

»Beim Verbrechen hat sich die Gleichberechtigung voll durchgesetzt.« Die beiden Männer fuhren in entgegengesetzten Richtungen davon. Rick spulte im Kopf noch einmal die zwei Befragungen von Anne Donaldson ab. Als er das erste Mal mit ihr sprach, war sie völlig verzweifelt gewesen, und alles, was er aus ihr herausbekommen hatte, war, dass sie sich nicht vorstellen konnte, warum jemand H. H. ermorden wollte. Nach der Gedenkfeier hatte er sie noch einmal aufgesucht. Diesmal hatte er ihr die unangenehme Frage stellen müssen: »Wussten Sie, mit wem Ihr Mann eine Affäre hatte?«

Sie schützte Unwissen vor, aber er glaubte ihr nicht. Nicht, dass er sie provozierte. Er plapperte einfach drauflos. Fragen wie, an wie vielen Abenden in der Woche kam er nicht nach Hause oder war er noch spät bei der Arbeit? Die Antwort: Gar nicht. Verzeichneten seine Kreditkartenabrechnungen eigenartige Ausgaben? Nein. Egal, wie er an die Sache heranging, er rannte gegen eine Mauer.

Sie wusste es, soviel war klar. Sie wusste es und sagte es nicht.

Vielleicht war es die Sünde des Stolzes.

35

Der Sturm schickte die erste träge Schneeflocke auf die gefrorene Erde. Die Grabsteine aus dem frühen achtzehnten Jahrhundert wirkten besonders trist, da schwere graue Wolken sich immer tiefer schoben.

Matthew Crickenberger, in einen bequemen Sessel am Kamin gefläzt, sah aus dem Fenster, dessen Scheiben gewellt waren, weil sie aus mundgeblasenem Glas bestanden.

Eloquenz und Cazenovia dösten auf der Rückenlehne des Sofas; die Wärme des Feuers machte sie noch schläfriger, als sie es nachmittags um vier Uhr sowieso schon waren. Schlummerstunde für Katzen, Teestunde für Menschen.

Charlotte, die noch schniefte von ihrer Erkältung, brachte den beiden Männern heißen Tee, eine Kristallkaraffe mit

Portwein und eine mit Sherry für den Fall, dass es einen von ihnen nach Schärferem gelüstete.
»Oh, danke, Charlotte.«
Sie stellte das Tablett auf den Couchtisch, stemmte sodann die Hände in die Hüften. »Nun sehen Sie sich das an.«
Der Schnee fiel jetzt gleichmäßig.
»Ist das nicht ein schöner Anblick?« Herb lächelte.
»Ja, solange man nicht Auto fahren muss«, gab Charlotte leicht bissig zurück.
»Da ist was dran. Aber komisch. Wir hatten einen trockenen Herbst. Knochentrocken.« Herb beobachtete das Wetter; am Fenster seines Studierzimmers und an seinem Schlafzimmerfenster hatte er Außenthermometer angebracht. »Kaum war dann das neue Jahr eingeläutet, hat es fast ununterbrochen geschneit.«
»Wohl wahr.«
»Sonst noch was? Ich hab noch Plätzchen.«
Herb hob die Hand. »Nein. Ich muss mich wirklich in Selbstbeherrschung üben.«
»Oha.« Sie lächelte, zwinkerte dann Matthew zu. »Machen Sie auch in Selbstbeherrschung? Das will ich nicht hoffen.«
»Ein bisschen könnte ich schon gebrauchen. Ich verzichte auf die Plätzchen, aber wenn Sie eine Dose Selbstbeherrschung in der Speisekammer haben, bringen Sie sie her.«
Sie nickte und ging.
Herb trank seinen Tee. »Als junger Mann habe ich nie Tee getrunken. Nicht mal, als ich als Militärkaplan in England stationiert war. Das ist wirklich ein herrliches Land. Waren Sie mal da?«
»Einmal. Aber diesen Sommer wollen Sandy, die Kinder und ich den August in Schottland verbringen. Wir fangen in Edinburgh an, und dann geht's bis in die Highlands.«
»Machen Sie auch an Brennereien Station?«
»An jeder.«
»In Schottland soll die Fliegenfischerei gut sein. In Irland

auch. Dafür würde ich noch mal den Ozean überqueren. Oder nach Wyoming oder Montana oder sonst wohin gehen.« Er bot Matthew ein Schlückchen Portwein an, der jüngere Mann sagte nicht nein.

»Portwein, danach heißer Tee mit Zitrone. Ein Hochgenuss.« Er spürte den kräftigen Portweingeschmack auf der Zunge. Matthew fand immer, dass Portwein ein Herrengetränk war und Sherry ein Damengetränk.

»Ich weiß, Sie sind mit allem möglichen Kram überlastet, aber ich bin froh, dass Sie vorbeigekommen sind.« Herb schlug ein Bein über das andere. »Ich habe schreckliche Schwierigkeiten, die Teppichleger hierher zu bekommen. Können Sie nicht ein bisschen Druck machen? Sie sind eine große Nummer. Ich bin eine Null.«

»Ich werde mich darum kümmern. Ich spreche persönlich mit Sergeant.« Matthew nannte den Eigentümer der Teppichfirma. »Ich habe sonst immer meine Sekretärin seine Sekretärin anrufen lassen. Schluss damit. Übrigens, was ist, wenn der Pfarrbeirat es sich anders überlegt?«

Herb hob in gespieltem Entsetzen die Hände. »Kein Sterbenswörtchen davon. Nein. Nein, nein.«

Matthew lachte. »Übereinstimmung bedeutet im Grunde, dass man alle anderen kleinkriegt. Mein Lebtag habe ich weder allzu viele Leute gesehen, die ihre Meinung geändert haben, noch allzu viele, die etwas gelernt haben.«

»Das liegt vielleicht an dem Gewerbe, in dem Sie tätig sind. Ich muss sagen, ich habe genau die gegenteilige Erfahrung gemacht.« Herb betrachtete den rubinroten Portwein, der in Matthews Glas schimmerte. So eine schöne Farbe. Für ihn war das die Farbe der Zufriedenheit.

»Darauf bin ich nie gekommen.« Matthew verlagerte das Gewicht. Der große Mann war nicht dick, aber auch nicht mehr schlank.

»Wir alle sehen das Leben durch das Prisma unserer Arbeit, unserer persönlichen Bedürfnisse, vermute ich. Ich denke an Bibelgeschichten, Bibelzitate.« Er machte eine Pause. »Auch wenn Miranda mich tagtäglich dabei übertreffen kann. Ich sehe vielleicht mehr den geistigen Kampf als den materiellen.«

»Ihre Arbeit in puncto Speisung der Armen sagt was anderes.«

Herb sah aus dem Fenster; die kahlen Äste der Bäume färbten sich weiß, die schöne große Blautanne am anderen Ende des Innenhofs war mit feiner weißer Spitze bedeckt, und der schwarze Walnussbaum am Fenster wirkte majestätischer denn je. »Ich bin meines Bruders Hüter. Diese einfachen Lektionen. Nicht so einfach anzuwenden, nicht wahr? Und ich bin so froh, dass Sie vorbeigekommen sind, weil ich mit Ihnen nicht nur über Teppiche sprechen wollte, Matthew.« Er beugte sich vor, schenkte sich noch Portwein ein. »Was ist bloß los mit Ihnen und Fred? Kann ich irgendwie behilflich sein?«

»Sie könnten ihm als Erstes den Mund mit Klebeband verschließen«, antwortete Matthew trübselig. »Herb, Fred und ich sind über Kreuz, seit wir Teenager waren. Ich nehme an, das hat was mit Persönlichkeit zu tun. Er sucht nach Problemen. Der geborene Nörgler. Ich suche nach was zum Bauen, ich suche nach dem Positiven. Er nach dem Negativen. Er ist noch schlimmer als Hank Brevard, Gott hab ihn selig.« Er erwähnte einen Mann, der vor zwei Jahren das Zeitliche gesegnet hatte, auch so ein Miesmacher.

»Hm-m-m, Fred sieht auf die freudlose Seite des Lebens.«

»Und warum bleibt Lorraine bei ihm? Sie ist so ein netter Mensch.«

»Um für ihn zu entschädigen, ohne Zweifel.« Herb lachte, Matthew stimmte ein. »Aber ich muss schon sagen, in den letzten Monaten, seit Thanksgiving, ist mir aufgefallen, dass Fred aggressiver geworden ist und Streit sucht. Sogar im Vorbeigehen ist er unfreundlich. Ich habe den Grund nicht erkennen können. Anfangs dachte ich, nun ja, vielleicht hat Lorraine ihn satt. Aber nein. Dann dachte ich, vielleicht hat er gesundheitliche Probleme. Er wirkt aber topfit. Nicht dass Dr. Hayden McIntyre ein Vertrauen missbrauchen würde, aber im Grunde hat er angedeutet, dass Fred gesund ist wie ein Fisch im Wasser.«

»Schade.« Matthew kippte seinen Portwein hinunter, dann trank er seinen Tee. »Das ist gehässig von mir, ich weiß. Ausgesprochen unchristlich. Und das vor Ihnen.«

Herb schenkte ihm noch eine Tasse Tee ein, während Matthew sich mit Portwein bediente. »Ich bin der eine Mensch, dem Sie die Wahrheit sagen können.«

Matthew ließ sich in den Sessel zurückfallen, blickte einen Moment lang ins Feuer. »Ich hasse ihn. Ich mache meine Arbeit, und ich mache sie gut. Auf dieser Ebene kooperiere ich mit ihm. Aber er ist darauf aus, mir eins auszuwischen, und ich weiß nicht, warum.«

»Jedes Mal, wenn er Sie sieht, wird er daran erinnert, dass er dieselbe Erfolgschance hatte wie Sie. Er hat sie ungenutzt gelassen.«

»Selber schuld.« Matthew hob die Hände.

»Er ist neidisch.«

»Warum das denn?«

»Er ist über fünfzig. Geld wird wichtiger, wenn man älter wird. Eigentlich wird es zugleich wichtiger und weniger wichtig, wenn Sie verstehen, was ich meine.« Matthew nickte und Herb fuhr fort: »Vielleicht begreift er endlich, dass er nie richtig viel Geld verdienen wird. Er kommt nicht weiter. Es gibt keine höhere Stufe, wenn er beim Bezirk angestellt bleibt. Er hat seinen Zenit erreicht.«

»Jeder entscheidet für sich selbst.«

»Größtenteils ja, aber man braucht ein gutes Jahrzehnt, um zu erkennen, was für Entscheidungen man im vergangenen Jahrzehnt getroffen hat.« Er lachte leise.

»*Trübes Wetter draußen.*« Eloquenz machte ein Auge auf.

Cazzie machte beide Augen auf. »*Die Mäuse kuscheln sich bestimmt in den Holzstapel.*«

»*Ich geh nicht raus, um sie zu fangen.*«

Cazzie dachte an das Tiertürchen im Hintereingang. »*Ich auch nicht.*« Sie kicherte, machte dann die schönen Augen wieder zu. Die Menschen redeten weiter.

»Herb, ich denke daran, mich an Ned Tucker zu wenden. Fred hat mich nicht direkt verleumdet oder verunglimpft, aber sein Verhalten kommt Schikane verdammt nahe.«

»Ned wird Rat wissen.«

Die zwei Männer saßen einen Moment still; draußen wurden alle Geräusche durch den fallenden Schnee gedämpft.

»Ich hab auf dem Weg hierher kurz bei Anne vorbeigeschaut. Sie hält sich tapfer. Cameron weint viel, sagt sie. Dem Mädchen wird klar, dass Daddy nicht von einer Geschäftsreise nach Hause kommen wird. Es dauert eine Weile, bis es ins Bewusstsein dringt, und ich kann mir vorstellen, für ein Kind, das in die sechste Klasse geht, ist es besonders schlimm.«

»Anne hat eine Menge durchgemacht«, meinte Herb.

»Finanziell steht sie sich gut. Dafür hat er gesorgt. Das ist ein gewisser Trost oder wird es zumindest in späteren Jahren sein.« Matthew faltete die Hände. »Ich habe mit meinem Gewissen gerungen. Das kriegen Sie bestimmt oft zu hören.«

»Auf die eine oder andere Art.«

»Sehen Sie, Herb, ich bin mir ziemlich sicher, mit wem H. H. geschlafen hat. Ich kann es nicht beweisen, aber, hm, ich bin mir ziemlich sicher. Ich hab meistens gewusst, mit wem er nebenbei schlief. Er war nicht immer so diskret, wie er hätte sein sollen. Es war ein verdammt großes Glück für ihn, dass seine Frau immer weggeguckt hat.«

»Ah, ja. Das würde die Vorgänge in ein neues Licht rücken.«

»Ich denke, ich sollte zu Sheriff Shaw gehen, aber ich habe keinen endgültigen Beweis, und ich finde es nicht fair, wenn ich nichts Stichhaltiges habe. Hörensagen.«

»Er ist an nicht erhärtete Fingerzeige gewöhnt.«

»Ja, das nehme ich an.« Matthew leerte sein zweites Glas Portwein. »Ich finde das widerwärtig.«

»Was, dass es schneit?«

»Wie ich mich fühle.«

»Ach so.«

»Wollen Sie mich nicht fragen?«

»Nein.«

Matthew löste seine Hände voneinander, dann faltete er sie wieder. »Ich sehe, ich kann mich nicht vor der Verantwortung drücken. Sie werden mir den Namen nicht entlocken und mir damit Erleichterung verschaffen.«

»Nein.«

Matthew stand auf und warf noch ein Holzscheit ins Feuer. Drehte sich um. »Mychelle Burns. Lange Zeit dachte ich, es war Tazio Chappars. Sie ist elegant, sehr attraktiv, sehr intelligent. Ich könnte verstehen, dass einer seine Frau wegen Tazio verlässt.« Matthew schüttelte den Kopf. »Wenn ich zum Lunch ins Riverside Café kam und H. H. war da und ein hübsches Mädchen kam rein, musste er ihr unbedingt ein Bier spendieren. Das war nun mal seine Art. Und wie ich schon sagte, er hat nicht geprahlt, er hat sich nicht über Anne beklagt, aber, also dass es ernst war und dass es Mychelle war, das hab ich daran gemerkt, dass er sie ganz bewusst nicht beachtet hat. Ich sage Ihnen, ich war schockiert, denn auf sie hätte ich nie und nimmer getippt. Wenn H. H. schon seine Ehe aufs Spiel setzen wollte, dachte ich immer, dann wegen einer richtigen Puppe. Mychelle war attraktiv, verstehen Sie mich nicht falsch, aber eine Trophäe war sie nicht.«

»Ja, aber sie sprachen dieselbe Sprache. Sie verstand etwas von seiner Arbeit. Anne hat seine Arbeit vielleicht anerkannt, aber Mychelle hat für das Baugeschäft gelebt. Das hat mehr für sich als Sex, wenn es einem Mann ernst ist.«

»Seine Eintagstrennung muss für beide Frauen die Hölle gewesen sein.«

»Für ihn auch.«

»Vermutlich. Er hat schwer gearbeitet. Eine Scheidung hätte ihn einen schönen Batzen Kohle gekostet. Dazu kommen die gesellschaftlichen Auswirkungen. Das ist es nicht wert.«

»Der Preis für Erfolg ist anscheinend, dass man ein anderer Mensch wird. Vielleicht konnte er sich selbst nicht leiden.« Herb sah zu, wie die Funken von dem frischen Holzscheit in den Kamin flogen.

Matthew kehrte zu seinem Sessel zurück und setzte sich auf die Armlehne. »Vielleicht freue ich mich deshalb so auf Schottland diesen Sommer. Ich muss mich besinnen, wer ich bin. Ich habe Sandy die Reise zu unserem fünfzehnten Hochzeitstag versprochen. Wie sollte ich wissen, dass ich den Auftrag für die Sportanlage kriege? Um ein Haar hätte ich den Urlaub abgesagt. Schließlich steht ein Haufen Geld auf dem Spiel, aber dann dachte ich, nein, ich nehme meinen Computer mit. Ich bleibe mit Tazio und meinem Polier in Verbindung, der sowohl beschlagen als auch Computerbeschlagen ist. Wie Sie wissen, sind die meisten meiner Arbeiter darin nicht so bewandert. Ich werde meine Frau und meine Kinder nicht enttäuschen. Und wenn es eine große Krise gibt, steige ich in ein Flugzeug, fliege nach Hause und wieder zurück. Lässt sich ohne weiteres machen.«

»Freut mich, dass Sie das sagen, Matthew.« Herb tupfte sich den Mund mit einer der kleinen Leinenservietten ab, die Charlotte auf das Tablett gelegt hatte. »Sie hatten mich um Rat gebeten. Wollen Sie ihn hören?«

»Ja.«

»Gehen Sie zu Rick. Erzählen Sie ihm, was Sie mir gerade erzählt haben. Er wird Sie nicht für ein Klatschmaul halten. Zwei Menschen sind tot. Wenn die Morde zusammenhängen, braucht er jede Information, die er bekommen kann.«

»Ich weiß. Ich weiß.« Matthew hob die Stimme. »Aber wenn H. H. und Mychelle ...« Er beugte sich vor. »Das Motiv. Wer hat ein Motiv, alle beide zu ermorden? Anne.«

»Das ist mir klar, aber es ist trotzdem Ihre Pflicht, mit dem Sheriff zu sprechen.«

Sie hörten die Tür aufgehen und Charlottes Stimme. Dann Schritte zum Zimmer.

»Herb, Harry ist da. Sie sagt, sie kann ein andermal wiederkommen, wenn Sie beschäftigt sind.«

Herb sah Matthew an.
»Ich bin fertig.«
»Sie soll hereinkommen.« Herb sah wieder zu Matthew.
»Ich bin froh, dass Sie gekommen sind.«
Harry kam ins Zimmer gestürmt, und die zwei Männer erhoben sich zu ihrer Begrüßung. »Hey, Big Mim sagt, wir können auf ihrem Hügel Schlitten fahren. Es ist hell genug. Kommen Sie.«
»Wird bald dunkel.« Herb betrachtete die Wolken, die sich von grau zu dunkelblau färbten.
»Ja, aber sie will Fackeln auf dem Hügel aufstellen. Ach, kommen Sie mit. Ein bisschen spontan sein tut uns allen gut.«
»Harry, da haben Sie Recht. Ob Mim was dagegen hätte, wenn ich mitkomme? Ich rufe Sandy an. Hey, wir bringen Brathähnchen mit. Sandy kann auf dem Weg aus der Stadt welche holen.«
»*Geh mit, Daddy*«, redete Cazenovia Herb zu.
Harry legte ihren Arm um Herb. »Kommen Sie mit, Rev.«
»Tja – wer bin ich, eine Dame zurückzuweisen?«
»Juhuu!« Harry klatschte in die Hände.
Eine halbe Stunde später rodelten sie kreischend den Hügel hinunter. Little Mim, Blair, Fair, BoomBoom, Miranda, Tracy, Herb, Jim, Ned, Susan, Brooks, Matthew, Sandy, ihre Kinder Ted und Matt junior, alle waren sie da, und auch die respektable Tante Tally, die mehr Spaß hatte als alle anderen zusammen.
Mrs. Murphy, Pewter und Tucker blieben in Mims großem Haus, wo sie dem bretonischen Vorstehhund einen Besuch abstatteten. Alle Tiere beobachteten die Menschen; ihre Nasen hinterließen schmierige Abdrücke auf der Scheibe.
»*Wenn wir sie in Kälte und Schnee Hügel runterrutschen ließen, würden sie sagen, wir sind grausam.*« Pewter lachte.
Sie sahen Tazio vorfahren. Sie parkte, sie und Brinkley stiegen aus und gesellten sich zu den anderen.

»Unfair«, bellte Tucker.

»Was, dass Brinkley im Schnee spielen darf und du nicht?«, fragte der Vorstehhund.

»Ja.«

»Du würdest quengeln, dass man dich mit auf den Schlitten nimmt. Dann würdest du zappeln. Tante Tally würde sich ein Bein brechen, und du wärst an allem schuld.« Pewter malte genüsslich ein unheilvolles Szenario aus.

»Gar nicht«, schmollte der Corgi.

»Krieg dich wieder ein«, mahnte Pewter.

»Was meint ihr, ob BoomBoom einen Stütz-BH trägt?«, fragte Mrs. Murphy.

»Bestimmt«, erwiderte Pewter ernst.

Mrs. Murphy kicherte, der Vorstehhund lachte schallend, und Tuckers Laune besserte sich.

»Ich würde nie einen BH tragen«, erklärte die Corgihündin.

»Vier hintereinander. Grauenhaft.« Pewter rollte sich auf den Rücken, um ihre winzigen rosafarbenen Brüstchen vorzuzeigen.

»Vier BHs. Sehr teuer.« Mrs. Murphy plumpste vor lauter Lachen auf die graue Katze.

»Katze im Sack«, scherzte der Vorstehhund.

»Nee, Zitze im Beutel«, antwortete Mrs. Murphy, und alle schrien vor Lachen.

36

Die tiefe Stille des Schnees wirkte beruhigend auf Harry, die normalerweise nicht stillsitzen konnte. »Müßiggang ist aller Laster Anfang«, das hatte sie seit ihrer Kindheit wohl tausendmal gehört. Aber gelegentlich brauchte man Muße, um stillzusitzen und die Energie wieder in die Seele fließen zu lassen.

Nach Erledigung ihrer Pflichten duschte Harry und

fachte das Feuer in dem schönen alten Kamin im Wohnzimmer an. Ihr Morgenrock mit den durchgescheuerten Ellbogen und dem ausgefransten Schalkragen spendete nicht mehr so viel Wärme, wie er sollte. Sie fläzte sich aufs Sofa, wickelte das cremefarbene Alpakaplaid ihrer Mutter um ihre Beine, schüttelte ein Petit-point-Kissen auf und schlug *Mythologie des Ostens* von Joseph Campbell auf. Sie hatte es von einem Stapel genommen, der außerdem *The Campaigns of Napoleon* von David Chandler, *Cities and the Wealth of Nations* von Jane Jacob und *Riding Recollections* von G. J. Whyte-Melville enthielt. Harrys Liebe galt so gut wie allen Themen, ausgenommen Medizin und Mathematik, allerdings kämpfte sie sich auch durch letztere, um ein technisches oder gestalterisches Problem zu lösen. Ihr Geist war offen für alle Ideen, was man von ihrer Moral nicht sagen konnte. Sie war jedoch bereit, unterschiedlichen Vorstellungen Raum zu geben, seien es muslimische, buddhistische oder der Unterschied zwischen Boswell und Gladstone. Sie wollte alles wissen, was es zu wissen gab, woraus sich erklären mochte, warum sie keine Geheimnisse ertrug.

»Ihr nehmt die Füße, ich die Brust.« Mrs. Murphy ließ sich auf Harrys Brust nieder.

»*Ich lese hier oben.*« Pewter kuschelte sich auf das Kissen und ließ den Schwanz auf Harrys Kopf ruhen.

Tucker sprang zu Harrys Füßen auf das Sofa.

»*Wenn das Sofa zwei Zentimeter höher wäre, kämst du da nie hoch*«, hänselte Pewter.

»*Hat man dir schon mal gesagt, dass du einen dicken Schwanz hast?*« Tucker erwog, sich auf den Rücken zu rollen, kam aber zu dem Schluss, sie würde womöglich auf dem Boden landen, wenn Harry sich bewegte.

»*Ich hab wenigstens einen*«, versetzte die graue Katze wie aus der Pistole geschossen.

»Ist das ein Geplapper hier.« Harry spähte über das Buch.

»*Warum liest du nicht was vor, was uns allen Freude macht?* ›Black Beauty‹ *zum Beispiel*«, schlug Tucker vor.

»*Ach, das ist so eine traurige Geschichte.*« Mrs. Murphy ließ einen Moment die Schnurrhaare hängen. »*Ich will eine fröhliche Geschichte.*«
»*Es gibt keine fröhlichen Geschichten*«, grummelte Pewter. »*Am Schluss sind alle tot.*«
»*Im Leben, nicht im Roman. Manche Romane gehen gut aus. ›Lassie komm heim‹ geht gut aus.*« Tucker mochte Romane mit Tieren als Hauptfiguren.
»*Vielleicht ist Sterben nicht so schlimm. Es gibt so was wie einen schönen Tod*«, sagte Mrs. Murphy nachdenklich.
»*Meinst du einen tapferen Tod?*«, fragte Pewter.
»*Ja, zum Beispiel. Vor den Mauern von Troja sterben oder bei Borodino. Im Kampf. Oder zu Hause sterben, umgeben von denen, die dich lieben, wie George Washington. Besser als von einem Auto überfahren werden.*«
»*Wenn ihr mich fragt, werden nicht genug Menschen von Autos überfahren. Es gibt zu viele.*« Pewter legte ihren Schwanz hämisch-vergnügt auf Harrys Augen.
Harry schob den grauen Schwanz zurück.
»*Ich hatte an uns gedacht, nicht an sie*«, erwiderte Mrs. Murphy.
»*Ach so. Hm, es kann nie zu viele Katzen geben.*« Pewter ließ den Schwanz wieder sinken.
»Lass das.« Harry schnippte den Schwanz wieder weg.
»*Hihi.*« Pewter amüsierte sich.
»*Es kann zu viele Katzen geben. Es kann zu viel von allem geben, wenn wir die Nahrungsmittelvorräte plündern. Denkt nur mal daran, wie der Hirschbestand in die Höhe geschnellt ist, weil die Jagdgesetze geändert wurden. Die marschieren in den Vorstädten in die Gärten und fressen mir nichts, dir nichts alles kahl. Hier würden sie sich das nicht trauen. Nicht, wenn ich in der Nähe bin.*« Tucker blähte die Brust.
»*Darin bist du gut*«, lobte Mrs. Murphy den Corgi.
»*Wenn wir bloß den widerlichen Blauhäher töten könnten*«, sagte Pewter bekümmert.
»*So was Überhebliches.*« Tucker fand es lustig, wie der Blauhäher die Katzen mit Schimpfwörtern und wilden

Sturzflügen peinigte. Allerdings würde sie sich auch nicht von dem großmäuligen Vogel den Schädel aufpicken lassen wollen.

»*Eines Tages macht er einen Fehler. Nur Geduld*«, riet Mrs. Murphy.

»*Meint ihr, der Mensch oder die Menschen, die H. H. und Mychelle umgebracht haben, machen einen Fehler? Meint ihr, die sind überheblich?*« Pewter wischte diesmal mit dem Schwanz über Harrys Augen, zog ihn aber weg, bevor Harry ihn packen konnte.

»Pewter! Ich möchte lesen!«

»*Dann lies doch Dick Francis oder einen Seefahrerroman. Oder die Reihe über Richard Sharpe während der Napoleonischen Kriege. Lies was, das uns nicht zu sehr anstrengt, aber wovon wir trotzdem was lernen*«, gab Pewter frech zurück.

»*Ich weiß nicht, ob der Mörder einen Fehler machen wird*«, antwortete Mrs. Murphy auf Pewters Frage. »*Überleg doch mal, wie geschickt einer sein muss, um jemandem einen Gegenstand in den Hals zu bohren, ohne dass das Opfer es spürt, es blutet nicht, und das alles vor einer Arena voller Zuschauer. Das war geplant. Sorgfältig.*«

»*Mychelles Tod schien aber nicht gut geplant gewesen zu sein*«, bemerkte Pewter.

»*Um auf unsere Diskussion zurückzukommen. Hatte H. H. einen schönen Tod?*« Tucker fühlte sich noch immer fürchterlich wegen Mychelle, weshalb sie das Thema wechselte.

»*Ja*«, sage Pewter.

»*Warum?*«

»*Weil es schnell ging, vielleicht nicht zu schmerzhaft war. Besser als eine Operation nach der anderen. Wenn es sich hinzieht. Uff.*« Sie schauderte, worauf Harry beruhigend zu ihr hinauflangte.

»Was hast du denn?«

»*Lies was, das wir uns wünschen.*« Pewter schlug auf Harrys Hand.

»*H. H. war nicht sehr alt.*« Mrs. Murphy hätte dem Mann mehr Chancen gewünscht.

»*Es gibt Schlimmeres, als jung zu sterben*«, sagte Pewter überzeugt.
»*Zum Beispiel?*«, fragte Tucker.
»*Zum Beispiel achtzig Jahre leben und nichts leisten. Zum Beispiel sich vor dem eigenen Schatten fürchten. Wenn die Große Katze im Himmel an deiner Schnur reißt, gehst du in die ewigen Jagdgründe ein.*«
»*Hund im Himmel*«, widersprach Tucker.
»*Katze.*« Pewter war in ihrem göttlichen Glauben unerschütterlich.
»*Harry denkt, das da oben ist ein Mensch. Christen denken, es ist ein Mann mit einem weißen Bart, der einen Sohn mit einem dunklen Bart hat.*« Tucker wusste den Heiligen Geist nicht einzuordnen.
»*Hm-m-m, Harry ist keine Dogmatikerin. Sie ist Christin. Sie geht in die Kirche, aber sie ist nicht strenggläubig. Wenn sie uns sagen würde, was sie denkt, wären wir sicher überrascht.*« Tucker kuschelte sich in die Decke. Das alte Alpakastück fühlte sich herrlich an.
»*Ich hab echt nichts dagegen, dass jede Spezies meint, alles Geistige und Mächtige ist eine Spielart von ihr. Das stört mich wirklich nicht, aber man sollte meinen, sie begreifen, dass das Geistige allumfassend ist. Es muss doch mehr als wir sein, findet ihr nicht?*« Mrs. Murphy rieb sich mit der Pfote die Wange.
»*Das ist mir zu hoch*«, antwortete Tucker ehrlich. »*Wenn ich an einen Großen Corgi denke, fühl ich mich viel besser.*«
Pewter beugte sich vor und berührte mit der Pfote Harrys Nase. »*Hab ich dich.*«
Harry schnupperte, dann lachte sie. »Okay, du hast dich glasklar ausgedrückt. Ihr wollt nicht, dass ich dieses Buch lese.« Sie klappte das Buch zu, hielt Pewter auf dem Kissen fest, während sie sich aufsetzte. »Zeit für ein Quietschspielzeug für Tucker und zwei Fellmäuschen für euch beide.«
»*Hurra!*«, jubelten sie.
Die geliebten Fellmäuse wurden in einem Pappkarton im Küchenschrank verwahrt. Hundeknochen, Katzenminze und neue Quietschspielsachen wurden ebenfalls dort aufge-

hoben, weil die Tiere sonst alles auf einmal im ganzen Haus herumschmeißen würden. Sie hielten nichts von gebremstem Vergnügen.

Drei aufwärts gerichtete Gesichter zu ihren Füßen, öffnete Harry den Schrank und holte einen Quietschknochen heraus. Sie warf ihn für Tucker hinunter, die über den Küchenboden schlitterte. Dann warf sie Murphy eine weiße Maus zu und Pewter eine graue.

Die Katzen stürzten sich darauf, packten die Spielsachen an den dünnen Schwänzen, warfen sie über ihre Köpfe, stürzten sich wieder darauf. Neugierde übermannte Pewter; sie lief hin, um zu sehen, ob Murphys Maus besser war als ihre.

Mrs. Murphy brummte. Pewter war verstimmt, kehrte aber zu ihrer eigenen Maus zurück.

Harry legte noch ein Holzscheit ins Feuer, machte es sich wieder gemütlich, doch diesmal griff sie nach dem Buch von Whyte-Melville.

Die zwei Katzen stießen ihre Mäuse herum wie Eishockey-Pucks. Sie rummsten in die Küchenschränke und ineinander.

Mit vor Aufregung geweiteten Augen hieb Pewter mit der Pfote auf ihr graues Spielzeug ein. Sie sagte leise: »*Diese Maus wird einen schönen Tod haben. Knacks.*« Sie tat so, als würde sie ihr das Genick brechen.

Mrs. Murphy flüsterte: »*Mychelle – kein schöner Tod.*«

Beide sahen zu Tucker hin, die unter dem Couchtisch im Wohnzimmer genüsslich an dem Knochen kaute, der bei jedem Biss quietschte.

»*Gut, dass Harry es nicht weiß. Stell dir nur mal die Schuldgefühle vor, die sie dann hätte*«, sagte Pewter. »*Es wundert mich, wieso sie nicht gemerkt hat, dass wir deswegen vor der Besenkammer in der Muschel waren.*«

»*Sie hat's gemerkt. Sie sagt nur nichts. Das ist mit ein Grund, weshalb sie den Fall lösen will. Sie hat Schuldgefühle.*«

»*Kann sein*«, murmelte die graue Katze, dann wurde ihre Stimme deutlich. »*BoomBoom war dabei. Dann weiß sie's auch.*«

Mrs. Murphy tippte Pewter auf den Kopf. »*BoomBoom hat 'ne Menge nutzloses Zeug da oben drin, aber ich nehme an, sie weiß es mehr oder weniger.*«

Das Telefon klingelte. Harry erhob sich widerwillig und schwor sich, ein schnurloses Telefon zu kaufen. »Hallo.«

»Harry, ich bin's, Coop.«

»Hey, abgesehen von ein paar von der Straße gerutschten Autos, dürfte dies eine ruhige Nacht werden.«

»Eigentlich hab ich heute Nacht keinen Dienst, aber auf dem Weg nach Hause hab ich bei Anne Donaldson vorbeigeschaut. Du hast sie nicht zufällig gesehen?«

»Nein. Steht sie etwa unter Beobachtung?«

»Äh ...«

»Okay, antworte nicht.«

»Vielleicht ist sie zu einer Freundin oder zu ihrer Schwester gegangen und hat beschlossen, dort zu bleiben.«

»Wenn du bei mir anrufst, hast du bestimmt schon bei denen angerufen.«

»Manchmal vergesse ich, wie schlau du bist.« Cooper lachte beinahe. »Ja, ich habe bei ihnen angerufen.«

»Meinst du, sie ist abgehauen?«

»Keine Ahnung. Wir haben ihr Autokennzeichen durchgegeben. Vielleicht sieht sie ja jemand.«

»Beamte, die heute Abend Dienst tun, können die Hand nicht vor Augen sehen«, meinte Harry.

»Du bist richtig zuversichtlich heute Abend, was?«

»Das sollte nicht pessimistisch klingen, aber es ist eine beschwerliche Nacht.«

»Ja.«

»Ist Rick beunruhigt?«

»Besorgt. Nicht beunruhigt.«

»Aha.«

»Nächste Frage.«

»Ich denke, du bist nicht im Dienst.«

»Bin ich auch nicht.«

»Und du rauchst eine Zigarette.« Harry lächelte.

»Ich brauch keine zweite Mutter.«

»Hab ich dir etwa gesagt, du sollst aufhören?«
»Nein. Harry, wie gut kennst du die Mädchen vom Basketballteam?«
»Die Einzige, die ich kenne, ist Isabelle Otey, weil sie zu unseren Volleyballspielen kam, als sie nach der Operation ihr Knie schonen musste. Daher kennst du sie auch.«
»Tammy Girond?«
»Nein. Die sehe ich nur bei den Spielen.«
»Frizz Barber?«
»Ah, sie war mal mit einer Freundin im Postamt. Aber ich kenne sie nicht.«
»Jenny Ingersoll, Sue Drumheller, die Schwestern Hall?«
»Nein, denen sehe ich nur beim Spielen zu.«
»Aber die Trainerin kennst du.«
»Nicht gut, aber, ja. Sie ist phantastisch.«
»Echt?«
»Das weißt du doch.«
»Ja, ich weiß es, aber mich interessiert deine Meinung. Und Andrew Argenbright, ihr Assistent?«
»Hm-m-m, scheint ganz gut zu sein. Gelegentlich sehe ich ihn hier und da in Charlottesville, aber kennen tu ich ihn nur vom Gutentagsagen. Warum fragst du mich nach dem Team?«
»Ich habe mit Tim Berryhill den Geräteraum inspiziert. Da war so viel Zeug, dass wir schließlich noch zwei Beamte holen mussten. Harry, wir haben jedes einzelne Stück in dem Riesenraum gezählt. Ich dachte, ich werde irre. Ich finde so eine Arbeit ätzend.«
»Und?«
»Und es besteht kein Zweifel, dass letztes Jahr Geräte im Wert von fünfundzwanzigtausend Dollar geklaut worden sind. Was in den anderen Jahren war, wissen wir nicht.«
»Wie seid ihr da drauf gekommen?«, rief Harry aus.
»Tracy hat vorgestern Abend eins über den Schädel gekriegt.«
»Das hat er mir gar nicht erzählt.«

»Er sollte es niemandem erzählen. Nachdem wir nun Inventur gemacht haben, ist das nicht mehr ganz so wichtig.«

»Ich hasse es, wenn ich solche Sachen nicht weiß.« Verärgerung hatte sich in Harrys Stimme geschlichen.

»Du wirst schon genauso schlimm wie Mim.«

»Hast du sie angerufen?«

»Ja, wegen Anne Donaldson. Nicht wegen der anderen Sache«, antwortete Coop.

»Sie wird nicht erfreut sein, wenn sie's erfährt.«

»Kann sein. Du beobachtest die Leute. Du bemerkst Begebenheiten. Hast du H. H. jemals außer zu einem Spiel in der Muschel gesehen?«

»Nein.«

»Irgendeine Ahnung, wer das Zeug klaut?«

»Nee, Fehlwurf, sozusagen. Da ihr Inventur gemacht habt, weiß derjenige, der das Zeug gestohlen hat, dass ihr es wisst«, sagte Harry weise.

»Hm, manchmal scheucht das schlechte Gewissen oder die Angst oder beides den Missetäter aus der Deckung.« Coop inhalierte, dankbar für das Nikotin.

»Denkst du, das hat was mit den Morden zu tun?«

»Wenn ich das nur wüsste. Ich werde langsam sauer.«

»Ich auch.« Harry sah, wie zu ihren Füßen auf eine graue Maus eingeschlagen wurde. »Du hast natürlich Mim wegen Anne und Cameron angerufen ...«

»Ja, das hab ich dir doch schon gesagt.«

»Ich weiß, aber du hast mich unterbrochen.«

»Entschuldige. Ja, und Mim, die so schlau ist wie du, meinte, es wäre zu offensichtlich, wenn ich anrufen würde, deshalb macht sie das. Ihr Vorwand ist, sie hat gehört, dass Annes Geländewagen in der Werkstatt ist und sie Anne gerne ihren leihen würde.«

»Dann weiß Mim es auch.«

»Was?«

»Dass du Anne verdächtigst.«

»Deswegen telefoniert sie ja und nicht ich. Außer mit dir.«

»Fürchtest du, dass Anne aus der Schlinge geschlüpft ist?«
»Noch nicht.«
»Und wenn sie nicht die Mörderin ist? Wenn der Mörder hinter ihr her ist?«
»Der Gedanke ist mir auch schon gekommen.«
»Verdammt.«

37

Der Himmel war am nächsten Morgen klar, aber pechschwarz und mit Sternen übersät. Einige sahen weiß aus, andere bläulich, einer hatte eine rote Tönung. Beim ersten Morgengrauen zeigte sich unter der Schwärze ein schmaler dunkelblauer Streifen, der gegen halb sieben einem helleren Blau wich. Ein rosafarbener Hauch schimmerte am Horizont.

Harry hatte die Stallarbeit schon erledigt. Sie schippte Schnee, schaufelte zwischen Haus und Stall einen Gehweg frei. Sie hielt inne, um zu beobachten, wie der karmesinrote Rand der Sonne über den Horizont lugte. Der Schnee, jetzt blau, färbte sich rosa und dann ebenfalls karmesinrot. Die Eiszapfen, einige fast einen halben Meter lang, verwandelten sich explosionsartig in hängende Regenbögen. Das Leuchten war so intensiv, dass Harry blinzeln musste.

Das Quecksilber stand bei minus vierzehn Grad, doch solange Harry arbeitete, machte es ihr nichts aus. Obwohl sie Ohrenschützer trug, brannten ihre Ohren ein bisschen. Sie schaufelte den Schnee nach rechts. Die Farben, das Karmesin, das Rosa, das Gold und im Schatten noch ein Blau, schufen einen ausnehmend schönen Morgen.

Nachdem die Katzen im Stall nach den Pferden und nach Simon gesehen hatten, gingen sie wieder ins Haus. Tucker, deren dickes Fell für einen eisigen Tag wie geschaffen war, jagte jeder Schaufel Schnee hinterher.

Obwohl Harry Hunger hatte, als sie mit Schaufeln fertig war, konnte sie der Verlockung nicht widerstehen, ihre Langlaufskier anzuschnallen und still zu dem Bach zu gleiten, der ihr Grundstück von dem ihres Nachbarn Blair Bainbridge abgrenzte.

Die mächtige einsame Eiche auf dem Familienfriedhof hob sich vom Himmel ab. Dahinter kräuselte sich eine weiße Rauchwolke aus Blairs Küchenschornstein.

Der frische Schnee wies kaum Spuren auf. Die Tiere warteten in ihre Höhlen und Nester gekuschelt. Harry wendete nach rechts, glitt an dem riesigen überwölbten Biberbau und an dem Biberdamm vorüber. Tucker knurrte, blieb aber hinter ihrem Menschen. Sie konnte die Biber nicht leiden. Das beruhte auf Gegenseitigkeit.

Harry erklomm den Hügelkamm, den ersten in einer Hügelkette, manche mit schmalen, herrlichen Tälern dazwischen, bis man schließlich im Blue-Ridge-Gebirge war. Sie wendete wieder nach rechts, fuhr auf dem niedrigen Kamm, der sich etwa zweihundertfünfzig Meter über dem Meeresspiegel erhob, nach Norden. Dies war ein idealer Apfelbaumboden, und eine ganze Reihe Obstgärten durchzogen das westliche Albemarle County und Nelson County. Nelson County, die Heimat des berühmten Pippinapfels, sah im Frühling, wenn die Apfelbäume blühten, wie verschneit aus. Von dem Duft, der sich in diesen Teil Virginias verbreitete, wurde einem ein bisschen schwindelig.

Heute war die beißende Kälte der einzige Duft; denn von der gefrorenen Erde konnte kein Geruch in Harrys Nase steigen. Nicht einmal Tucker konnte viel wittern, dabei übertraf ihr Geruchssinn den von Harry bei weitem. Da keine Tiere unterwegs gewesen waren, war dem kräftigen kleinen Hund nicht einmal die Witterung eines Rotfuchses oder Hirsches vergönnt. Wilde Truthähne, in Scharen von mehr als siebzig, hinterließen nur einen schwachen Geruch. Tucker hatte als junger Hund einmal eine Truthenne gejagt und war rasch davon kuriert worden. Die alte Pute hatte sich umgedreht, um *sie* zu jagen, wobei sie gehässige, unanständige Beleidigungen kollerte, bis Tucker sich in Harrys Arme flüchtete. Erst da hatte der aufgebrachte Vogel von ihr abgelassen, kehrtgemacht und sich würdevoll entfernt.

Tucker, die froh war, mit ihrem Menschen allein zu sein, wusste jedoch, dass immer zahllose Witterungen vorhanden sein würden, sobald die Temperatur über den Gefrierpunkt stieg. Was heute nicht geschehen würde. Das Geräusch von Harrys Skiern, der Rhythmus ihrer Bewegung hypnotisierten Tucker. Erst im letzten Moment hörte sie die rauschenden Schwingen eines großen Habichts über sich. Der kühne Vogel stieß tief herab, flog dann auf einen hohen Baumast, von wo er auf die Erdlinge herabsah.

»*Hab dir Angst gemacht.*«

»*Gar nicht.*« Tucker entblößte ihre gewaltigen Reißzähne.

»Jesses, bist du groß.« Harry blieb stehen und sah zu dem goldäugigen Raubvogel hoch, der unerschrocken zurückstarrte.

»*Ich bin groß, und ich möchte auf der Stelle einen leckeren Maulwurf, eine Spitzmaus oder Feldmaus*«, jammerte er.

Harry griff in die Tasche ihrer Daunenjacke. Ein Päckchen Nabisco-Cracker in einem zerknitterten Zellophantütchen war noch da. Sie nahm es heraus, zog die Handschuhe aus und zerkrümelte die Nabiscos, machte dann das Zellophan auf und streute die orangefarbenen Cracker in den Schnee. »Tucker, umkehren. Ich mach dir Frühstück.«

Tucker tat wie geheißen, und als sie abzogen, stieß der Vogel herab und fraß die Cracker. Tucker rief über die Schulter: »*Du bist uns was schuldig.*«

Der große Vogel überlegte einen Moment, während er Erdnussbutter kostete, einen delikaten neuen Geschmack, und legte den Kopf schief. »*Du hast Recht, Hundchen, ihr habt was gut bei mir.*«

Tucker blieb stehen, drehte sich zu dem Habicht um.

»Wenn's richtig schlimm wird, streut Mutter vor dem Stall Samenkörner aus. Eine ganze Menge, manchmal auch Brot. Ist zwar kein Fleisch, aber besser als hungern. Keiner wird dich stören. Die Eule schläft tagsüber.«

»Das Plattgesicht.« Der Habicht respektierte die riesige Eule. *»Die beste Jägerin weit und breit. Bildet sich auch was drauf ein. Sag mal, als Haustier, musst du da alles machen, was dieser Mensch dir sagt?«* Der Habicht hielt Tuckers Halsband für ein Kennzeichen von Sklaverei.

»Das verstehst du nicht; ich will machen, was sie will. Ich liebe sie.«

Der Habicht verspeiste noch ein Crackerstückchen. *»Unbegreiflich.«*

»Wenn du sie kennen würdest, würdest du sie lieben.«

»Niemals. Menschen sind uns im Weg. Sie schrecken unsere Beute auf, sie pfuschen an Zugrouten herum, sie versetzen uns den Todesstoß.«

»Mein Mensch hat dir Futter gegeben.«

»Dein Mensch ist die Ausnahme, die die Regel bestätigt.«

»Vielleicht.« Tucker zog es vor, nicht zu streiten. *»Ich hoffe, der Winter ist nicht zu grimmig. Ich hoffe, du hast reichlich zu essen. Ich werde dich nicht verjagen, wenn du zum Stall kommst. Im Stall und in den Nebengebäuden sind Mäuse noch und noch.«*

»Danke. Auf Wiedersehen.« Der Habicht breitete eine Schwinge aus, jede einzelne Feder stach von dem glitzernden Schnee ab.

Tucker tollte hinter Harry her und warf mit den Pfoten Schnee auf.

»Da bist du ja. Hast über den großen Habicht nachgedacht, was?«

»Ja. Ich bin froh, dass ich nicht wild bin. Dann könnte ich nicht mit dir zusammenleben.«

Harry steckte einen Skistock in den Schnee, fuhr einen größtenteils geräumten Weg herunter, der zum Weideland führte. Ihre Augen tränten vor Kälte. Tucker sauste ihr nach und fiel einmal hin, wo der Schnee tiefer war, als sie dachte.

Als sie endlich in der behaglichen Küche waren, mampfte Tucker ihre Schrotmahlzeit mit einem Tropfen Maisöl und einem Teelöffel Rindfleischhundefutter oben drauf.

Die Katzen hörten ihr zu, als sie von dem Habicht berichtete.

»*Welche Art?*«, fragte Mrs. Murphy.

»*Rohrweihe.*« Tucker nannte den gebräuchlichen Namen des im Norden beheimateten Habichtvogels.

»*Etwas über einen halben Meter hoch?*« Pewter fand das nicht besonders groß, aber groß genug.

»*Ja, und wie ich so durch den Schnee pflügte, nachdem ich mich mit ihm unterhalten hatte, fing ich an, über wilde Tiere nachzudenken. Die fressen, was sie töten. Ein Tier, das kein Fleischfresser ist, sagen wir, ein Eichhörnchen, legt wohl einen Eichelvorrat an, aber Tiere sind nicht habgierig. Wilde Tiere.*«

»*Und wir schon?*« Pewter hob eine graue Augenbraue.

»*Ah, nun ja, wir können uns alle überfressen, nehme ich an, aber ich meine, Habgier, echte Habgier, ist ein menschlicher Charakterzug. Wie viel braucht ein Mensch zum Leben? Aber sie bringen sich gegenseitig um, um mehr zu kriegen.*«

»*Wohl wahr*«, sagte Mrs. Murphy.

»*Ich glaube nicht, dass Anne Donaldson H. H. umgebracht hat. Meine Instinkte sind besser als die von einem Menschen.*« Tucker, von der Bewegung belebt, war zum Schwatzen aufgelegt. »*Da steckt mehr dahinter als Eifersucht.*«

Das Telefon klingelte. Harry nahm ab und hörte Susans Stimme.

»Anne und Cameron sind wieder aufgetaucht.« Big Mim hatte Susan angerufen. Sie hatte die Autogeschichte keine Minute geglaubt.

»Wo waren sie?«

»Bei BoomBoom.«

»Warum hat mir das kein Mensch gesagt?«, beschwerte Harry sich.

»Keiner hat's gewusst, bis« – Susan sah auf ihre Wanduhr – »um Viertel nach sieben. Auf der Seite der Stadt war der

Strom ausgefallen, und er war erst heute früh wieder da. Es ist anscheinend nichts Schlimmes. Anne wollte nicht fahren, weil die Straßen tückisch sind.«

»Klingt einleuchtend. Du, ich muss jetzt machen, dass ich zur Post komme. Bin eh schon spät dran.«

»Kein Mensch geht heute vor die Tür. Bleib zu Hause.«

»Crozet könnte ohne mich zusammenbrechen.«

»Also wirklich.« Susan lachte und legte auf.

Harry, die gewöhnlich pünktlich war, hatte jedes Zeitgefühl verloren. Sie rief bei Miranda an. Niemand zu Hause. Sie rief im Postamt an.

»Hallo.«

»Miranda, ich bin zu spät, und ich entschuldige mich.«

»Machen Sie sich deswegen keine Sorgen. Die Stadt ist heute Morgen wie ausgestorben. Bleiben Sie nur daheim. Die Straßen sind nicht geräumt, Tracy ist bei mir.«

»Coop hat mir erzählt, er hat einen Schlag auf den Kopf gekriegt. Sie hat mir außerdem erzählt, aus dem Geräteraum ist 'ne Menge Zeug verschwunden.«

»Ja. Ich weiß, Tracy wird mit allem fertig, aber ich finde, er oder sonst wer sollte sich nicht allein in dem Gebäude aufhalten. Nicht, bevor alles, na ja, was auch immer.«

»Sortiert Tracy die Post?«

»Ist keine da. Rob Collier kommt wahrscheinlich nicht durch, oder wenn, dann wird's spät.«

»Miranda, Coop sagt, letztes Jahr wurden Geräte im Wert von fünfundzwanzigtausend Dollar gestohlen. Sie sagt, man wird ermitteln können, was in früheren Jahren gestohlen wurde. Mehr oder weniger.« Sie hielt inne. »Menschen morden für weniger als das.«

»Wohl wahr«, stimmte Miranda zu.

»Das ergibt alles keinen Sinn.«

»Nein. Aber ob es einen Sinn ergibt oder nicht, es geht etwas Gefährliches vor. Also, Sie bleiben schön zu Hause. Wenn Rob es doch hierher schafft und es ist ein Haufen Post, sag ich Ihnen Bescheid, aber ich nehme an, die

Schneepflüge sind den ganzen Tag zugange. Sie können ebenso gut einen Schneemann bauen.«

Harry legte den Hörer auf, zog Daunenweste und -jacke wieder an und ging nach draußen, um genau das zu tun. Die Katzen gedachten ein bisschen im Schnee zu spielen, bis ihre Pfoten zu kalt wurden, und dann wieder ins Haus zu gehen. Tucker schloss sich ihnen an. Sie rannten umher, warfen Schnee über ihre Köpfe, bellten, miauten, liefen im Kreis. Tucker jagte Mrs. Murphy, die mit dem Schnee zu kämpfen hatte. Gewöhnlich war der Hund der behänden Tigerkatze nicht gewachsen, doch obwohl der Schnee sie bremste, hatten ihre Tricks nichts an Tücke eingebüßt.

Sie stapfte zum Stall, an dessen Dach glitzernde Eiszapfen hingen, und gerade als Tucker, Furcht erregend mit dem Kiefer schnappend, sie einholte, wich die Katze seitwärts aus. Tucker, deren Tempo kaum zu bremsen war, knallte an die Seite des Stalltors. Die Eiszapfen krachten klirrend auf die Erde. Ein kleiner fiel auf Tuckers Hinterbein, die Spitze war so scharf, dass sie die Haut ritzte.

»*Autsch!*«

Mrs. Murphy eilte zu ihrer Freundin, zog den Eiszapfen mit den Pfoten heraus. Ein kleiner Blutfleck färbte das weiße Fell. »*Das hat bestimmt wehgetan.*«

Pewter, die etwas gemächlicher zu Fuß war, trat zu ihnen. Sie beschnupperte die Spitze des Eiszapfens; der Blutgeruch war frisch und verlockend.

Tucker drehte sich herum und leckte ihr Bein gleich oberhalb des Fußes.

»*Ich hab's.*« Mrs. Murphys Augen weiteten sich, ihre Ohren zuckten vor und zurück, ihr Schwanz schlug hin und her.

»*Wovon redest du?*« Pewter machte die Augen halb zu und weidete sich an dem Blutgeruch.

»*Eis. H. H. wurde mit Eis getötet!*«

Tucker hörte auf zu lecken, und Pewter hörte auf zu riechen. Beide starrten die aufgeregte Tigerkatze an.

»*Hä?*« Der Hund fing an zu begreifen.

»Wäre H. H. von einem Pfeil getroffen worden, hätte er ihn rausziehen müssen. Hätte Anne ihn mit einem dünnen Gegenstand, etwa einer Nadel, gestochen, hätte sie sie rausziehen müssen. Wenn die Waffe nicht herausgezogen worden wäre, hätte sie sichtbar sein müssen, oder? Man sollte meinen, es würde auffallen, nicht?«

»Das haben wir alles schon mal gehört«, murrte Pewter.

»Man könnte jemandem Eis ins Fleisch rammen. Wenn ein schmerzstillendes Mittel an der Spitze ist, spürt das Opfer nicht viel, und zudem stumpft Kälte das Gefühl ab. Wenn das Eis schmilzt, ist das Gift verabreicht, es gelangt in den Blutkreislauf, aber es gibt keine Waffe. Die hat sich im Körper aufgelöst.«

»Großer Gott.« Pewter blieb der Mund offen stehen, ihre leuchtend rosafarbene Zunge nahm sich vor dem weißen Schneehintergrund noch leuchtender aus.

»Das ist teuflisch.« Tucker rieb ihren Kopf an Mrs. Murphys.

»Wenn H. H. außerhalb des Gebäudes ist, wenn er von einem Eisspieß oder -pfeil getroffen wird, dann schmilzt der von seiner Körpertemperatur, auch wenn es friert. Der Mörder oder die Mörderin kann den günstigsten Moment abpassen.« Mrs. Murphy grinste.

»Etwa ihn auf den Rücken klopfen, um ihn abzulenken, und mit der anderen Hand die kleine Eisnadel reinstechen?« Pewters Phantasie kam auf Touren.

»Vielleicht. Das Wie baldowern wir später aus, aber ich schwöre, das war die Waffe.«

Tucker stand auf und schüttelte sich. »Man hätte eine winzige Form haben und in den Gefrierschrank legen müssen. Und man müsste sich mit Toxinen auskennen, oder?«

»Ja, aber selbst ein Mensch mit durchschnittlichen Chemiekenntnissen könnte den richtigen Stoff finden. In Supermarktregalen liegt Zeug rum, das einen umbringen kann, wenn man was davon versteht. Man könnte einen tödlichen Cocktail mixen, ohne mehr als fünf Dollar dafür auszugeben.« Pewter vergaß vor lauter Aufgeregtheit sogar die Kälte.

»Haben wir auf dem Parkplatz irgendwen gesehen, der H. H.

auf den Rücken geklopft hat?« Tucker versuchte sich an den Abend zu erinnern.

»*Nein*«, sagte Mrs. Murphy.

»*Aber jemand muss es getan haben.*« Pewter wurde misstrauisch.

Tucker erwiderte nachdenklich: »*Vielleicht nicht.*«

»*Wenn wir bloß wüssten, warum.*« Mrs. Murphy strebte zurück zum Haus. Die anderen hinterdrein. »*Aber wir haben die Waffe.*«

»*Gibt's eine Möglichkeit, es Harry beizubringen?*« Tucker sah zu den Eiszapfen hinauf, die an der Dachkante des Hauses hingen.

»*Nein. Wir könnten in jeden Busch, Baum, Bau krachen. Alle Zapfen könnten runterfallen. Sie würde es nicht kapieren. Wenn sie es begreift, dann auf andere Weise. Aber wir wissen es jetzt. Also lasst uns in die Küche gehen, wo's warm ist, und versuchen, uns an jede Einzelheit zu erinnern, jede Person, die wir auf dem Parkplatz gesehen haben. Vor und nach dem Spiel.*« Mrs. Murphy stieß das Tiertürchen auf.

»*Dieser Mensch ist unglaublich raffiniert.*« Sobald Pewter in der Küche war, plusterte sie kurz ihr Fell auf.

»*Ja*«, sagte Mrs. Murphy schlicht.

»*Ich finde das beängstigend.*« Tucker runzelte die Stirn.

38

Die Schulen wurden geschlossen, Sportwettkämpfe verschoben. Der Flugverkehr war eingestellt. Die Züge tuckerten weiter und mussten in den Bergen immer wieder anhalten, weil Schnee auf die Schienen geweht war. Dann stiegen mit Schaufeln bewaffnete Trupps aus, um den Schnee wegzuräumen. Die Bewohner von Mittelvirginia hatten alle Hände voll mit Freischaufeln zu tun. Die einzigen Fahrzeuge auf den Straßen waren die gewaltigen gelben

Schneepflüge und die kleineren gelben Schneeschleudern, die systematisch zuerst die Hauptverkehrsstraßen räumten. Bis zum Nachmittag war die Temperatur lediglich auf minus vier Grad gestiegen, aber die Straßentrupps schafften es, die Straßen zweiter Ordnung zu räumen, so auch die Route 240, die von Charlottesville nach Crozet führte.

Zum Glück waren keine weiteren Schneefälle vorhergesagt, so dass bis Freitag alles wieder seinen normalen Gang gehen sollte. Die Leute würden wieder in ihren Büros sein, ihre Schneestiefel vor der Tür aufgereiht, die dicken Mäntel ordentlich an Kleiderständer gehängt.

Reverend Jones betrachtete trübsinnig die ramponierten Teppiche. Wieder ein Tag ohne neue. Gewiss, Hiob hatte im Leben größere Prüfungen zu bestehen gehabt, aber das hier durfte sicherlich als widriges Ärgernis gelten. Er behielt die Ruhe, richtete sein Augenmerk auf positive Vorhaben und hoffte, der Herrgott werde seine Reife und Beherrschtheit zur Kenntnis nehmen.

Eloquenz und Cazenovia taten es mit Sicherheit.

Big Mim hatte sich mit Feuereifer aufs Schränkeaufräumen gestürzt. Da ihre Schränke bereits aufgeräumt waren, mit einem säuberlichen Zettel an jedem Kleid und an jedem Paar Schuhe, auf dem vermerkt war, wann und wo sie das Ensemble getragen hatte, hieß dies wahrlich Eulen nach Athen tragen.

Jim Sanburne hatte sich als Bürgermeister von einem Straßentrupp mitnehmen lassen, um in seiner Stadt nach dem Rechten zu sehen. Zufrieden, dass alles getan war, was getan werden konnte, ließ er sich von den Leuten nach Hause fahren. Dort war er nur im Weg. Genervt wies seine Frau ihm die Aufgabe zu, sämtliche Messer zu schärfen, während sie sich, gefolgt von ihrem Hund, zu ihrem Schrank zurückzog.

Susan Tucker drangsalierte Brooks, während der kommenden Woche sämtliche Hausaufgaben zu erledigen.

»Du wirst staunen, wie froh du bist, wenn du deinem Zeitplan voraus bist, statt ihm hinterherzuhinken.« Sie lächelte, als Brooks sich über ihre Bücher beugte.

Miranda und Tracy saßen im verlassenen Postamt und nutzten die Zeit, um Pläne für das Bankgebäude durchzugehen. Er hatte sogar Farbmuster mitgebracht, zusammen mit seinen Rohentwürfen. Das freute Miranda ungemein, und sie drückte von Zeit zu Zeit seine Hand. Miranda war sich darüber klar geworden, dass sie verliebt war, dabei hatte sie geglaubt, ihr würde das nie wieder passieren. Dass er ihr Highschool-Schwarm war, machte es umso köstlicher.

Wer die brave Frau nicht gut kannte, mochte gedacht haben, sie würde sich gegen das Gefühl sträuben, aber Miranda weilte lange genug auf Erden, um zu erkennen, dass es viel besser war, sich Glück und Freude hinzugeben.

Auch Tracy überließ sich dem Strom des Glücks.

BoomBoom, die sich unsäglich langweilte, setzte sich ans Telefon und rief alle an, die sie kannte, darunter einen unter »ferner liefen« geführten Freund in San Francisco. Sie hatte ihre Verehrer lieber auf Distanz. Nachdem ihr Mann gestorben und sie mit zweiunddreißig Witwe geworden war, hatte BoomBoom sich daran gewöhnt, zu kommen und zu gehen, wie es ihr passte und niemandem Rechenschaft abzulegen als sich selbst.

Harry drückte es vielleicht nicht im selben Wortlaut aus, aber tatsächlich war auch sie so weit gekommen, sich in ihrer eigenen Gesellschaft wohl zu fühlen. Obwohl sie es nie zugegeben hätte, hatte auch sie wie BoomBoom keine Lust, aus dem Haus zu gehen und erklären zu müssen, wohin sie wollte und wann sie zurück sein würde. Auch überkam sie das kalte Grausen bei der Vorstellung, jeden Abend kochen oder für zwei einkaufen zu müssen.

Anne Donaldson und Cameron waren im Stall, nachdem sie im Gewächshaus die Pflanzen gegossen und nach dem

Thermostat gesehen hatten. Mutter und Tochter ritten beide gern, und H. H. hatte Anne den Stall ihrer Träume bauen lassen, komplett mit beheizten automatischen Tränken, automatischem Fliegenspray, der natürlich verstopfte, überlappenden Gummiplatten im Mittelgang, damit die Pferde nicht ausrutschten, schönen Boxenverkleidungen und Trennwänden, die von der Firma Lucas Equine in Cynthiana, Kentucky, extra nach ihren Maßen angefertigt worden waren. An jeder der sechs Boxen war ein spiegelblank poliertes Namensschild aus Messing angebracht. Jede Boxentür hatte eine schwere, handgearbeitete Messingstange, an die man eine Winterdecke hängen konnte; an der Seite der Schiebetüren schimmerten Zaumzeugständer aus Messing. Sie waren mit dem Stahl der Türen verbolzt, und die gesamte Lucas-Einrichtung war in einem kräftigen Kastanienbraun gehalten, weil Kastanienbraun und Gold Annes Stallfarben waren. Jede Box hatte ein Oberlicht, das im Moment mit Schnee bedeckt war.

Cameron säuberte ihr Sattelzeug. Da war ihre Mutter streng. Kein Betteln und Maulen half, um der Arbeit zu entkommen. Ohne Bodenarbeit kein Reiten.

Anne machte den kleinen Kühlschrank in der Sattelkammer auf und nahm eine Nadel mit dünner Spitze heraus. Sie musste Camerons Pony beruhigen. Der kleine Bursche wollte sich nicht die Haare in den Ohren trimmen und die Tasthaare stutzen lassen. Ohne das Präparat könnte er den Stall demolieren und Anne und Cameron obendrein.

Sie ging in seine Box, und während er Apfelstückchen kaute, stach sie die Nadel aufwärts in seinen Hals. Er zuckte einen Moment zusammen, aber sie hatte die Nadel herausgezogen, bevor er überhaupt merkte, was ihn gestochen hatte.

Sheriff Shaw fuhr Streife auf den wieder befahrbaren Hauptverkehrsstraßen. Dank genauer Wetterberichte mussten keine liegen gebliebenen Autofahrer herausgezogen oder nach Hause befördert werden. Ausnahmsweise waren die Leute so vernünftig daheim zu bleiben.

Deputy Cooper hielt mit dem Einsatzleiter die Dienststelle besetzt. Die Ruhe war wohltuend. Sie nutzte die Gelegenheit, um Mychelle Burns' Bankkonten durchzugehen. Mit ihrer akkuraten, schrägen Handschrift hatte Mychelle alle Einzahlungen und Abhebungen verzeichnet. Abgesehen von der Fünftausend-Dollar-Abhebung von ihrem Sparkonto, auf dem sie siebentausendzweihundertneunzehn Dollar hatte, sahen ihre Konten ganz so aus wie bei allen anderen Leuten: Stromrechnung, Ölrechnung, Benzinrechnung, die eine oder andere Restaurantrechnung.

Cooper war beeindruckt von Mychelles Vernunft. Sie besaß nur eine einzige Kreditkarte, und die hatte sie sparsam benutzt, sogar in der Weihnachtszeit, wenn die meisten von uns, überwältigt von Festtagsstimmung ebenso wie von schlechtem Gewissen, die Vorsicht in den Wind schlagen. Sie hatte keine Tankstellenkreditkarten, keine Scheckkarten. Sie hatte kein Handy, und laut Sugar McCarry, der Sekretärin im Bezirksbüro, hatte Mychelle das Geschäftshandy nicht missbraucht.

Als Cooper Mychelles Mutter befragte, hatte die leidgeprüfte Frau gesagt, sie wisse zwar nichts von dem Geld, denke aber, ihre Tochter könnte für die Anzahlung auf ein Haus gespart haben. Mychelle wollte in die Innenstadt von Charlottesville ziehen, am liebsten in die Gegend um Lyons Court. Falls das nicht klappte, wollte sie sich in Woolen Mills umschauen, einer hübschen Gegend, abgesehen von der Abwasseraufbereitungsfirma. Wenn der Wind sich drehte, machte die sich bemerkbar.

Als Cooper die akkuraten Aufzeichnungen las, bekam sie den Eindruck von einem verpassten Leben. Mychelle mochte nicht die Allersympathischste gewesen sein, aber sie war ordentlich, tüchtig, fleißig, und allem Anschein nach hatte sie sich nichts zuschulden kommen lassen.

Hatte sie eine Affäre mit H. H. gehabt? Cooper konnte auf den weißen Scheck- und Sparbuchseiten kein Anzeichen dafür finden.

Der Anruf von Mrs. Burns schreckte sie auf.

»Haben Sie es warm da draußen, Ma'am?« Cooper versuchte der nervösen, bekümmerten Frau die Befangenheit zu nehmen.

»Holzofen. Funktioniert wie 'ne Eins«, antwortete Mrs. Burns in ihrem Arbeiterklassetonfall, der sich merklich von der Sprache Harrys, Big Mims und der anderen unterschied.

»Was kann ich für Sie tun, Mrs. Burns? Ich weiß, dies ist eine schmerzliche Zeit für Sie.«

Ein kurzes Atemholen, dann sagte die drahtige Frau: »Man nimmt, was Gott einem gibt.«

»Ich bemühe mich das zu lernen, Ma'am, aber es ist schwer.«

»Ja, isses. Ja, isses. Sitz hier rum. Kann nicht an die Arbeit gehen. Die Gedanken wirbeln im Kopf rum.« Sie machte eine längere Pause. »Ich hab Sie angelogen.«

»Sie hatten bestimmt guten Grund dazu.« Wie alle Gesetzeshüter war Cooper daran gewöhnt, von den Menschen belogen zu werden. Tatsächlich logen sie mehr, als dass sie die Wahrheit sagten. Sie hatte zu kämpfen, um sich davon ihr Lebensgefühl nicht verderben zu lassen.

»Meine Kleine wollt ich beschützen – kann ich aber nicht. Sie ist zum Licht des Herrn gegangen.« Wieder eine Pause. »Sie hat sich mit 'nem verheirateten Mann eingelassen. Ich hab ihr die Leviten gelesen.« Womit Mrs. Burns andeuten wollte, sie hatten sich gestritten, dass die Fetzen flogen. »O je. Ich wär alt, hat sie gesagt, ich hätte vergessen, was Liebe ist. Wissen Sie was, sie hatte Recht. Schätze, ich will mich eigentlich nicht erinnern.« Cooper hielt den Atem an, und Mrs. Burns kam endlich zur Sache. »H. H. Donaldson war derjenige, welcher.«

»Ach.«

»Gesehn hab ich ihn nie. Mag ja 'n netter Mensch gewesen sein, war aber verheiratet, hatte 'n Kind. Den wollt ich nicht kennen lernen. Wollte nicht, dass sie so 'ne heimliche Geliebte ist, so 'n dunkelhäutiges Mädchen, was dauernd auf sein Weichei von Liebhaber wartet.«

»Mrs. Burns, er muss sie sehr geliebt haben. Er hat ihretwegen seine Frau verlassen.«

»Mychelle hat geschworen, dass er's tun würde. Hab ihr nicht geglaubt. Die lügen doch alle wie gedruckt.«

»Aber er hat's getan. Hat sie's Ihnen nicht erzählt?«

»Nein.« Mrs. Burns unterdrückte ein Schluchzen. »Ich hab 'n paar Gemeinheiten gesagt. Ach Gottchen, könnt ich das bloß zurücknehmen. Und ich hab drei Tage nicht mit meiner Kleinen gesprochen, ehe sie mir genommen wurde.«

»Sie weiß, dass Sie sie lieben, Ma'am. Ich versichere Ihnen, sie weiß, es war richtig, was Sie ihr gesagt haben.«

Mrs. Burns fasste sich. »Und er hat Frau und Kind verlassen?«

»Ja. Für eine kleine Weile.«

»Mychelle hatte Angst vor seiner Frau«, sagte Mrs. Burns vorsichtig. »Sie hat's gewusst. Sie bringt ihn um, wenn er sie verlässt, hat sie gesagt.«

Cooper fuhr nicht gleich darauf ab. Sie steuerte ihr Ziel im Zickzack an statt auf direktem Weg. »Ich nehme an, es ist sehr demütigend für eine Ehefrau. Es ist einfacher, auf die andere wütend zu sein als auf den Ehemann.«

»Bringt nichts. Find dich damit ab, oder schmeiß ihn raus. Ich hab meinen vor fünfzehn Jahren rausgeschmissen. Mychelle wusste es besser, Officer Cooper, ehrlich. Deswegen war ich ja so über Kreuz mit ihr.«

»Das kann ich gut verstehen. Meinen Sie, Mychelle hatte Angst, Mrs. Donaldson würde gewalttätig? Sich an ihr rächen?«

»Angst um ihn. Vielleicht auch um sich. Er könnte manchmal blind sein, hat sie gesagt. Wie die meisten Männer.«

»Hatten Sie ... Angst um Ihre Tochter?«

»Ich hatte Angst wegen 'nem anderen Schmerz. So was wie das hier hab ich mir nicht vorgestellt. Als der Anruf kam« – sie atmete schwer –, »hab ich an nix gedacht. Hatte bisschen Zeit, um meine Gedanken zu ordnen, so ähnlich wie Möbel umstellen. Man findet Sachen hinter den Sofakissen. Und mir ist eingefallen, dass Mychelle gesagt hat, sie hätte was gefunden. Sie hat nicht gesagt, was, aber dass sie's H. H. erzählt hat und dass er dem ein Ende machen wollte.«

»Vielleicht hat jemand getratscht, ist der Affäre auf die Spur gekommen?«

»Keine Ahnung.«

»Wissen Sie, warum sie die fünftausend Dollar abgehoben hat? Glauben Sie, sie wollten zusammen durchbrennen?«

»Nein. Das weiß ich genau. Ich hab nicht gewusst, dass sie das Geld abgehoben hat. Da hab ich Ihnen die Wahrheit gesagt. Wie gesagt, wir hatten uns drei Tage nicht gesprochen. Sie sagte, H. H. wollte ihr helfen, an ein Haus zu kommen.«

»Hat sie gesagt, er wollte mit ihr zusammenziehen?«

»Nein.« Mrs. Burns überlegte. »Obwohl sie den Mann geliebt hat, sie hätte gewartet. Die Kerls sind ja so leicht aufzunehmen und so schwer rauszukriegen.«

»Ja, Ma'am. Als Mychelle davon sprach, sie hätte was gefunden, hat sie sich da ängstlich angehört?«

»Eher erstaunt. Sie hat gesagt, ›Momma, die Leute machen die schrecklichsten Sachen.‹ Mehr hat sie nicht gesagt, außer dass H. H. sich drum kümmern würde. Ich wollte, dass sie von dem Kerl wegbleibt. Und ich glaub, seinetwegen ist sie tot.«

»Sie glauben, seine Frau hat sie ermordet?«

»Sie hatte einen Grund.«

»Hat Mychelle jemals mit Mrs. Donaldson gesprochen?«

»Nein.«

»Hat Mrs. Donaldson nie versucht, mit Ihrer Tochter Kontakt aufzunehmen, sie abzuschrecken oder zu beschämen?«, bohrte Cooper vorsichtig weiter.

»Das hätte Mychelle mir erzählt.«

»Glauben Sie, sie hat es wem anders erzählt? Ihrer besten Freundin?«

»Sie hatte ihre Clique, aber Mychelle war nie richtig dicke mit Leuten. Mir hat sie viel erzählt, aber ich glaub nicht, dass sie mit ihren Freundinnen geredet hat. Wenn sie jemand nahe stand, dann H. H. Er war ihre Welt. Als er auf dem Parkplatz starb, ist sie auch gestorben, glaub ich. 'n Teil von ihr, aber ich sag Ihnen was, sie hat sich nichts anmerken lassen. 'n eisernen Willen hat sie gehabt, meine Kleine.«

»Verstehe.« Coop schrieb weiter, während sie sprach. »Abgesehen von Mrs. Donaldson, können Sie sich sonst jemand denken, der was gegen Ihre Tochter hatte?«

»Oh, manchmal haben Bauunternehmer sich mit ihr angelegt. Sie war streng.« Stolz erfüllte Mrs. Burns' Stimme, als sie sagte: »Die konnten meine Kleine nicht rumkriegen. Aber keiner hat gesagt, er würde sie umbringen. Wär ja verrückt, jemanden umzubringen wegen 'nem Dachziegel.«

»Die Welt ist voll von Verrückten.«

»Da haben Sie Recht.« Mrs. Burns seufzte. »Aber ich sag mir, wer das getan hat, Mrs. Donaldson oder sonst wer, der platzt regelrecht vor Schuldgefühlen, und früher oder später kommt alles raus wie 'n Gift.«

Sie irrte sich.

Der Mord machte dem Mörder kein klitzekleines bisschen zu schaffen.

39

Zwar war das Spiel am Freitag ausgefallen, doch der Sturm verzog sich schneller, als es der Wetterbericht vorausgesagt hatte. Die Trainerin Debbie Ryan sah also keinen Grund, den Abend zu verschwenden, und ließ die Mädchen zum Training antreten. Diejenigen, die eine Verabredung hatten, waren sauer. Andere, etwa die Schwestern Hall, aßen, schliefen und atmeten für Basketball.

Tim Berryhill hatte den Trainerinnen gesagt, er müsse

wegen Fehlern beim Einkauf eine gründliche Inventur vornehmen. Er entschuldigte sich bei allen. Da sie unter Leistungsdruck standen, arrangierten sich die meisten Trainerinnen mit der Unannehmlichkeit. Die wenigen, die über ihren Tellerrand hinaussahen, mochten sich vielleicht wundern, zumindest im Stillen, warum ein hochrangiger Mann wie Tim Berryhill die Arbeit persönlich machte, aber sie befassten sich nicht näher damit. Die Trainerinnen hatten viel zu viel zu tun und viel zu wenig Zeit.

Der Einzige oder die Einzigen, die beunruhigt waren, dürften diejenigen gewesen sein, die Geräte klauten.

Da Irena Fotopappas neu in der Truppe war, ließ Sheriff Shaw sie sich wie eine Studentin kleiden und teilte sie der Trainerin Ryan zu. Debbie Ryan, gewillt, Rick in jeder Hinsicht behilflich zu sein, erklärte den Leuten, Irena stünde kurz vor dem Abschluss ihres Sportpsychologiestudiums. Dem Team sagte die Trainerin wörtlich: »Beachtet sie nicht.«

Irena beobachtete fasziniert, wie die Mädchen gedrillt wurden. Wiederholung war in jeder Sportart das Beste auf der Welt. Man musste die Grundlagen beherrschen, die Raffinessen kamen von selbst. Spiele wurden mittels der Grundlagen gewonnen und verloren. Vielleicht konnte ein Footballmatch mit einem genialen Spielzug oder einem Verzweiflungsschuss über das ganze Spielfeld in letzter Sekunde gewonnen werden, aber in neunundneunzig Prozent aller Fälle waren es die Grundlagen.

Andrew Argenbright, der Hilfstrainer, versorgte die Mädchen laufend mit Bällen, als sie bei einer Doppelpassübung über das ganze Spielfeld liefen. Tammy Girond schnappte sich den Ball und spielte ihn mit einem schnellen Pass dorthin, wo sie Isabelle Otey vermutete. Isabelle stolperte jedoch und war einen Schritt zu langsam.

»Der beste Pass ist ein gefangener Pass«, war alles, was Debbie Ryan zu sagen hatte.

Tammy, das Gesicht rot angelaufen, weil sie ihre Mitspielerin nicht im Auge behalten hatte, würde diesen Fehler in einem Spiel nicht machen.

Basketball, ein Spiel, das immer in Bewegung ist, erfordert ständige Anpassung. Selbst beim Fußball, einem Spiel, das in der Konzeption ähnlich ist wie Basketball, gibt es einen Torhüter, der sein Tor nicht verlassen darf, oder Mittelfeldspieler, die einem Bereich des Feldes zugeteilt sind. Ein Spieler kann den Raum decken, weil so viel Raum da ist, aber beim Basketball sind die Dimensionen klein, fünfzehn Meter mal achtundzwanzig Meter. Da heißt es in Bewegung bleiben oder verlieren.

Als die zwei Frauen unter dem Korb durchliefen und sich wieder zum Spielfeld umdrehten, streifte Jenny Ingersoll Tammy. Die anderen Frauen achteten nicht darauf, aber zwischen den beiden herrschte knisternde Spannung.

Das Ego gehört zum Sport, es gehört zu jedem Bestreben, wo eine Frau sich beweisen möchte. Basketball ist ein Mannschaftssport. Eine Spielerin muss ihr Ego im Zaum halten, in den Dienst des Teams stellen. So manche Trainerin hat eine schlaflose Nacht verbracht mit dem Bemühen, sich zu überlegen, wie sie aus einer talentierten Egoistin eine Teamspielerin machen könnte.

Noch etwas stellte Irena, eine gute Beobachterin, fest: Tammy und Andrew sprachen nur das Nötigste miteinander. So heiß wie die Reibung zwischen Jenny und Tammy war, so eiskalt war der Abstand zwischen dem Hilfstrainer und Tammy.

Als die Mädchen nach dem Training duschten, ging Irena in den Geräteraum, dann schritt sie geduldig die zwei Ebenen des Gebäudes ab. Sie kehrte wieder auf das Basketballfeld zurück, um sich mit der Anlage vertraut zu machen.

Als sie den Gang hinter der obersten Sitzreihe umlief, hörte sie Schnee auf dem Dach rutschen. Sie bemerkte, wie zuvor schon Pewter, dass ein kleines bisschen Wasser an der Rückwand heruntertropfte.

40

Der Samstag, ein kalter, klarer Tag, stimmte Reverend Herb Jones heiter, nicht wegen des Wetters, sondern weil die Teppichleger tatsächlich aufkreuzten. Die weißen Türen des Lieferwagens öffneten sich mit einem leisen metallischen Geräusch. Die zwei Männer luden sich die schweren Teppichrollen und die weiche Gummiunterlage auf die Schultern. Danach holten sie ein Zwanzig-Liter-Fass mit Kraftkleber sowie Teppichnägel für die schwierigen Ecken.

Freitagabend hatte Reverend Jones in einem Anfall die alten Teppiche herausgerissen. Er musste seine Wut an irgendwas auslassen. Die Teppichleger, die Brüder Jojo und Carl Gentry, schleppten den alten Bodenbelag gerne heraus, und weil Reverend Jones ihnen ein Trinkgeld gab, warfen sie das Zeug in den Lieferwagen, um es später zu entsorgen. Andernfalls hätte der gute Pastor es selbst abtransportieren oder jemanden dafür bezahlen müssen. So war es einfacher, und Jojo und Carl war ein Taschengeld stets willkommen.

»*Inzucht.*« Cazenovia saß auf der Treppe über dem Schrank mit den Abendmahloblaten.

»*O Cazzie, du bist gemein. Bloß weil Jojo und Carl kein Kinn haben, heißt das noch lange nicht, dass sie durch Inzucht gezeugt sind.*« Eloquenz hatte für den Rest ihres Lebens genug von Cazzies Abstammungstheorien. Es lief immer auf dasselbe hinaus: Katzen sind eine bessere genetische Spezies als Menschen.

Samstags, am Predigttag, stand der Rev, wie Harry ihn nannte, immer unter Spannung. Er fand unzählige Dinge, die zu tun waren, um das Schreiben der Predigt hinauszuschieben, dann ergab er sich schließlich und setzte sich seufzend an den Schreibtisch. War er erst mitten in der Arbeit, machte sie ihm Freude. Dahin zu kommen, das fiel ihm schwer.

Der nackte Fußboden fühlte sich komisch an unter seinen

Schuhen, als er sich in seinen Schreibtischsessel zwängte. Jojo entschied, dass Herbs Studierzimmer zuletzt drankommen sollte.

Die Farbe, ein sattes Grasgrün, war sehr ansprechend, und Matthew überraschte Herb damit, dass er aus eigener Tasche für eine schlichte senfgelbe Borte aufkam, die in zwölf Zentimeter Abstand von der Kante eingelassen war. Das würde sich sehr hübsch machen.

Der in der Fabrik zugeschnittene Teppichboden war leicht zu verlegen. Die Männer nahmen ein paar Angleichungen vor, aber die Technik war auch in ihr Handwerk vorgedrungen.

Das Vestibül war nach anderthalb Stunden fertig. Es sah großartig aus. Die zwei Katzen machten die Probe.

Cazenovia bearbeitete den Teppich, der nach Farbe und dem Kleber darunter roch, mit den Pfoten. *»Hm-m-m, macht Spaß.«*

»Lass bloß die Krallen davon, sonst kriegt er einen Anfall. Für einen Geistlichen kann er ganz schön fluchen, wenn er muss.«

Lächelnd machte sich auch Eloquenz mit den Pfoten über den Teppich her.

»Es gehört sich nicht, denen zu befehlen, die älter sind als man selbst.« Cazenovia zog einen Faden aus dem Teppich und ließ ihn vor der schlanken Katze baumeln. *»Den werf ich dir vor die Füße.«* Ihre Augen blitzten.

Eloquenz beachtete sie nicht, sondern lauschte, als Jojo und Carl die Gummiunterlage durch den Flur zu dem Schrank trugen, der die Abendmahloblaten enthielt. Sie stellten die aufgerollte Unterlage am Fuß der breiten Treppe hinter dem Schrank ab. Während sie den Kleber hinklatschten, lachten die Brüder, unterhielten sich über Freunde, die Truthahnsaison, die neue Pro-Football-Liga, die, meinten beide, floppen würde.

»Hey, schon zwölf. Kein Wunder, dass ich Hunger hab.« Carl sah auf seine quadratische Casio-Uhr.

»Lass uns zu ›Jarman's Gap‹ gehen.« Jojo nannte ein Speiselokal in der Nähe.

»Jojo, du bist dran.« Carl legte seine mit Gummilösung getränkte Bürste quer über das Zwanzig-Liter-Fass, nachdem er zuvor den Deckel draufgetan hatte, nur lose, damit er nicht zu fest schloss.

»Die Bürste wird nicht mehr zu gebrauchen sein.« Carl deutete auf die tropfenden Borsten.

»Ich hol nachher eine neue aus dem Wagen. Ich bin zu hungrig, um sie jetzt sauber zu machen.« Er wischte sich die Hände an seinem Overall ab. »Ich bezahl sie.«

»Ja, ja.« Carl machte die Schachtel mit den Teppichnägeln zu und legte den kleinen Hammer neben die Schachtel und das Zwanzig-Liter-Fass.

Der Hunger musste ihnen das Hirn vernebelt haben; denn sie schnappten sich ihre Mäntel, ohne zu bedenken, dass sie den mit Kleber bestrichenen Teil des Bodens vor dem Oblatenschrank ungeschützt zurückließen. Vielleicht hatten sie es vergessen, oder sie dachten vielleicht, sie könnten den Leim abschmirgeln, falls er bis zu ihrer Rückkehr getrocknet wäre.

Cazenovia und Eloquenz sahen sie fortgehen.

»*Der Dünne könnte einem bestimmt glatt die Haare vom Kopf fressen.*« Cazenovia meinte Jojo.

»*Ja. Es ist so still in Poppys Studierzimmer. Meinst du, er hat einen Geistesblitz?*« Eloquenz liebte Herb.

»*Sehen wir mal nach.*«

Er sah auf, als die zwei Katzen in sein Studierzimmer spazierten. »Hallo, Mädels.«

»*Hallo. Der Teppich sieht so weit ganz gut aus*«, antwortete Cazenovia.

»Römerbrief, dreizehntes Kapitel, Vers acht bis zehn und Matthäusevangelium, achtes Kapitel, Vers dreiundzwanzig bis siebenundzwanzig. Ich bin hin und her gerissen. Nehme ich die Predigt von den Römern, ›du sollst deinen Nächsten lieben wie dich selbst‹, oder nehme ich sie von Matthäus? Das ist eine wunderbare Geschichte, wie Jesus das Meer beruhigt. ›Ihr Kleingläubigen, warum seid ihr so furchtsam?‹ Beides ist so vielschichtig, hat so viele Bedeutungsebenen.«

Er sah zu den Katzen hinunter, die jetzt zu seinen Füßen waren. »Freilich weiß ich nie, was die Menschen hören. Manche hören nichts. Andere hören einen Tadel. Jemand anders findet Trost. Aber jedes Pfarrkind glaubt, ich spreche allein zu ihm. Hm, tu ich ja auch.« Er lächelte, erwärmte sich für sein Thema. »Wisst ihr was, es würde mich nicht wundern, wenn Jesus seine Predigten mit Katzen geprobt hätte. Unser Herr hat alle Geschöpfe geliebt, aber Katzen muss er gewiss am meisten geliebt haben.«

»*Das will ich meinen.*« Eloquenz blinzelte und lächelte.

»Hört mal, ich sehe lieber mal im Schrank nach. Morgen ist Abendmahl, und Charlotte ist Freitag nicht zur Arbeit gekommen. Gewöhnlich sieht sie nach den Vorräten.« Er stand auf.

»*Ich mach die Fliege.*« Wie der Wind sauste Eloquenz aus dem Studierzimmer.

»*Dussel!*«, rief Cazenovia ihr nach. »*Du siehst schuldbeladen aus wie die Sünde selbst.*«

Eloquenz achtete nicht auf sie. Anmutig sprang sie über den mit Gummilösung bestrichenen Teil des Flurs hinweg und klammerte sich an die Seite des Treppenhauses. Tiefe Krallenabdrücke zeugten davon, dass sie das schon öfter getan hatte. Sie zog sich hoch, zwängte sich durchs Geländer, hüpfte über die zusammengerollte Gummiunterlage, dann raste die die Treppe hinauf. Dort wollte sie sich versteckt halten, bis der Sturm sich gelegt hatte.

Cazenovia maunzte allerliebst, als Herb in den Flur trat. »*Guck dir mal das Vestibül an.*« Sie machte ein paar Schritte zum Vestibül hin, dann kehrte sie zu ihrem Menschen zurück.

Er blieb stehen, dann ging er zum Vestibül. »Hey, das sieht gut aus. Das findest du auch.«

»*Ich hab's gern, wenn du mich verstehst.*« Cazenovia rieb sich schnurrend an seinem Hosenbein.

»Die Borte – so eine hübsche Verzierung. Ich muss Matthew unbedingt ein Dankeschön schreiben.« Er verschränkte die Arme, lächelte, drehte sich um und ging durch den Flur zurück; seine mit Gummi besohlten Schuhe waren ganz leise auf dem neuen Teppich.

Er stieg über die große Teppichrolle am Ende des Vestibüls. Die war für den Flur bestimmt. Er sah nicht nach unten, als er zu dem Schrank ging, und trat mitten in den Kleber, ehe er merkte, was er tat. Der andere Fuß tapste ebenfalls hinein.

Cazenovia blieb wohlweislich dort, wo das Vestibül in den Flur überging. Sie sah Herb einen Moment schwanken, dann fiel er hin. Jetzt waren seine Hände im Kleber. Er zog eine Hand hoch; das zähe Zeug zog Fäden zwischen seinen Fingern, so dass es aussah wie ein dickes Spinnennetz. Er versuchte eine Geländersäule zu fassen, aber es ging nicht. Mit aller Macht riss er die andere Hand aus dem Kleber, der sich an seine Gummisohlen heftete.

Nach vorn gebeugt, fasste er nach dem Griff der Schranktür, schaffte es aber nicht ganz. Er versuchte einen Fuß zu heben, doch der rührte sich nicht vom Fleck.

»Verdammt und zugenäht!«

»*Ich komm nicht die Treppe runter*«, rief Eloquenz.

»*Du verpasst was Tolles.*« Cazenovia lachte laut.

»*Hat er den Schrank aufgemacht?*«

»*Nein, er ist im Kleber stecken geblieben, und er hat ihn auch überall an den Händen. Er kann nicht mal seine Schuhe aufbinden und raussteigen, solange er die Hände nicht sauber hat. Oh, das ist kein schöner Anblick.*«

Eloquenz, die vor Neugierde platzte, schlich zum Treppenabsatz. »*Wenn er rückwärts fällt, schmeißt er das Fass um und die Teppichnägel.*«

»*Er steckt in der Patsche.*« Cazenovia lachte sich kaputt.

»*Wenn er vernünftig ist, bleibt er da, bis Jojo und Carl wiederkommen.*« Eloquenz versuchte nicht über Herbs Missgeschick zu lachen, aber es war einfach zu komisch.

»Was guckst du?«, herrschte Herb sie an, als er die Katze gewahrte, die durch das Geländer auf ihn herunterlinste.

»*Ich guck dich an. Ich bin runtergekommen, um besser zu sehen.*« Sie schob sich halb durch das weiße Geländer.

»Elo, bloß nicht. Bleib, wo du bist.« Herb sah Eloquenz im Geiste schon mit ihm im Leim stecken bleiben.

Ein Klopfen an der Tür schreckte sie auf.

»*Ich seh nach, wer da ist.*« Cazenovia drehte sich um, ihre langen Haare flogen von dem Tempo auf.

»Ich bin hier drin!«, brüllte Herb.

Die Tür ging auf, und Harry trat vorsichtig ein, begleitet von Mrs. Murphy, Pewter und Tucker. Cazenovia klärte sie rasch auf – bis auf Harry natürlich.

Die Tiere hetzten nach vorne, um nachzusehen. Harry blieb nicht hinter ihnen zurück.

»Rev.«

»Dieser verfluchte Teppich war nichts als eine Heimsuchung!« Er taumelte vor und zurück.

»Warten Sie, ich suche ein Stück Pappe oder so was, wo Sie drauftreten können.«

»Ich kann die Füße nicht heben.«

»Nein, aber Sie können Ihre Schuhe aufbinden.«

Er hielt die Finger in die Höhe. »Die Schnürsenkel sind zu dünn.«

»Können Sie das Zeug nicht von den Händen streifen?«

»Was glauben Sie, was ich die ganze Zeit versucht habe!«, sagte er missmutig. »Es wechselt bloß von einer Hand zur anderen, und dann kleben meine Finger fest.«

»Okay, okay. Ich suche was, wo ich mich draufknien kann, und dann binde ich Ihre Schuhe auf und Sie können raussteigen.«

»*Weiß er's?*«, fragte Mrs. Murphy die Kirchenkatzen.

»*Noch nicht*«, antwortete Eloquenz im Singsang.

»*Menschenskinder, ihr werdet Ärger kriegen.*« Tucker stellte sich unschuldig.

»*Du lügender Sack Was-weiß-ich! Du hast genau so viele gegessen wie wir.*« Pewter verpasste ihr eine Ohrfeige.

»*Beweis es.*« Tucker machte es Spaß, die Katzen zu triezen.

»*Ich weiß schon, wie ich mich räche.*« Die graue Katze legte die Ohren flach. Ein durchaus einschüchternder Anblick.

Harry war in die kleine Küche gesaust und kam nun mit Cola-Kartons zurück, die sie flachgedrückt hatte. Sie legte sie vorsichtig auf den Kleber, dann trat sie drauf. Sie hatte nur zwei, und die hatte sie nebeneinander gelegt, damit sie sich auf ein Knie niederlassen konnte. Sie rutschte ein bisschen, ruderte mit den Armen, konnte sich aber halten.

»Das hat uns grade noch gefehlt, dass wir beide festkleben. Denen dreh ich die Hälse um! Ich verfluche sie in allen Sprachen, die ich kenne.«

»Mit Recht.« Harry ließ sich auf ein Knie nieder, hielt den Fuß über dem klebrigen Zeug. Das war gar nicht so einfach. Sie band schnell die Schuhe auf, insgeheim froh, dass es ihm nicht möglich gewesen war, sich vorzubeugen und es selbst zu versuchen; denn dann hätte er den Kleber auf die Schnürsenkel geschmiert und sie hätte ihn herausschneiden müssen. Sie lockerte die Senkel so, dass er heraussteigen konnte, dann stand sie langsam auf einem Fuß auf, hob dann den anderen herüber und stieg auf den roten Cola-Pappkarton.

Flugs trat sie wieder auf den sicheren Teil des Flurs und streckte die Hand nach dem dankbaren, aber wütenden Herb aus.

»Danke.«

»Das war ein Abenteuer.«

»Ich bringe sie um.« Er stapfte in die Küche, um den Kleber abzupulen.

Die Tiere blieben zurück, um zu tratschen.

Harry kam in die Küche. »Kann ich Ihnen helfen, das Zeug runterzukriegen? Wenn Sie Gummihandschuhe haben, kann ich es vielleicht leichter abziehen.«

»Nein. Bei Gummi ist es noch schlimmer. Ich glaube, deswegen bin ich überhaupt in dem Zeug kleben geblieben. Schuhe mit Gummisohlen.« Sein Sinn für Humor kehrte zurück. »So eine verdammte Dummheit. Weggehen und den Scheiß auf dem Boden lassen. Verzeihung.« Er entschuldigte sich, weil er in Gegenwart einer Dame geflucht hatte.

»Ich würde was viel Schlimmeres sagen.«
»Gibt es was Schlimmeres?« Mit einem Schälmesser pulte er das schwärzliche Zeug ab.
»Na klar«, antwortete sie fröhlich.
»Wo hören Sie solche Sachen? Ihre Mutter wäre entsetzt gewesen.«
»Man braucht nur Rap-Musik einzuschalten. Jedes zweite Wort ist f… und immer geht's um romantische Verherrlichung von Vergewaltigung, Raub und Rache. So was hätten vermutlich die Normannen im siebten Jahrhundert vor Christus gesungen, wenn sie Rap gekannt hätten.«
»Ich verstehe. Ein echter kultureller Fortschritt.« Er wusch eine Hand, die er unter den Kaltwasserhahn hielt, weil es ein bisschen brannte.
»Hey, wir können nicht alles für uns beanspruchen. Die Engländer sind in ein Kunstmuseum gegangen, um ein totes Schaf zu sehen.«
»Ich dachte, sie sind drüber weg. Das tote Schaf. Ich hab davon gelesen.«
»Vielleicht sind sie drüber weg, aber wie gesagt, die Amerikaner können die kulturellen Verbesserungen nicht für sich allein beanspruchen.«
»Da haben Sie Recht. Mein Patriotismus ist mit mir durchgegangen.« Er hatte jetzt die andere Hand unter dem Wasserstrahl, es blieben aber immer noch kleine runde Stücke zwischen seinen Fingern kleben. »Das Zeug ist widerlich.«
»Das kann man wohl sagen. Haben Sie Handcreme?«
»Charlotte hat welche auf ihrem Schreibtisch.«
Harry ging in Charlottes Büro, nahm eine Dose Niveacreme von ihrem Schreibtisch und kehrte zu Herb zurück. Er rieb sich die Hände mit der lindernden Creme ein.
Die Tür ging auf, und Jojo und Carl polterten satt und glücklich durch den Flur. Herb trat aus der Küche, behielt die Ruhe. Er schilderte sein Missgeschick.
Sie wurden rot, entschuldigten sich und machten sich ohne ein weiteres Wort unverzüglich wieder an die Arbeit. Als Erstes mussten sie Herbs ruinierte Schuhe befreien.

Alle vier Katzen sahen von der Treppe aus zu. Tucker, die nicht über den Kleber springen konnte, stellte sich hinter die Brüder und sah von da aus zu.
»*Die kann man nicht mal mehr der Heilsarmee schenken*«, bemerkte Pewter.
»*Wann hast du schon mal was der Heilsarmee geschenkt?*«, fragte Mrs. Murphy.
»*Hab ich nicht. Die Menschen können für sich selber sorgen. Die Jungs hier arbeiten echt fix, was?*«
»*Das kommt von der Angst und dem schlechten Gewissen.*« Eloquenz hätte zu gern auf Jojos Pferdeschwanz eingeschlagen.
»*Das musst du gerade sagen.*« Cazenovia berichtete darauf den anderen, wie Eloquenz die Treppe raufgerast war, als Herb auf den Schrank zusteuerte.

In der Küche machte Herb Harry eine Tasse Tee und auch eine für sich. Sie setzten sich hin und gingen den Veranstaltungskalender durch. Als Mitglied des Pfarrbeirats war Harry nicht für Veranstaltungen zuständig, aber Herb wünschte sich Rückendeckung, deshalb hörte sie brav zu.

»… heikel.«

»Der April, ja. Warum machen Sie das Kirchenpicknick nicht am ersten Wochenende im Mai? Dann dürfte es noch nicht zu heiß sein, und das Einzige, was Ihnen Kummer bereiten könnte, wäre Regen. Wenn es regnet, veranstalten wir es hier.«

»Ich möchte dem Frühling gern vorauseilen, aber – Sie haben Recht. An einem Tag wie heute muss man schon fest an den Frühling glauben. ›Oh, ihr Kleingläubigen‹«, sinnierte er. »Ah, das morgige Evangelium.« Er hatte ihr von seinen zwei Alternativen erzählt.

»Jesus und die Jünger im Boot, und die Wellen krachen drüber. Sie wecken ihn auf, und er beruhigt Wind und Wellen. Meine Wahl.« Harry lächelte.

»Ich nehme an, ich habe meinen persönlichen Sturm erlitten«, gab er beschämt zu.

»Das war dämlich von denen. Ich meine, ich mag die

Gentrys, aber sie können nicht bis drei zählen«, flüsterte sie.

Er lachte. »Schauen wir mal, wie weit sie sind.«

Sie gingen in den Flur. Die Brüder hatten die Unterlage bis zum Fuß der Treppe verlegt. Als Nächstes wäre der Teppichboden dran.

»Das wird ein Riesenunterschied zu vorher.«

Die vier Katzen sahen gespannt zu, als die zwei Menschen sich dem Schrank näherten. Tucker, die bei den Katzen auf der Treppe war, senkte den Kopf.

Die Brüder Gentry waren jetzt dort, wo der Flur ins Vestibül überging. Auf Knien entrollten sie den hübschen Teppich.

»Also, das war so: Ich komme durch den Flur, um nach den Abendmahloblaten zu sehen. Ich erinnere mich nicht, ob Charlotte welche nachbestellt hat oder nicht. Ich hab noch genug, dass sie für morgen reichen, aber ich sehe lieber nach. So kam es, dass ich kleben geblieben bin.«

Harry folgte ihm. Er merkte nicht, dass Cazenovia und Eloquenz sich verdrückten. Mrs. Murphy, entschlossen, nicht zu weichen, betrachtete ihren hin und her witschenden Schwanz. Warum sollten sie denken, dass sie die Oblaten gegessen hatte? Pewter lehnte sich an Murphy, aber sie war nicht so sicher, dass ihnen kein Donnerwetter drohte. Tucker heftete sich an die Katzen und folgte ihnen die Treppe hinauf.

Harry, die ihre Kinder gut kannte, spürte, dass sie etwas ausgefressen hatten.

Herb öffnete die Schranktür. »So, mal sehen.« Er griff hinein. Keine Schachtel auf dem Bord. Er schaute nach unten. Zerfetztes Zellophan. Zerrissene Schachteln. Oblatenstückchen, zerstreut wie die Krümel von Hänsel und Gretel.

»Elo! Cazzie!« Sein Gesicht färbte sich puterrot.

»*Der Hund war's*«, rief Elo aus ihrem Versteck.

Harry starrte auf den Frevel, dann warf sie den Kopf zurück und lachte. Sie lachte, bis Tränen ihre Wangen hinabliefen.

Herb zischte. Er kochte. Er warf die zerfetzten Schachteln aus dem Schrank. Er seufzte. Schließlich lachte auch er. »Gib mir ein Zeichen, Herr.«

»Hat er schon.« Harry wischte sich die Augen und lachte noch schallender. »Er hat Ihnen zwei sehr heilige Katzen geschickt.« Sie fragte sich, ob ihre Tiere beteiligt gewesen waren. Immerhin hatten sie den Versammlungen des Pfarrbeirats beigewohnt. Sie wusste, dass Mrs. Murphy, Pewter und Tucker dazu imstande waren. Sie hielt es für klug, nicht mit dem Finger auf die anderen zu zeigen.

Mrs. Murphy und Pewter sahen zu, mit geweiteten Augen und allzu heftig zuckenden Schwänzen.

Tucker lag flach auf dem Bauch, gleich um die Ecke oben auf der Treppe. »*Elo, dafür bring ich dich um*«, drohte der Hund.

Harry kniete sich hin, um die Oblatenstückchen aufzulesen.

»Ob Pfarrer O'Mallory wohl welche übrig hat?« Mit gerunzelter Stirn hielt Herb eine Schachtel in der Hand; Zellophanfetzen ergossen sich auf seine geröteten Finger, die noch brannten. Weitere Beweisstücke lagen auf dem Boden.

»Wenn nicht, geh ich Cracker kaufen, diese kleinen Cocktail-Cracker. Wenn Sie die segnen, sind sie dann nicht so gut wie Abendmahloblaten?«

»Schon möglich, aber sie sind salzig, dann sitzen die Leute durstig in den Bänken.«

»Geben Sie ihnen mehr Wein.« Harry lächelte diabolisch.

»Harry, da ist was dran. Warten Sie, gehen Sie nicht, ehe ich Bescheid weiß.« Er drückte ihr eine von Reißzähnen gezeichnete Schachtel in die Hand und eilte in sein Amtszimmer. Sie trottete hinter ihm her.

»Danke, Dalton.« Herb legte den Hörer auf. »Er hat welche. O guter Jesus, sei bedankt für Pfarrer Dalton O'Mallory. So, ich gehe sie jetzt am besten abholen.« Er hielt inne. »Harry, ich habe ganz vergessen zu fragen, weshalb Sie vorbeigekommen sind.« Er schlug sich mit der Hand auf den Oberschenkel. »Entschuldigen Sie.«

»Sie hatten alles Mögliche im Kopf und … äh, brauchen Sie keine Schuhe?«

»Ach ja.« Er ging zu dem Schrank in seinem Amtszimmer, holte ein Paar Gummistiefel und einen dicken Lodenmantel heraus.

»Ich bin vorbeigekommen, um Ihnen zu erzählen, dass Tracy Raz gestern das alte Bankgebäude erworben hat, und ich dachte, wenn wir alle je zwanzig Dollar spenden, können wir ihm ein Schild malen lassen, wie immer er es möchte, ›Raz Werke‹ oder so.«

»Aber sicher.« Er schob seinen Fuß in den Gummistiefel. »Schon wieder Gummi. Ich muss aufpassen, wo ich hintrete.« Er sah einen Moment auf den alten Holzfußboden. »Wenn ich wiederkomme, liegt da hoffentlich überall Teppich. Gut, dass Fred Forrest nicht hier ist. Er würde feststellen, dass der Boden nicht in Ordnung ist. Die Neigung fällt nicht auf, wenn was drauflegt.«

»Der Boden ist mehrere hundert Jahre alt. Fred soll sich nicht so haben. Außerdem kann er sowieso nur Ärger machen, wenn es um Neubauten geht.«

Herb schüttelte den Kopf. »Nein. Wenn er sich unbedingt dämlich anstellen will, kann er hier reinmarschieren und den Fußboden für gefährlich erklären.«

»Auf keinen Fall.«

»Doch, kann er. Wenn Fred einem nicht grün ist, muss man auf der Hut sein. Ich mache mir nicht nur Sorgen, weil Matthew den Bau der Sportanlage übernommen hat. Ich würde es Fred glatt zutrauen, dass er ihm wegen schon fertiger Gebäude Ärger macht, und ich sage Ihnen, das wird richtig teuer.«

»Das würde er nicht tun. Er hat genug Ärger in seinem Büro.«

»Doch, er würde es tun. Mit Fred stimmt was nicht.«

Wie wahr.

41

Später am selben Tag gingen Harry und Susan bei »Foods of All Nations« einkaufen. Da Harry zwei Transporter besaß, keinen Pkw, stellte ein Großeinkauf ihren Einfallsreichtum auf die Probe – vor allem, wo sie die Sachen hinpacken sollte, wenn Regen oder Schnee auf die Ladefläche fielen.

Meistens lieh sie sich Susans Kombi, oder sie fuhren zusammen einkaufen, so wie heute. Auch BoomBoom war bei »Foods«, wie der Supermarkt genannt wurde.

Die drei Frauen kamen heraus und gingen auf dem überfüllten Parkplatz zu ihren Fahrzeugen.

Harry schloss die hintere Kombitür und bemerkte aus dem Augenwinkel zwei Autos nebeneinander, die Schnauzen in entgegengesetzten Richtungen. BoomBoom sah sie auch, als sie ihren Explorer belud. Matthew Crickenberger saß in dem einen, Fred Forrest in dem anderen.

Harry konnte nicht hören, was sie sagten, aber sie beobachtete, dass Fred sein Fenster hochkurbelte und davonfuhr, ohne nach rechts oder links zu gucken. Matthews elektrisches Fenster glitt hoch; er schüttelte wütend den Kopf, sein Gesicht war rot angelaufen.

»Hast du das gesehen?«, fragte Harry Susan, die den Rücksitz des Kombis mit Einkäufen beladen hatte.

Susan rutschte hinters Steuer. »Was?«

»Matthew und Fred. Hatten scheint's wieder, äh, Verdruss.«

»Hab ich nicht mitgekriegt.«

BoomBoom trat zu ihnen. »Aber ich. Fred hat gesagt, ›halten Sie sich bedeckt.‹ Ich wünschte, ich hätte den Rest aufgeschnappt.«

»*Der Tag war voller Verdruss*«, bemerkte Mrs. Murphy.

»*Ja, und es ist erst halb zwei.*« Tucker hätte ihre Nase gern in die Lebensmitteltüten gesteckt.

»*Samstag ist Harrys freier Tag. Und wir haben ihn mit Ein-*

kaufen verplempert. Ich will Spaß haben.« Pewter rutschte über den Schalthebel auf den Vordersitz und auf Susans Schoß. Harry sagte tschüs zu BoomBoom, setzte sich auf den Beifahrersitz und Susan ließ den Motor an.

»*Reverend Jones hat für Aufregung gesorgt*«, kicherte Mrs. Murphy in Erinnerung an die Szene.

»*Und du warst so ein Angsthase*«, rief Pewter zu Tucker nach hinten.

»*War ich nicht. Eloquenz und Cazenovia waren Angsthasen.*«

»*Also, ich will noch was Aufregendes erleben. Der Tag ist noch jung.*« Pewter stellte sich auf die Hinterbeine, legte die Pfoten auf Harrys linke Schulter und schaute nach hinten zu den anderen.

»*Aufregung gibt's in guten und schlechten Varianten*«, bemerkte der Corgi weise.

42

Jedes Mal wenn er an Fred dachte, packte Matthew das Lenkrad so fest, dass seine Knöchel weiß wurden. Er fing sich wieder, dann hielt er an. Er lenkte seinen dunkelgrünen Range Rover auf die Garth Road und fuhr nach Westen.

Noch in den 1960er Jahren hatte es auf den welligen Hügeln nur wenige Häuser gegeben. Pferdegestüte, Futterfarmen und unten bei White Hall erstreckten sich Apfelgärten längs der Straße.

Berta Jones, die ehemalige Jagdführerin des Farmington Jagdclubs, hatte auf ihrem Gestüt Ingleside drei »pensionierte« Sieger des Kentucky Derbys gehalten. Sie war mit den schnellen Vollblutpferden auch auf die Jagd gegangen.

Aber die respektable Berta war schon lange tot. Ihre Tochter Port Haffner, ebenfalls eine wagemutige Reiterin, hielt an der überkommenen Virginia-Lebensart fest, doch rings um das schöne Gestüt standen teure Häuser auf Grundstücken zwischen zwei und zwanzig Morgen.

Die Eigenheime aus roten Ziegeln mit weißen Säulenportalen, ausgestattet mit Alarmanlagen, Sprinkleranlagen und großkotzigen Salons, waren für die »Zugereisten« gebaut worden, die sich gegenseitig imponieren wollten. Die Einheimischen fragten sich, wieso jemand sein Geld in ein Haus steckte statt in Land.

Aber die Zuzügler hatten Matthew den Start ins Baugeschäft ermöglicht. Ihm wurde bald klar, dass Geschäftsbauten Geld brachten, und da er sich rasch mit neuen Techniken und Materialien anfreundete, war er bis Mitte der 70er Jahre größeren, etablierteren Betrieben voraus. Heute war er der große etablierte Betrieb.

Er kam mit den meisten Leuten gut aus, seien es Zuzügler oder alteingesessene Familien. Er fragte sich oft, warum die Zuzügler die hiesigen Gepflogenheiten nicht annahmen, aber diese Leute zückten oft einfach ihr Scheckbuch und erwarteten, dass dies schlichte gute Manieren überbot. Sie stellten einen Scheck für einen wohltätigen Zweck aus, zahlten aber ihrem Hausmädchen einen Hungerlohn. Ein Virginier würde keinen Scheck für einen wohltätigen Zweck ausstellen, sondern anständig für das Hausmädchen sorgen.

Das Gesetz Virginias lautete: »Sorge für deinesgleichen.«

Das Problem war, dass die Zuzügler nicht wussten, wer »ihresgleichen« war. Vielleicht stellten sie die Schecks aus, um sich von Makeln freizukaufen.

Anne aber kannte die Regeln. Matthew bog in die Schotterzufahrt an der Nordseite der Garth Road ein, einer kleinen etwas abseits gelegenen gewundenen Straße, und stand bald vor der Tür eines reizenden Holzhauses, das den Bauten der Zeit um 1720 nachempfunden war, schlicht, solide und von gefälligen Proportionen. Grüne Läden umrahmten die Schiebefenster; das Weiß des Hauses verschmolz mit dem Schnee.

Er bediente den Messingklopfer in Gestalt einer Ananas.

Anne öffnete. »Matthew, komm rein.«

»Entschuldige, dass ich nicht angerufen habe. Ich war auf dem Heimweg und dachte, ich schau mal vorbei, ob du was brauchst.«

»Bitte, komm rein. Ich mach uns was zu trinken. Es ist nett, Gesellschaft zu haben.«

Er hörte im oberen Stockwerk zwei Mädchen quietschen, als er ins Haus trat. »Besuch?«

»Georgina Weems. Ich bemühe mich, Camerons Tagesablauf so normal wie möglich zu halten. Kinder trauern anders als wir. Sie braucht ihre Freundinnen. Ich brauche meine Freunde.« Sie sah ihn mit ihren Haselnussaugen eindringlich an. »Scotch? Wodka-Martini? Das ist doch dein Lieblingsdrink?«

»Ein bisschen früh für mich. Ich nehme eine Tasse von deinem sagenhaften Kaffee.«

»Du hast Glück, ich wollte gerade Espresso machen. H. H. hat mir doch dieses riesige italienische Messinggerät mit dem Adler oben drauf gekauft. Nicht mal in Restaurants haben sie so gigantische Espressomaschinen.« Sie führte ihn in die Küche.

Er legte seinen Mantel über die Rückenlehne eines Küchenstuhls. »Eine kolossale Maschine.«

Sie zeigte ihm die Schritte der Espressozubereitung, dann machte sie ihm einen vorzüglichen Espresso und schnitt dazu ein Streifchen Orangenschale ab. Sie bereitete sich auch einen in dem zierlichen weißen Porzellantässchen mit Goldrand, das H. H. ihr ebenfalls zu Weihnachten geschenkt hatte.

»Lass uns ins Wohnzimmer gehen. Was ist nur los mit mir? Ich hätte dir den Mantel abnehmen sollen.«

»Es spielt sich sowieso alles in der Küche ab, und der Mantel liegt da ganz gut. Sandy lässt übrigens grüßen.«

Anne setzte sich an den Küchentisch. »Ihr beide wart wunderbar während dieser Tortur. Schlimm genug, dass ich meinen Mann verloren habe« – sie stellte ihre Tasse auf eine Untertasse –, »aber dass die Leute denken, ich hätte ihn umgebracht, das ist eine Überdosis Grausamkeit. Ich weiß, was hinter meinem Rücken geredet wird.«

Er versuchte sie zu beschwichtigen. »Ach was, nur der Sheriff wird diesen Weg beschreiten. Er muss allen Möglichkeiten nachgehen.«

»Rick war gestern hier. Cooper auch. Du kennst doch mein kleines Gewächshaus? Sie sind mit mir durchgegangen und haben mir Fragen über Belladonna gestellt. Ihre Absicht war eindeutig, drum hab ich ihnen erklärt, dass sogar eine Azalee, in großen Mengen aufgenommen, ein Koma herbeiführen kann. Hahnenfuß kann das Verdauungssystem zerfetzen. Die Beeren an Mistelzweigen können tödlich sein.« Sie machte eine Pause. »Ich muss aussehen wie eine Gattenmörderin.« Sie senkte leicht den Kopf, dann hob sie ihn.

»Für mich nicht.«

»Danke.«

»Der Espresso ist besser als jeder, den ich je in einem Restaurant bekommen habe.« Er trank genüsslich. »Gibt es Einkäufe zu erledigen?«

»Danke, nein. Das Wetter hat mich mehr ans Haus gebunden als sonst was. Sollen sie doch glotzen. Dann glotz ich eben zurück.«

»Das ist die richtige Einstellung. Die meisten Leute sind eh so verdammt gelangweilt, dass sie mit neidischen Blicken auf dich sehen. ›Könnte ich doch auch so interessant sein.‹« Er imitierte eine solche Stimme, wie er sie sich vorstellte.

»Ach Matthew, du nimmst mich auf den Arm.«

»Solange ich dir kein Bein stelle.« Er leerte seine Tasse.

Sie machte ihm noch einen Espresso. »Soll ich Sandy anrufen und ihr sagen, dass du kurz vorm Abheben bist?«

»Einer der Vorteile, groß zu sein, ist, dass ich viel mehr von allem vertrage, bevor es sich auswirkt.« Er lächelte. »Weißt du, ich habe viel über H. H.s Tod nachgedacht. Wir wissen beide, dass er einem mit seinem Temperament auf den Sack gehen konnte, verzeih den Ausdruck, aber ein regelrechter Erzfeind? Da fällt mir kein einziger ein.«

»Was ist mit seiner Geliebten, als er sie abserviert hat?«
Anne war erstaunlich offen, aber Matthew war ja auch ein alter Freund.

»Davon hab ich nichts gewusst – erst als es alle wussten, und dann war er am nächsten Abend mit dir beim Basketballspiel.«

»Wegen Cameron. Er hat gefaselt, ›ich gehe, ich bleibe.‹ Es war die Hölle, und ich denke, deswegen trauere ich nicht so, wie ich es nach Meinung der Leute sollte. Ich nehme an, ich wirke schuldbewusst.« Sie straffte das Kinn.

»Warum hast du uns nichts gesagt? Sandy und ich hätten mit ihm geredet. Das weißt du.«

Sie klopfte mit der Spitze des kleinen Löffels sanft auf den Tisch. »Ich war wütend, weil er mich für so dämlich hielt, so nachgiebig, dass er mir das noch einmal antun konnte. Als ich ihn zur Rede stellte, hat er's abgestritten. Tun sie doch alle, oder? Aber ich hab ihn fertig gemacht. Er hat gesagt, es tut ihm Leid, aber er hat auch gesagt, er braucht einen Kick. Er hat im Laufe der Jahre zu viele Kicks gebraucht.« Sie stand auf, holte Plätzchen aus dem Kühlschrank, dann machte sie sich noch einen Espresso. Sie schenkte sich obendrein einen Schuss McCallums ein. Sie hielt die Flasche in die Höhe, aber Matthew schüttelte den Kopf. »Das Einzige, was ich nicht gemacht habe, ist einen Kaminrost nehmen und ihm über den Schädel schlagen.«

»Weißt du, wer die Frau war?«

»Jetzt ja. Mychelle Burns.«

»Ach.« Er sagte lieber nicht, was er darüber wusste.

»Und jetzt ist sie auch tot, und es sieht für mich nicht gut aus.«

»Es gibt sehr gute Anwälte in der Stadt. Mach dir keine Sorgen.«

»Ich müsste lügen, wenn ich sagen würde, mir wär nicht mulmig. Mehr wegen Cameron als wegen mir. Was, wenn ihre kleinen Freundinnen ihre Eltern reden hören? Wenn sie zu Cameron sagen, ›deine Mutter hat deinen Daddy ermordet‹? Mein Gott, das jagt mir Angst ein.«

»So weit ist es noch nicht.« Er atmete aus. »Rick wird vermutlich ermitteln, warum Mychelle ermordet wurde, aber das ist nicht meine eigentliche Sorge. Ich habe nachgedacht. Könnte es mit H. H.s Geschäft zusammenhängen?«

»Wieso?« Sie trank den Scotch, dessen Wärme so tröstlich war wie der Espresso.

Matthew antwortete nach einer kurzen Pause: »Oh, Geld unterm Tisch. Schiebung. Solche Sachen.«

»Davon weiß ich nichts. Nicht dass H. H. sein Geschäftsleben vor mir geheim gehalten hat, aber wenn er nach Hause kam, stand das Essen auf dem Tisch und wir haben uns mit Cameron unterhalten. Diese Stunde gehörte ihr. Nach dem Abendessen hat er wohl mal erwähnt, was an dem Tag gewesen ist. Ich nehme an, die meisten Ehepaare sind oder werden so. Man bewegt sich in verschiedenen Welten, sofern man nicht zusammen im Geschäft ist.«

»Stimmt. Sandy und ich sprechen selten über Geschäftliches. Ich möchte das nicht mit nach Hause nehmen.« Er machte eine Handbewegung, als würde er etwas wegschieben. »Männer und Frauen haben sich was Besseres zu sagen.«

»Von Zeit zu Zeit hat er seine Wut an Fred Forrest ausgelassen.«

»Fred ist eine Nervensäge. Wenn einer ihn ermordet hätte, das könnte ich verstehen. Gibt's jemand, den er gefeuert hat, einen, der einen Groll auf ihn hatte?«

Sie schüttelte den Kopf. »Ich weiß, bei eurer Art von Geschäft bleibt es nicht aus, dass ihr Leute entlassen müsst, aber er hat nie was davon gesagt. Falls ein ehemaliger Angestellter einen Groll auf ihn hatte, wusste ich nichts davon.«

»H. H. hat sich immer darüber lustig gemacht, dass viele von meinen Jungs faktisch Analphabeten sind, aber ich sag dir, die sind zuverlässig. Sie wissen, wie schwer es ist, einen Job zu kriegen, und sie wissen, die meisten Chefs schrauben den Lohn runter, wenn jemand kaum lesen und schreiben kann. Ich bezahle sie gut und bekomme gute Arbeit, solide gute Arbeit. Es ist Jahre her, seit ich jemanden entlassen musste.«

»Aber ist das nicht mühsam? Man kann keine Notizen hinterlassen.«

»Du würdest staunen, was sie sich alles merken. Sie brauchen nichts Schriftliches. Was man ihnen sagt, merken sie sich. Zugegeben, es ist ein Problem, wenn sich was ergibt und Opie ist gerade weg, was zum Mittagessen holen. Oder man muss von der Baustelle weg und muss ihm was mitteilen, aber das kommt nicht sehr oft vor. Außerdem habe ich einen prima Polier, und das ist eine Hilfe.«

»Ich wollte, ich könnte dir was sagen, irgendwas.«

»Du kannst das vielleicht nicht beantworten – meinst du, du hättest dich von ihm scheiden lassen?«

»Um Camerons willen hätte ich das nicht gewollt.«

»Und um deinetwillen?« Matthews Stimme war sanft.

»Oh.« Sie sah auf eine Stelle über seinem Kopf, dann senkte sie den Blick und sah ihn an. »Ich hatte mich an ihn gewöhnt. An manchen Tagen habe ich ihn geliebt und an anderen nicht. In letzter Zeit waren die ›Nicht-Tage‹ häufiger.«

»Anne, das tut mir Leid. Aufrichtig Leid.« Sie zuckte die Achseln, legte den Kopf schief und lächelte. Er fuhr fort: »Wenn du einen guten Anwalt brauchst, sag mir Bescheid. Du weißt, du kannst Sandy oder mich zu jeder Tages- und Nachtzeit anrufen. Wenn du mal Zeit für dich brauchst, nehmen wir Cameron gerne bei uns auf. Matt und Ted haben einen Narren an ihr gefressen. Sie werden ihre großen Brüder sein.«

»Danke. Glaubst du, ich hab's getan?«

»Nein. Ganz entschieden nein.«

»Danke, Matthew.«

43

Weiße Schachteln mit chinesischem Essen, die Deckel aufgeklappt wie Blütenblätter, zierten Harrys Küchentisch. Cynthia Cooper hatte die Delikatessen mitgebracht, ein Ritual, das sie und Harry an den Samstagabenden pflegten, an denen keine von ihnen anderweitig verabredet war.

Manchmal hatte Miranda ihnen Gesellschaft geleistet, aber seit ihre Samstage ausgefüllt waren, trafen die zwei jüngeren Frauen sich allein.

»Ich krieg keinen Bissen mehr runter.« Harry schnippte Pewter mit ihren Stäbchen eine Krabbe zu.

»*Aber ich!*« Frohgemut fing Pewter die Krabbe auf.

Mrs. Murphy mampfte Cashew-Huhn, Tucker verleibte sich Schweinefleisch Lo-mein ein.

Die zwei Menschen klappten die Deckel zu und stellten die Schachteln in den Kühlschrank. Sie trugen ihren Kaffee ins Wohnzimmer.

Harry setzte sich in den Ohrensessel. Cooper ließ sich aufs Sofa plumpsen und streckte die Füße auf dem Couchtisch aus. Bei Harry konnte sie sich vollkommen entspannen. Sie zog eine Camel ohne Filter aus ihrer Hemdtasche.

»Starkes Kraut.«

»Daran ist Rick schuld.« Cooper blinzelte, als sie die Zigarette anzündete. »In den letzten drei Monaten hat er dauernd die Marken gewechselt in der Hoffnung, den Nikotingehalt zu reduzieren. Worauf er statt einem Päckchen täglich drei Päckchen von den Diätfluppen geraucht hat. Dann ist er wieder zu dem starken Zeug übergegangen, hat aber weiterhin andere Marken ausprobiert. Ich weiß nicht, warum. Er sagte, wenn ihm eine Sorte nicht schmeckt, würde er vielleicht den Konsum einschränken. Am Ende ist er auf Camel zurückgekommen. Er schwört, die schmecken am besten. Finde ich auch.« Sie stieß einen blauen Rauchkringel aus. »Ich hab die verschiedenen Marken mit ihm zusammen ausprobiert. Klar, die richtig teuren, Dunhill, Shephard's Hotel, die sind der Himmel, aber die hier ist schon gut. Du hast nie geraucht, oder?«

»Alle Jubeljahre rauch ich die Pfeife meines Vaters. Das beruhigt mich und lässt mich an Dad denken.«

»Schade, dass ich deinen Vater nicht gekannt habe.«

»Er war ein guter Mensch. Er verstand eine Menge von der Welt. Sehr realistisch, aber nicht, äh, zynisch.«

Harry lächelte, als die drei Tiere ins Wohnzimmer kamen und Gesichter, Schnurrhaare und sich gegenseitig putzten.

Eine gründliche Pflege nach einer Mahlzeit war wichtig für die geistige Gesundheit, vor allem für Mrs. Murphy, die einen eitlen Zug besaß.

»Meinst du, der Mord an H. H. oder Mychelle hat was mit Drogen zu tun?« Harry kam auf das anstehende Problem zurück.

»Nein.«

»Ich auch nicht.«

»Warum fragst du dann?« Cooper lachte.

»Du bist dichter an dem Fall dran als ich. Du weißt Sachen, die ich nicht weiß.«

»Keine Drogen. Je mehr wir ermitteln, desto mehr sieht es nach Liebesrache aus.«

»Anne?«

»Ja.«

»Das ist ja furchtbar. Hoffentlich ist es nicht wahr.«

»Bei näherer Betrachtung wundert es mich, dass nicht mehr Frauen ihre Ehemänner umbringen.«

»Du bist zynisch.«

Cooper schwenkte ihre Beine auf den Boden, beugte sich vor und drückte die Zigarette aus. »Schon möglich.«

»Also, wenn es Anne ist, dann war es genial von ihr, ihn vor aller Augen zu töten, aber nicht so genial, Mychelle zu töten.«

»Keine Fingerabdrücke. Nicht den Schnipsel eines greifbaren Beweises und keine Mordwaffen.«

»*Eis. Ein Eisgeschoss*«, miaute Mrs. Murphy laut.

»Magenverstimmung?« Harry sah zu ihrer Tigerkatze hinunter, die zu ihr hochsah.

»Ich hab dich lieb, Harry, aber du kannst ja so begriffsstutzig sein.« Mrs. Murphy sprang auf Harrys Schoß.

»Immer mit der Ruhe. Wenn du dich aufregst, kriegst du Magenverstimmung«, warnte Pewter.

»In einer Stunde haben wir sowieso alle wieder Hunger.« Tucker verlieh ihrer Meinung zu chinesischem Essen Ausdruck.

Pewter und Tucker kletterten auf das andere Ende des Sofas und ließen sich rasch nieder.

»Kann ich loslegen?«

»Was fragst du?« Lachend tätschelte Cooper die zwei Freundinnen.

»Ich hab nachgedacht.«

»Gott, nein.« Cooper schlug die Hände vors Gesicht.

»Das nächste Spiel der Mädchen ist am Dienstag. Gegen Wake Forest, glaube ich. Ist ja auch egal, wer der Gegner ist. Was passiert ist, einschließlich des Angriffs auf Tracy, war immer während oder nach einem Frauenbasketballspiel. Heute Abend spielen die Männer, und ich geh mit dir jede Wette ein, dass nichts passiert.«

»Bis jetzt ist außerhalb der Frauenspiele nichts passiert, aber wir finden keinen Zusammenhang.« Cooper legte die Füße wieder auf den Couchtisch. »Woran hast du gedacht?«

»Ich hab illegale Wetten gestrichen.«

Cooper lachte. »Mach weiter.«

»Wie wär's, wenn du und ich mit den Mädels hier die ganze Nacht in der Muschel bleiben. Die Tiere haben viel schärfere Sinne als wir.«

»Kommt nicht in Frage.«

»Du stimmst doch zu, dass der Schauplatz wichtig sein könnte.«

»Ich weiß es nicht. Im Ernst. Ich weiß es nicht. H. H.s Ermordung war geplant. Ich glaube, Mychelles geschah im Affekt.«

»Also dann, was kann's schaden, wenn wir über Nacht dort sind?«

»Tracy ist mit einer Beule am Kopf davongekommen. Vielleicht hat er Glück gehabt. Ich kann dich oder auch mich nicht ohne Ricks Zustimmung in Gefahr bringen. Außerdem, Harry, wenn er eine Überwachung für nötig hielte, würde er jemanden abstellen, der nachts nach dem Spiel dort bleibt.«

»Schön – frag ihn.«

»Er wird seine Wut an mir auslassen, nicht an dir. Bis er zu dir kommt, hat er sich so weit eingekriegt, dass es nur noch für grobe Worte reicht.«

»Feigling.«

»Ich muss während der Arbeitszeit mit dem Mann auskommen. Sprich du zuerst mit ihm. Lass du dich zur Schnecke machen.«

»Aha, du findest die Idee nicht schlecht.«

»Hab ich auch nicht gesagt.« Cooper wusste, dass Irena Fotopappas, die sich als Examenskandidatin ausgab, tagsüber dort war. Niemand war die ganze Nacht dort. Sie wollte es Rick vorschlagen, aber Harry, Mrs. Murphy, Pewter und Tucker nicht mit hineinziehen. »Aber die Idee ist gefährlich. Zumal wir nicht wissen, wonach wir suchen. Wenn wir wüssten, es ist, sagen wir, ein Glücksspielring und ein Spieler frisiert Spielergebnisse, könnten wir's vielleicht tun, aber Harry, wir wissen nicht, was vorgeht, wenn es nicht Anne Donaldson ist. Das ist riskant.«

»Ich hab eine 38er.«

»Und wenn du eine Bazooka hättest. Wenn du nicht weißt, was oder wer dein Ziel ist, kriegt er dich womöglich dran, ehe du ihn drankriegst. Wenn es nicht Anne ist, dann ist es vielleicht eine Geliebte. Womöglich kennen wir die Frau gar nicht. Wir wären wehrlos, schutzlos.«

Harry ließ die Arme über die Seiten des Ohrensessels hängen. »Trotzdem, wir sollten den Tatort überwachen.«

»Ich werde es dem Chef unterbreiten, aber versuch's nicht – vor allem nicht ohne mich. Die Sache macht mir Angst.«

Das überraschte Harry ehrlich, was sich in ihrer Stimme zeigte. »Warum?«

»Wenn es ein Verbrechen aus Leidenschaft war, dann hat Anne Donaldson mehr Selbstbeherrschung und Intelligenz als die meisten von uns. Wenn es nicht Anne ist, dann ist es trotzdem jemand, der sich mit Leichtigkeit verstellen kann und beängstigend intelligent ist.«

»Verdammt.«

»Und zugenäht.« Cooper seufzte.

Sie verfielen in Schweigen. Beide blickten ins Feuer; ein blauer Rand umgab die gelben Flammen.

»Harry, nimm Dienstag deine 38er mit.«

»Machen wir's?«

»Nein, nicht direkt, aber ich werde die Leute, die hinter H. H. saßen, anrufen und sie bitten, nach dem Spiel dazubleiben. Ich hab eine Idee. Ich werde drei Leute vom Revier bitten, die Plätze von H. H., Anne und Cameron einzunehmen.«

»Und wenn sie die Karten an Freunde verschenkt hat, wie ich annehme?«

»Egal. Wir machen das direkt nach dem Spiel.«

»Cool.« Harry strahlte.

44

Montagmorgen um halb neun waren Tazio und Brinkley schon seit einer Stunde bei der Arbeit. Tazio war vorsichtig ins Büro gefahren, weil die Straßen matschig waren; der zur Seite gepflügte Schnee war schmutzig grau geworden.

Ihr Assistent würde um Punkt neun zur Arbeit erscheinen. Der stets pünktliche Greg Ix hielt sie bei Laune.

Sie sah nicht hoch, als die Tür aufging. »Wie wüst haben Sie's am Wochenende getrieben?«

Die Tür ging zu.
Brinkley sprang auf. »*Kann ich Ihnen helfen?*«
»Tazio.« Fred Forrest marschierte auf die andere Seite des Zeichentisches.
»Hallo. Ich dachte, es wär mein Assistent. Ich berichtige, mein junger, wilder Assistent.«
»Ich bin seit langem weder das eine noch das andere.« Fred ließ ein seltenes Lächeln sehen.
»Was kann ich für Sie tun? Oder was soll ich ausbessern?«
»Nichts. Ich meine, es ist alles in Ordnung. Ich bin gekommen« – er räusperte sich –, »ich bin gekommen, um mich zu erkundigen, ob Mychelle mit Ihnen gesprochen hat. Ich hab gehört, sie ist an Sie herangetreten, als Sie ...«
Tazio unterbrach ihn, was sie selten tat. »Es ist nie zu unserem Treffen gekommen.«
»Verstehe.« Er blickte auf die Entwürfe auf dem Zeichentisch, ohne sie wirklich wahrzunehmen. »Haben Sie eine Ahnung, warum sie Sie sprechen wollte – privat, meine ich?«
»Nein. Ich wollte, ich wüsste es.«
»Ich nehme an, das haben Sie dem Sheriff erzählt.«
»Sicher.« Sie legte ihre Hand auf Brinkleys Kopf. Der hübsche junge Hund wurde fülliger. Ausgewachsen und gut genährt würde er ein Prachtkerl sein.
»*Mom, er ist aufgeregt.*«
Tazio kraulte ihn an den Ohren.
»Haben Sie sich mal mit Mychelle getroffen?«
»Nein. Wie kommen Sie darauf?«
»Äh, na ja, Sie sind beide Farbige.« Fred verwendete das alte höfliche Wort, weil er mit den neuen Ausdrücken nicht zurechtkam. Tazio hatte dafür Verständnis.
Sie lächelte. »Komisch, dass Sie das erwähnen, Fred. Unsere Arbeit hat uns auf entgegengesetzte Seiten des Zaunes gestellt, nicht?« Er nickte, und sie fuhr fort: »Verstehen Sie mich nicht falsch, ich bin nicht überempfindlich, aber bloß weil Menschen dieselbe Hautfarbe haben, müssen sie sich

noch lange nicht verstehen. Menschen in ein und derselben Familie verstehen sich oft nicht.«

Er wurde rot. »Sie haben Recht. Ich, äh, Tazio, früher habe ich gewusst, wie man sich benimmt. Ich kannte meinen Platz wie alle anderen auch, aber heute bin ich ganz konfus. Lorraine« – er meinte seine Frau – »sagt, Menschen sind Menschen und scher dich nicht um politische Moden. Sie sagt ›Moden‹, aber Lorraine arbeitet ja auch nicht bei der Bezirksregierung. Sie arbeitet bei ›Keller und George‹« – er nannte das feinste Juweliergeschäft der Stadt –, »und was sie sagt, wird nicht maßlos aufgebauscht und kommt auch nicht in die Zeitung. Man kann ja an Halloween nicht mal ›buh‹ sagen, ohne als Heide beschimpft zu werden.«

»Mom, was ist ein Heide?«

»Schätzchen, du bist heute Morgen aber gesprächig.« Tazio lächelte ihren Burschen an und fragte sich, wie sie je ohne die vollkommene Liebe eines Hundes hatte leben können. »Wissen Sie, Fred, ich habe nie richtig darüber nachgedacht, wie das ist mit einem Behördenjob. Ich vermute, es gibt da Leute, die darauf aus sind, Sie reinzulegen.«

»Sie würden es nicht für möglich halten.« Er legte seinen Zeigefinger auf die blanke Ahorntischplatte. »Ich entschuldige mich für meine extrem schlechte Laune. Lorraine sagt, sie ist extrem. Ist sie wohl auch. Sie haben meine gute Seite nicht kennen gelernt. Die hab ich nämlich.«

»Davon bin ich überzeugt.« Tazio merkte, etwas nagte an ihm. »Mychelles entsetzlicher Tod war ein schwerer Schlag für Sie. Sie war Ihre Schülerin. Sie war Ihnen bestimmt dankbar für alles, was Sie ihr beigebracht haben.«

»Ich kann's immer noch nicht richtig fassen, dass sie tot ist. Und drum wollte ich wissen, ob sie was gesagt hat. Ich klammere mich an einen Strohhalm, aber ich will ihren Mörder schnappen, genau wie Rick und Cooper das wollen, bloß, wenn ich ihn schnappe, dann bring ich ihn um. Ich schwör's. Einer jungen Frau das Leben nehmen. Sie verbluten lassen. Mein Gott, Tazio, beim Tierschutzverein geht's menschlicher zu.«

»Ja«, antwortete sie leise. Sie schwiegen eine Weile, dann sagte sie: »Haben Sie schon gefrühstückt? Kommen Sie, wir gehen an die Ecke. Rühreier?«

Er hob die Hand, mit der Handfläche nach außen. »Nein, nein, danke. Hafergrütze mit Honig gab's heute Morgen. Das hält bis zum Mittagessen vor. Entschuldigen Sie, dass ich hier reingekommen bin und Sie belästigt habe.«

»Sie haben mich nicht belästigt. Ich wollte, ich könnte behilflich sein. Ich habe Cooper alles erzählt, was ich weiß – was sehr wenig ist.«

»Als Mychelle neulich an Sie herangetreten ist, war sie da ängstlich?«

»Aufgewühlt. Ich dachte, sie wäre böse auf mich, aber ich konnte mir beim besten Willen nicht denken, warum.«

Er zog die Augenbrauen zusammen. »Sie war nicht böse auf Sie. Nein. Sie hatte Angst. Hat geblufft. Statt ihre Angst zu zeigen, wurde sie wütend. Ich kannte sie ziemlich gut.«

»Haben Sie eine Ahnung, wovor sie Angst hatte?«

»Nein.«

»Fred, früher oder später wird derjenige geschnappt, der Mychelle umgebracht hat. Daran glaube ich fest, und ich weiß, Sheriff Shaw und Deputy Cooper werden nicht ruhen, bis sie ihn haben.«

Er seufzte. »Hoffentlich.« Dann wandte er sich zur Tür. »Seien Sie vorsichtig. Passen Sie auf, dass niemand denkt, Sie wüssten was.«

»Aber ich weiß doch gar nichts.« Ein Anflug von Furcht durchfuhr sie.

»Danke für Ihre Zeit. Wiedersehn.« Er ging.

»Ich weiß nichts. Warum sollte jemand denken, ich wüsste was, bloß weil man uns im Restaurant oder draußen auf dem Parkplatz oder auf der Baustelle gesehen hat? Oder weil wir afroamerikanisch sind. Halb. Meine andere Hälfte ist italienisch. Was soll ich machen, Brinkley, an einem Abend Spaghetti servieren und am nächsten Maisbrot? Warum tun sich die Leute so schwer damit, einen sein zu lassen, wie man ist?«

»*Das weiß ich nicht, aber ich hab dich lieb, und ich will dich beschützen und alles essen, was du mir gibst.*« Er schlug mit dem Schwanz auf den Fußboden.

Greg öffnete die Tür und kam hereingeschlittert. »Juhuuh!«

»Muss ja ein tolles Wochenende gewesen sein.« Tazio lächelte; dank seines rosigen Gesichts und seines schiefen Grinsens war ihre gute Laune fast wiederhergestellt.

45

Pewter, die auf der Armlehne des Sofas ruhte, schlug ein neidvolles Auge auf. »*Sie hat diesen federnden Schritt.*«

»*Beängstigend, nicht?*«, erwiderte Mrs. Murphy, die sich gleich unterhalb von Pewter auf die über die Polster geworfene Wolldecke gekuschelt hatte.

»*Meint ihr, sie nimmt uns mit?*« Tucker konnte es nicht ausstehen, wenn sie zu Hause gelassen wurde.

»*Selbst wenn, dann sitzen wir auf dem Parkplatz fest. Es nützt uns gar nichts, wenn wir nicht ins Gebäude können und sehen, was vorgeht.*« Murphy konnte sich was Besseres vorstellen, als im Transporter zu hocken.

»So Kinder, seid schön brav. Keine Sachen zerfetzen. Ich meine dich, Miss Mieze.« Harry war ins Wohnzimmer gegangen, um Mrs. Murphy direkt anzusprechen.

»*Woher weißt du, dass ich so was mache?*«

»Du bist eine schlimme Katze und gerissener als die Polizei erlaubt.«

»*Stimmt.*« Pewter schlug das andere Auge auf.

»Pewter, du bist genau so schlimm. Ich bin noch wütend wegen der seidenen Lampenschirme im Schlafzimmer, die ihr zerfetzt habt.«

»*Hat aber Spaß gemacht.*« Mrs. Murphy erinnerte sich an den Abend der Zerstörung, so wie alte College-Kumpel sich

erinnerten, wie sie sich in ihrer Jugend auf einer Party voll laufen ließen.

Die Jugendzeit ist im Rückblick immer lustiger.

»*Ich komm mit. Lass die Katzen zu Hause.*« Tucker zuckte vor Vorfreude.

»*Arschkriecherin.*« Pewter rümpfte die Nase.

»*Frevlerische Katze*«, rief Tucker zurück.

»*Du hast genau so viele Oblaten gegessen wie ich*«, verteidigte Pewter sich umgehend.

»*Du hast angefangen.*«

»*Tucker, ich würde mich schämen, so zu lügen.*« Mrs. Murphy setzte sich auf. »*Eloquenz hat angefangen.*«

»*War ein Mordsspaß, den Rev kleben zu sehen. Es sind immer die ungeplanten blöden Sachen, die einen zu fassen kriegen. Wie Kleber auf dem Boden.*« Pewter kicherte.

»*Die Menschen denken, das Leben läuft so, wie sie es sich vorstellen, nicht wie es wirklich ist. Deswegen werden Mörder früher oder später geschnappt. Sie gehen auf den Leim, genau wie Herb. Irgendwo da draußen ist Leim.*« Mrs. Murphy lächelte.

»*Deshalb sollten wir heute Nacht dort sein*«, erklärte Tucker ernst.

»*Sie bleibt nicht die ganze Nacht dort. Cooper wird da sein. Und noch andere. Mom kann nicht heimlich zurückbleiben oder sich reinschleichen. Keine Bange, Cooper passt schon auf sie auf. Wir müssen uns wegen einer anderen Nacht sorgen. Sobald die Leute vom Polizeirevier mal nicht so wachsam sind oder weggerufen werden, saust Mom zur Muschel. Falls sie denkt, dass sie das ungestraft hinkriegt*«, folgerte Mrs. Murphy logisch.

»*Ja*«, sprang Pewter ihr bei.

»Also bis später.« Harry stürmte aus dem Haus, die 38er in einem Halfter hinten an ihrem Gürtel.

»*Tschüs*«, riefen die Tiere wie aus einem Munde.

Sie lauschten, als der Transporter stotternd ansprang.

»*Wir haben das ganze Haus für uns. Was können wir machen?*«, fragte Murphy unternehmungslustig.

»*Schlafen.*« Pewter war müde. An diesem Dienstag war es im Postamt lebhaft zugegangen.

»Hm-m-m, wir können die Schranktüren aufmachen und die Sachen auf die Anrichte rausziehen.«
»Wenn wir das machen, zerschlagen wir womöglich Geschirr«, entgegnete Pewter.
»Wir können die Konservendosen rausziehen. Wir brauchen den Geschirrschrank nicht aufzumachen. Oder wir setzen uns auf den Boden und ziehen den Unterschrank auf. Ein bisschen Scheuerpulver über den Küchenboden verstreut sieht schlimmer aus, als es tatsächlich ist.« Mrs. Murphy wollte spielen.
»Nein«, antworteten die anderen zwei.
»Spielverderber.« Die Tigerkatze sprang vom Sofa und ging ins Schlafzimmer. Sie drückte den »Ein«-Knopf der Fernsehfernbedienung. Harry würde denken, sie wäre drauf und dran den Verstand zu verlieren; denn sie würde schwören, dass sie den Wetterkanal ausgeschaltet hatte, ehe sie das Haus verließ.
Mrs. Murphy sah die Kurve eines Tiefdruckgebiets im Ohio River Valley. Sie zeigte in Richtung Virginia. Noch mehr schlechtes Wetter war im Anzug, höchstwahrscheinlich morgen Abend.
Sie wechselte zum Abenteuerkanal. Die Sendung handelte von Elefanten. Sie ließ sich auf dem Bett nieder, um sich das anzusehen. Wenigstens ging es um Tiere. Die Katze konnte Sitcoms nicht ausstehen. Die zeigten nicht genug Tiere. In vielen gab es kein Einziges. Für sie war das Ketzerei.
Während Mrs. Murphy Elefanten betrachtete, die sich im Schlamm wälzten, trafen sich Harry und Cooper am Haupteingang der Muschel und gingen zusammen hinein.
»Anne hat die Eintrittskarten nicht verschenkt, drum setzen Rick, ich und Peter Gianakos uns nach vorne.« Cooper war Gianakos im New-Gate-Einkaufszentrum begegnet, wo sie ihn nach H. H.s Arbeit an dem Projekt gefragt hatte.
»Peter, der ist richtig schnuckelig.«
»Ja.«
Sie traten in die Basketball-Arena, die Leute strömten auf die Plätze, und die Kapelle spielte schon hinter der Korb-

anlage. Bei allen Spielen außer den großen war die Kapelle eine kleinere Ausgabe der Marschkapelle, und die Mitglieder trugen T-Shirts in derselben Farbe. Wenn sie gelöster waren, spielten sie besser, das dachten die Leute zumindest, weil die Kapelle sich richtig ins Zeug legte. Das steigerte den Spaß an den Ereignissen.

Alle saßen auf ihren angestammten Plätzen. Harry, Fair, Jim, Big Mim, Tante Tally in einer Reihe. Hinter Harry saß Matt und rechts von ihm saßen Sandy, Ted und Matt junior. Links von ihm saßen Susan, Ned, Brooks und zu aller Überraschung Dr. McIntyres neuer Partner Bill Langston, ein äußerst attraktiver Mann. Hinter dieser Reihe kamen BoomBoom, Blair, Little Mim und Tazio, die von Little Mim eingeladen worden war, weil der Platzinhaber für zwei Wochen nicht in der Stadt war. Vier Reihen hinter dieser fröhlichen Runde, die schon Getränke und Knabberzeug austauschte, saß mit finsterem Gesicht Fred Forrest.

Auf der anderen Seite des Spielfeldes saßen Tracy und Miranda. Josef P. pfiff das Spiel mit einem sehr großen ehemaligen College-Star, Moses Welford, genannt Mo. Tracy, der nicht im Dienst war, wollte das Spiel genießen.

Vom Anpfiff an kam das Spiel in Fahrt und ließ nicht mehr nach. Die Mädchen vom Wake-Forest-Team verteidigten wie die Zecken, sie bissen sich fest und saugten Blut.

Tammy Girond und Frizz Barber, die wohl schnellsten Spielerinnen des UVA-Teams, ließen sich von der überlegenen Verteidigung nicht nervös machen, sondern traten dem Gegner entgegen.

Alle Virginia-Frauen spielten gut, behielten einen kühlen Kopf. Isabelle Otey erzielte in der ersten Hälfte acht Punkte. Mandy Hall erzielte weitere vier, und Jenny Ingersoll brachte es auf sechs Punkte, obwohl sie zeitweise von zwei Angreiferinnen gedeckt wurde. Zur Halbzeit betrug der Spielstand 26 Punkte für Virginia zu 24 für Wake Forest.

Die zweite Hälfte wurde noch besser. Die Fans kreischten, schlugen auf die Sitze, trampelten auf den Boden, schwenkten Fähnchen und Pompoms, weil das Spiel so spannend, so sauber war, und allen in der Arena war bewusst, dass sie eines der besten Spiele der Saison sahen.

Trainerin Debbie Ryan sprang von Zeit zu Zeit von ihrem Sitz. Ihr Feldverhalten war gebieterisch, und sie geriet nie außer Kontrolle. Andrew Argenbright schritt die Seitenlinie ab. Immer wenn die schnelle eins neunzig große Flügelspielerin von Wake Forest hochsprang, um einen Wurf zu blocken, schlug er sich mit der Hand an die Stirn. Das Mädchen war mehr als beeindruckend. Sie war Ehrfurcht gebietend. In diesem Jahr hatte Virginia keine herausragende Spielerin. Sie waren ein Team, allesamt talentiert und gut aufeinander eingestimmt. Wake verließ sich zu sehr auf die Flügelspielerin. Das Virginia-Team konnte sich auf jede einzelne verlassen.

Nach drei Verlängerungen entschied Virginia das Spiel durch einen Drei-Punkte-Feldkorb von Jenny Ingersoll, die schon während des Spiels eine Menge Punkte erzielt hatte, für sich.

Die Arena tobte.

Fragt sich, wer fertiger war, die Teams oder die Fans?

Nach und nach verließen die Fans das Gebäude.

Die Leute, die Cooper angerufen hatte, blieben da, und sie fragte Tazio Chappars und Bill Langston, ob es ihnen etwas ausmachte, für die einzuspringen, die gewöhnlich auf ihren Plätzen saßen.

Fred Forrest, der vier Reihen weiter hinten saß, rührte sich nicht vom Fleck, und Cooper forderte ihn nicht auf zu gehen. Wenn er bleiben wollte, hatte sie nichts dagegen. Vielleicht würde sie ja was erfahren. Fred war ihr suspekt.

Tracy und Miranda blieben auf der anderen Seite des Spielfeldes, da Cooper auch sie zu bleiben gebeten hatte. Tracy, der an dem Abend von H. H.s Ermordung das Spiel gepfiffen hatte, zog die Schuhe aus und ging auf Strümpfen aufs Spielfeld, das mit Straßenschuhen nicht betreten werden durfte.

Rick saß auf H. H.s Platz. Peter saß links von ihm, das war die Seite, auf der H. H.s Hals durchbohrt worden war.

Cooper saß rechts von Rick. Sie stand dann aber auf und drehte sich um.

»Denken Sie zurück. Erinnert sich jemand gesehen zu haben, dass etwas nach H. H. geworfen wurde?«

Die Leute schüttelten die Köpfe.

Rick schlug mit der Hand auf seinen Nacken.

»Erinnert sich jemand, dass H. H. sich am Hals angefasst oder gerieben hat?«

Wieder Fehlanzeige.

Cooper trat eine Reihe zurück und stellte sich rechts neben Harry. »Harry, du bist hinter H. H., ein bisschen links von ihm, und Fair, Sie sind rechts neben Harry. Wenn er mit etwas gestochen oder geschlagen worden wäre, dann hättet ihr es bestimmt gesehen.«

»Nichts.« Harry zuckte die Achseln.

»Hat Anne mal den Arm um ihn gelegt?«, drängte Cooper weiter.

»Nein«, sagte Harry.

»Wir haben aufs Spielfeld geschaut«, ergänzte Fair.

»Schon, aber manchmal sehen wir etwas aus dem Augenwinkel. Ein aufflammendes Licht, ein Schwirren, und schon wird die Erinnerung ausgelöst.« Cynthia krümmte die Finger etwas, eine Geste des Nachdenkens. »Behaltet es im Sinn. Und spult die Bilder im Kopf ab.« Dann ging sie in die Reihe vor Harry und Fair und stellte sich vor Jim, Big Mim und Tante Tally hin. »Irgendwas?«

Die Neunzigjährige deutete auf Cooper, der silberne Jagdhundkopf an ihrem Stock schimmerte in ihrer rechten Hand. »Sie glauben, die Tat wurde hier begangen, ja?«

»Nur eine Vermutung, Tante Tally, nur eine Vermutung.«

»Aber ich verstehe nicht, wieso H. H. nicht geschrien oder sich an den Hals geschlagen hat, wenn er durchbohrt wurde.« Jim rätselte über den offensichtlichen Stolperstein.

»Er hat es nicht gespürt«, erwiderte Big Mim.

»Weil er durch das Spiel abgelenkt war?«, fragte Jim.

Bill Langston, der neue Arzt, ergriff zu aller Überraschung das Wort. Er saß direkt hinter Tante Tally. »Es ist möglich, dass ein Opfer es nicht spürt, wenn etwas seine Haut durchbohrt – jedenfalls nicht sofort. Ein schmerzstillendes Mittel an einer Pfeilspitze hätte das Gefühl abgetötet. Er würde es erst später gespürt haben, ob zehn Minuten später oder eine halbe Stunde, das hinge natürlich von der Art des schmerzstillenden Mittels und von der injizierten Menge ab. Und so seltsam es ist, manche Wunden sind trotz der Verletzung weniger schmerzhaft als andere. Auch die Kälte kann den Anfangsschmerz für Sekunden oder sogar Minuten abstumpfen. Wurde der Mann draußen angegriffen, dann könnte der Einstich mit Hilfe der Kälte betäubt worden sein.«

»Danke ...«

»Bill Langston.« Er lächelte. »Hayden wird mich noch offiziell vorstellen.«

»Wir freuen uns, dass Sie hier sind«, sagte Cooper mit sanfter Stimme.

Jetzt wussten die Anwesenden, was nur sie und Rick gewusst hatten, nämlich dass ein schmerzstillendes Mittel im Spiel war. Sie hoffte, dieses Wissen würde sich als nützlich erweisen, und während sie von einer Reihe zur anderen, von einer Person zur anderen ging, wusste sie, dass Rick alles beobachtete. Er besaß ein enormes Gespür für Menschen.

Die große blonde Polizistin stieg zur nächsten Reihe hinauf. Sie lächelte Matthews und Sandys zwei Söhnen zu.

»Wär das cool, wenn wir dieses Verbrechen aufklären könnten«, sagte Matt junior, der Ältere.

»Ja«, bekräftigte Ted, ein Fünftklässler.

»Deswegen sind wir alle hier.« Cooper wandte sich Sandy und Matt zu. »Zwei Reihen weiter hinten, aber nah genug. Können Sie sich erinnern, was Sie in den letzten, sagen wir mal, fünf Minuten des Spiels gemacht haben?«

Sandy lachte. »Matthew hat Bier ausgeteilt, wenn er nicht gerade die Mannschaft angefeuert hat.«

»Deswegen hatte ich ja das Bier. Unsere Kehlen waren rau.« Er legte seiner Frau liebevoll den Arm um die Schulter.

»Susan?«

»Oh, ich war die meiste Zeit auf den Beinen. Kaum hatte ich mich hingesetzt, bin ich schon wieder aufgesprungen. Und Krachmacher. Wir hatten alle Krachmacher.«

»Tröten?«

Ned antwortete Cooper. »Tröten, kleine Blechhörner. Eine große Kuhglocke und äh, diese Tröten, in die man auf Silvesterpartys pustet.«

»Die sich aus- und einrollen«, ergänzte Brooks.

»Wir machen eine Menge Krach in dieser Reihe.« Matthew zog eine Tröte aus der Tasche.

»Wer hatte die Kuhglocke?«

Matt junior rief: »Ich.«

»Wo ist sie heute Abend?«

»Hab sie vergessen«, antwortete er betreten.

»Ja«, sagte Ted, »weil wir spät dran waren und Mom uns gescheucht hat.«

»Wie groß ist die Kuhglocke?«

Matt junior hielt seine Hände etwa fünfundzwanzig Zentimeter auseinander. »Scheppert ganz schön.«

»Das glaub ich gern.« Cooper lachte, dann stieg sie zur dritten Reihe hinter H. H.s Platz. »BoomBoom, woran erinnern Sie sich?«

»Dass es ein großartiges Spiel war. Der Lärm war ohrenbetäubend.«

»Nichts Ungewöhnliches?«

»Nein.«

»Blair?«

Der gut aussehende Dressman mit den warmen schokoladenbraunen Augen überlegte, schüttelte dann den Kopf. »Nichts.«

»Hatten Sie eine Tröte?«

»Nein.«

»Ein Fähnchen oder so einen Schaumgummifinger, der ›Nummer eins‹ bedeutet?«

»Nein. Je weniger ich mit mir rumtragen muss, desto besser.«

»Little Mim?«

»Also, ich gebe zu, ich hab eine Tröte.« Sie zog so ein Silvesterdings aus ihrer Handtasche und gab es Cooper.

»Scheint ein bisschen solider zu sein als die Partysorte.«

»Hab ich bei ›Mincer‹ gekauft.« Sie nannte einen Universitätsladen an der Ecke gegenüber der Universität von Virginia. »Wie Sie sehen, blau und orange. Das Ding hält ungefähr eine Saison, bevor es kaputtgeht.«

Cooper gab es ihr zurück und sah dann Tazio an.

»Wie Dr. Langston bin ich nur eingesprungen.«

»Anders als Dr. Langston haben Sie H. H. gekannt. Können Sie sich einen Grund denken, warum irgendwer ihn umbringen wollte?«

»Irgendwer auf der Welt oder irgendwer in dieser Gruppe?« Auf diese Erwiderung von Tazio setzten alle sich aufrecht hin.

»Bleiben wir im kleinen Bereich. In dieser Gruppe.«

»Nein.«

Cooper rief zu Fred hinauf: »Irgendeine Ahnung?«

»Nein«, rief er zurück.

»Kommen Sie doch näher, Fred.«

»Nein, ich will sitzen, wo ich gesessen habe. Wo ich am Abend des Mordes war.«

»Na gut.« Cooper stieg die Sitzreihen hinunter zu Rick. »Sie alle haben H. H. gekannt. Wäre es möglich, dass er in einen Diebstahlring verwickelt war, hier in ›U-Hall‹, in der Muschel?«

Wieder waren die Leute ganz Ohr.

»Was meinen Sie?« Matthew hielt den Zeigefinger auf die Spitze der Tröte.

»Wir stellen Nachforschungen über einen Diebstahlring an.« Cooper hob die Hand, als wollte sie die Leute zur Ruhe bringen, obwohl sie ganz ruhig waren. »Es ist nicht öffentlich bekannt gemacht worden. Ist es möglich, dass H. H. daran beteiligt war?«

»Was wurde denn gestohlen?«, fragte Tante Tally vernünftigerweise.

»Sportgeräte«, antwortete Cooper.

»H. H. ist wegen Sportgeräten gestorben?« Matthew mochte es nicht glauben.

»Sie meinen, er hätte daran beteiligt sein können?«, griff Cooper seine Frage auf.

»Das habe ich nicht gesagt«, erwiderte Matthew umgehend, das Gesicht gerötet. »Nein. H. H. war nicht so ein Mensch.«

»War nicht so ein Mensch oder fand, ›man soll nie Kleinigkeiten stehlen‹?«, rief Tracy von der Mitte des Basketballfeldes.

»Nicht so ein Mensch.« Matthew sagte es voll Überzeugung.

»Sie haben natürlich die Spielerinnen beobachtet, Tracy, aber wie war das nach dem Spiel, als die Leute weggingen? Wo waren Sie da?«

»Vor dem Zeitnehmertisch. Wir beide, Josef und ich. Dann sind wir zu unseren Spinden gegangen.«

»Haben Sie H. H. überhaupt gesehen?«

»Nein.«

»Ist irgendwer hier der Meinung, H. H. könnte an etwas Unredlichem beteiligt gewesen sein?«

Niemand sagte etwas.

»Möchte irgendwer etwas sagen?«

Es folgte betretenes Schweigen, das schließlich von Tante Tally gebrochen wurde, die fand, in ihrem Alter könne sie alles sagen, was sie wollte, aber das hatte sie ja schon immer getan, auch als sie zwanzig war. »Die Affäre.«

»Ja?«

»H. H. hat außerhalb des Reservats gestreunt.« Tante Tally benutzte den alten Ausdruck für einen untreuen Gatten oder eine untreue Ehefrau.

»Wenn er so umsichtig eine Affäre verborgen hat, meinen Sie nicht, er hätte eine kriminelle Handlung verbergen können?« Cooper ließ nicht locker.

»Das ist nicht dasselbe.« Matthew wählte seine Worte mit Bedacht. Schließlich saß er neben seiner Frau und den zwei Söhnen.«»Viele Männer stecken Sex in eine Kategorie. Sie wissen, was ich meine.«

»Schubladendenken«, rief Tazio ihm von oben zu.

»Danke. Das ist das Wort, das ich suche. Sie stecken alles in Schubladen, drum spiegelt ihr Sexualverhalten nicht wider, wie sie sich in einer Geschäftsbeziehung verhalten.«

»Glauben Sie das?«

»Glauben? Ich sehe es jeden Tag«, sagte Matthew.

»Er hat Recht.« Fair stimmte ihm zu, weil er selbst so gedacht und ihn das seine Ehe gekostet hatte.

»Und Frauen tun das nicht?«, hakte Cooper nach.

»Wir können es, aber meistens tun wir's nicht.« Boom-Booms weiche Altstimme schien den weiten Raum auszufüllen.

»Dann hatten die Frau oder die Frauen, mit der oder denen er eine Affäre hatte, kein Schubladendenken.«

»Ach Cooper, woher sollen wir das wissen?«, fragte Harry unschuldig.

»Wollt ihr Jungs rausgehen?«

»Nein!«, riefen Matt und Ted.

Cooper sah Matthew und Sandy entschuldigend an. »Ich hatte vergessen, wie jung sie sind.«

»Ach was soll's, Cooper, so was kommt jeden Abend im Fernsehen.« Matthew zuckte die Achseln.

»Ja, aber die Leute im Fernsehen kennen sie nicht«, setzte Sandy scharfsinnig hinzu.

»Sandy, möchten Sie mit den Jungs rausgehen?«

»Jetzt sind wir schon mal so weit gekommen. Ich meine, so lange wir nicht ins körperliche Detail gehen.«

Cooper schüttelte den Kopf. »Nein. Wäre die Affäre Ihrer Meinung nach Grund genug gewesen? Sie haben alle gesagt, Sie können sich keinen anderen Grund denken, weshalb H. H. umgebracht wurde. Sie können sich niemanden denken, der ein Motiv hatte.«

»Ich bin erstaunt, dass überhaupt noch so viele Männer am Leben sind.« Tante Tally traf mal wieder ins Schwarze.

Wieder folgte ein unbehagliches Schweigen, weil niemand die Verbindung zwischen Anne und dem möglichen Motiv herstellen wollte.

»Sie sind so schrecklich still.«

Little Mim sagte, was alle dachten: »Wir haben Anne alle sehr gern.«

»Das kann ich verstehen«, erwiderte Cooper.

»Das Mädchen, das hier umgebracht wurde. Sie war diejenige welche, nicht?« Tante Tally sprach es aus.

»Ja.«

»Das glaub ich nicht.« Fred kam schließlich in Boom-Booms Reihe herunter.

»Fred, wir haben Beweise. Es ist leider wahr«, erklärte Cooper.

Er setzte sich hin. Sichtlich verstört, stützte er den Kopf in die Hände.

»Sie waren uns alle eine große Hilfe. Danke, dass Sie uns Ihre Zeit geschenkt haben. Rick, ist noch was?«

»Nein. Gehen Sie nach Hause. Wir wissen Ihre Hilfe zu schätzen.«

Fred stieg noch eine Reihe tiefer und sprach über die Jungen und Sandy hinweg. »Matthew, kommen Sie mal einen Moment mit rauf.«

Der größere Mann schob die Tröte in seine Manteltasche und folgte Fred zögernd über die Sitze nach oben. Fred führte ihn zu dem Haarriss in der Mauer, wo sie bei der Treppe ans Dach stieß.

»Sehen Sie das?«

Matthew ging mit dem Gesicht nahe an den Riss, dann befühlte er die Feuchtigkeit. »Ah-ha.«

»Reparieren Sie das.«

»Fred, der Bau ist dreißig Jahre alt. Verschiebungen sind ganz natürlich. Nebenbei, ich hab zwar dran mitgearbeitet, aber damals war ich nicht der Bauleiter.«

»Das ist mir scheißegal. Sie reparieren das.«

»Was ist los mit Ihnen?«

»Nichts ist los mit mir. Sie reparieren das, bevor ich noch mehr Mist finde, den ich Ihnen aufs Butterbrot schmiere.«

»Reden Sie nicht so mit mir.«

»Reparieren Sie das!« Fred verlor die Beherrschung.

»Übertreiben Sie nicht ein bisschen?«

Ohne Vorwarnung schubste Fred Matthew, und er fiel rückwärts, verhedderte sich mit seinen Füßen. Wie die meisten großen Männer war er nicht behände. Zum Entsetzen der anderen rollte er die Stufen hinunter auf das Basketballfeld zu.

Little Mim handelte schnell. Sie war näher an ihm dran als die anderen, weil sie die Letzte in der Reihe war. Sie trat ihm auf den Stufen entgegen, um seinen Fall zu stoppen. Er war aber so groß, dass er sie beim Herunterrollen umstieß. Blair packte Little Mim, und Bill Langston hielt Matthew auf, dessen Gesicht von dem harten Untergrund arg mitgenommen war.

Tracy Raz, immer noch flink wie eine Katze, stürmte auf der anderen Seite nach oben. Er legte seine starke Hand auf Freds Schulter. Miranda, die einen Kampf fürchtete, erhob sich von ihrem Platz auf der gegenüberliegenden Spielfeldseite.

»Ich hau nicht ab, Tracy.« Fred, der wieder ruhig war, stieg die Stufen hinab, dicht gefolgt von Tracy.

»O Schatz, geht's dir gut?« Sandy lief zu ihrem Mann, der inzwischen mit Bills und Fairs Hilfe auf die Beine gekommen war.

»Das Polster hat geholfen.« Er klopfte sich auf den Bauch.

Cooper kam bei Matthew an, als Rick an Freds Seite trat.

»Fred.« Rick sagte einfach nur den Namen des Mannes.

»Wollen Sie ihn verklagen?«, fragte Cooper Matthew, während Sandy ihm mit einem Taschentuch das Gesicht abtupfte.

»Nein.«

»Wie nobel von Ihnen«, höhnte Fred.

Matthew, knallrot im Gesicht, hielt an sich. »Fred, Sie brauchen Hilfe.«

Bevor sonst noch jemand aus der Haut fahren konnte, eskortierten Cooper und Fair Fred aus der Basketball-Arena.

Die anderen sprachen alle auf einmal. Bill Langston erwies sich als sehr hilfreich. Ned, der in solchen Dingen bewandert war, machte ihn förmlich mit Tazio Chappars bekannt.

Fair erinnerte Harry und BoomBoom daran, dass er ihnen noch einen Drink schuldete und schlug vor, sie könnten sich doch im Mountain-View-Grill in Crozet treffen. Die beiden waren einverstanden, aber Harry ließ wissen, dass sie zehn Minuten später kommen würde.

Schließlich waren Rick, Cooper, Tracy und Harry allein in der Basketball-Arena.

»Fred ist explodiert«, sagte Harry schlicht.

»Ja, aber er sitzt am falschen Platz, um H. H. umgebracht zu haben.« Rick trat zu Harry. »Sie dagegen hatten eine ungehinderte Schusslinie.«

»Schon«, räumte Harry ein. »Aber ich hab kein Motiv.«

»Ehe wir rausgehen, lassen Sie uns mal da oben nachsehen, wo Fred Matthew geschubst hat. Er hat dauernd gesagt, ›reparieren Sie das.‹«

Die vier stiegen die Stufen hinauf. Zuerst fanden sie nichts Ungewöhnliches, dann trat Tracy vor die Mauer und entdeckte den Haarriss.

»Hier.«

Die anderen drei kamen hinzu.

»Das? Deswegen brüllt er so rum?« Harry war fassungslos. »Er macht Matthew wirklich das Leben schwer.«

»Ich glaube, das ist mehr als berufliche Abneigung«, bemerkte Tracy.

»Psychisch«, gab Harry ihr Urteil ab.

Cooper legte die Hand an die Mauer, fühlte die Kälte, die Feuchtigkeit. »Harry, komm bloß nicht auf die Idee, hierher zurückzukommen. Es ist lebensgefährlich.«

»Wegen einem einzigen kleinen Riss in der Wand stürzt der Bau ein?«, witzelte Harry.

»Ich wünsche nicht, dass irgendwer nachts allein hier drin ist.« Rick funkelte Harry zornig an.

Rick griff trotz der »Rauchen verboten«-Schilder nach

einer Zigarette. Er holte sein Kunststoff-Feuerzeug aber erst heraus, als sie wieder unten auf dem Spielfeld waren. »In diesem Bau ist es gefährlich. Tracy, mit wem auch immer Sie Schiedsrichter sind, von jetzt an gehen Sie zusammen raus.«

»Mach ich.«

Rick inhalierte genüsslich, dann sagte er: »Leute, das ist noch lange nicht vorüber.«

46

Während Tazio auf der Route 250 in westlicher Richtung nach Crozet fuhr, dachte sie daran, wie attraktiv dieser Bill Langston war. Brinkley, in das Schaffell gekuschelt, das extra für ihn im Wagen lag, fuhr gerne mit Tazio durch die Gegend. Normalerweise saß er aufrecht und guckte durch die Windschutzscheibe, als würde er lenken. Er bemerkte natürlich andere Hunde, aber auch Farmschilder, die im Wind schwankten, Rinder, Pferde, in V-Formation fliegende Kanadagänse. Neben seinem Menschen kam er sich bedeutend vor. Wenn sie irgendwohin gingen, sprachen die Leute auch ihn an. Das gefiel ihm.

Tazio bog rechts in die Route 240 ab und war in fünf Minuten im Zentrum von Crozet, einer Kleinstadt ohne Anspruch, vielleicht gar ohne Charme, aber von den Bewohnern geliebt. Sie bemerkte Harrys Transporter, Fairs Transporter, BoomBooms BMW, Herbs schwarzen Tahoe und andere Autos, dann sagte sie: »Da ist ja Hochbetrieb.«

Das Mountain-View-Grillrestaurant, das meistens voll war, platzte heute Abend aus allen Nähten. Die Leute hatten wegen des Schnees lange genug zu Hause gesessen. Die Straßen waren einigermaßen befahrbar, drum war alles unterwegs.

»Brinkley, lass uns mitfeiern. Ich muss bloß noch mal für

ein Minütchen ins Büro.« Sie bog an der Kreuzung links ab, brauste unter der Eisenbahnüberführung durch und fuhr auf ihren Büroparkplatz.

Sie stieg aus, und Brinkley sprang mit ihr heraus. Als er sich an der Hausecke erleichterte, bemerkte er auf der Rückseite einen neuen Toyota Sequoia.

»*Mommy, geh nicht ins Büro*«, warnte der Labrador.

Sie wandte sich an ihren Hund und Freund. »Brinkley, du könntest an jedem Strauch, jedem Pfahl und jedem Abfalleimer in dieser Stadt dein Geschäft machen. Beeil dich.«

»*Bleib hier.*« Er rannte zu ihr.

Sie hatte ihre Büroschlüssel an derselben Kette wie den Autoschlüssel. Als sie das kalte Metall ins Schloss schob, ging die Zuhaltung klickend auf.

Brinkley grub seine Zähne in Tazios Rock und hielt sie zurück.

»Nicht.« Sie gab ihm einen leichten Klaps auf den Kopf. Sie stieß die Tür auf. Ehe sie Licht machen konnte, hörte sie einen Bums, dann wurde sie unsanft gestoßen, verlor das Gleichgewicht und sackte zusammen.

Brinkley sprang den Eindringling an. Er biss fest in eine hübsche fleischige Wade.

»Au!«, schrie eine weibliche Stimme, aber die Frau versetzte Brinkley einen Schlag, und er ließ los.

Sie rannte aus der Haustür und um das Gebäude herum nach hinten.

Brinkley dachte daran, ihr nachzusetzen, entschied aber, dass Tazio wichtiger war. Er leckte ihr das Gesicht.

»Mir ist nichts passiert.« Sie stand auf und taumelte nach draußen, gerade noch rechtzeitig, um das dunkle Auto zu sehen. Die Farbe konnte sie nicht erkennen, aber das Fabrikat. »Herrje, das ist Anne Donaldsons Wagen, ich schwör's!«

Brinkley, der Anne Donaldson nie begegnet war, würde sie nicht erkannt haben, aber ihr Parfüm war eine sehr teure Marke namens Poison. Das würde Brinkley erkennen, wenn er es wieder riechen würde.

»*Geht's dir gut?*«, winselte Brinkley und leckte Tazios Hand.

»Du hast versucht es mir zu sagen. Brinkley, Gott sei Dank warst du bei mir. Was hätte sie getan, wenn du nicht da gewesen wärst?« Schließlich ging Tazio zitternd hinein und knipste das Licht an.

Zu ihrer Erleichterung war nicht alles auf den Kopf gestellt, aber die langen Schubfächer mit den Blaupausen waren aufgezogen. Sie waren wie die alten Behälter in Zeitungsredaktionen, wo die Blätter in flachen Schubfächern lagen.

Nichts war gestohlen worden, aber Anne hatte sich Tazios neueste Großprojekte angesehen.

Tazio dachte daran, Rick anzurufen, aber es fehlte ja nichts, und sie konnte nicht beweisen, dass es Anne Donaldson gewesen war. Da fuhr sie lieber zum Mountain-View-Grill.

Sie ging hinein. Harry, Fair und BoomBoom winkten sie zu sich. Herb, Miranda, Tracy, Bill Langston, Big Mim, Little Mim, Blair, Jim, Tante Tally, Matthew, Sandy, Matt junior, Ted, Susan, Ned und Brooks waren auch da und gingen das Spiel noch einmal durch. Herb hatte das Spiel versäumt, aber er ergötzte sich an der mündlichen Wiederholung.

Allerdings fasste niemand die nach dem Spiel erfolgte Besprechung mit dem Sheriff und Cooper zusammen.

Herb hatte die Runde mit seiner Erzählung von dem Teppichkleber und den vertilgten Abendmahloblaten amüsiert.

Dann setzte Tazio, verstörter als ihr bewusst war, sie mit dem in Erstaunen, was sie soeben erlebt hatte.

»Sind Sie sicher, dass es Anne war?«, fragte Herb mit seiner rauen, tragenden Stimme.

»Nein. Aber, hm, zu fünfundsiebzig Prozent. Ein Toyota Sequoia, nagelneu. Brinkley hat mich gewarnt, und ich hab nicht auf ihn gehört.«

»Rufen Sie Rick an.« Tracy und die anderen nickten Matthew und Sandy zu, die sich zum Gehen erhoben. Morgen war Schule, und es war elf Uhr. Matt junior und Ted hatten für heute genug Aufregungen gehabt.

»Es wurde nichts gestohlen. Ich kann nichts beweisen. Wenn sie es nicht war, brächte ich sie nur noch mehr in Schwierigkeiten.«

»Wissen Sie, was sie wollte?« Harrys Neugierde war groß wie eh und je.

»Sie hat die Schubfächer aufgezogen, in denen ich die Blaupausen aufbewahre. Aber ich weiß nicht, was sie wollte.«

»Tazio, wechseln Sie die Schlösser an Ihren Türen aus.« Matthew küsste sie auf die Wange, dann winkte er den anderen zum Abschied.

Als die Crickenbergers gegangen waren, wurde die Unterhaltung fortgesetzt.

»Wie ist sie reingekommen?«, wunderte sich Miranda.

»Oh – das weiß ich nicht. Vielleicht bin ich doch ein bisschen aufgewühlter, als ich dachte.« Tazio atmete aus. »Vermutlich durch den Hintereingang. Manchmal vergesse ich abzuschließen, aber auch wenn ich dran denke, das ist so ein Schloss, das man mit einer Kreditkarte aufkriegt.«

»Tazio!«, sagte BoomBoom mit hochgezogenen Augenbrauen.

»Es wurde noch nie was gestohlen«, erwiderte sie.

»Sie haben Computer da drin.« BoomBoom konnte nicht fassen, dass Tazio manchmal nicht abschloss.

»Wer rein will, kommt rein«, meinte Tante Tally energisch.

»Stimmt, aber warum es ihnen leicht machen?«, sagte Big Mim, ihre Nichte. »Hört mal, wir haben jetzt lange genug gequatscht. Ich rufe Rick auf meinem Handy an, und wir bleiben hier sitzen, bis er kommt.«

»Oh, Brinkley ist im Auto, und er war fast den ganzen Abend da drin. Kann ich ihn reinholen?«

Lynn Carle, die mit ihrem Mann zusammen das Restaurant betrieb, sagte: »Na klar. Ist ohnehin gleich Sperrstunde. Ich wollte gerade abschließen, wer würde da merken, dass er hier drin ist?«

Tazio lief hinaus und kam mit dem Hund zurück. Alle machten ein Theater um ihn, weil er versucht hatte seinen Menschen zu beschützen. Das genoss er natürlich.

Rick und Cooper waren in einer halben Stunde da. Tazio erzählte ihnen alles, wie sie es in Erinnerung hatte.

»Warum haben Sie so lange damit gewartet, mich anzurufen!«, sagte Rick verärgert, nachdem er den Bericht gehört hatte.

»Mir ist nichts passiert. Es ist nicht spät«, sagte Tazio verdattert.

»Für Anne könnte es zu spät sein.«

Er und Cooper stürmten aus dem Mountain-View-Grill, sprangen in den Streifenwagen, schalteten die Sirene ein und brausten los.

47

Die Entfernung vom Restaurant bis zum Haus der Donaldsons betrug zwar nur dreizehn Kilometer, aber bei den glatten Straßen musste man vorsichtig fahren.

Nach zwanzig Minuten waren Rick und Cooper an Annes Haustür.

Erleichterung überströmte ihre Gesichter, als Anne öffnete.

»Sind Sie allein?« Rick nahm seine Mütze ab.

»Der Babysitter ist hier. Kommen Sie rein, Sheriff. Kommen Sie, Deputy.«

»Danke.« Sie traten in die Eingangshalle.

»Hat jemand Sie heute Abend aufgesucht?«

Anne sah Rick an. »Sie meinen Besuch?«

»Ja.«

»Nein. Margaret, der Babysitter, also ihre Mutter hat sie

abgesetzt. Ich hatte ein paar Besorgungen zu erledigen und wollte Cameron nicht allein lassen. Außerdem konnte ich auf diese Weise sicher gehen, dass sie ihre Hausaufgaben gemacht kriegt. Sechste Klasse, und sie bürden den Kindern so viele Hausaufgaben auf. Ah, möchten Sie sich nicht setzen? Kommen Sie ins Wohnzimmer.«

Sie folgten ihr und setzten sich in die Sessel gegenüber dem Sofa, auf dem Anne Platz nahm.

»Mrs. Donaldson, hat jemand angerufen? Eine E-mail geschickt?«

»Nein. Seit H. H.s Tod war das Telefon die meiste Zeit stumm, und die Nachrichten im Computer sind meistens Reklame oder von meiner Schwester.« Sie lächelte freudlos. »Wenn die Leute denken, du hast deinen Mann ermordet, wirst du von der Liste gestrichen, falls Sie verstehen, was ich meine.«

»Ich kann's mir vorstellen«, antwortete Cooper.

Rick rutschte auf seinem Sessel herum, beugte sich vor. »Mrs. Donaldson, Ich habe Grund zu glauben, dass Sie heute Abend in Tazio Chappars Büro waren. Warum?«

Es folgte eine sehr, sehr lange Pause. »Bezichtigen Sie mich etwa, äh, wessen auch immer man in solchen Fällen bezichtigt wird?«

»Noch nicht«, antwortete Rick. »Waren Sie in ihrem Büro?«

»Nein.« Anne faltete die Hände im Schoß.

»Tazio hat Sie eindeutig erkannt«, log er, während Cooper sich so unauffällig wie möglich Notizen machte.

»Dann soll sie das vor Gericht wiederholen.« Anne war ganz ruhig.

»Na gut. Sie waren heute Abend nicht in Tazios Büro, aber wenn Sie dort gewesen wären, wonach hätten Sie gesucht?« Er lächelte.

»Nichts. Unsere Beziehung war herzlich, auch wenn die Leute angedeutet haben, sie und mein Mann hätten eine Affäre.«

»Hatten sie?«

»Nein. Aber jede attraktive allein stehende Frau wird von denen verdächtigt, die sich an solchen Sachen delektieren.« Ihre Stimme hatte einen bitteren Ton angenommen.
»H. H. hat mit ihr an –« er wandte sich an Cooper –, »an wie vielen teuren Eigenheimen hat er mit ihr gearbeitet?«
»Zuletzt an der Beaverdam Road, sechshundertfünfzigtausend Dollar. Fertigstellung infolge H. H.s Tod und Wetter verzögert. Neuer Einzugstermin erster März.«
»Ja, die Arbeiten wurden wieder aufgenommen.« Anne hob die Hand ans Gesicht, stützte das Kinn einen Moment auf den Daumen. »Ich führe jetzt das Geschäft.«
»Haben Sie vor seinem Tod mit Ihrem Mann zusammengearbeitet?«
»Nein. Ich verstehe sehr wenig davon, aber ich weiß, dass die Lindsays in ihr Haus einziehen müssen. Die Arbeiten gehen weiter, der Polier ist gut, und ich lerne so viel und so schnell ich kann, aber wie das meiste im Leben lernt man wohl am besten durch die Praxis. Ich will die vielen Leute nicht arbeitslos machen. Mein Mann hat einen erstklassigen Betrieb aufgebaut. Ich muss die Firma am Laufen halten, bis ich meine, ich kann mich für was Besseres entscheiden. Im Moment traue ich mir selbst nicht.«
»Meinen Sie, Sie können mit Tazio zusammenarbeiten?«
»Natürlich. Sie ist eine begabte Architektin, aber nachdem sie jetzt Geschmack an Großprojekten gefunden hat, weiß ich nicht, ob sie sich noch mit Kleinkram wie Entwürfen von Wohnhäusern abgibt.«
»Verdächtigen Sie sie der Unredlichkeit?«
»Nein.«
Rick lehnte sich zurück, dann beugte er sich wieder vor. »Sie müssen doch irgendeinen Verdacht haben.«
»Nein.«
»Hat H. H. vor seinem Tod irgendwas zu Ihnen gesagt, das Sie an ihr zweifeln ließ? Oder am Geschäft?«
Hierauf folgte eine sehr lange Pause. »Einmal, als ich ihn zur Rede gestellt habe wegen der Affäre, nicht mit Tazio, wie gesagt, sondern seiner neuesten« – sie zuckte die Ach-

seln –, »ist der Streit eskaliert, und da sagte er, ›du hast ja keine Ahnung, was in meinem Geschäft vorgeht. Überhaupt keine Ahnung. Du nimmst bloß das Geld, das ich verdiene, und gibst es aus. Ich stehe unter einem enormen Druck. Wettbewerb, Anne. Du verstehst nichts von Wettbewerb. Was ist also dagegen zu sagen, dass ich mir was gönne? Dampf ablassen. Das ist besser als Alkohol oder Drogen.‹ Ich dachte, das wäre ein neuer Rechtfertigungsversuch. Der menschliche Geist ist ja so erfindungsreich! Aber jetzt, wo ich Zeit zum Nachdenken hatte, frag ich mich, ob … Ich stehe noch unter Schock. Das weiß ich. Ich traue meinen Gefühlen im Moment nicht, aber ich traue meinem Verstand. Sex, Liebe und Begierde sind Mordmotive. Ich habe ihn nicht ermordet, aber irgendwo muss es eine Frau mit diesen Motiven geben.«

»Wir haben, äh, andere Frauen verhört. Sie haben alle ein Alibi.« Rick klopfte auf seine Brusttasche. Das Knistern des Zellophans von seinem Camel-Päckchen richtete ihn ein bisschen auf. Er hütete sich Anne zu fragen, ob er sich eine anstecken könne.

»Verstehe.«

Schließlich meldete sich Cooper zu Wort: »Mrs. Donaldson, hat er jemals den Ausdruck ›doppelt kassieren‹ benutzt?«

»Nein. Dieselben Dienste oder Materialien zweimal in Rechnung stellen?«

»Ja.« Cooper nickte.

»Nein. Ich glaube, H. H. wusste, dass manche das taten. Nicht viele. Die meisten achtbaren Firmen in Charlottesville sind wirklich achtbar. Es gibt so viel Konkurrenz unter den Bauunternehmen, wenn jemand da zweimal kassieren würde, hätte sich das bald rumgesprochen.«

»Aber doppelt kassieren, wenn jemand betrügen wollte, wäre eine Möglichkeit, Fred Forrest zu umgehen.« Rick hörte den Babysitter oben an den Treppenabsatz kommen und dann in den Flur zurückgehen.

Anne hörte es auch. »Margaret, alles in Ordnung. Brauchst du etwas?«

»Ah, Mrs. Donaldson, Mom erwartet mich zu Hause.«
»Ist gut, Liebes. Ich fahre dich in« – sie sah die Gesetzeshüter an – »zehn Minuten nach Hause.«
»Danke, Mrs. Donaldson.«
»Ich werde Margaret nach Hause bringen«, sagte Rick bestimmt. »Sie bleiben hier, Deputy Cooper bleibt bei Ihnen.«
Entrüstet fragte Anne scharf: »Stehe ich unter Hausarrest?«
»Gott bewahre. Wir denken nur, Sie sind vielleicht in Gefahr, und ich möchte Sie nicht allein lassen, bevor wir den Fall gelöst haben.«
»Sie stehen kurz davor? Sie sind kurz davor, H. H.s Mörder zu verhaften?« Furcht und Aufregung sprachen aus ihrer Stimme.
»Ich glaube ja.«
»Waren Sie in Tazios Büro, um einen zweiten Satz Bücher zu suchen? Haben Sie gedacht, sie war an der Sache beteiligt?« Rick stand auf.
Anne stand ebenfalls auf und schlug sich mit den Händen auf die Hüften. »Wenn eine Architektin beteiligt wäre, würde das Risiko verteilt, nicht? Es wäre auch leichter, die Kosten in die Höhe zu treiben, wenn, sagen wir, ein Architekt und ein Bauunternehmen geheime Absprachen träfen. Das ist kein doppeltes Kassieren. Das ist Aufblähen der Rechnung. Das ließe sich ganz elegant machen.« Anne verriet größere Kenntnisse des Geschäfts, als sie vorher zugegeben hatte.
»Warum Tazio?«
»Jung, ehrgeizig, sehr gerissen, auf dem Weg nach oben.«
»Vielleicht dachten Sie, sie ist anfälliger, weil sie Afroamerikanerin ist. Weniger Grundsätze? Mehr auf Geld erpicht.« Rick wusste genau, wann er das Messer ansetzen musste.
»Wirklich, Sheriff, der Gedanke ist mir nie in den Sinn gekommen. Sind wir nicht über diese kleinlichen Vorurteile hinweg?«

»Nein«, sagte Rick kurz und bündig.

»Also ich schon.« Sie hielt inne. »Sheriff, ich nehme an, Sie glauben nicht mehr, dass ich meinen Mann ermordet habe.«

»Sagen wir, Sie rutschen auf der Liste der Verdächtigen nach unten.« Er lächelte.

»Darf ich dann fragen, wieso ich in Gefahr sein könnte?«

»Aus zwei Gründen. Der erste ist die Angst des Mörders, dass Sie – warum auch immer – zwei und zwei zusammenzählen. Der zweite ist, dass die Geschichte, Sie wären in Tazios Büro gewesen, die Runde machen wird. Warum hätten Sie dort gewesen sein sollen, wenn Sie nicht nach etwas suchten, das mit dem Geschäft zusammenhing?«

»Ich hab nicht gesagt, dass ich dort war.«

»Brauchen Sie auch nicht. Andere werden es statt Ihrer sagen.«

»Eine Frage noch, Sheriff, bevor Sie mich den tüchtigen Händen von Deputy Cooper überlassen. Der toxikologische Befund?«

»In dem Moment, wo die Substanz identifiziert ist, rufe ich Sie an. Es kann nicht mehr lange dauern«, sagte Rick.

48

Die Gesellschaft im Mountain-View-Grill brach auf; Little Mim holte ihre leicht ramponierte Tröte hervor und blies damit einen Olivenkern auf Blair. Von ihrer Treffsicherheit ermutigt, blies sie auch Kerne auf Harry, Boom-Boom und Fair.

»Wirklich, Marilyn«, schalt Big Mim missbilligend.

»Ach Mutter.« Die Tochter, die sich im Befreiungsprozess befand, rauschte an ihr vorbei und zur Tür hinaus.

»Guten Abend, die Damen.« Blair neigte den Kopf, die

Gentleman-Version einer kleinen Verbeugung, und ging mit Little Mim.

»Was ist los mit ihr!« Echte Wut flammte in Big Mims gut konserviertem Gesicht auf.

»Sie ist verliebt. Lass sie in Ruhe. Die Frage ist, ›was ist los mit dir?‹« Tante Tally war wie immer sehr direkt.

»Du hast gesehen, was mit ihrem ersten Mann passiert ist, diesem Tunichtgut par excellence.«

Miranda und Tracy schoben sich vorbei, sie hatten nicht vor, sich an der Diskussion zu beteiligen. Big Mim und Tante Tally blockierten die Tür. Harry blieb respektvoll hinter den zwei älteren Damen stehen. Jim bezahlte die Rechnung für alle, ungeachtet der Proteste der Männer und einiger Damen.

»Schätzchen, echauffier dich nicht«, rief er vom Kassentresen herüber.

»Immer hältst du zu ihr.« Big Mim verzog das Gesicht.

»Tu ich nicht, aber sie muss ihr eigenes Leben leben. Überlass sie sich selbst, und weißt du was? Das ist bestimmt kein Fehler. Und jetzt, Schätzchen, entspann dich.«

»Männer«, murmelte Mim vor sich hin.

»Du kannst nicht mit ihnen leben. Du kannst nicht ohne sie leben«, erklärte Tante Tally. Ihr war der Mit-ihnen-leben-Teil lieber, dabei war sie nie verheiratet gewesen. Aber sie hatte eine Reihe stürmischer Affären gehabt, angefangen in den 1930er Jahren. Als junge Frau von achtzehn, neunzehn war sie zu einer Schönheit erblüht, und noch heute, mit über neunzig, ließen sich Spuren jener Vollendung entdecken.

»Mir geht's dabei ganz gut«, flüsterte Harry Tante Tally zu.

»Mir auch«, bestätigte BoomBoom.

»Ihr lügt euch alle beide in die Tasche.« Tally gab ihre Entgegnung nicht im Flüsterton von sich.

Die zwei Frauen hüteten sich, Tante Tally zu widersprechen.

»Warum steht ihr alle da und glotzt mich an?«, fragte Big Mim missbilligend.

»Sie blockieren die Tür. Miranda und Tracy haben sich eben noch rausgequetscht, bevor Sie da Stellung bezogen haben.« Harry musste lachen, sie konnte nicht anders. Sie hatte Big Mim wirklich gern, trotz ihrer Allüren.

»Oh. Warum haben Sie nichts gesagt?« Big Mim trat beiseite.

Alle wünschten ihr einen guten Abend. Fair war zu Jim getreten, er wollte sich an der Rechnung beteiligen.

»Gehen Sie. Ich hab mehr Geld, als mir gut tut. Gehen Sie sich um die Pferde kümmern«, sagte Jim gutmütig zu dem Tierarzt.

Die Großzügigkeit der Sanburnes war legendär. Fair dankte Jim, notierte sich aber im Geiste, seinen nächsten Besuch in Mims Stall nicht zu berechnen.

Er öffnete die Tür, und die Kälte brachte Farbe auf seine Wangen. Harry und BoomBoom waren schon auf dem Parkplatz.

»Hey, Mädels, wartet auf mich.«

»Oh?« Harry lachte.

BoomBoom schloss ihren BMW wohlweislich wortlos auf.

»In dieser Stadt fehlt eine Feierabend-Bar«, meinte Fair vergnügt.

»In Crozet? Genau. Da kommen jeden Samstagabend zwei Gäste.« Wie die meisten Bewohner arbeitete Harry hart und stand früh auf.

»Stimmt, aber wir könnten die zwei sein.« Er winkte, als BoomBoom ihre Scheinwerfer einschaltete und losfuhr. »Ich kenne zwei Katzen und einen Corgi, die Sehnsucht nach mir haben.«

»Du magst dich heute Abend sehr.«

»Ich mag dich jeden Abend sehr.«

Der klare Winterhimmel, der Schnee auf der Erde, die satte Zufriedenheit nach einer guten Mahlzeit, das alles steigerte Fairs männliche Anziehungskraft. Viele Frauen kriegten große Augen, wenn sie dem großen Blonden zum ersten Mal begegneten. Seine herzliche Art, sein verschrobener Sinn für Humor, das hatte einfach was.

»Du bist zu gütig.« Sie klimperte mit den Wimpern in Nachäffung dessen, was die Schönen des Südens nach Ansicht der Nordstaatler taten, um Männer zu umgarnen. Harry hatte die Erfahrung gemacht, dass Männer sie weit mehr umgarnen wollten als sie Männer umgarnen wollte, aber heute Abend sah Fair ausgesprochen gut aus.

»Wie wär's mit 'nem Absacker?«

»Ah, okay.«

Sie erreichten die Farm in fünfzehn Minuten. Katzen und Hund begrüßten sie erfreut.

Harry schenkte Fair einen Scotch ein und machte sich eine Tasse Plantagen-Minze-Tee.

Sie setzten sich nebeneinander aufs Sofa.

»Big Mim war herablassend gegenüber Blair.«

Fair spürte, wie der Scotch seinen Magen wärmte. »Er wird sie erobern – sofern er das will. Ich weiß immer noch nicht, was ich von dem Mann halten soll.«

»Inwiefern?«

»Er wirkt wie ein echter Kerl, aber ich weiß nicht, als Model arbeiten, das ist doch nichts für einen Mann.«

»Fair, das ist nicht fair.«

»Schrecklich, wenn man Fair heißt. Bin ich voreingenommen? Gewissermaßen.«

»Wenigstens bist du ehrlich.« Harry beschloss, sich auf keinen Streit über männliche Sexualität einzulassen.

»*Pewter und ich sollten als Models für Purina oder IAMS arbeiten oder für einen Katzenfutterhersteller. Wir könnten den Eskimos Eis verkaufen*«, schnurrte Mrs. Murphy.

»*Das könnte ich bestimmt auch.*« Tucker legte die Pfoten aufs Sofa.

»*Du wärst unwiderstehlich, Tucker*«, schmeichelte Pewter ihr. »*Die ausdrucksvollen braunen Augen, das breite Corgi-Lächeln.*«

»*Danke.*« Tucker erklomm mit Mühe das Sofa.

»Ich weiß nicht, ob ich Little Mim schon mal albern gesehen habe. Sie war nicht mal albern, als wir Kinder waren«, grübelte Harry. »Beschießt uns mit Olivenkernen.«

Der große Mann stand vom Sofa auf.
»*Wo geht er hin?*« Mrs. Murphy rieb sich mit der Pfote hinterm Ohr.
»Wo gehst du hin?«, plapperte Harry ihr nach.
»Noch Eis holen.«
Er ging in die Küche. Harrys Kühlschrank hatte keinen Eiswürfelspender. Fair nahm eine Eiswürfelschale heraus, hielt sie über das Spülbecken, drückte auf die Plastikschale, und die Würfel flutschten ins Spülbecken und auf die Anrichte. Ein paar zerbrachen, und kleine glasartige Splitter glitzerten im Licht.
Harry hörte ihn fluchen. Sie ging zu ihm in die Küche. Die Tiere kamen auch mit.
»Ich wisch das weg.« Harry schnappte sich ein Geschirrtuch.
»Ich hab die Bescherung gemacht. Ich mach das sauber. Verdammt, Harry, ich kauf dir einen neuen Kühlschrank mit Eiswürfelspender!« Er fing an, die zerbrochenen Eiswürfel aufzusammeln. »Autsch!« Ein Blutstropfen quoll aus der Spitze seines Zeigefingers.
»*Das ist es!*«, schrien die Tiere.
Fair lutschte an seiner Verletzung.
Harry riss einen kleinen Streifen von einer sauberen, weichen Papierserviette ab und drückte ihn auf Fairs Zeigefinger.
Die Tiere machten einen Mordsradau.
»Wollt ihr wohl still sein!«
»*Pass auf! Du willst doch Detektivin sein. Klär auf!*« Mrs. Murphy schlug mit dem Schwanz hin und her.
Harry brachte die Tiere zum Schweigen.
Fair lachte. »Ist nicht so schlimm.« Er legte seine Hand auf Harrys. Sie zog ihre Hand weg. Sie hielt noch die Serviette. Der kleine Blutfleck, kirschrot auf weiß, funkelte beinahe.
Die zwei Menschen starrten einen Moment darauf und sahen sich dann an.
»Fair?«

»Ich denke dasselbe.« Seine Augenbrauen schnellten hoch.

»Guter Gott. Das ist teuflisch.« Harry sackte für einen Moment gegen die Küchenanrichte.

»*Ja! Eis!*«, brüllten alle drei Tiere.

»Aber es ist plausibel.« Fair wischte die Eisstückchen ins Spülbecken. »Bill Langston hat gesagt, Kälte kann betäuben. Darauf hätte ich selbst kommen müssen.« Er runzelte die Stirn.

»Da ist niemand von uns drauf gekommen. Es ist, hm, es ist so raffiniert.« Harry nahm seine Hand und führte ihn wieder ins Wohnzimmer.

Sie setzten sich. Die Katzen sprangen aufs Sofa, Tucker auch, aber mit mehr Mühe.

»*Endlich kommen wir weiter*«, sagte Pewter.

»Du hast deinen Eiswürfel vergessen.« Harry stand auf.

Fair zog sie herunter. »Vergiss es. Eis. Ein Eispfeil. Der Pfeil schmilzt. Keine Waffe. Das Gift ist an der Pfeilspitze. Der Täter wollte eine orale Verabreichung nicht riskieren. Perfekt.«

»Ja, Und das Gift, ich meine Toxin – BoomBoom hat sich da schlau gemacht – wird verabreicht, wenn das Eis schmilzt. Aber Fair, was um Himmels willen kann denn so schnell wirken?«

»Keine Ahnung.« Er trank seinen Scotch. »Aber unsere winzige Waffe könnte auf verschiedene Weise ans Ziel gelangt sein. Überleg mal. Fred hätte H. H. auf dem Parkplatz stechen können. Oder jemand hätte den Pfeil auf ihn werfen können, als er zu seinem Auto ging. Aber wie wirft man ein Stückchen, ein kleines Stückchen Eis, ich bitte dich?«

»Es wird nicht geworfen. Man müsste es stechen.« Harry lauschte den Holzscheiten, die im Kamin knackten. »Es sei denn, man bläst es. So wie Little Mim die Olivenkerne.«

»Ja – ja.« Er faltete die Hände. »Eine Art Blasrohr. Damit wäre es ganz einfach gewesen, H. H. zu treffen, als er über den Parkplatz ging. Oder über den Flur.« Er überlegte einen Moment. »Zu voll. Es war der Parkplatz.«

»Damit ist Fred aus dem Schneider.«
»Ja.«
»Eine Tröte. Darin könnte man ein Blasrohr verbergen. Fair, das hätte am Ende des Spiels passiert sein können, solange wir noch auf unseren Plätzen waren. Der Eissplitter schmilzt in H. H.s Körper, und das Toxin haut ihn auf dem Parkplatz um.« Sie machte eine lange Pause. »Hinter mir. Der Mörder sitzt hinter mir.«
»Aber was hat Mychelle damit zu tun?« Fair war verwirrt.
»Vielleicht hängen ihr Tod und seiner nicht zusammen.«
»Sie hängen zusammen. Sie hängen zusammen, und Matthew Crickenberger ist der Mörder.«
Fair machte große Augen. »Aber warum? Das ergibt keinen Sinn. Anne, das würde mir einleuchten. Und Harry, so gern wir sie mögen, sie hat ein Motiv.«
»Und wie hat sie ihn getötet?«
»Sie legt ihren Arm um ihn oder berührt ihn am Hals.«
»Und von der Wärme ihrer Finger schmilzt das Eis nicht? Es muss ein dünner, scharfer Pfeil sein, der mit großer Kraft befördert wird.«
»Ein Blasrohr.« Er nickte zustimmend.
»Aber warum?«
»Ich weiß es nicht. Harry, es haben noch andere Leute hinter dir gesessen.«
»Ich weiß, aber die Sanburnes, BoomBoom, Hayden McIntyre – kein Motiv. Matthew hatte geschäftliche Verbindungen zu H. H.«
»Oder Mychelle?«, meinte Fair.
»Er hat H. H. ausgestochen. Er hat Geld wie Heu. Warum also?«
Fair holte tief Luft. »Das sind alles Vermutungen. Wir wissen nicht bestimmt, dass es Matthew ist.«
»Vielleicht hat er Tracy auf den Kopf geschlagen. Er hat Beweise beseitigt.« Sie klatschte in die Hände, was die Tiere erschreckte. »Nach einer Weile dreht sich einem der Kopf.«

49

Als Erstes am nächsten Morgen, Mittwoch, rief Harry Rick an, Frühaufsteher wie sie. Sie war regelrecht begeistert von sich.

Er wirkte weniger begeistert. »Danke, Harry, das ist sehr interessant.«

»Interessant?«

»Harry, die Ermittlungen laufen. Ich danke Ihnen für Ihre Mühe. Gehen Sie an die Arbeit. Wiedersehn.«

Harry legte auf. »Zum Kuckuck mit ihm!«

Sie verfrachtete ihre Tiere in den Transporter und fuhr zur Arbeit. Fair war schon um halb sechs gegangen, weil er am frühen Morgen mehrere Gestüte aufsuchen musste. Für die Züchter von Vollblutpferden war der Januar Deckzeit, weil die Fohlen möglichst nahe um den nächsten Januar herum geboren werden sollten. Zu spät, und das Pferd wäre beim Rennen im Nachteil. Alle Vollblutpferde haben zu Rennzwecken den ersten Januar des Jahres, in dem sie geboren wurden, als Geburtstag. Waren sie am 2. Februar geboren, wurde das natürlich in den Papieren des Fohlens vermerkt. Da eine Stute elf Monate trug, ließen die Leute ihre Stuten jetzt zur Deckung vorbereiten. Das war eine Menge Arbeit für die Besitzer und Tierärzte.

Harry träumte davon, eines Tages einen kleinen Zuchtstutenbetrieb zu haben, aber an diesem eiskalten Morgen war sie zu wütend, um sich Träumen hinzugeben. Sie parkte hinter dem Postamt, schloss den Hintereingang auf, knipste die Lichter an. Es war sieben Uhr morgens. Gerade als der Wasserkessel zu summen anfing, kam Miranda, die rote wuschelige Ohrenschützer trug, herein.

»Guten Morgen.« Sie hängte ihren Steppmantel auf, putzte sich stampfend die Füße ab, wickelte den Kaschmirschal ab und hängte ihn zu dem Mantel. Sie stellte Mohnmuffins auf den Tisch.

»Miranda, ich bin so wütend, ich könnte an die Decke gehen!«

»Ach du liebe Zeit.« Miranda dachte, sie hätte sich mit Fair gestritten oder mit Susan.

Harry erzählte Miranda alles, einschließlich des Anrufs bei Rick. »Er hat mir nicht die geringste Beachtung geschenkt.«

»Sie wissen genau, dass er das sehr wohl getan hat. Er kann vermutlich nicht sagen, was er vorhat, vielleicht steht er kurz vor einer Verhaftung.«

»Sicher.« Niedergeschlagen griff Harry nach einem saftigen Mohnmuffin. Ein paar leckere Bissen stellten ihre Lebensgeister einigermaßen wieder her. »Ich ruf Cooper an.«

»Gute Idee«, sagte Miranda beschwichtigend.

Obwohl Cooper Harrys Gedanken mit mehr Enthusiasmus aufnahm, blieb auch sie unverbindlich.

Frustriert rückte Harry den Postsäcken zu Leibe, die Rob Collier ablud.

»*Sie muss ihren Frust irgendwo loswerden.*« Lachend vertilgte Pewter Mohnkörnchen.

»*Gott allein weiß, was sie als Nächstes tun wird*«, sagte Mrs. Murphy.

»*Du bist so pessimistisch.*« Pewter rieb mit der Pfote an ihren Schnurrhaaren.

Harrys Stimmung sank wieder, aber als Little Mim kam, um ihre Post zu holen, fragte sie sie, ob sie sich ihre Tröte ausleihen könnte. Little Mim willigte lachend ein. Sie ging hinaus zu ihrem Auto, kam zurück und gab sie Harry.

Miranda räumte die Paketregale auf. »Harry, Liebste, grämen Sie sich nicht. Heute ist eh nicht viel los. Oh, da war ein Anruf für Sie von Vonda vom Postamt Barracks Road.«

»Hat sie gesagt, was sie wollte?«

»Ja. Sie sagt, sie hat es von der Posthalterin in Seminole Trail gehört. Wir sollen ein neues, modernes Postamt bekommen.«

Seminole Trail war der Sitz vom Hauptpostamt des Bezirks.

»Bloß nicht.« Harry griff nach dem Telefon. In wenigen Minuten lieferte Vonda ihr die genauen Details. Als Harry auflegte, sagte sie ruhig: »Sieht ganz so aus. Wir brauchen kein neues Postamt. Das hier tut's prima. Und Vonda geht zurück nach Charleston, Westvirginia. Das halte ich nicht aus. Das Postamt Barracks Road wird ohne sie nicht mehr dasselbe sein. Die Truppe dort ist bestimmt auch nicht begeistert.« Für Harry waren ihre Kollegen in der Barracks-Zweigstelle ein überarbeiteter Haufen.

»Wachstumspläne.« Miranda gab wieder, was sie von Vonda gehört hatte. »Und mir tut es auch Leid, dass sie fortgeht.«

»Das ist Geldverschwendung. Ein neues Postamt. Eine Riesenverschwendung!«

»Haben Sie nicht gelernt, dass die Regierung existiert, um Ihre Steuergelder zu verschwenden? Wenn wir unser Scherflein beisteuern können, dann können wir es vielleicht funktionell, hm-m-m, brauchbar gestalten.«

»Ich will kein neues Postamt.« Harry setzte sich störrisch hin.

»Ehrlich gesagt, ich auch nicht.« Miranda setzte sich ihr gegenüber. Sie sah aus dem vorderen Fenster. »Sieht heute aus wie eine Geisterstadt.«

»Ja.«

»Sie werden doch keine Dummheit machen, nein?« Miranda legte den Kopf schief.

»Nein. Wie kommen Sie darauf?«

»Ihr Kinn hat diese straffe Haltung.«

»Oh.«

Miranda zitierte Psalm 141, Vers 3: »›Herr, stell eine Wache vor meinen Mund, eine Wehr vor das Tor meiner Lippen!‹«

Harry sagte nichts.

50

Rick und Cooper arbeiteten an ihren Schreibtischen. Der Sheriff hatte vorsichtshalber verfügt, dass eine Beamtin sich bei Anne Donaldson aufhielt.
»Sheriff, gehen Sie ans Telefon!«, brüllte Lisa Teican von der Zentrale, weil Rick das Blinklicht an seinem Apparat nicht beachtete.
»Sheriff Shaw.«
»Joe Mulcahy. Ich sollte Sie anrufen …« Der Chef der Toxikologie in Richmond wurde unterbrochen.
»Danke. Was war es?«
»Batrachotoxin.«
»Nie gehört.«
»Woher auch. Ich selbst hab das Zeug mein Lebtag noch nie gesehen. Ist mir nicht ein einziges Mal untergekommen.«
»Und was ist es?«
»Eine absolut tödliche Substanz, dermaßen tödlich, Sheriff, dass Nanogramme davon den sofortigen Tod eines Organismus herbeiführen. Ein Mikrogramm könnte ein Bataillon auslöschen.«
»Herrgott! Könnte ein Verrückter so was in einem Labor zusammenbrauen?« Neben anderen Sheriffs in den Vereinigten Staaten hatte Rick an einem Lehrgang über biologische Kampfstoffe teilgenommen.
»Das ist höchst unwahrscheinlich. Ich meine, man kann es nicht in einem Labor zusammenbrauen, und ein Irrer könnte sich wohl kaum genug Batrachotoxin beschaffen, dass es ein Problem größeren Ausmaßes darstellte.«
»Wie ist der Mörder dann an das Zeug gekommen?«
»Aus der Haut von Giftfröschen, winzigen, zwei bis fünf Zentimeter kleinen Fröschen. Leuchtende Farben mit Streifen und Flecken. Hübsche Dingerchen eigentlich.« Joe schlug ein Buch auf, dann fuhr er fort: »Sobald wir das Toxin isoliert hatten, war ich fasziniert. Die kleinen Viecher

leben in den Regenwäldern von Südamerika, und die Eingeborenen haben sie gefangen und unter Stress gesetzt. Sie brauchten sie nicht unbedingt zu töten, sondern sie machten ihnen Angst, worauf die Frösche aus den Höckern auf ihrem Rücken eine Flüssigkeit absonderten. Die haben die Eingeborenen gesammelt, vorsichtig natürlich, und trocknen lassen. Dann haben sie sie auf ihre Pfeile geschmiert.«
»Und Sie sagen, das Gift wirkt schnell?«
»Erstaunlich schnell. Es blockiert die Übertragung von Nervenimpulsen, und das Herz bleibt einfach stehen. Tot.«
»Großer Gott.«
»Der kann dem Opfer nicht helfen.« Joe konnte sich einen Scherz nicht verkneifen.
»Vermutlich nicht. Haben Sie bei Ihren Untersuchungen herausgefunden, woher sich jemand diese Frösche beschaffen könnte?«
»Das ist zwar nicht mein Ressort, aber es gibt einen Untergrundhandel mit exotischen Tieren. Eingeschmuggelte Tiere sind ein großes Geschäft, und Dallas hat einen sehr, sehr großen Flughafen. Dürfte ganz einfach sein, denke ich. Und hey, man braucht bloß zwei Exemplare, ein Männchen und ein Weibchen. Schon ist man im Geschäft.«
»Aber man müsste ein besonderes Umfeld schaffen.«
»Sheriff, die sind winzig. In einem kleinen Terrarium mit der richtigen Feuchtigkeit und vielen Insekten würden sich Herr und Frau Frosch sehr wohl fühlen. Und Wasser. Viel Wasser. Sehr faszinierend.«
»Danke, Mr. Mulcahy.«
»Ich schicke Ihnen den vollständigen Bericht per FedEx.«
»Ich werde jedes Wort lesen, aber dieser Anruf, auf den hatte ich gewartet.«
»Freut mich, dass ich Ihnen helfen konnte.« Joe legte auf.
Rick winkte Cooper an seinen Schreibtisch. Er erzählte ihr, was er soeben erfahren hatte.
»Verdammt, wie kriegen wir ihn in die Falle?« Wie fast alle in der Stadt wusste Cooper von Matthews Regenwald.

Man konnte sich unschwer vorstellen, dass er Giftfröschen ein ideales Umfeld bieten konnte. Wer würde das bemerken?

»Es könnte jemand von der biologischen Abteilung an der UVA sein. Vergessen Sie nicht, Anne hat botanische Sachkenntnisse.«

»Sie könnte es sein, aber sie ist es nicht. Es ist Matthew.« Rick hob die Hände, die Handflächen nach außen, eine flehende Geste und in diesem Fall auch Ausdruck leichter Frustration. »Ja, ich glaube, er ist unser Mann. Es ist nicht Anne. Ich weiß nur noch nicht, wie wir das beweisen können.«

»Bauchgefühl – Mychelle?«

Rick wusste, was sie meinte. Er nickte. »Ja, ich glaube, sie hat er auch umgebracht. Andere Methode, aber irgendwie war sie ihm im Weg.«

»Vielleicht hatte er momentan oder früher mal eine Affäre mit ihr?«

»Möglich.« Er klopfte sich mit einem Bleistift an die Wange. »Diese Morde haben was Kaltes. Wenn es um Sex oder Liebe ginge, wäre es anders. Ich denke einfach, es wäre anders.«

»Er ist mit Anne befreundet.«

»Das macht mir Sorgen. Tatsächlich macht alles mir Sorgen. Wir haben unseren Mörder. Auch alle meine Instinkte sagen mir, dass die Drecksarbeit uns direkt zu ihm führt. Aber warum? Warum?« Er hob die Hände.

51

Freitagabend spielten die Mädchen gegen das Team von North Carolina State. Harry saß neben Fair, Little Mims Tröte steckte in ihrer Blazertasche.

Vor ihr saß Cooper zwischen Greg Ix und Peter Gianakos auf H. H.s Platz. Irena Fotopappas, nun wieder in Uniform, war bei Anne und Cameron zu Hause. Rick hatte der jungen Beamtin strikte Anweisung gegeben, Matthew oder seine Frau auf keinen Fall ins Haus zu lassen.

In Harrys Tasche steckte eine Hand voll Trockenerbsen, zusammen mit der Tröte, die sie umgewandelt hatte, indem sie ein kleines Pusterohr in das Papier einführte.

Alle anderen saßen auf ihren angestammten Plätzen, wobei Bill Langston Dr. Hayden McIntyres Platz einnahm. Little Mim hatte Tazio wieder eingeladen. Bill beugte sich immer wieder nach hinten, um sich mit Tazio zu unterhalten. BoomBoom, zu Little Mims Rechten, entging das nicht. Blair saß links von Little Mim neben Tazio. Gewöhnlich saß er dort, wo BoomBoom jetzt saß, und sie saß einen Sitz weiter weg von Little Mim, aber die zwei Frauen waren auf die Idee verfallen, dass Blair neben Tazio sitzen sollte. Das würde den neuen Mann in der Stadt veranlassen, ihr mehr Beachtung zu schenken, auch wenn er gehört hatte, dass Blair und Little Mim ein Paar waren. BoomBoom und Little Mim, die fest an Testosteron glaubten, dachten sich, Bill würde aufmerksamer, raffinierter sein müssen, einfach weil noch ein zweiter gut aussehender Mann zugegen war.

Tante Tally drehte sich von Zeit zu Zeit nach hinten um und beobachtete das Geschehen. Sie hatte sich ein starkes Interesse an allem bewahrt, wo Sex im Spiel sein könnte.

Big Mim dagegen hielt mehr von Romantik.

Tally sagte ihr, sie sollte es besser wissen.

Harry behielt die Tröte in der Tasche. Matthew war vergnügt wie immer, er teilte Getränke aus, blies in seine Tröte. Die Jungs bimmelten mit der Kuhglocke.

Susan Tucker saß neben Matthew. Harry hatte ihr erzählt, was sie von Matthew dachte, und Susan glaubte ihr. Dass sie neben dem Mann saß, den ihre beste Freundin für einen Mörder hielt, tat sie achselzuckend ab. Warum sollte er sie umbringen wollen? Sie nahm nicht an, dass sie etwas besaß, das er wollte, falls Harry tatsächlich Recht hatte.

Fred Forrest saß mit finsterer Miene hinter ihnen allen.

Das Spiel wurde atemberaubend spannend.

Einmal schaute Harry auf die Anzeigetafel und fragte sich, ob sie sie nicht hätte benutzen sollen. Vielleicht eine Mitteilung draufsetzen, um Matthew Angst zu machen, aber dann hätte sie vermutlich auch allen anderen Angst gemacht.

In den letzten zwei Spielminuten blockte Virginias Centerspielerin Mandy Hall einen Wurf unter dem Korb, und Isabelle Otey fing den Ball direkt aus den Händen der Flügelspielerin von North Carolina State. Isabelle flitzte über die Mitte des Spielfeldes, hechtete in die Luft und schaffte mühelos einen Korbleger. Das Spiel war aus.

Harry drehte sich um, gerade als Isabelle punktete, und schoss eine Erbse auf Matthew. Er schlug sich an die Backe, sah aber nicht, dass Harry die Übeltäterin war, drum schoss sie noch eine ab. Diesmal sah er sie. Sie lächelte.

Er lächelte zurück.

Nach dem Spiel drängten die Fans hinaus. Fred Forrest rannte die Stufen hinunter zum Spielfeld, wo er Tracy vorhielt, eine seines Erachtens falsche Entscheidung getroffen zu haben.

Ganz von sich eingenommen, pustete Harry eine Erbse auf Fred. Er drehte sich um, und sie schoss noch eine, die an seinem Kopf abprallte.

»Lassen Sie das, Harry.«

»Fred, Sie sind ein Piesepampel.« Sie steckte ihre Tröte ein.

Während Fred mit Harry befasst war, schlich Tracy geschickt davon und war schon halbwegs beim Umkleideraum, ehe Fred sich umdrehte, um ihn herunterzuputzen.

Harry ging zum Parkplatz und winkte allen zu. Sie holte ihre Tiere und kehrte in die Muschel zurück, wobei sie sich vergewisserte, dass Matthew sie sah.

Sie kam wieder in die Basketball-Arena, als ein paar Nachzügler hinausgingen. Sie setzte sich auf ihren Platz und schoss Erbsen auf H. H.s Platz.

Pewter konnte nicht widerstehen hochzuspringen und die Erbsen wegzuschlagen.

Mrs. Murphy beobachtete aufmerksam die Türen, ebenso wie Tucker, die, von frischen Gerüchen überwältigt, unentwegt schnüffelte. Noch waren ringsum zu viele Menschen und zu viel Lärm.

Als die allerletzten Fans hinausgingen, kam ausgerechnet BoomBoom wieder herein.

»BoomBoom, was machst du hier?«

»Hab meine Handschuhe verloren.« BoomBoom stürmte zu ihrem Platz hinauf und fand ihre zertrampelten Handschuhe. Sie kam zu Harry.

Harry erklärte ihr ihre Theorie.

»*Da ist wer*«, bellte Tucker.

Fred Forrest, der oben im Schatten gelauert hatte, kam herunter. »Erklären Sie mir das, Harry.«

BoomBoom und Harry betrachteten Fred misstrauisch, aber Harry erklärte und veranschaulichte bereitwillig ihre Theorie.

»Und wem haben Sie von Ihrer Theorie erzählt, Harry?« Seine Stimme zitterte.

»Allen, die es hören wollten.«

»*Ich bin hinter ihm*«, sagte Tucker zu den Mädels.

»*Wir bleiben vorne. Meinst du, er hat 'ne Knarre?*«, fragte Mrs. Murphy ihre hündische Freundin.

»*Weiß ich nicht.*«

»Sie glauben wirklich, Matthew hat H. H. umgebracht?« Freds Augenbrauen schnellten hoch.

»Und Sie?«, fragte BoomBoom dreist.

»Wenn, dann würde ich es weder Ihnen oder sonst wem erzählen. Woher weiß ich, dass er mich nicht umbringt?«

Die Tür auf der Spielfeldebene flog auf, und Matthew schlenderte wieder herein.

»Fragen Sie ihn.« Harry langte in ihre Blazertasche und nahm eine Hand voll Erbsen. Sie zog die Hand nicht heraus.

»Was tun Sie alle hier?« Matthew, ein Lächeln im Gesicht, kam näher.

»*Verdammt*«, zischte Mrs. Murphy. »*Mutter hat Rick oder Cooper nicht gesagt, was sie vorhat.*«
»*Ich bewache Matthew.*« Pewter ging auf den großen Mann zu.
»Wir haben von Ihnen gesprochen«, sagte Harry frech. »Fred will uns nicht sagen, warum Sie H. H. umgebracht haben.«
»Fred, was ist mit Ihnen?« Matthew verzog keine Miene.
»H. H. ist mir verdammt schnuppe«, knurrte Fred wütend. »Was ihm passiert ist, das hat er verdient, aber Mychelle – das ist was andres. Ich möchte Ihre Antwort hören, Matthew.«
»Was dem einen recht ist, ist dem anderen billig.« Matthew rückte näher, aber nicht in Reichweite.
Harry fragte sich, ob sie ihn zu Boden strecken könnte. Sein schwerer Mantel würde ihn vielleicht bremsen. Wenn er bewaffnet war, spielte das keine Rolle.
BoomBoom stellte sich dumm. »Wo sind Sandy und die Kinder?«
»Auf dem Weg zu ›Duner's‹, zu einem späten Abendessen.«
»Sind Sie zu Fuß?« Harry fasste die Ausgänge ins Auge.
»Wir sind eine Familie mit zwei Autos.« Er lächelte, dann konzentrierte er sich wieder auf Fred. »Was haben Sie denn heute zu meckern?«
»Nichts. Harry hat eine sehr interessante Theorie, wie Sie H. H. umgebracht haben. Ich hab mich auch gefragt, wie er vor aller Augen ermordet werden konnte, aber ihre Idee klingt ganz plausibel.«
»Keine Mordwaffe.« Matthew klatschte in die Hände, als wollte er seine Kinder zusammenrufen.
»*Eis*«, sagte Mrs. Murphy.
»Ein Eispfeil«, sagte Harry, als würde sie der Katze nachplappern.
»Was tun Sie hier?«, fragte BoomBoom.
»Dasselbe könnte ich Sie fragen.« Matthews Schwung

schwand. »Ich bin hier, um den Haarriss da oben zu begutachten. Ich schicke Montagmorgen jemanden her.«

»Die wissen über Sie Bescheid, Matthew.« Fred lächelte boshaft.

»Ah, aber wissen sie über Sie Bescheid?« Matthew zuckte die Achseln, als beträfe ihn das nicht.

»Halten Sie den Mund.« Fred ging eine Stufe tiefer.

Harry stieß BoomBoom an und warf Matthew die Erbsen ins Gesicht. Die zwei Frauen sprinteten über die Sitze, flitzten über das Basketball-Spielfeld und stießen die Tür zu dem umlaufenden Flur auf.

Katzen und Hund fegten hinter den Menschen hinaus.

»Sie nehmen BoomBoom, ich Harry«, wies Matthew Fred an. Die Männer liefen, auf den Trockenerbsen rutschend, hinter ihnen her.

»*Treppenhaus!*«, bellte Tucker.

Harry drehte sich um, weil Tucker bellte. »BoomBoom, hierher!«

Die Frauen und die Tiere rannten die Treppe hinunter, gerade als Matthew und Fred in den Flur traten.

Matthew zögerte einen Moment, dann lief er zur Tür des Treppenhauses und öffnete sie, gerade als die Tür auf der unteren Ebene klickend zuschlug. »Hierher.«

Er und Fred polterten die Treppe hinunter.

Beide Männer kannten die Muschel in- und auswendig. Ihnen war klar, dass Harry und BoomBoom, die zwar mit dem Gebäude nicht so vertraut waren, es dennoch gut genug kannten, um zu wissen, wo die Ausgänge lagen. Sie mussten ihnen den Weg zu diesen Türen abschneiden.

Auf der unteren Ebene angekommen, bedeutete Matthew Fred, nach links zu gehen. Er selbst wollte nach rechts gehen.

»Alle Türen probieren«, stieß Fred hervor.

Harry und BoomBoom liefen zum Ausgang, hörten aber Freds rennende Schritte.

»Scheiße! Er ist näher dran als wir«, sagte Harry.

»*Versteckt euch. Wir greifen sie an.*« Mrs. Murphy schnüffelte an Bürotüren.

Jetzt hörten sie deutlich rennende Schritte von beiden Seiten.

BoomBoom probierte die Tür vom Geräteraum. Zum Glück war er offen. Sie schlüpften hinein. Die Lichter waren aus.

Harry drückte sich auf einer Seite der Tür flach an die Wand.

BoomBoom tat dasselbe auf der anderen Seite, so dass sie, wenn die Tür zu dem dunklen Raum aufginge, die Chance hatten, unentdeckt zu bleiben. Wenn Matthew oder Fred hereinkäme, könnten die Frauen an ihm vorbeischlüpfen oder ihn niederschlagen.

Die Katzen konnten viel besser sehen.

»*Am Regal!*« Mrs. Murphy verlor keine Zeit; sie sprang hinauf und kletterte dorthin, wo der Lichtschalter war. Sie platzierte sich direkt neben dem Schalter.

»*Tucker, tu deine Pflicht*«, rief Pewter, die inzwischen nach einer weniger anmutigen Kletterei neben Murphy hockte.

Alle fünf Lebewesen hielten den Atem an. Die Schritte kamen näher.

Murphy flüsterte Pewter zu: »*Wir sind nicht allein hier drin.*« Sie streckte die Pfote nach hinten in den weitläufigen Raum.

»*Du hast Recht*«, gab die graue Katze leise zurück. Hinten war undeutlich eine menschliche Gestalt auszumachen, die verstohlen näher rückte.

»*Wir können Tucker nicht warnen. Das würde zu viel Lärm machen*«, flüsterte Murphy.

Aber das scharfe Gehör und die noch schärfere Nase der Corgihündin erfassten Geräusch und Geruch. Sie betete, bewältigen zu können, was immer als Nächstes geschähe, und sie betete, dass Harrys rasche Auffassungsgabe und ihre Courage sie alle aus dieser Klemme befreien würden. Tucker hatte Vertrauen in ihren Menschen, und sie wusste, Harry hatte Vertrauen in sie.

Die Schritte draußen verhielten nebenan. Die Tür zum Lacrosse-Raum ging auf und wieder zu, ebenso die Tür auf der anderen Seite des Geräteraums. Matthew und Fred hatten sich vor dem Geräteraum getroffen.

Matthew gab sich keine Mühe leise zu sein. Er hatte keinen Grund dazu, er war ja nicht der Gejagte. »Sie sind hier drin.«

»Vermutlich finden wir sie bei den Fußbällen«, erwiderte Fred.

Die Tür ging auf, ein Lichtstrahl fiel über den Fußboden.

Matthew griff nach dem Lichtschalter, der bei dem Regal angebracht war; der Platz dafür war natürlich ausgespart worden.

Mrs. Murphy biss kräftig zu.

»Herrgott im Himmel!«, brüllte Matthew, als sich die scharfen Reißzähne tief in den fleischigen Teil seines Handtellers gruben.

Fred wich instinktiv einen Schritt zurück, und wer immer noch im Raum war, stürmte an den erschrockenen Frauen vorbei und blockierte Matthew so heftig, dass der schwere Mann den Boden unter den Füßen verlor. Er schlug hart auf.

Tucker lief hinterdrein und verbiss sich in Freds Fußknöchel.

Der unerkannte Blockierer stürzte an Fred vorbei, stieß ihn um und rannte durch den Flur zur Treppenhaustür. Tucker sah ihn von hinten, es war ein Mann, doch Tucker hatte sich um dickere Fische zu kümmern. Sie sprang auf Freds Brustkasten. Zwar war Tucker kein großer Hund, aber Fred war auf diesen neuen Angriff nicht gefasst. Der Corgi entblößte die Reißzähne und sprang ihm an die Gurgel.

Fred hob instinktiv den Arm, um seine Kehle zu schützen.

»*Stirb!*«, knurrte Tucker grimmig.

Der Lichtstrahl von der offenen Tür streifte Harrys Gesicht. Sie rief BoomBoom zu: »Jetzt oder nie!«

Ohne zu antworten, sprintete BoomBoom an Harrys Seite aus dem Geräteraum und in den Flur. Die Katzen bissen Matthew noch einmal extra heftig, dann rasten sie hinter den Frauen her.

»*Wir hätten ihm die Augen auskratzen sollen!*«, wütete Mrs. Murphy, während sie zur Treppenhaustür rannten, die so unendlich weit weg schien.

»*Keine Zeit*«, antwortete Pewter.

Matthew, von dessen rechter Hand Blut tropfte, griff in sein Sakko und zog eine Handfeuerwaffe hervor. Er ging zu Fred, der sich, in dem Bemühen sich aufzurappeln, auf die Seite gerollt hatte.

Tucker eilte ihren Freundinnen nach und blickte dabei über die Schulter. »*Knarre!*«

»*Nichts wie weg!*« Murphy fegte durch den Korridor mit den glatten gewölbten Wänden ohne rechte Winkel, die ihnen ein Versteck geboten hätten. Ihre einzige Hoffnung war, um ihr Leben zu laufen und zu beten, dass Matthew ein schlechter Schütze war, zu beten, dass Murphys Biss seine Schusshand verletzt hatte.

Er machte ein paar Schritte, zielte auf BoomBoom, die größere der zwei Frauen, und schoss. Die Kugel schwirrte an ihrer rechten Schulter vorbei.

»Lass dich fallen und roll dich weg, wenn's sein muss!«, rief Harry BoomBoom zu, die ihre Schritte Harrys anglich.

Statt sich fallen zu lassen, hechtete BoomBoom auf die Wand zu, wo der Feuermelder war. Sie hielt kurz inne, dann schlug sie das Glas ein. Als Matthew auf sie schoss, warf sie sich hin. Die Kugel krachte über dem Feuermelder in die Wand; BoomBoom stand auf, packte erneut den kleinen Hammer und setzte mit aller Macht den Alarm in Gang. Dann ließ sie sich fallen und rollte sich weg, während die nächste Kugel neben ihr einschlug. Betonstaub rieselte auf sie und den Boden herab.

Harry erreichte die Tür zum Treppenhaus. Sie stieß gegen die lange Stange, das Klirren hallte durch den Flur. Sie hielt BoomBoom und ihren Tieren die Tür auf.

Sie rasten die Treppe hinauf zur Hauptebene, die Tür schloss sich hinter ihnen. Der Alarm klang hier noch lauter.

»Boom, gut gemacht!«

»*Mutig gemacht.*« Tucker hörte Schritte, dann ging unter

ihnen die Tür zur Treppe auf. Matthew und Fred würden binnen Sekunden oben sein.

Harry drückte sich neben der Tür, die gleich aufgehen würde, flach an die Wand. Wenn sie und BoomBoom versuchten, die Tür zuzuhalten, würde Matthew hindurchschießen. Harry wusste auch, dass sie den Ausgang nicht rechtzeitig erreichen konnten, um sich zu retten. Selbst wenn, wären sie auf dem weitläufigen Parkplatz leichte Zielscheiben. Sie würden kämpfen müssen.

BoomBoom drückte sich auf der Angelseite der Tür an die Wand.

»*Dreh um!*«, rief Murphy Pewter zu, die, schneller als jeder Mensch, zum Ausgang schlitterte. Beim Schlittern wackelte ihr Hintern. Da wurde die Treppentür mit ungeheurer Kraft geöffnet, und Matthew, der nicht mal im Traum daran dachte, dass die Frauen kämpfen würden, trat ein, mit ausgestrecktem Arm, blutender Hand, schussbereiter Waffe.

BoomBoom, die nicht dumm war, wusste, was Harry vorhatte. Harry legte die Hände aneinander und ließ ihre Arme mit aller Macht auf Matthews Unterarm sausen; die Waffe polterte über den Fußboden. Blut spritzte; denn der tiefe Katzenbiss hatte eine Wunde hinterlassen.

Tucker hob die warme Waffe geschwind mit der Schnauze auf.

BoomBoom trat hinter Matthew und nahm seinen Hals in einen schmerzhaften Würgegriff. Er war ein großer, kräftiger Mann, aber sie war eine große, erstaunlich kräftige Frau. Er würgte, drehte und wand sich. Weil seine Luftröhre schmerzte, konnte er BoomBoom nicht abschütteln.

Harry hörte Fred, der sich langsamer bewegte als Matthew, die Treppe heraufstapfen. Sie schlich hinter Matthew und BoomBoom und stürzte sich von der obersten Stufe auf Fred. Sie landete so hart auf ihm, dass er rückwärts umkippte und laut mit dem Schädel an die Wand krachte. Ein dünner Blutstreifen beschmierte die Wand. Fred war weggetreten.

Harry trat einmal nach ihm, um zu sehen, ob er eine Gefahr darstellte. Sie vermutete, dass er eine Gehirnerschütterung hatte.

Die Katzen halfen BoomBoom Matthew zu überwältigen, der sich bückte und sie über seinen Kopf zu werfen versuchte.

Pewter grub ihre Reißzähne in seine linke Wade, Murphy attackierte seine rechte. Er brüllte vor Schmerzen und Frust.

Tucker raste mit der Waffe in der Schnauze an den zwei Rangelnden vorbei den ersten Treppenabsatz hinunter zu Harry.

Gerade als Harry sich umdrehte, um die Treppe hinaufzulaufen und BoomBoom zu helfen, kam Tucker bei ihr an.

»Gott sei Dank!« Sie nahm dem unerschrockenen Hund die Waffe ab.

Dann stürmte sie nach oben, immer zwei Stufen auf einmal.

Der Feueralarm schien in ihrem Kopf zu sein, doch ihr Verstand blieb klar.

»Schluss jetzt, Matthew.« Sie trat vor ihn hin, hielt aber etwa drei Schritte Abstand. »Sonst baller ich Ihnen ein Loch in die Stirn.«

BoomBoom löste ihren Griff erst, als er aufhörte zu zappeln.

»Harry, Sie haben alles missverstanden. Es war Fred. Ich bin da bloß mit reingeraten«, würgte Matthew hervor.

»Er lügt, Mom, sei vorsichtig.« Murphy ließ von seiner Wade ab.

»Jawohl.« Pewter tat desgleichen, während Tucker vor Matthew im Kreis herumlief, für den Fall, dass er eine Dummheit machte.

»Ihr kennt mich doch, Mädels. Wir arbeiten zusammen im Pfarrbeirat von St. Lukas. Ihr wisst, dass ich niemals jemanden töten würde.« Er ging einen Schritt auf Harry zu.

»Matthew, keine Bewegung.«

»Ach kommen Sie, Harry.«

BoomBoom trat schwer atmend hinter ihn, bereit, seinen Arm zu packen.

»Boom, geh aus dem Weg«, sagte Harry.

Die große Blonde trat zur Seite.

»Sie sind nicht gewalttätig, Harry. Ich kenne Sie.« Er lächelte.

Die drei Tiere ließen Matthew nicht aus den Augen.

»Ich bin so gewalttätig, wie ich sein muss, Matthew.« Harry betete, die Feuerwehr, der Sheriff, *irgendjemand* möge auf den Alarm reagieren. Wie zur Antwort hörte sie in der Ferne zwei Sirenen.

Matthew hörte sie auch. »Sie kennen mich. Sie wissen, ich würde nie jemandem etwas zuleide tun. Es ist Fred allein. Er ist abgehauen. Ist das nicht Beweis genug?«

»Er ist nicht abgehauen. Er liegt bewusstlos auf der Treppe.« Harry sprach mit fester Stimme.

BoomBoom hielt sich kampfbereit, die Fäuste geballt.

Die Sirenen kamen näher. Matthew nahm an, wie so viele Männer, dass eine Frau ihm nichts antun würde. Er musste hier raus. Wenn er es bis zu seinem Auto schaffen könnte, hätte er eine Chance zu entkommen.

Er senkte die Stimme, seine Worte trieften von falscher Liebenswürdigkeit. »Es sieht schlecht aus für mich, ich weiß. Aber ich bin unschuldig. Ich muss meinen Anwalt anrufen. Wenn Sie mich gehen lassen, werde ich …« Er machte noch einen Schritt auf Harry zu.

»Stehen bleiben, Matthew.« Sie rührte sich nicht vom Fleck.

Da sprang er sie an.

Sie schoss. Er sackte zusammen.

Blut spritzte aus seinem Knie; denn sie hatte ihm die Kniescheibe weggeschossen. Sich windend und schreiend zappelte er auf dem Boden wie ein aus dem Wasser gezogener Fisch.

»*Soll ich ihm die Kehle zerfleischen?*« Tucker entblößte ihre Reißzähne.

Mrs. Murphy riet ihr ab. »*Nein. Er ist außer Gefecht gesetzt.*«

»*Ich hätte aber Lust dazu.*« Tuckers Augen blitzten.
»*Du kannst das viele frische Blut auflecken.*« Pewter kicherte; es hörte sich an wie »*kickel kickel*«.
»*Abartig, die Menschen. Du weißt, wie sie sind.*« Murphy hätte Matthew liebend gern selbst getötet.

Harry hielt die Waffe auf Matthew gerichtet. Seine Schmerzensschreie freuten sie. Er oder Fred oder beide hatten das Leben zweier Menschen ausgelöscht, hatten versucht, einer unschuldigen Witwe die Schuld in die Schuhe zu schieben und würden obendrein noch Harry und BoomBoom getötet haben.

Soll er sich doch die Seele aus dem Leib schreien, dachte Harry bei sich. Er kann von Glück sagen, dass ich ihm sein Knie ausradiert hab und nicht sein Herz, falls er eins hat.

»Harry.« BoomBoom erhielt keine Antwort, weshalb sie die Stimme hob. »Harry!«

»Ha? Alles in Ordnung mit dir?«

»Ja. Ich wollte dich dasselbe fragen.« Sie rief über Matthews Geheul und den Feueralarm hinweg.

Die Sirenen hörten sich an, als wären sie direkt vor der Tür. Binnen Sekunden stürmten Sheriff Shaw, Deputy Cooper und Dodson Hawley, der Chef der Feuerwehr, herein, gefolgt von Feuerwehrmännern.

Hawley stellte den Alarm ab, und das Scheppern hörte auf.

»Hier!« BoomBoom überbrüllte Matthews Geschrei.

Cooper lief zu ihnen.

»Es brennt nicht.« Harry reichte Cooper die Waffe. »Fred Forrest liegt auf der Treppe und muss versorgt werden. Er steckt in der Sache drin.« Sie zeigte auf das Treppenhaus. »Und dieser jämmerliche Schweinehund hier kann von Glück sagen, dass er noch lebt. Ich hoffe, er kommt vor Gericht und auf den elektrischen Stuhl.«

»*Jawohl!*«, stimmten die drei Tiere zu.

Als Rick hinzutrat, sagte Cooper: »Fred liegt auf der Treppe.«

Sie hörten Rick die Treppe hinuntergehen.

BoomBoom, die plötzlich erschöpft war, lehnte sich an die Wand.

Harry kniete sich hin, um ihre Tiere zu streicheln. Auch sie fühlte sich, als hätte jemand den Schalter ausgeknipst. Ihre Energie verebbte.

»Boom?« Coopers Augenbrauen zuckten in die Höhe.

»Mir geht's gut.«

»Boom, ich hatte mich in dir geirrt.« Harry stand auf. »Verzeih mir.«

BoomBoom lächelte, sie war zu müde oder zu überwältigt, um zu antworten. Sie hob die linke Hand, die Handfläche nach außen, zum Zeichen des Einverständnisses.

»Könnt ihr zwei jetzt eine Aussage machen? Soll ich jemanden schicken, Kaffee oder Cola holen?«, fragte Cooper, ohne auf den Radau ringsum zu achten.

»*Thunfisch!*«, forderte Pewter resolut.

Harry sah zu ihrer grauen Katze hinunter. »Die Mädels haben so hart gekämpft wie wir.«

»Ich lasse für jede ein Schinkenbrot kommen.« Cooper lächelte.

Die Ambulanz traf ein.

Harry, die dem Chaos ringsum keine Beachtung schenkte, folgte Cooper zum Haupteingang, ein Stückchen abseits der Tragen, die hereingerollt wurden. BoomBoom, Mrs. Murphy, Pewter und Tucker kamen mit.

»Wir können sagen, was passiert ist«, erklärte Boom-Boom, »aber wir wissen nicht, warum es passiert ist. Harry, was hast du dir bloß dabei gedacht, zurück in die Muschel zu gehen, wo du wusstest, dass Matthew dir folgen würde?«

»Keine Ahnung. Ich musste der Sache auf den Grund gehen. Es war dumm von mir, keine Waffe mitzunehmen. *Richtig* dumm.« Harry atmete ein, dann fasste sie Cooper am Arm. »Weißt du, was los ist?«

»Glaub schon«, antwortete Cooper kurz angebunden über Matthews Schmerzensschreie und Unschuldsbeteuerungen hinweg.

52

Die Schinkenbrote und der Kaffee kamen nach fünfzehn Minuten. Cooper hatte ihre sämtlichen 25-Cent-Stücke für die dürftige Verpflegung aus den Verkaufsautomaten aufgewendet.

»Ich verspreche, morgen gibt's was Besseres zu essen.« Lächelnd schob sie die in Folie verpackten Brote für Menschen und Tiere über den Tisch.

Sie dirigierte sie in ein Büro. Bei geschlossener Tür war es beinahe still.

»*Wenn du deinen Schinken nicht willst, ess ich ihn*«, erbot sich Tucker.

»*Warum sollte ich den Schinken nicht wollen?*« Pewter legte den Kopf schief und sah den Hund an.

»*Du hast gesagt, du willst Thunfisch.*«

»*Versuch misslungen.*« Lachend biss Mrs. Murphy in den Schinken, der besser schmeckte als Matthews Hand oder Bein.

Als Harry und BoomBoom wieder normal atmeten, zückte Cooper ihren Notizblock und klappte das Deckblatt um.

»Okay, fangen wir an.«

Sie hörte aufmerksam zu und machte sich Notizen. Als die zwei mit ihren Aussagen fertig waren und sie ein paar Fragen gestellt hatte, klappte sie den Block zu.

Etwas gestärkt von Sandwich und Kaffee, bat Harry: »Kannst du uns sagen, was passiert ist? Jetzt, wo wir unsere Aussagen gemacht haben?«

»Ich kann's versuchen.« Cooper steckte das Notizbuch in ihre Brusttasche. »Matthew Crickenberger hat gemerkt, dass wir ihm auf den Fersen waren. Anne stand unter unserem Schutz. Sie war zunächst verdächtig, aber als wir erkannten, dass sie in Gefahr war, blieb jemand von uns bei ihr. Das hat Matthew mitgekriegt. Aber Harry, du warst es – du hast ihn aus der Reserve gelockt.«

»Als ich ihn mit der Erbse bombardiert habe! Mit der Tröte!« Harry klopfte mit dem Zeigefinger auf den Tisch.

BoomBooms Augen weiteten sich. »Ich kapier's immer noch nicht.«

Cooper trank einen Schluck Kaffee. »H. H. war wütend, weil er sozusagen ständig in Matthews Luftstrom war, und er ist hinter deren Trick gekommen. Das erklär ich euch später. Er hat monatelang geduldig recherchiert, hat alte und neue Projekte besichtigt, die Matthew gebaut hatte. H. H. war entschlossen, etwas zu finden, und er fand mehr als erwartet. Wir denken, er hat Mychelle ins Vertrauen gezogen – und Matthew dachte das offensichtlich auch –, aber sicher wissen wir es nicht. Ich würde doch meinen, Mychelle wäre nach H. H.s Tod gleich zu uns gekommen und hätte uns erzählt, dass H. H. Matthew erpresst hat. Ich weiß nicht, aber« – Cooper zuckte die Achseln – »oft haben die Leute Angst vor uns. H. H.s Tod sah freilich nach einem Herzinfarkt aus. Als Rick vor der Presse eine Erklärung abgab, dass an H. H.s Tod was faul war, muss Mychelle gewusst haben, warum H. H. ermordet wurde. Falls sie Zweifel an seinem Ableben hatte, muss sie das Menetekel gesehen haben. Wir wissen nicht, ob sie Kontakt mit Matthew aufnahm. Immerhin hätte es Geld wert sein können. Wir wissen noch nicht, warum Mychelle fünftausend Dollar von ihrem Konto abgehoben hat. Wollte sie abhauen? Aber Matthew hatte entweder einen hieb- und stichfesten Beweis, dass Mychelle wusste, was er tat, oder er wollte es nicht drauf ankommen lassen, dass sie es erfuhr. Ihr Zögern hat Mychelle das Leben gekostet und hätte auch Tazios kosten können, sobald sich herumgesprochen hatte, dass Mychelle sich an dem Montag mit Tazio treffen wollte. Ich glaube, Tazio wäre das nächste Opfer gewesen, wenn du Matthew nicht provoziert hättest. Er hat allmählich die Fassung verloren. Das lässt sich aus der Art und Weise schließen, wie er Mychelle umgebracht hat.«

»Aber was hat Fred mit alldem zu tun?« Harry hatte eine Stinkwut.

»Denkst du, er hat Mychelle ermordet?«, fragte Boom-Boom Harry.

»Nein. Das hat ihn zur Explosion gebracht«, erwiderte Harry. »Hab ich Recht?«, fragte sie Cooper.

»Er war erschüttert. Absolut erschüttert.« Cooper griff nach ihrem Zigarettenpäckchen in der anderen Tasche. »Wir wissen nicht, ob er den Mord an H. H. gutgeheißen hat oder nicht. Er liegt auf der Intensivstation, und es kann Tage dauern, bis die Hirnschwellung abklingt. Fred befindet sich in einem medikamentösen Koma, wenn man das so sagen kann. Er wollte so wenig ins Gefängnis wie Matthew, aber als Mychelle erstochen wurde und so ganz allein starb, erkannte Fred, dass Matthew vor nichts Halt machen würde. Matthew hat sie in die Muschel gelockt. Wie, wissen wir nicht. Fred muss geglaubt haben, er könnte Mychelle kaltstellen, ohne ihr was anzutun. Matthew ging aber kein Risiko ein. Der Mord an Mychelle hat Fred regelrecht zum Explodieren gebracht. Er hatte sie aufrichtig gern. Wie gesagt, Matthew hat die Fassung verloren.«

»Aber Moment mal, wie ist das mit Fred und Matthew? Ich komm da nicht ganz mit. Was war der Trick?« Harry streichelte Murphy, die jetzt auf ihrem Schoß lag.

»Eine sehr, sehr schlaue Abmachung. Das muss ich ihnen lassen. Fred hat Ausschussmaterial durchgehen lassen und Bauweisen genehmigt, die die Bestimmungen nicht erfüllten. Matthews Arbeiter waren Analphabeten. Sie konnten nicht nur nicht lesen, sie kannten auch die Baubestimmungen nicht. Sie brauchten sie nicht zu kennen, das war Matthews Sache. Fred sammelte leere Kartons von erstklassigem Material ein, die auf anderen Baustellen weggeworfen worden waren, und lud sie auf Matthews Baustellen ab, wenn niemand da war. Oder wenn er dachte, dass niemand da war. Matthew kaufte gutes Material, um es dort zu verwenden, wo alle es sehen konnten. Zum Beispiel R20 zum Isolieren oder so. Matthews Polier, der gut bezahlt wurde, war auch beteiligt. Er ist in Untersuchungshaft. Wir haben ihn gestern zum Verhör geholt. Das und deine kleine Eskapade während des Basketballspiels – das hat's gebracht.«

»Ich kann's nicht glauben. Ich dachte, Fred und Matthew hassen sich.« BoomBoom war fassungslos.

»Perfekt inszeniert. Und nicht zu vergessen, Fred war jedem anderen Bauunternehmen im Bezirk ein Dorn im Auge, drum traf Matthews Gejammer von wegen schlechte Behandlung auf offene Ohren. Im Laufe der Jahre haben die beiden unzählige Kunden betrogen.«

»Guter Gott«, rief Harry. »Ich hab mir gedacht, dass Matthew H. H.s Mörder war, aber ich hatte keine Ahnung, welche Ausmaße das hatte.«

»Das geht so, seit sie als junge Männer am Barracks-Road-Einkaufszentrum gearbeitet haben. Fred hat das Baugeschäft an den Nagel gehängt, vermutlich aus Verärgerung. Interessant ist auch, dass Fred die Disziplin besaß, sein Geld zu verstecken. Er hatte ein Konto auf den Bahamas.«

»Und wer war das im Geräteraum?«, fragte BoomBoom.

»Andrew Argenbright«, antwortete Cooper. »Wir hatten veranlasst, es so aussehen zu lassen, als wäre die Inventur abgeschlossen. Zu dem Ergebnis wurden keine öffentlichen Erklärungen abgegeben. Die Universitätspolizei hat eine Falle gestellt. Ja, und dann kam er zurück, um noch mehr zu stehlen. Im Geräteraum waren kleine Kameras installiert, die mit wenig Licht Fotos machen können.«

»Ein Glück für uns, dass er da war«, sagte BoomBoom. »Auch wenn er rannte wie ein Dieb – wenigstens hat er Matthew niedergeschlagen.«

»Was, wenn es umgekehrt war, Coop?« Harrys Gedanken schwirrten. »Was, wenn Mychelle dahinter gekommen ist und es H. H. erzählt hat? Immerhin hat sie mit Fred gearbeitet.«

»Möglich. Wir hoffen, Fred wird es uns erzählen, sobald er dazu imstande ist, als Gegenleistung für ein milderes Urteil. Matthew hat offenbar vor, sich stur zu stellen, nichts zu sagen und ein Bataillon von Anwälten zu engagieren. Fred war aber schlau. Er hat Matthews Arbeit immer selbst inspiziert. Das wurde keinem Untergebenen überlassen. Die Begründung war, da Matthews Projekte groß waren, musste die Begutachtung dem Seniorbeamten anvertraut werden, was tatsächlich nicht ungewöhnlich ist. Die zwei hatten eine wasserdichte Tarnung. H. H. war so verdammt wütend, weil er bei dem Angebot für die Sportanlage den Kürzeren gezogen hat, dass er Matthew zu Fall bringen wollte, wenngleich er sich nach außen hin scheinbar mit der Lage abfand.«

»Aber im Laufe der Jahre haben sich doch bestimmt auch Untergebene Matthews Arbeit angesehen«, sagte Harry.

»Der oder die Untergebene, und das war in den letzten paar Jahren Mychelle, ging mit Fred den Teil der Arbeit inspizieren, der den Bestimmungen genügte oder sie übertraf. Es ist ja nicht so, dass alles, was Matthew gemacht hat, unter der Norm war. Sie waren Fachleute, vergiss das nicht, es war ihr Gewerbe, und Matthew und Fred suchten sich die Sachen aus, die am leichtesten versteckt oder ersetzt werden konnten. Etwa teure Rohre montieren, wo sie sichtbar sind, und billigeres Material verwenden, wo man es nicht sieht. Ich habe nicht alle Details, aber ich hoffe, wir können sie aus Fred rausquetschen. Mit etwas Glück gehen die zwei aufeinander los.«

»Und man muss bedenken, die letzten dreißig Jahre waren in Albemarle County ein einziger Bauboom. Es gibt so viel Arbeit, wer würde da Fred kontrollieren?«, überlegte BoomBoom laut.

»Das ist es ja. Fred war so grimmig, so eine Krämerseele auf allen Baustellen, da wäre es keinem im Traum eingefallen, dass er geheime Absprachen mit Matthew traf. Wenn Fred einen Bau abnahm, musste der okay sein.« Cooper legte die Hände aneinander. »Ich sag euch, das war ein gut durchdachter, gut durchgeführter Trick, und fast wären sie damit durchgekommen. Niemand hätte was gemerkt, wenn H. H. nicht beschlossen hätte, Matthew auf jede mögliche Weise zu Fall zu bringen.«

»H-m-m.« BoomBoom faltete die durchsichtige Folie

zusammen, die das Schinkenbrot umhüllt hatte. »Diese Basketballsaison wird keiner so schnell vergessen.«

»Das Eigenartige, oder vielleicht sollte ich sagen, das Genialste war das Toxin, die Absonderungen der kleinen Frösche in Matthews Regenwald in seinem Bürogebäude, woran H. H. gestorben ist. Matthew hat ein Blasrohr benutzt, das in seiner Tröte versteckt war.«

»Wie das hier?« Harry zog Little Mims umgewandelte Tröte aus ihrer Tasche.

»Verdammt, Harry. Warum hast du mir nichts gesagt?«

»Ich war mir nicht hundertprozentig sicher. Ich wollte die Tauglichkeit testen.«

»Bei deinem Tauglichkeitstest wären du, BoomBoom, Mrs. Murphy, Pewter und Tucker beinahe draufgegangen.«

»Hm, ja, ich war nicht so schlau, wie ich dachte. Mit Fred hatte ich nicht gerechnet.«

Cooper tat so, als ob sie Harry einen Schlag ins Gesicht geben würde. »Mach das nie wieder.«

»Es war mein Glück, dass BoomBoom zurückgekommen ist. Hätte sie sie nicht abgewehrt und den Feueralarm ausgelöst, wäre ich tot.« Harry biss sich auf die Unterlippe. »Es war wirklich dumm von mir.«

»Solange du es einsiehst. Die einzige, noch rätselhafte Kleinigkeit ist die Waffe. Keine Spur.«

»*Eis*«, sagten Mrs. Murphy, Pewter, Tucker und Harry wie aus einem Munde.

53

Später, als Harry ins Feuer schaute und Mrs. Murphy, Pewter und Tucker sich auf dem Sofa an sie kuschelten, dachte sie nach über das, was passiert war.

Es fuchste sie ungeheuer, dass sie so lange auf Matthews äußeren Anschein reingefallen war. Aber wie kann man sonst in einer Gemeinde zusammenleben? Sie konnte nicht immerzu gegen alle Leute misstrauisch sein und versuchen, hinter ihre Geheimnisse zu kommen. Matthew hatte sie sehr, sehr lange zum Narren gehalten.

Sie kam sich blöd vor, aber nicht vollkommen blöd.

Vollkommen blöd fühlte sie sich wegen ihrer Haltung gegenüber BoomBoom. Sicher, sie waren grundverschiedene Persönlichkeiten, aber BoomBoom hatte ihr viele Male die Hand gereicht, und Harry hatte sie ausgeschlagen. Aus welchem Grund auch immer, sie hatte sich ein bisschen darin gefallen, wütend zu sein, nicht loszulassen.

Es war Zeit, loszulassen.

Zeit, erwachsen zu werden.

Zeit, Fairs aufrichtige Entschuldigung anzunehmen, ihn zu schätzen als den Mann, der er geworden war.

Mrs. Murphy legte ihre Pfote auf Harrys Arm. *»Das war knapp.«*

»Ja«, bestätigte Tucker.

»Meint ihr, Matthew kriegt die Todesstrafe?«, fragte Pewter.

»Nein. Reiche Leute kriegen keine Todesstrafe, dafür sorgen ihre Anwälte, aber er wird einige Zeit im Gefängnis sitzen. Ich hoffe nur, lebenslänglich«, verkündete Mrs. Murphy weise.

»BoomBoom hat Mumm«, schnurrte Pewter und kuschelte sich noch enger an Harry.

»Mom auch. Ich bin stolz auf sie. Sie hat sich endlich bei Boom entschuldigt«, sagte Murphy.

»Warum fällt das den Menschen so schwer?« Tucker seufzte.

»Sie gehen auf zwei Beinen. Das ist der Anfang von ihrem ganzen Schlamassel«, antwortete Pewter frech, und alle drei lachten.

Liebe Leserinnen und Leser,

ein gewisses Wesen verlangt neuerdings Thunfisch in Wasser.

Sie lässt ihren gestreiften Hintern auf den besten Sessel im Haus plumpsen.

Leider ist sie ein Dickkopf. Wo wird das enden?

Ihre

P.S. Sie lügt!

P.O. Box 696
Crozet, Virginia 22932
www.ritamaebrown.com